D1733477

MIGUEL ÁNGEL MORENO

Grupo Nelson
Una división de Thomas Nelson Publishers
Desde 1798

NASHVILLE DALLAS MÉXICO DF. RÍO DE JANEIRO

Publicado en Nashville, Tennessee, Estados Unidos de América.
Grupo Nelson, Inc. es una subsidiaria que pertenece completamente a Thomas Nelson, Inc.
Grupo Nelson es una marca registrada de Thomas Nelson, Inc.
www.gruponelson.com

Nota del editor: Esta novela es una obra de ficción. Los nombres, personajes, lugares o episodios son producto de la imaginación del autor y se usan ficticiamente. Todos los personajes son ficticios, cualquier parecido con personas vivas o muertas es pura coincidencia.

Editora general: *Graciela Lelli*

Diseño original: *Grupo Nivel Uno, Inc.*

ISBN: 978-1-60255-447-4

Impreso en Estados Unidos de América

11 12 13 14 15 QGF 9 8 7 6 5 4 3 2 1

Prólogo

Yo he roto la frontera de lo tangible para revelar las fuerzas de un nuevo mundo. He contestado, por medio de mi fórmula, la última pregunta de la existencia humana, y revelado así el destino que nos aguarda tras la vida mortal.

Mas ahora, cuando postrado en cama presencio la llegada ineludible del fin, se me antoja que quizás no haya sido yo el descubridor de tan revelador secreto, que no he acercado la Vorágine al conocimiento de los hombres sino que ella misma, en su baile eterno y pavoroso, ha deseado venir a nosotros.

Últimas palabras del Dr. Frederick Veldecker
Descubridor del praemortis
Año 2269, después del Cataclismo

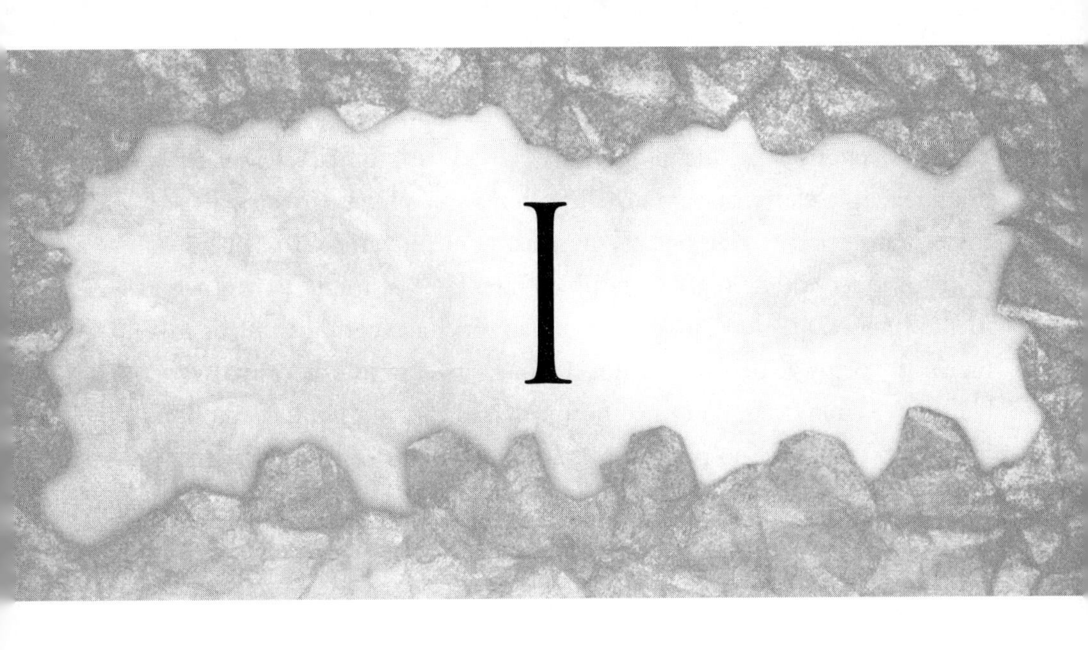

NUESTRA CIUDAD Y SU FUNCIONAMIENTO

Definiciones

Pináculo:

Es la ciudad más grande y la capital del mundo civilizado. Está construida sobre una plataforma de cuatrocientos ochenta y seis kilómetros cuadrados, sostenida por más de doscientas cincuenta enormes patas circulares de hormigón reforzado con acero, que la elevan setenta metros por encima de la superficie de las aguas pan oceánicas a las que denominamos Apsus.

En su interior viven casi tres millones y medio de ciudadanos, con una densidad media de cinco mil doscientas personas por kilómetro cuadrado.

Su ubicación geográfica no la hace viable como centro de comercio, ya que se encuentra muy apartada de otras ciudades. Por eso sólo mantiene un contacto con Vaïssac, entre la cual existen rutas marítimas de submarinos.

Esto ha convertido a Pináculo en una ciudad casi autosuficiente: genera su propia energía eléctrica para abastecer hogares, vehículos y empresas; tiene sus propios criaderos de peces y aves así como invernaderos en los que se cultivan todo tipo de plantas; también cuenta en el fondo marino con una fuente importante de petróleo, útil para fabricar el combustible de los submarinos y otros vehículos pesados. Como Pináculo es una ciudad superpoblada se ve en la necesidad de importar más alimentos, bebidas alcohólicas y otros materiales que no produce; a cambio, exporta combustible.

Sin embargo, no es su producción de combustible lo que la convierte en la ciudad más importante, sino otro tipo de exportación más valiosa: las dosis de praemortis y de Néctar, con lo que abastecen a todas las demás ciudades. Esto ha transformado a Pináculo en la capital de nuestra generación y en la ciudad más importante que se recuerde.

Confesor:

Es la representación del ser humano perfecto. Los adeptos son seleccionados cuidadosamente desde la niñez y reservados para un duro entrenamiento de veinte años bajo el más estricto secreto. Se les aísla de la familia y de la sociedad. El resultado es un nuevo ser, un guerrero absolutamente fiel a la doctrina de la Corporación, a quien se le asigna el tesoro más sagrado de todos: el Néctar.

Los confesores son los protectores de este preciado descubrimiento. Se encargan de administrarlo a los moribundos que se han ganado con su trabajo y esfuerzo el derecho al cambio de torbellino.

Es por esta razón que se les protege con una armadura impenetrable a la mayoría de ataques; su tesoro les convierte en el objetivo de quienes desean apropiarse del Néctar sin haberlo merecido. Afortunadamente, apenas existen registros de un robo de Néctar exitoso. El intento de robo o agresión a un confesor es castigado por la ley con pena de muerte, a menudo aplicada por el propio confesor.

Extracto de un libro de texto para alumnos
de instituto sobre la asignatura de Eduación Social

Me llamo Ipser Zarrio. Mi hijo, Leam, cumple hoy veintiún años, y va a morir.

Su madre llora en silencio mientras le pone el abrigo. Normalmente la ayudo, pero hoy es una noche distinta. He preferido salir al balcón a fumar y a observar la ciudad hasta que llegue el momento de marcharnos.

La lluvia cae como un fino manto, lenta y melancólicamente. Cada gota es como un pequeño prisma que recoge la luz ámbar de las farolas y la devuelve en pequeños destellos. La gente camina arriba y abajo por las calles, refugiadas bajo sus paraguas. Van rumbo a casa después de un día de trabajo, o a tomar el próximo monorraíl, o en busca de un ser querido. Cuando los observo, sé que al igual que yo ellos también piensan en la muerte.

Alzo mis ojos casi instintivamente y a lo lejos contemplo el edificio de la corporación Praemortis, el Pináculo. Se eleva por encima de todos los demás, alardeando de su geometría perfecta. Su aguja desafía los cielos como si quisiera horadar la Luna, que a ratos asoma su faz por entre las nubes.

Hellen me pone la mano en el hombro y consigue llamar mi atención. Estamos listos para marcharnos. Contemplo a Leam mientras se esfuerza por bajar cada peldaño de la escalera. Hellen le ha cogido del brazo y le ayuda a descender.

—Ipser, ¿no puedes echarnos una mano? —me recrimina cuando ve que les observo desde el descansillo sin hacer nada. Pero ella no lo comprende. No, no puedo ayudarlos; Leam, con sólo veintiún años, ha sufrido dos paros cardíacos. Su corazón es débil de nacimiento. Lo peor, sin embargo, es que su madre lo conduce de la mano a sufrir el tercero, el que sin duda terminará con su vida.

—Ten esperanzas, Ips —me dijo Hellen, la tarde en que rechacé visitar Praemortis, cuando en secreto planeaba huir con mi hijo fuera de la ciudad antes de que llegara el día de su veintiún cumpleaños y todos preguntaran por qué no había hecho «el viaje»—. Quizás Leam tenga suerte y esté en el otro torbellino. Si está en el otro torbellino no tendrá que trabajar. Podrá vivir tranquilo los años que le queden.

Ella siempre me llama Ips cuando quiere llamar mi atención, cuando desea conseguir algo de mí. En aquella ocasión buscaba convencerme por todos los medios. Quise hacerla entrar en razón. Agarrarla de los hombros, agitarla con fuerza y recordarle a gritos si ella sabía de algún afortunado que hubiera caído en el otro torbellino. Ni siquiera le han puesto nombre. Todo el mundo lo llama «el torbellino bueno», a secas. En cambio el otro, aquél al que vamos todos, sí ha sido bautizado desde el principio: el Bríaro.

Quise arrebatar a Hellen aquellas absurdas esperanzas, pero fui cobarde, quizás misericordioso, y sólo pude devolverle una expresión de infinita melancolía. No quise desprenderla de sus ilusiones. Creo que sin ellas no habría tardado en arrojarse por el balcón.

Es la misma ilusión la que la empuja hoy a continuar. Montamos en el monorraíl y nos hacemos un hueco como podemos entre toda la gente que regresa de sus trabajos. El vehículo se pone en marcha con suavidad y se desliza bajo la plataforma de la ciudad, donde ningún edificio puede molestar su trayecto. Flota en el habitáculo una atmósfera húmeda. Todo el mundo viene mojado de la calle. Sus paraguas chorrean sobre un suelo empapado. El vaho humedece los cristales; pero quienes viajan pegados a las ventanillas dejan limpio un pequeño agujero para contemplar el paisaje. Desde aquí sólo pueden verse las enormes patas de hormigón que anclan la ciudad al fondo oceánico, y decenas de metros más abajo, el Apsus; agitado, tempestuoso y hostil. Eleva monumentales columnas de agua que estrella contra las patas y arroja borbotones de espuma. Cuando fijo mi vista en él, me resulta fácil rememorar el día de mi veintiún cumpleaños.

Mis padres me subieron a la planta ochenta y cuatro del Pináculo, donde me encontré con decenas de pequeñas salas médicas. Hasta allí llegamos hoy con Leam y todo me parece que sigue igual, inalterado a pesar del tiempo que ha transcurrido entre mi cumpleaños y el suyo.

Pese a llamarse «sala médica», cuando me condujeron a una de ellas no encontré más que una pequeña estancia pintada de verde claro, con una camilla de sábanas limpísimas, de la que colgaban varias correas de cuero. A un lado había una pequeña mesa de aluminio, sobre la que descansaba una única jeringuilla llena hasta la mitad con una sustancia lechosa. El practicante leía sentado sobre la camilla cuando llegué. Se incorporó, dejó su periódico y me estrechó la mano. Yo, sobrecogido por lo que me aguardaba, apenas conseguí prestarle atención. Cuando se percató de mi estado quiso tranquilizarme.

—Lo hacemos muchas veces al día. Descuida, todo saldrá bien.

Así debía ser, sin duda, porque en la habitación no había personal médico, ni utensilios que ayudaran en una emergencia. Tampoco había medicamentos, ninguno, salvo aquella jeringuilla en mitad de la mesa: el praemortis.

El practicante esperó hasta que me hube echado sobre la camilla. Entonces se acercó y me ajustó con cuidado las correas alrededor de muñecas y tobillos. Luego pasó otra grande por mi cintura, y finalmente me apretó una última correa a la altura de la frente. Cuando todo estuvo listo me enseñó un mordedor. El espanto que debió observar en mis ojos lo conmovió.

—La inducción del paro cardíaco te va a doler —dijo, levantando el mordedor, con intención de justificar su uso—, pero se pasará pronto, en cuanto el praemortis haga su efecto.

Sabía lo que sus últimas palabras significaban.

—Quiere decir que el dolor pasará en cuanto haya muerto.

El practicante pareció ofendido.

—Chico, tranquilízate de una vez. ¿No quieres ver lo que te espera al otro lado?

—Pero, ¿y si no regreso?

—Todo el mundo regresa —sentenció con indiferencia, y me volvió el brazo para buscarme la vena. Después levantó la jeringuilla, le dio un par de golpecitos para quitar el aire, y me la clavó. El praemortis inundó mi cuerpo con un calor picante, pero aquel extraño efecto desapareció pronto, dando paso a la calma más absoluta. El practicante ya se había hecho un hueco a un lado de la camilla, y retomaba la lectura que había aparcado cuando llegué. Mis padres aguardaban junto a la pared sin quitarme los ojos de encima. Desde mi postura, boca arriba y sin poder mover el cuello, apenas lograba distinguir sus figuras; sin embargo, notaba una densidad anormal en la atmósfera, una tensión que no tardó en provocarme fríos sudores por todo el cuerpo. Quise llamarles, pedir que se acercaran, pero el mismo silencio parecía indicarme que callara...

Silencio y aquel calor en el interior de mi cuerpo. Hasta que, de repente, mi sangre comenzó a arder.

Entonces llega la primera sacudida. El cuerpo de Leam, como hizo el mío, se agita violentamente. Las correas crujen ante la fuerza del primer espasmo. Al momento, llega el segundo, y luego el tercero; cada uno más violento que el anterior. Hellen acude en su ayuda cuando los gritos de dolor son demasiado fuertes para ignorarlos. Le cubre la mano con las suyas y busca la manera de que Leam centre su vista en ella, para que logre así concentrarse en otra cosa que no sea el paro cardíaco inducido y la insoportable sensación de fuego en la sangre. Yo, por el contrario, no puedo prestarle mi ayuda, el terror me paraliza, porque recuerdo demasiado bien qué es lo que aguarda después.

El praemortis le va arrancando la vida a dentelladas, hasta que sucede la última convulsión y al fin mi hijo cae inerte sobre la camilla. A Hellen le fallan las piernas y se sienta en el suelo, sin soltarle de la mano. El practicante consulta el cronómetro de su reloj.

—Tardará unas dos horas. Hay una sala de espera al final del pasillo, pueden esperar allí. Tenemos revistas y televisión.

La indiferencia de su comentario me asquea. Mi hijo yace muerto frente a mis ojos, envenenado por el praemortis. La boca se le ha quedado abierta y por la comisura resbala un hilo de espuma amarillenta. Los ojos, totalmente abiertos, apuntan hacia un punto indeterminado de la habitación. Sin embargo, sé perfectamente *dónde* está él en realidad. Durante dos horas no será ese cuerpo muerto y débil que hay frente a mí; no verá por esos ojos vacuos. Él está en ese otro lugar, en ese universo que el praemortis nos descubrió y que cambió para siempre el destino de la humanidad.

Vuelvo a evocar mi propio viaje, el que hice a mis veintiún años, como marca la ley. Mientras camino hacia la sala de espera recuerdo como si fuera ayer el espantoso sonido de aquel lugar.

El ruido es lo primero que desvela los sentidos, mientras la oscuridad todavía invade todo el campo visual. Es un clamor, el grito desesperado de miles, tal vez millones de almas llenas de horror y desconcierto; y por encima de ellas, un estruendo ensordecedor, grave; llega desde todas partes, semejante a un millar de olas que entrechocaran entre sí.

Es la llamada de la Vorágine.

Recuerdo como, tras escuchar ese sonido, la oscuridad desapareció de mis ojos y me encontré en un espantoso lugar: flotaba sobre un líquido extraño que componía un remolino de gigantescas dimensiones. Al igual que yo, una multitud de personas se encontraba en la misma situación. Algunos miraban desconcertados hacia todas partes, tal como yo lo hacía; pero la mayoría nadaba con todas sus fuerzas, buscando con desesperación los extremos de la Vorágine, luchando contra la corriente del remolino. Cuando miré a mi espalda comprendí la razón: el centro de aquella masa era un abismo, un agujero completamente negro hacia el cual éramos arrastrados a una velocidad vertiginosa.

Comencé a nadar desaforadamente, buscando apoyo en los cuerpos de quienes me rodeaban para impulsarme con mayor velocidad. El pánico no me dejaba ver lo cruel de mi acción, pero al igual que el hombre que cree ahogarse busca sin meditar el cuerpo de alguien cercano para sacar la cabeza fuera del agua, así buscaba yo a cuantos me rodeaban con tal de no caer en el ojo de la Vorágine; y mientras luchaba por sobrevivir, otros buscaban aferrarse a mí, igual de asustados que yo. Los gritos de terror lo llenaban todo, pero más fuerte aún era aquel bramido, grave y cavernoso, cuya fuente parecía ser el mismo centro del vórtice.

De pronto, el sonido acrecentó más su fuerza, y entonces una grieta cruzó la Vorágine y la partió en dos, dividiéndola en aullantes torbellinos, entre los cuales quedamos divididos sin posibilidad de evitarlo. Mi torbellino estaba repleto de vidas, tan asustadas como lo estaban en la Vorágine. Pero esta vez no había lugar hacia el que nadar. El líquido se había transformado en unos vientos que nos manejaban a placer, llevándonos arriba y abajo por toda la extensión del cono. Los dos torbellinos danzaron juntos unos instantes y luego se separaron para alejarse en la inmensidad.

Aquél en el que yo viajaba, el Bríaro, se alejó retorciéndose de forma caótica y demencial, agitando arriba y abajo cada vida que transportaba a placer de sus vientos caprichosos, pero sin permitir que ninguno de nosotros escapara. Pues, lo cierto es que todos conocíamos el Bríaro, y hacia dónde nos conducía. Una y otra vez nos esforzábamos en impulsarnos hacia sus bordes y salir fuera de los vientos, pero como si estuviera dotado de una inteligencia malévola, el torbellino sólo nos permitía asomar brazos y piernas fuera de sus corrientes para, un instante después, devolvernos al centro mediante una fuerza incontestable.

Desde mi viaje, sueño muy a menudo con el Bríaro, con un millar de cuerpos chocando contra el mío, sacudidos sin control ni conmiseración. Estoy convencido de que Hellen tampoco puede dormir algunas noches pensando en ello. Éste es el regalo que praemortis les hace a quienes cumplen los veintiún años. Es el destino que le hemos mostrado a Leam; lo que le espera cuando su corazón ya no pueda aguantar más. El preludio de su futuro para toda la eternidad. El Bríaro simboliza la pérdida de toda esperanza, porque conduce a una condena eterna. Llegado a un punto en su viaje por aquel infinito, vomita a cuantos porta sobre un mar formado únicamente por seres humanos atormentados, un lugar de olvido del que no se puede escapar, de separación con la realidad, de lucha por lo inalcanzable. Este mar es hacia donde nos dirigimos al morir, si no hacemos nada por evitarlo. Allí me condujo a mí. De lejos fui capaz de reconocer la línea que formaban sus olas de condenados. El Bríaro se posó encima, danzó un tiempo más como si lo deleitara prolongar nuestra agonía, y luego se dobló con la parte más ancha mirando hacia aquel mar. Los vientos nos arrastraron fuera y caímos. Desde abajo, los condenados extendieron sus manos para recibirnos con un ansia inhumana por arañar nuevas vidas que se unieran a su sufrimiento.

Pero de repente, cuando me faltaban unos pocos metros para alcanzar el mar de vidas, volvió a mí un dolor que recorrió mi cuerpo como una descarga eléctrica.

Regresaba.

Los cálculos del practicante son exactos. Cuando han transcurrido dos horas nos avisa para volver a la sala donde descansa Leam.

Allí lo encontramos, despierto. Se agita todo cuanto le permiten las correas y mira las paredes, completamente desorientado. El praemortis, tal como predijo el doctor, lo ha traído de vuelta. Lo ha *resucitado,* tras mostrarle qué le aguarda al morir.

Hellen acude en su ayuda. Lo abraza y arrulla para calmarlo. Se acerca a su oído para confesarle que todos hemos pasado por lo mismo. A mí, mientras tanto, el practicante me acerca un documento. Es el contrato de trabajo para formar parte de la Corporación.

—Lo siento —dice, maquinalmente.

Ninguno hemos viajado con Leam. Él es el único testigo de su viaje; no obstante, todos sabemos que no ha caído en el buen torbellino. Su rostro desencajado, las lágrimas que empapan sus mejillas y la respiración agitada evidencian que Leam, como tantos otros, no ha tenido suerte y ha caído en el Bríaro. El mar de almas es lo que le espera cuando deje este mundo, pero todavía está a tiempo de evitarlo, todavía puede ganarse su cambio de torbellino y disfrutar de una eternidad apacible.

—Firme aquí —continúa el practicante, señalándome un espacio en blanco al final del documento—. Cuando su hijo recobre las fuerzas, que firme en esta otra línea. Remítanos el contrato y en breve le daremos un empleo.

Obedezco y planto mi firma como un autómata. Ahora, la Corporación dará a Leam la oportunidad de salvarse. Ellos descubrieron el praemortis, pero también han descubierto la forma de cambiar de torbellino. Si Leam trabaja lo suficiente podrá ganársela, podrá evitar la condena y el tormento, burlar el Bríaro, porque ellos le suministrarán el Néctar en el momento de la muerte final y auténtica. Su salvación.

Salimos del hospital y regresamos al monorraíl, tan atestado de gente como lo estaba a la ida. Mientras viajamos bajo la plataforma de la ciudad, observo la palidez en el rostro de Leam; las ojeras, el pelo despeinado y el resto de baba amarillenta junto a la comisura de sus labios. No puedo aguantar las lágrimas, y me vuelvo hacia la ventanilla para que no me vea llorar.

Me pregunto cómo va a trabajar un muchacho cuyo corazón apenas reúne fuerzas para mantenerlo en pie.

Abajo, el Apsus me saluda con una tormenta de agua y espuma.

A una señal de su director, el cuarteto musical puso en marcha una melodía de bienvenida, suave pero alegre. Dos hombres vestidos con el uniforme de la Guardia abrieron las puertas del salón de actos. Al otro lado apareció la figura de Robert Veldecker, sonriente, vestido de esmoquin, con los brazos abiertos como si quisiera abrazar a todos los asistentes de la fiesta al mismo tiempo. Robert era un hombre de mediana edad. Tenía el pelo castaño y ondulado, largo hasta los hombros, aunque para la ocasión había decidido recogérselo en una coleta. Era de rostro ancho, nariz prominente y chata, y cejas gruesas. Observaba a los invitados con sus ojos saltones permanentemente enrojecidos. Sus párpados caídos le hacían parecer cansado, pero también lo dotaban de un aspecto apacible que le ayudaba en sus labores como líder de la Corporación. Se encaminó hacia el centro del salón, bañándose en aplausos y lanzando saludos a las caras conocidas. Cuando llegó al centro, la música cesó.

La sala de fiestas se ubicaba en la planta noventa y tres del edificio de Praemortis, o Pináculo, como lo había bautizado su arquitecto antes de ser adquirido por Robert Veldecker, y cuyo nombre terminó designando a toda la ciudad sobre la que se asentaba. Estaba pensada como sala de reuniones y ceremonias. Tenía un rincón elevado, formado por un estrado semicircular, cerca de las puertas de entrada, dispuesto para una pequeña banda musical. El centro estaba reservado a una pista de baile, mientras que al fondo se encontraban las mesas para organizar la cena. Las paredes oeste y este estaban provistas de una larga balconada y cortinas de paño verde, siempre recogidas para mostrar las magníficas vistas de la ciudad. La iluminación llegaba de candelabros cromados en las esquinas y globos de luz en el techo, que llenaban la sala con un agradable tono ambarino. Todas las paredes estaban decoradas con formas ondulantes y rizadas, que buscaban representar ondas acuosas. Aquella era la moda decorativa y arquitectónica que dominaba en toda la ciudad, inspirada en los débiles restos de un recuerdo del pasado difícil de ubicar en el tiempo.

Robert buscó entre el público, que había formado un círculo a su alrededor.

—¿Dónde...? ¿Alguien ha visto a mi esposa?

Al igual que él, los asistentes giraron sus cabezas para buscar, hasta que de entre la masa emergió la figura de Angélica. Vestía un elegante vestido túnica en azul que marcaba sus formas femeninas —aunque no exageradamente— y le daba esbeltez a su figura. La falda era plisada, larga hasta las rodillas, y como tocado lucía un sombrero estilo *cloché* del que escapaban un par de bucles rubios de su cabello. Pegado a su falda caminó el pequeño Daniel, de seis años. Observaba a los presentes con una mezcla de miedo y curiosidad mientras retorcía en sus manos el extremo de su cinturón.

Robert se adelantó un par de pasos, tomó a Angélica de las manos y la atrajo hacia el centro del círculo.

—Hoy es un día especial. No quería comenzar este discurso de bienvenida sin que Angélica me acompañara.

Miró a los presentes y esperó hasta que hubo un silencio total.

—Además —añadió—, si mi discurso les aburre, caballeros, sé que al menos continuarán mirando en esta dirección.

El cumplido hacia su mujer desató algunas risas y ayudó a restar tensión. Robert y Angélica se lanzaron una mirada llena de complicidad; luego, cuando el lugar volvió a quedar en silencio, Robert inició el discurso.

—He querido convocar a una fiesta, en lugar de a una reunión administrativa con los nobles, porque la noticia que quiero dar es motivo de celebración. Damas y caballeros, es un placer para mí comunicarles que nuestros ingresos han aumentado un ciento setenta y uno por ciento en los últimos seis meses.

La sala se llenó de aplausos y gestos de sorpresa. Robert continuó, aunque tuvo que alzar la voz para que se le escuchara.

—Y todo se lo debemos a una sola persona: a ¡Peter Durriken!

Señaló a un punto del círculo y alguien empujó al aludido hacia el interior. Peter trastabilló hasta que fue frenado por Robert.

—Gracias —dijo el aludido, en un susurro tembloroso.

No era más que un muchacho de ojos pequeños, pelirrojo, de labios gruesos y resecos. Estaba demasiado delgado, lo cual, añadido a la vergüenza que pasaba en aquel momento, le daba un aspecto enfermizo. Se quedó junto a Robert y éste le pasó un brazo por encima del hombro.

—Su propuesta para el Servicio de Renovación de Trabajadores —dijo— ha cosechado un éxito mayor del que esperábamos. En la primera semana registramos más de noventa y dos mil candidatos. La cifra, hoy día, es de uno coma siete millones. No crecemos como al principio, pero los ingresos se mantienen estables.

—¡Este chico sí que se ha ganado el otro torbellino! —se escuchó.

Los asistentes rieron el comentario. Robert buscó de dónde procedía hasta que su mirada se detuvo en una pareja. Eran los padres de Peter, Omar y Zerapa Durriken. Se les podía diferenciar de los nobles por sus formas y su indumentaria, de las cuales se deducía un completo desconocimiento de la etiqueta. Él vestía un traje de pana al que le faltaba el último de los tres botones de la chaqueta. Sus gruesas cejas pelirrojas temblaban, y su cara de rallo se agitaba a causa de la emoción del momento. Ella sonreía con unos labios belfos, brillantes de baba. Sus ojos, pequeños y hundidos en las cuencas, lanzaban de vez en cuando una ojeada envidiosa a la indumentaria de la concurrencia. Vestía un espantoso vestido-túnica con un estampado en flores.

Robert los encontró repugnantes.

—Desde luego que sí —dijo, con una sonrisa forzada—. Me ocuparé de premiarle con el Néctar. Pronto, podrá incluso ganar el de sus padres.

Agitó a Peter, quien todavía se acurrucaba bajo su brazo, y el muchacho dejó entrever una tímida sonrisa.

—Para quienes no estén informados —continuó Robert—. El S.R.T. es un sistema que permite a la población ocuparse de conseguir el Néctar para sus allegados. Una vez ganado el Néctar para ellos mismos se les permite continuar trabajando para Praemortis durante los años que estimen oportuno. Su cotización irá a parar directamente a quienes ellos decidan. De este modo, pueden asegurar el cambio de torbellino a sus hijos, a sus esposas, a un pariente enfermo o incapacitado para el trabajo... Nosotros, por otro lado, conseguimos empleados eficientes durante una década más, de media. Creíamos que no funcionaría, ¡pero hemos descubierto que el ciudadano corriente se preocupa más por sus familiares y amigos de lo que esperábamos!

El comentario arrancó una carcajada generalizada.

—¿No le preocupan los posibles efectos secundarios? —preguntó una voz anónima desde el público. Robert, no obstante, la reconoció al momento. Se trataba, sin duda, de Erik Gallagher, el más importante de los nobles. Gallagher era dueño del sistema de transporte en monorraíl y gracias a sus contactos había colocado a su primogénito, Néstor, como confesor. Se trataba de un accionista poderoso, y tenía muchos contactos igual de poderosos que él. Su carisma lo convertía más en un rival que en un aliado.

Robert se esforzó por guardar la calma, mostró su rostro más amable y escrutó las caras hasta que vio aparecer la de Erik. El noble se hizo hueco entre los presentes y saludó a Robert con una sonrisa fingida. Conservaba aún algo de su alborotado pelo gris en la parte trasera de la cabeza y en las sienes, además de unas gruesas patillas cuadradas, que lucía hasta los pómulos. Sus cejas en V invertida le conferían un aspecto malévolo, acentuado por su barbilla en pico. Su mirada, encendida y perspicaz, parecía esconder siempre una doble intención para todo lo que decía. Contaba cuarenta y nueve años de edad, aunque su rostro libre de arrugas y su gusto especial para el vestuario lo hacían parecer una década más joven. De este modo, y siguiendo los gustos de la moda, lucía un traje blanco con zapatos y pajarita en negro.

—Tuvimos presente esa posibilidad desde el principio —contestó Robert—. La experiencia nos dice que un ciudadano dedicado únicamente al trabajo termina estallando o deprimiéndose, y entonces se vuelve inservible, quizás hasta peligroso. Hay que darle diversión, medios para que pueda evadirse del mundo. Temimos que el Servicio de Renovación de Trabajadores pudiera causar ese tipo de problemas, por eso lo convertimos en un sistema opcional. El ciudadano es el que decide si quiere trabajar y sacrificar su tiempo libre en pro de sus allegados. Puede dejar el S.R.T. cuando lo desee; de este modo no se siente atado al sistema. Desde su puesta en marcha, el S.R.T. no ha registrado ningún incidente.

El comentario pareció convencer a los asistentes, que respondieron con murmullos de aprobación. Robert había salido airoso de la pulla; sin embargo, su posición en mitad del círculo comenzó a incomodarle. Le puso nervioso la idea de que Erik pudiera atacarle con otro comentario que fuera incapaz de responder y colocarlo así en un aprieto indeseado, así que decidió concluir la charla antes de darle una nueva oportunidad. Hizo una seña a los músicos para que reanudaran su trabajo e invitó a los asistentes a tomar asiento en las mesas dispuestas para la cena.

Le habían reservado la mesa de cabecera, presidiendo el banquete, como correspondía al jefe de la Corporación. Angélica se sentó en la primera silla de su derecha. El resto se iría sentando más cerca o más lejos de él, de acuerdo a lo que la etiqueta marcara y a la familia a la que pertenecieran. Sin embargo, y para su sorpresa, Erik se dispuso a ocupar el primer asiento de su izquierda. El puesto era demasiado privilegiado para su categoría. Al tiempo que se acomodaba, el noble lanzó una de sus amplias sonrisas a los sorprendidos comensales que lo rodeaban y se apresuró a explicar la situación.

—Disculpe, Veldecker. Le he pedido a su hermana que me ceda el sitio por esta noche. Me urge hablar con usted ciertos asuntos de gran importancia.

Robert no respondió nada. Erik sabía que los Gallagher no estaban invitados a la mesa principal. Rápidamente, buscó con velocidad el asiento donde Erik debía haberse sentado. En una mesa rectangular ubicada a su izquierda, cerca del asiento presidencial, se encontraba su hermana pequeña, Leandra. Llevaba un traje sastre en color gris, con chaqueta cruzada y falda de tubo. Una vestimenta demasiado formal y sobria para la ocasión, pero Leandra nunca se había caracterizado por buscar la atención de nadie. El peinado a lo *garçon* de sus cabellos negros era demasiado corto, de modo que no ayudaba a su feminidad. Estaba sentada de espaldas a él, conversando alegremente con sus más inmediatos comensales. Desde su sitio, Robert pudo apreciar el pañuelo de crespón que cubría todo su cuello. Desentonaba con el resto de la indumentaria, pero era una prenda que siempre la acompañaba. A decir verdad, ni siquiera recordaba cuándo fue la última vez que la vio sin que ocultara su cuello de alguna forma.

—¿Está segura de que a su hermano no le habrá molestado la pequeña broma? —dijo Deuz Gallagher, primo de Erik. Estaba sentado junto a Leandra, mirándola con ojos de besugo mientras se limpiaba el sudor con el pañuelo de su chaqueta. Era tan gordo que su trasero sobresalía por ambos lados de la silla. Los asientos a su izquierda y derecha tenían una discreta separación superior a lo estipulado, para que la anchura de su cuerpo no interfiriera con sus vecinos.

Leandra ignoró el mal aliento de su interlocutor, sonrió con una picardía en la que iba implícita una intención seductora y, acercándose al oído del noble, dejó escapar unas palabras llenas de melosidad.

—Sinceramente, Deuz, no me importa lo más mínimo. Aquí me encuentro muy cómoda. ¿Usted no?

—Lleva razón —intervino Caeley Dagman, sentada frente a ellos. Leandra la miró de soslayo.

La muchacha pasaba los treinta años. Era de constitución robusta, entrada en carnes. Vestía un traje de gasa que parecía más escotado de lo normal debido a sus enormes y sonrosados pechos. Observaba a Leandra tras unas gafas de pasta gruesa cuyos cristales le empequeñecían los ojos. Al parecer no le preocupaba depilarse el poblado entrecejo, marca inconfundible de la familia Dagman.

—Cualquier día yo haré lo mismo —continuó la muchacha—. Dejaré el asiento que marca el protocolo y me marcharé a otras mesas. Aquí siempre estoy sentada con la misma gente.

Y, sin obedecer a ningún tipo de recato, miró por encima de las gafas a una mesa ubicada varios metros a su izquierda. Allí se vio correspondida por un muchacho flacucho y pálido. Su prominente nuez era visible a varios metros de distancia.

—Seguro que se encontraría más cómoda en aquella mesa —insinuó Deuz Gallagher, mirando de reojo a sus vecinos—. Especialmente si consigue sentarse cerca de Rowan Ike.

—¡Oh, vamos! —respondió Caeley, y alargó el brazo a su rollizo interlocutor—. No se habrá tomado a mal mi comentario, ¿verdad, Deuz?

Caeley poseía la virtud de impregnar cuanto decía con un aire sicalíptico. El noble la miró desdeñoso y besó su mano.

—Descuide. En el fondo a mí me sucede igual.

Luego devolvió toda su atención a Leandra, sonrió nervioso y volvió a pasarse el pañuelo sobre la frente. Leandra era una mujer que podría calificarse como enigmática. Rondaba los treinta y cinco años. Tenía la boca grande, labios gruesos y una hilera de dientes grandes y blancos como gotas de leche. Su sonrisa era bonita, llena de energía, a pesar de que se le marcaran demasiado las facciones junto a las mejillas y la comisura de los labios. La mandíbula ancha, junto a la nariz chata y a unas cejas gruesas, daba cierto toque agresivo a su cara, aunque no exento de gran atractivo. Acostumbraba observar sin apartar la mirada de su interlocutor. Sus ojos oscuros escondían cierto misticismo tras unos párpados ligeramente caídos. Era una mujer con carácter, aunque pocas veces lo demostraba. Prefería pasar desapercibida todo lo que su apellido le permitiera. No se preocupaba por ir a la moda, ni le interesaba conseguir el favor de las amistades, ni siquiera caer bien. Había rechazado tajantemente a todos sus pretendientes, lo cual alimentaba los rumores sobre sus inclinaciones sexuales. No obstante, Leandra parecía ignorarlos o, si los conocía, no les prestaba la más mínima atención.

—Desde luego —dijo Deuz, observándola de la cabeza a los pies—, no sabe cuánto me alegra que haya decidido cambiar el sitio con Erik. Esta noche se encuentra usted magnífica.

La hermana de Robert Veldecker respondió con un asentimiento.

Lo cierto era que Leandra no se había preocupado en elegir un vestido de noche para la fiesta, y con ese pañuelo ni siquiera se le veía el cuello. Sólo las manos, y éstas evidenciaban un absoluto descuido por la manicura y el cuidado de la piel que hasta en Caeley se notaba. No obstante, había algo en aquella mezcla de violenta feminidad descuidada que la dotaba con un atractivo sensual difícil de resistir.

El primer plato ya desfilaba por el salón, llevado por una legión de camareros que se distribuyeron estratégicamente entre las mesas. Erik no quiso demorar por más tiempo su entrevista personal con Robert Veldecker.

—Quería felicitarle personalmente, Robert. Ese aumento en los ingresos nos viene en el mejor momento.

—Todo el mérito es de Peter Durriken. Yo sólo le di vía libre para trabajar.

—Bueno, yo también lo apadriné y financié buena parte de su proyecto.

—Sí, cierto —admitió Robert.

Erik había pronunciado la frase mirando a los nobles que lo rodeaban. Algunos le devolvieron una sonrisa. Robert se revolvió en su asiento.

—Disculpe que lo haya olvidado. Mis ocupaciones suelen ser tan primordiales y me mantienen tan atareado que en ocasiones no tengo tiempo para recordar los deberes asignados a los nobles.

—Yo diría que la creación del S.R.T. es más que una simple tarea. De hecho, imagino que los ingresos extra irán destinados a tapar los agujeros que ha dejado la parálisis del comercio exterior; porque sigue completamente paralizado, ¿no es así?

Una sombra cubrió la mirada de Robert. Tras el hiriente comentario de Erik observó con toda la discreción posible a los comensales más inmediatos. Buscó a quienes estuvieran atentos a la conversación o hubieran escuchado el comentario por accidente. Algunos ya le dirigían una mirada desconcertada. Casi nadie había sido informado aún de la situación del comercio exterior. Robert se esforzó por parecer calmado.

—En efecto, señor Gallagher. El dinero irá destinado a tapar la falta de ingresos que experimentamos en ese sector.

—¿Qué ocurre con el comercio exterior? —preguntó Baldomer Dagman. Estaba sentado a su derecha, dos asientos más allá de Angélica. Era el líder de la familia Dagman y jefe del departamento químico del Pináculo. La elaboración en cadena del praemortis se encontraba enteramente bajo su mando. Ahora miraba directamente a Robert, aguardando una explicación.

—Bueno... no es nada alarmante... lo que ocurre...

—Hace más de veinte días que no nos llegan envíos desde Vaïssac —cortó Erik.

—No es la primera vez que ocurre —se defendió Robert.

—Nunca durante tanto tiempo. No sabemos nada de ellos.

—¡Por el Apsus! —terció Laesan Ike. Pese a encontrarse a varios asientos de distancia, la matriarca de la familia Ike se había enterado de la conversación—. ¿Y nuestros envíos? ¿Tampoco han llegado?

Robert habría dado su mano derecha para evitar responder a la pregunta.

—No...

Mientras el resto de invitados permanecía ajeno a la conversación, disfrutando de la fiesta y la cena, un silencio incómodo cubrió a los comensales más cercanos al anfitrión. El desconcierto comenzaba a dibujarse en sus rostros a medida que consideraban cuál sería la causa de una ausencia total en las comunicaciones. Robert dirigió una mirada de soslayo hacia su derecha. Allí, entre Baldomer y su esposa, se sentaba su consejero, Raquildis. Era un hombre de sesenta y nueve años. De piel cerúlea. Prefería llevar el pelo rapado, pues se estaba quedando calvo. Las facciones de su rostro alargado y de pómulos caídos no se habían alterado con el tema de conversación. Raquildis mantenía la vista fija en su plato, totalmente ajeno a la tensión. Cuando se supo observado, devolvió a Robert una mirada displicente y volvió a centrarla en su comida.

—¿Y si...? —Peter Durriken, a quien se le había concedido el privilegio de sentarse cerca del líder, rompió el silencio. Tragó saliva cuando vio que sus palabras atrajeron la atención de los comensales, pero se decidió a continuar—. ¿Y si los hubiera atacado el Haiyim?

Su pregunta penetró en las entrañas de Robert como un cuchillo candente. En el fondo, sabía que todos estaban pensando en la misma posibilidad.

—Bueno... quiero decir —continuó el bisoñor—. La criatura atacó hace cinco años esta ciudad, y casi nos hunde en el Apsus. Podría haber vuelto, estar rondando las rutas de submarinos... o incluso haber hundido Vaïssac.

El comentario arrancó un revuelo de susurros. Angélica descubrió que una lágrima resbalaba desde el ojo izquierdo de su marido; pero no por el derecho. Cuando llegó a su mejilla le hizo cosquillas y Robert se la limpió con un movimiento reflejo. Por debajo de la mesa ella intentó agarrarlo de la mano, hacerle una señal para que se calmara, pero Robert evitó su contacto apenas sintió el roce de sus dedos. Dejó la copa que había quedado a medio camino de sus labios y se levantó.

—El ataque del Haiyim a Pináculo fue debido a las prácticas aborrecibles de la Orden. La secta fue perseguida cuando se descubrieron sus crueles sacrificios a la criatura y erradicada de todas las ciudades. El Haiyim no ha vuelto a ser avistado, ni registrado por el sonar de ningún submarino. Debemos esforzarnos en alejar esos miedos supersticiosos y centrarnos en la realidad. No es la primera vez que un submarino se ve obligado a desviar su ruta y el cargamento llega con retraso. Por otro lado, la Tormenta en el último mes ha crecido en fuerza, lo que justifica la falta de comunicaciones. Las corrientes marinas tampoco han ofrecido tregua. La situación, damas y caballeros, es menos alarmante de lo que nuestros miedos quieren hacernos creer.

Encaró a Erik al terminar. Sin embargo, no esperaba la mirada desconcertada que éste le devolvió. Al tiempo, su mujer lo sorprendió por debajo de la mesa. Había alcanzado el gemelo de su pierna derecha y lo apretaba con fuerza para llamar su atención. En ese instante le sobrevino a Robert una fuerte punzada en el lado izquierdo de la nuca que con velocidad fue ganando terreno, extendiéndose por todo el parietal izquierdo hasta su ojo.

—Ahora —continuó con cierto temblor en la voz— les ruego me disculpen. Debo atender un asunto importante.

Se dio media vuelta con rapidez, sin aguardar la respuesta de nadie y tapándose el lado izquierdo de la cara con una servilleta. Apartó la silla de un empujón y avanzó a grandes zancadas por el salón. Cuando se encontraba a mitad de camino de la salida alzó la voz.

—¡Raquildis!

Todos los invitados, asustados por el grito, dejaron su charla y volvieron hacia él su atención. La música también calló. Robert, ignorándolos, ni siquiera se detuvo para esperar a su consejero, que dejaba su asiento con absoluta tranquilidad. Una vez en las puertas, sin embargo, se giró con brusquedad y buscó ansiosamente la ubicación de su hermana. Leandra, como los demás, lo había seguido con la mirada, pero su rostro expresaba una total indiferencia.

—¿Es uno de sus ataques? —preguntó Deuz en voz baja.

Leandra no respondió.

Robert volvió a girarse y empujó las puertas con fuerza. Raquildis cruzo con paso relajado la distancia que lo separaba de la salida y desapareció.

—¡Maldito! ¡Maldito Erik Gallagher! —gritó Robert, ya en su despacho.

Era una sala amplia, provista de extensos ventanales que iban del suelo al techo, a lo largo de toda la pared occidental. A través de ellos se ofrecía una magnífica vista de la ciudad. La pared norte estaba adornada con un bajorrelieve en cobre. La obra mostraba una amalgama de figuras escorzadas, luchando unas con otras de forma que se hacía difícil identificar qué miembro pertenecía a cada individuo. Todas ellas nadaban en un líquido turbulento cuya corriente parecía empujarlas en espiral. Era una fiel representación de la Vorágine, bajo la cual se ubicaba una mesa en madera de roble. Sobre ella, había instalada una pequeña lámpara que arrojaba su luz directamente a una pila de documentos y que dejaba en penumbras el resto del despacho.

Robert alcanzó la mesa y pagó su indignación dando un manotazo a la torre de papeles, que salieron volando por todas partes. Luego, se volvió a su izquierda y se detuvo a observar las vistas. Fuera, la noche inundaba con un manto lluvioso la ciudad de Pináculo. Gotas transparentes rozaban con suavidad los cristales del ventanal.

Raquildis entró en el despacho y cerró la puerta con un movimiento suave. Llevaba algo de hielo sobre un paño. Se acercó hasta Robert, le quitó con delicadeza la servilleta, la envolvió en el paño y se la ofreció de nuevo. El presidente de Praemortis tenía el lado izquierdo de la cara más caído que el derecho, especialmente el párpado. Un abundante lagrimeo le había empapado el pómulo. El ojo estaba muy enrojecido.

—¿Quiere que le traiga el oxígeno? —preguntó.

—¡Están confabulando contra mí! ¡Lo sé! Noto su aliento en mi nuca. Aguardan el momento adecuado para atacar. ¡Me aniquilarán! No puedo consentirlo. No puedo, Raquildis. ¡Debemos hacer algo pronto! Mira de qué forma han sacado un tema espinoso. Sí... Gallagher es astuto.

Se aproximó aún más a los ventanales, de forma que casi llegó a rozarlos con la punta de la nariz. Logró distinguir la avenida Frederick Veldecker: la calle bautizada con el nombre de su padre que conectaba directamente con el Pináculo. Sus seis carriles siempre permanecían atestados de vehículos, un bien que sólo uno de cada quince ciudadanos podía permitirse, pero que disfrutaba cada ejecutivo de la Corporación.

—Yo soy más listo que él —continuó, al tiempo que sus dedos tamborileaban sobre el cristal—, mucho más. ¿Viste como dirigió la conversación? Él inició el tema, abrió el camino para que Peter hiciera la pregunta clave, la pregunta espinosa. Así él se libra de toda responsabilidad. ¡Claro! Seguro que ambos están aliados. Seguro...

Otra punzada le obligó a callar. El dolor aumentaba con rapidez y ya se había extendido hasta la mandíbula.

—Señor —respondió Raquildis—. Es evidente que está a punto de sufrir otro ataque. ¿No quiere que le traiga el oxígeno?

—¡Ahhh! —se quejó Robert, y comenzó a caminar de un extremo al otro del despacho—. ¡Al Bríaro con el oxígeno! ¡Al Bríaro con todos vosotros! Conspiráis contra mí. Queréis despedazarme y enriqueceros con los restos. ¡Tú, Raquildis, eres el peor de todos! Eres como una serpiente; silencioso y traicionero. Siempre haces lo que te conviene, incluso cuando trabajabas para mi padre.

Mientras Robert se paseaba, el consejero se había quedado parado en el mismo sitio, observándolo, siguiéndolo con la mirada, pero sin alterar ni un ápice el gesto frío y sosegado de sus facciones. De repente, el líder de Praemortis encaró a Raquildis y caminó hacia él con velocidad. Se detuvo cuando parecía que iba a chocar y le susurró a pocos centímetros de su cara:

—Tú también buscas acabar conmigo. ¿Verdad? Tienes un plan cuidadosamente hilado. Sí... ¿Crees que no lo sé? ¿Crees que estoy ciego a tus artimañas?

Raquildis no contestó.

—Dime, consejero. ¿Por qué no me defendiste durante la conversación? ¿Acaso has olvidado quién fue el responsable de que el Haiyim quisiera hundirnos en el Apsus?

Raquildis continuó en silencio, pero una sombra invadió su mirada. Sus facciones se endurecieron como si hubieran sido cinceladas en piedra.

—Todos vosotros —continuó Robert— día y noche, andáis buscando la manera de derrocarme. Cada vez que os doy la espalda, cada vez que bajo la guardia un solo instante, aprovecháis para clavarme vuestras envenenadas garras. ¿Confabulas contra mí, Raquildis?

—No, señor.

—¡¡¿Confabulas contra mí?!!

—No... mi... señor —Raquildis acentuó cada sílaba.

Un nuevo embate de la cefalea asaltó a Robert, agudo como si una docena de alfileres le penetraran el ojo y se introdujeran hasta su cerebro. Dejó escapar un sollozo desesperado y ejerció presión con ambas manos sobre el paño. El dolor se extendió por toda la cabeza y comenzó a latir hasta hacerse casi insoportable. Las náuseas lo invadieron. Regresó a los ventanales, apoyó la espalda en ellos y se dejo caer hasta quedar acurrucado, balanceando la cabeza arriba y abajo.

—Para... para... para —comenzó a musitar.

Raquildis se acercó hasta quedar frente a él.

—Quizás, en lugar del oxígeno, prefiere que le traiga...

—¡No, esta vez no! Quiero luchar contra el dolor.

—No tiene por qué hacerlo, señor, habiendo medios para mitigarlo. No sea tan testarudo como su hermana.

—¡He dicho que no! Pasará pronto.

—Sabe que no será así. Durará horas. Aun cuando se pase, no transcurrirá mucho tiempo antes de que le sobrevenga otro ataque.

Robert se levantó, apartó a Raquildis de un manotazo y huyó en dirección al bajorrelieve. Apoyó su mano libre —la otra aún sujetaba el paño con hielo— en una de las cabezas cinceladas.

—¡Apártate! No confío en ti. Ya no puedo confiar en nadie.

—Puede confiar en mí —respondió Raquildis.

Las palabras desfilaron entre sus dientes como un siseo profundo a la vez que grave. Caminó, siguiendo los pasos de Robert hacia el bajorrelieve, aunque esta vez se detuvo a una distancia prudencial.

—¿Hasta qué punto? —indagó Robert. Estaba de espaldas a su consejero, con la vista fija en el bajorrelieve, observando sus formas caóticas—. ¿Hasta qué punto eres de fiar?

—¿Qué desea que haga?

—Mátalo.

—¿A quién?

—¡Ya sabes a quién! —Robert se volvió con brusquedad y encaró a su consejero—. No juegues conmigo.

—¿Cree que es prudente terminar con Erik Gallagher? Quizás sea mejor que lo piense cuando se encuentre más calmado.

—Ahora pienso mejor que nunca. Erik se está convirtiendo en un peligro para mi puesto. No me digas lo que debo hacer y obedece.

—¿Desea que utilice mis contactos?

Robert tardó en responder. Otra nueva punzada tensó cada nervio de su rostro.

—No. No creo que tus contactos sirvan. Erik tiene tantos amigos en la Orden como puedes tenerlos tú.

Raquildis enarcó una ceja como si el comentario lo hubiera ofendido.

—Se equivoca, señor.

—No importa. Pronto todo el mundo sabrá que hemos perdido contacto con la ciudad de Vaïssac. Si la Orden comete el crimen, la opinión pública lo relacionará con la ausencia de comunicaciones y cundirá el pánico. No, aleja a tus sectarios de cualquier implicación.

El dolor fustigó con más fuerza su cabeza. Robert se sentó en la silla de su despacho. El paño con hielo no lo consolaba lo suficiente, de modo que lo arrojó con desprecio todo lo lejos que pudo. Extendió ambos brazos sobre la mesa de roble y apretó los puños hasta que los nudillos se le tornaron blancos.

—Por...favor...—dijo, pidiendo una tregua a su mal. Pero la cefalea no menguó ni un ápice.

—Entonces —continuó Raquildis como si ignorase el sufrimiento que padecía su jefe—, ¿qué plan sugiere?

—Us... usaremos a los rebeldes —Robert respiraba agitadamente. La tensión del dolor le hacía sudar. Algunas gotas ya habían caído desde su nariz al piso de parqué.

—¿A los Cuervos? —quiso aclarar Raquildis.

—Sí.

—Los Cuervos no harán un trabajo para la Corporación. Se oponen a su política... por eso los llamamos rebeldes, señor.

—Lo... lo harán... Lo harán si les ofrecemos lo que... buscan.

Robert comenzó a jadear con fuerza. Sus quejidos se habían transformado en un sollozo desesperado.

—¿El Néctar? ¿Y cómo sugiere que lo hagamos sin levantar sospechas? La fabricación de Néctar está restringida y altamente vigilada por los confesores. Si robamos varias dosis sin justificación y se lo damos a los rebeldes...

—S... se lo arrebataremos a un confesor. A... Néstor, el... hijo... de Erik. Le tenderemos una trampa, y le entregaremos su Néctar a los Cuervos.

Robert jadeaba a causa del insoportable dolor. Se llevó las manos a los cabellos y se los agarró sin importarle que aquello lo despeinara.

—¿Una trampa? ¿De qué tipo?

—Por... favor... para... para ya.

—¿Señor?

—Una... encerrona... Raquildis... tráemelo. Por favor, no lo soporto más.

Los labios de Raquildis, que solían curvarse hacia abajo formando una mueca, dejaron entrever una sonrisa.

—Por supuesto.

El consejero salió con tranquilidad del despacho. Robert, con la cara contorsionada por el dolor y sin poder abrir apenas los ojos, barrió con ambas manos la mesa para quitar de encima los pocos documentos que quedaran. La lámpara también cayó. Quedó de lado sobre el piso, con su luz incidiendo directamente sobre el bajorrelieve, de tal forma que sombras grotescas se extendieron por toda la estancia. Robert se tumbó encima de la mesa, boca arriba, sin apartar la vista de las retorcidas figuras. Por un momento parecieron moverse, retorcerse más. Fue un movimiento muy leve, casi imperceptible, quizás por efecto del extraño ángulo de la luz, o por la distorsión de la realidad que le provocaba un nivel de dolor tan elevado.

Al poco rato volvió Raquildis. Llevaba en sus manos una jeringuilla llena con un líquido blanco.

—Estaré en mi habitación cuando regrese —dijo, y dejó la jeringuilla sobre la mesa, cerca de Robert. Luego desapareció.

Robert, sin apartar la vista del mural, se remangó a toda prisa y se clavó la jeringuilla en el brazo.

Dentro de un rato, el praemortis le libraría de todo dolor.

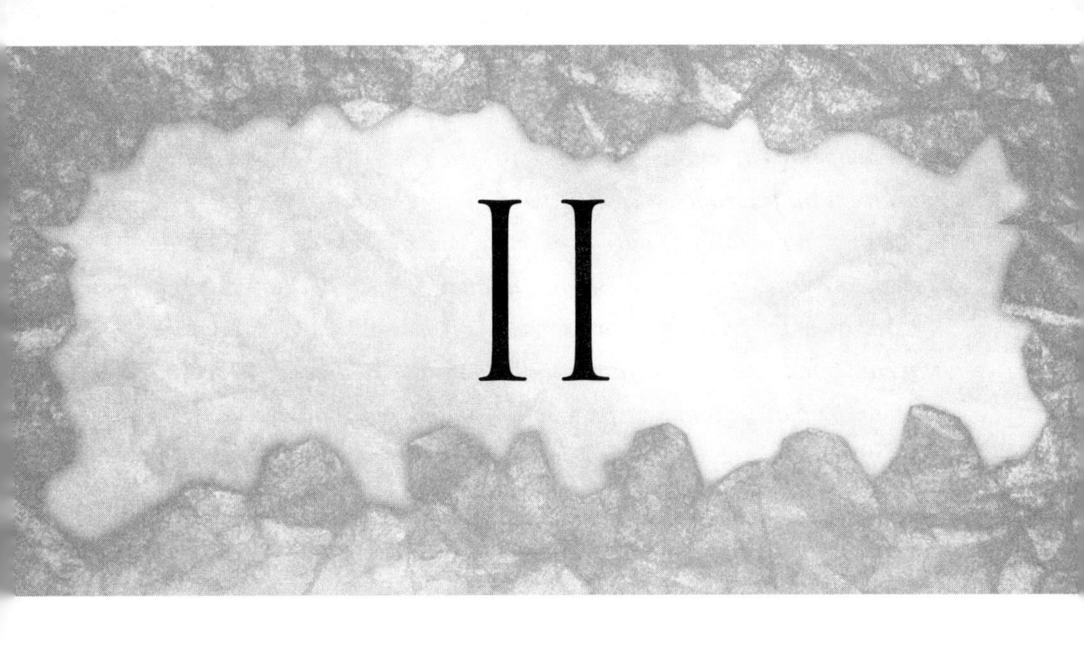

II

Inicio este diario el día que me he propuesto hallar un tratamiento abortivo eficaz contra la Cefalea Histamínica o Cefalea en Racimos. Debo aclarar, antes de pasar a describir mis primeras investigaciones, que mi intención no persigue tanto un avance para la ciencia como el beneficio propio. Mi hijo Robert sufre la cefalea desde hace medio año. Los dolores lo asaltaron una madrugada y desde entonces apenas recuerdo treguas. El ataque va acompañado de enrojecimiento del ojo, caída del párpado, congestión y abundante destilación nasal. También mucha agitación, pues la intensidad del dolor no permite la relajación del cuerpo. En Robert también son frecuentes los vómitos, pese a no ser uno de los síntomas de normal aparición. El dolor suele aparecer siempre en el mismo lado de la cabeza (unilateral) y se extiende desde la nuca hasta la mandíbula, incluyendo nariz, ojo y frente. Las crisis aparecen con mayor frecuencia durante el sueño, de madrugada. En veinticuatro horas he llegado a contabilizar unos seis ataques de duración variada: normalmente entre veinte y treinta minutos, aunque la pasada noche Robert sufrió un ataque particularmente fuerte que se prolongó durante noventa y cuatro minutos.

Los ataques resultan tan intensos y prolongados que ya he observado los primeros indicios que apuntan a la depresión: bajo estado de ánimo, falta de apetito e insomnio. De seguir así, temo que su vida corra peligro. Curarle es mi prioridad y la principal de mis motivaciones.

Pese a que el oxígeno puro se ha mostrado eficiente en un cincuenta y tres por ciento de los casos, en las ocasiones en que falla Robert tiende a desesperar. Dos veces lo he sorprendido introduciéndose el tubo directamente por la nariz, sin recurrir a la mascarilla, lo cual le provoca intensas hemorragias que prefiero evitar. Por ello he comenzado a ensayar con cierta alteración de un triptano; una versión potenciada por mí mismo. Partiendo desde aquí, tengo la esperanza de encontrar pronto un remedio.

Diario del Dr. Frederick Veldecker
Año 2268, después del Cataclismo

La ciudad amaneció cubierta por una bruma húmeda y blanquecina que le daba un tono tétrico a las calles. Era la primera mañana de luz que Pináculo disfrutaba en días, pues los frecuentes y largos eclipses de sol, unidos a la densidad de las nubes de la Tormenta la sumían en largas noches lluviosas que se extendían incluso semanas enteras.

En aquel inusual amanecer, las gaviotas fueron las primeras en madrugar. No tardaron en llenar el cielo con su vuelo irregular y bajaron a merodear las cafeterías donde se arremolinaban decenas de funcionarios corporativos para tomar un rápido desayuno que les calentara las tripas. Poco después, los vehículos taponaron la autopista, produciendo un concierto de sonidos de claxon. Millones de trabajadores, todos empleados de Praemortis, o de empresas afiliadas a la Corporación, se despertaban a la misma hora para acudir a sus puestos. La hora punta sobre la ciudad-plataforma llamada Pináculo se transformaba en un caos de idas y venidas apresuradas. Una monstruosa maquinaria que despertaba cada mañana, alimentada con el azogue de un recuerdo aterrador. Pues cada empleado, cada ciudadano mayor de veintiún años, había sentido el praemortis ardiendo por sus venas y recordaba que, de no trabajar lo suficiente, el Bríaro lo estaría aguardando al morir. Por ello cada trabajador se esforzaba por ser el más eficiente. Había pocos retrasos, o faltas laborales, o vagancia, porque a todos los impulsaba una motivación obsesiva. En cualquier momento podrían morir, y más valía que en la hora de la muerte el confesor fuera misericordioso y les otorgara la salvación.

El éxito del Servicio de Renovación de Trabajadores había obligado a los bancos a extender su horario de apertura, pues en ellos era donde se tramitaban las transferencias desde el trabajador inscrito en el S.R.T. a la persona que él quisiera. Especialmente recargado estaba el Banco de Pináculo, el más grande de la ciudad y el más famoso del mundo habitado. Ya en la madrugada abría sus puertas y sus operarios trabajaban sin descanso en tres turnos hasta la noche. Debido a la demanda, incluso se estudiaba que abriera las veinticuatro horas del día. La vigilancia también se había reforzado. Una escuadra del personal de la Guardia solía rondar cada sala y pasillo, sin desatender las cámaras acorazadas.

Pero aquella mañana la vigilancia subió un nivel más: un par de horas tras su apertura, la figura imponente de un confesor se plantó a un lado de las puertas giratorias de entrada.

Al principio, el director del banco temió que su presencia asustara a la clientela. Un confesor era el símbolo definitivo de poder. Ninguno bajaba del metro setenta y cinco de altura. Solían vestir todos iguales: protegidos por una armadura que les cubría todo el cuerpo como una segunda piel, hecha mediante una aleación metálica que la hacía dúctil e impenetrable. Constaba de placas de diverso tamaño, de color negro ligeramente reflectante, y superpuestas como las escamas de un pez, pero su forma no era redondeada, sino rectangular. Cubría todo su cuerpo, incluso allí donde debía estar la cara, de forma que no quedaban puntos débiles ni era posible reconocer quién se ocultaba tras el uniforme. Vestían también una capa con capucha de color azul oscuro.

Debido a que todos llevaban la misma armadura, se hacía imposible distinguirlos. No obstante, existían ciertas excepciones. De vez en cuando un confesor usaba una capa de diferente color, o llevaba algún detalle en su armadura que lo hacía destacar sobre los demás. Era un misterio para los ciudadanos si esta diferencia suponía un estatus más elevado o si entre los confesores no existían jerarquías. Al menos para los ciudadanos, el detalle en el uniforme hacía al confesor más temible y respetado, si es que era posible sentir más temor y respeto del que regularmente se tenía por alguna de aquellas figuras.

Así ocurría con aquél a quien llamaban «La Zarpa». Su nombre real era Marcus Haggar según decían, y era el confesor más famoso de todos por lo despiadado de sus procederes. Haggar se permitía el lujo de llevar una capa blanca. Así se distinguía de los demás. Sin embargo, lo que más atemorizaba a quienes se cruzaban con él eran las cuchillas que llevaba soldadas en el guantelete derecho de su armadura. Era bien sabido por todos que las utilizaba con más frecuencia que su arma reglamentaria, lo cual no pocas veces había provocado un auténtico espectáculo de sangre que aumentaba exponencialmente su fama de carnicero.

El confesor que se había plantado frente a las puertas del banco también usaba un rasgo diferenciador: una capa de color gris. Se quedó de espaldas al edificio, vigilando la calle en silencio. Cada persona que pasaba agachaba instintivamente la cabeza, aunque, contrariamente a los miedos del director, la afluencia de clientela no menguó ni un ápice.

—¿Sabes lo que dicen de ellos? —susurró Jace al oído de Carla, señalando a la figura del confesor.

Necesitaba unas actas que se encontraban en el escritorio de la chica y había aprovechado la situación para abordarla por sorpresa. Carla dio un respingo. Había evitado durante toda la mañana mirar en dirección al confesor, pero a medida que avanzaba el día fue notándose cada vez más inquieta, y a la vez más interesada por mirar hacia la misteriosa figura. Cuando Jace la sorprendió, alzó la vista por primera vez y sus ojos encontraron accidentalmente aquella armadura de placas.

No la agradaban los confesores. Tenía la inquietante sensación de que, de alguna forma, el vago reflejo de las personas sobre sus placas les permitía ver más allá de la carne.

—¿Qué dicen? —respondió. Su voz temblaba.

—Se dice que desde pequeños fueron educados en esa secta llamada la Orden. Para probar si eran aptos, los sectarios los arrojaban al Apsus... después de invocar al monstruo marino.

—Bobadas —dijo Carla, pero notó que se le hacía un nudo en el estómago.

—Si el Haiyim no les hacía nada —continuó Jace, susurrando al oído de su compañera— se entendía que habían sido bendecidos por la criatura y comenzaba su entrenamiento. De lo contrario... bueno, ya sabes.

Carla desvió su mirada hacia Jace. Procuró parecer enfadada, pero era evidente que el relato la había asustado.

—Eso es una leyenda estúpida. No es la primera vez que la he oído. Ahora, llévate de una vez las actas. Tengo mucho trabajo.

Jace cogió los documentos y puso rumbo a su mesa sin decir palabra. Meterle miedo en el cuerpo a Carla lo había dejado más que satisfecho. Le gustaba esa chica, pero disfrutaba poniéndola de los nervios o asustándola. Eso le hacía parecer superior, y a ella indefensa. Aunque, por otra parte, quizás fuera el momento de comportarse, de parecer un caballero ante ella y...

—Disculpa —llamó alguien a su espalda.

Se volvió, pero no reconoció a la persona que tenía delante. Era un hombre nervudo y de aspecto descuidado. Lucía barba rala, sin recortar, y pelo rapado. Vestía unos pantalones con la raya mal planchada, tirantes, una camisa de cuadros rojos y blancos deslucida y una boina color gris.

—¿Me puedes sujetar esto? —dijo el desconocido, y antes de que Jace tuviera tiempo de responder, puso un objeto en su mano y echó a correr en dirección a la salida.

Desconcertado, Jace abrió la palma para descubrir lo que el desconocido le había dejado. Era una cápsula pequeña y ligera, de color negro, con un diminuto contador digital que marcaba una cuenta atrás.

3...2...1

La explosión extendió en décimas de segundo una nube de gas somnífero por toda la sala principal. Banqueros, clientes y soldados de la Guardia cayeron fuera de combate antes de que pudieran percatarse de lo que sucedía. El confesor, que estaba a punto de perseguir al extraño que salía corriendo del banco, fue también alcanzado por la nube. Su armadura lo protegió de los efectos del gas, pero la ausencia de visibilidad lo dejó por unos segundos desorientado y sin poder reaccionar.

El rebelde, para evitar la onda expansiva, echó a correr hacia su izquierda, y ya se encontraba a la altura del primer cruce. De allí emergió un portatropas blindado; se abrió camino pasando sus inmensas ruedas por encima de los coches que colapsaban la calle. Era un vehículo que usaba la Guardia para misiones de combate, provisto de troneras a los lados y de una torreta superior en la que había montada una enorme ametralladora de tres cañones acoplados.

Cuando el rebelde alcanzó el portatropas, una escotilla se abrió en la parte superior y de ella apareció un hombre de mediana edad. Tenía la cabeza rapada al cero, pero se había dejado crecer una espesa barba rubia. Mordisqueaba los restos de un puro a un lado de la boca y vestía un chaleco acolchado de pescador. Sus ojos, de un azul intenso, se agitaron nerviosos, estudiando los alrededores del banco. La nube se disipaba con velocidad; no obstante, había cumplido con su cometido: el caos se había extendido por toda la calle. La gente corría despavorida en todas direcciones. Varios coches provocaron un accidente en cadena.

—¿Lo he hecho bien, Stark? —dijo el rebelde mientras Stark le alargaba la mano para ayudarlo a subir—. Todos dormidos en el banco; sin víctimas.

—¿Viste al confesor?

—Se habrá echado una siesta. La nube lo alcanzó.

—Esto no ha terminado, Jonash. Me temo que nos va a hacer falta mucho más.

No había terminado la frase cuando, en mitad de la calle, entre la multitud despavorida y los restos de la nube, emergió la figura del confesor, incólume. El tráfico se había detenido a su alrededor, de modo que los separaba un atasco de doscientos metros de longitud.

—¡Knoward! —gritó Stark al interior del vehículo— ¡A la ametralladora! ¡Que no se acerque!

Desde otra escotilla, justo bajo la ametralladora, surgió otro rebelde. Un hombre de complexión atlética. Su piel tersa y una larga melena rubia le daban un aspecto seráfico. Trepó hasta la torreta y encaró el arma en dirección al confesor. Este se llevó la mano a la espalda, tras la capa, y desenfundó un fusil lanza-arpones ya cargado; al mismo tiempo, comenzó a correr saltando por encima de los coches, directo al carro blindado.

Desde el otro lado, Knoward tiró del cerrojo con fuerza y apretó el disparador. La ametralladora comenzó a escupir fuego acompañada de un ruido ensordecedor. Sus tres cañones lanzaron un chorro de proyectiles que impactaron al confesor y a todo lo que hubiera en cinco metros a la redonda. Los coches que lo rodeaban se llenaron de agujeros en décimas de segundo. Los cristales de las ventanillas estallaron arrojando esquirlas por todas partes. El pavimento voló en pedazos cuando fue alcanzado. Contra el confesor, las balas causaron una lluvia de chispas sobre la armadura y arrasaron por completo su capa. Le hicieron perder el equilibrio por la fuerza de cada impacto, pero no lo hirieron. Al momento recuperó fuerzas, apoyó una pierna sobre el maletero de un coche y la otra en el capó del que le seguía detrás, y con una mano apuntó su fusil hacia el portatropas. El arpón cruzó raudo la distancia que lo separaba del objetivo, atravesó la chapa frontal que protegía al artillero de la torreta y se clavó en el pecho de Knoward de tal modo que la punta le asomó por la espalda. El rebelde cayó muerto en el acto y la ametralladora se detuvo, dejando un rastro de humo que salía desde sus tres cañones incandescentes.

Stark maldijo. El confesor seguía ganando terreno, saltando de coche en coche a la vez que ya cargaba otro arpón en el fusil.

—¡Vámonos de aquí! ¡Nos cazará a todos! —escuchó que gritaba Jonash desde el interior del portatropas. El joven rebelde se enfrentaba por primera vez a la resistencia de un confesor. Todo el ánimo que había demostrado al principio había desaparecido, tornándose en un pavor que aumentaba con cada metro que avanzaba su enemigo.

—¡Jonash, mantén la compostura!

Geri, la lugarteniente de Stark, imponía orden en el interior. Sabía dar a su suave voz la energía necesaria para que los rebeldes la obedecieran.

—¡Aún no nos vamos! —añadió Stark—. ¡Necesito fuego de cobertura!

Se introdujo dentro del vehículo y cerró la escotilla. Al momento, otro nuevo ataque surgió desde las troneras. Los rebeldes, protegidos por el grueso blindaje lateral del vehículo, disparaban sus fusiles para frenar al objetivo.

El confesor, ya a cincuenta metros, volvió a tomar posiciones con el lanza-arpones cargado. Apuntó de nuevo con una sola mano y disparó. Esta vez el arpón voló bajo. Penetró por una de las troneras, atravesó limpiamente la cabeza de Jonash y se quedó clavado en la pared de enfrente. El muchacho permaneció durante un segundo en la misma postura, y luego cayó al suelo como una marioneta a la que hubieran cortado las cuerdas.

Los rebeldes, conmocionados, cesaron de disparar. Sin embargo, era la oportunidad que Stark aguardaba. Antes de que el confesor estuviera de nuevo listo para disparar, emergió de la escotilla superior con un lanzacohetes al hombro. Al ver esta nueva tentativa de ataque, el confesor sacó otro arpón del carcaj a su espalda y comenzó a cargar su arma. Stark, lejos de inquietarse, se tomó su tiempo para apuntar. Mascó el puro, se lo cambió un par de veces de lado, y finalmente apretó el gatillo. El proyectil salió disparado, dejando un rastro de humo a su paso e impactó en el flanco derecho del objetivo. La explosión obligó a que Stark se protegiera en el interior del carro. Varios coches saltaron en pedazos, quedando reducidos a restos carbonizados. Cuando el fuego dio paso al humo, Stark se asomó por una de las troneras para buscar al confesor.

Lo encontró tumbado boca arriba, en la acera. El impacto lo había lanzado a cuarenta metros de su última posición. No se movía.

—¿Está muerto? —preguntó el conductor del blindado, llamado Reynald. Un ex cazador de ballenas, de cincuenta años de edad, grande y fuerte como un cachalote. Se dejaba crecer un espeso y negro bigote que unía con las patillas.

—Si no lo está —continuó el cazador de ballenas— habrá que salir por patas en este cacharro y decirles a esos perros de la Corporación que nos den más material... y ya de paso, un vehículo más grande.

—No lo creo, Rey, pero ha quedado fuera de combate. Ya es nuestro.

Me llamo Ipser Zarrio, y mi hijo, Leam, ha muerto.

Desde el balcón de mi piso puedo ver la franja norte de la ciudad, detrás del edificio de Praemortis. Allí hay un muelle desde el que parten los submarinos hacia las demás ciudades-plataforma. Pero una sección de la franja no es un muelle. Hay en su lugar un edificio ancho, de tan sólo dos pisos. Es el Cómburus, aunque casi todo el mundo lo llama «el horno». Allí llevaremos a mi hijo dentro de dos horas. Lo calcinarán completamente y esparcirán sus cenizas por el Apsus. Lanzado al caos de sus olas. En cambio su conciencia, su yo, ya nada en las aguas de la Vorágine. Paradójicamente, es el mismo destino para ambas partes de un mismo ser.

Desde que Leam regresó del otro mundo ya no fue el mismo. Su mirada no volvió a prestar atención a la realidad. Se quedó perdida. Perdida en el Bríaro, en el caos de viento que lo lanzó hacia ese mar de condenados. A partir de entonces comencé a trabajar horas extra. No podía apuntarme al S.R.T., porque aún soy ciudadano activo y tengo que pagar mi propia salvación, pero me esforcé cuanto pude por lograr mi Néctar para así poder comenzar a pagar el suyo cuanto antes. Hellen también trabajó el doble de lo normal. El sobreesfuerzo no tardó en provocarle un ataque de ansiedad que la ha mantenido en cama, atiborrada de tranquilizantes.

Por desgracia, y tras el paro cardíaco inducido por el praemortis, el corazón de Leam no nos dio el tiempo suficiente. En el fondo, el practicante estaba en lo cierto: todos vuelven del viaje. Leam volvió durante nueve días antes de marcharse para siempre.

Vimos venir la muerte desde el principio. Se aproximaba con lentitud, hora tras hora, succionando su vida, arrebatándole las fuerzas para caminar, para hablar, para luchar por la supervivencia. La mañana del noveno día, reuniendo la poca energía que quedaba en su cuerpo, Leam pidió un confesor. Todos sabíamos que no había pagado su Néctar, pero Hellen insistió en que lo llamáramos.

—Dicen que, de vez en cuando, un confesor siente misericordia del moribundo y le da el Néctar aunque no lo haya pagado —me dijo desde la cama, con la voz afectada por las medicinas.

Parecía hablarme desde un sueño. No quise despertarla, y no contesté.

Llamé al confesor y a nuestros familiares cercanos. Avisé a vecinos y amigos, y finalmente salí a la calle a esperar. La Tormenta llevaba mucho sin dar treguas al sol. Era el cuarto día que no nos llegaban sus rayos. La lluvia caía con fuerza desde la oscuridad. Golpeaba incesante el pavimento, la chapa de los coches y los cristales. Se escurría por la fachada de los edificios y corría en riachuelos calle abajo. Los sombreros no servían de nada, los paraguas se hacían insuficientes. Yo dejé que me calara las ropas, que su frío contacto se filtrara a través de mi piel. Me quedé en pie, esperando. Rogando a las aguas de la Tormenta y al mismo Apsus que concediera una oportunidad de vivir a mi hijo.

Tras media hora, el confesor dobló la esquina. La visión de su capa blanca ondeando a su paso me produjo un escalofrío que el agua jamás me hubiera logrado arrancar.

Era la Zarpa.

Marcus Haggar cruzó la calle en dirección a mi edificio. La calle había quedado desierta. Ni siquiera transitaban coches, como si la presencia de Haggar los hubiera espantado. La idea no resultaba extraña, pues ya desde lejos causaba terror. No era un confesor de gran estatura, pero tenía un andar majestuoso que le hacía parecer más grande. El apodo con el que le habían bautizado, lejos de incomodarlo, había ayudado a lograr un mayor respeto sobre su persona. Supongo que por esa causa ordenó que le incrustaran dos enormes cuchillas, a modo de garras, en el puño derecho. Se decía que era el arma que usaba casi siempre, con preferencia al fusil lanza-arpones. Incluso que se deleitaba clavando aquella «zarpa» en sus oponentes, verles sentir el agudo tacto del filo en sus entrañas y agonizar frente su propio reflejo en las placas de la armadura.

Cuando Haggar pasó frente a mí, incliné la cabeza instintivamente en señal de respeto. El confesor encontró las escaleras del edificio atestadas de visitantes, pegados a la pared del borde para dejar que subiera sin molestias. Cuando Haggar pasaba a su lado, ascendiendo con paso lento pero enérgico, cada persona bajaba la mirada, se descubría con rapidez o agachaba la cabeza. Es lo que nos han enseñado a todos de pequeños: el confesor porta las llaves de nuestra salvación, ofenderle en lo más mínimo no sólo puede ocasionarnos la muerte, sino la condena eterna. El confesor es reverenciado, respetado como un ser superior. Por eso, cuando uno lleva viéndoles impartir justicia tantos años comienza a pensar que tras la armadura no hay una persona, sino una criatura mística, sobrenatural. La humanidad que existe en un confesor sólo es la del individuo reflejado en el negro metal.

Y, de este modo, Leam se contempló a sí mismo en el casco de Haggar. El confesor alcanzó la cama y se inclinó frente a él, estudiándolo. Dicen que un confesor puede leer los recuerdos de un individuo, adivinar sus pensamientos y, si encuentra algún atisbo de maldad, reproducir sus miedos día y noche hasta hacerle enloquecer. No sé si es cierto, pero es fácil adivinar cuál era el miedo de Leam, el mío y el de Hellen.

La Zarpa extendió su mano y la acercó al rostro de mi hijo. Un par de vecinas, cercanas al cabecero, se aproximaron y le abrieron bien los párpados, pues él apenas tenía fuerzas para mantener los ojos abiertos. El confesor, apoyando el dedo corazón y el pulgar en las sienes, colocó la palma frente a las pupilas. El lector que allí tienen instalado le proporcionó una rápida lectura del historial sobre Leam: su enfermedad, su incapacidad para trabajar... y también le confirmó que su Néctar no estaba pagado.

Cuando Marcus Haggar se incorporó y dio la espalda a mi hijo, se desataron gritos de angustia, un lamento desesperado de familiares y amigos que se extendió por todo el edificio. Nadie podía hacer nada. Nadie era capaz de detener a la Zarpa y moverlo a compasión. Sólo mi esposa, que despertó al escuchar el tumulto, se atrevió a llamarlo desde la cama.

—¡Que le den mi Néctar! ¡Dad mi Néctar a Leam! —dijo con la voz desgarrada.

Yo observaba a mi hijo. Se había quedado paralizado, con la mirada fija en el techo de la habitación. Asumiendo, quizás, el destino de su próximo viaje. Al verle en aquel estado perdí el juicio, corrí hacia el confesor, esquivando los intentos que hicieron para detenerme quienes se encontraban próximos a mí.

—¡Dale mi Néctar! —rogué, cortándole el paso.

La Zarpa no hizo nada durante unos instantes. Quedó paralizada como una estatua. Luego, con un movimiento lento, extendió el brazo y acercó la palma a mis pupilas. Me apresuré a limpiar mis ojos de lágrimas y dejé que me leyera. Cuando supo que yo tampoco había llegado a pagar mi salvación, quiso reanudar el paso, pero volví a impedírselo.

—¡No! ¡No te marches, te lo suplico! Dale mi Néctar a Leam. Trabajaré, día y noche si es preciso. No descansaré hasta pagarlo, lo prometo. Pero por favor, no nos abandones. No condenes a mi hijo. No merece ser condenado. ¡No lo merece!

Haggar me ignoró. Quise detenerle a toda costa y le agarré del brazo, pero con un movimiento enérgico se deshizo de mí. Volé por los aires y caí sobre la mesita de noche que había a un lado de la cama. Me golpeé la cabeza y quedé sin sentido.

Cuando volví en mí, Leam había fallecido.

Observo la ciudad desde el balcón. Cinco días hace que no ve el sol, que no amaina la Tormenta. La familia va a llevarse a Leam al Cómburus. Hellen no tiene fuerzas para acompañarlos, aún sometida a los tranquilizantes. Yo tampoco iré, pues lanzar las cenizas de mi hijo al Apsus no me ofrece ninguna calma. Sé, como él también reconoció cuando vio alejarse a la Zarpa, dónde estará para toda la eternidad. No logro evitar imaginármelo, nadando en la enorme Vorágine, buscando en vano la salida para su atroz destino, rogando para que el Bríaro se equivoque esta vez. Cuando pienso en él, sin una oportunidad para salvarse, destinado desde su nacimiento al sufrimiento eterno, se me revuelve el estómago. ¿Qué macabra inteligencia diseñó un mundo tan inhumano? ¿Qué perverso deleite siente al arrojarnos allí? ¿En qué momento de la historia nos ganamos este castigo? ¿Es quizás nuestro único destino?

El mundo, y mi propia vida, se me antojan una gran incógnita de imposible respuesta. La ciudad es ahora más oscura a mis ojos. No comprendo el sentido del bien, o el orden; el sentido de la existencia y las leyes por las que se rige. Sin Leam ya no sé qué razón debe impulsarme cada mañana a continuar con mi vida. ¿Debe ser la de ganarme la salvación con mi trabajo? ¡Qué importa eso ya! Pues si ganármela me separará para siempre de Leam, sin duda el Bríaro es ahora mi destino obligado. Deseo que el torbellino me conduzca a él, gastar el resto de mi eternidad en hallarle y ofrecerle cuanto consuelo me sea posible reunir.

¿Y Hellen? Vive ajena a la realidad, sumergida en el placentero olvido que le proporcionan las drogas. No sabe si sueña o es verdad lo que ve y oye. ¿No es vano también el amor que siento hacia ella? Un sentimiento que surge sin causa ni razón de ser, sin objeto alguno. Ella murmura ahora mi nombre desde la habitación. Cierro las puertas del balcón y permanezco fuera para no escucharla. Quiero quedarme a solas con la ciudad, con el olor húmedo de la Tormenta. Miro con fijeza el Pináculo, salpicado de puntos luminosos a lo largo de toda su extensión. Desde dentro, desde mis entrañas, emerge una sensación que jamás había experimentado con tanta fuerza.

Es ira. Es odio.

3

Baldomer Dagman se retrasaba. Montó en el ascensor y apretó el botón repetidas veces. Por fin, las puertas se cerraron y la cabina comenzó a ascender. Los pocos segundos que transcurrieron durante la subida le parecieron eternos, aunque le dieron tiempo para recuperar el aliento. Era un hombre enérgico e inquieto, de constitución fuerte y muy velludo. Se había quedado calvo a los veinticuatro años, pero a sus cincuenta aún conservaba una espesa mata de pelo negro alrededor de las sienes. Era un noble al que no preocupaban demasiado las reglas de la etiqueta: hablaba con fuerza y no respetaba el turno de sus interlocutores, comía con la boca abierta y gustaba de contar chistes obscenos en mitad de cualquier reunión sólo porque antes le habían hecho gracia a él. Su decisión y esfuerzo le habían reservado un puesto en las altas esferas, pero al mismo tiempo mermaron su salud; de hecho, Dagman había ingresado de urgencia hasta en cinco ocasiones por culpa de varias crisis de ansiedad. Hasta la fecha, sin embargo, el único ataque cardíaco se lo había ocasionado el praemortis, como a todo el mundo.

Cuando el ascensor se detuvo, no esperó a que las puertas terminaran de abrirse por sí solas y las forzó. Luego, desanudándose la corbata, caminó a paso vivo por un amplio pasillo hasta una puerta ochavada de roble. Al presionar la manija la encontró abierta. Desde dentro lo recibió una voluta de humo. *Sin duda,* pensó, *debe proceder de la pipa de Erik Gallagher. Habrán comenzado sin mí.*

—Pido disculpas por el retraso —dijo nada más entrar.

Los presentes le dirigieron una breve mirada y regresaron a sus asuntos. Allí, en efecto, se encontraba el carismático líder de los Gallagher, sentado al extremo de un sofá de piel, apoyado en el brazo, con su pipa en los labios. Al otro lado del asiento, Baldomer descubrió a Leandra Veldecker. La mujer tenía la mirada perdida en las formas geométricas esculpidas sobre un mural de madera de palisandro, que revestía las paredes de la habitación. Leandra también fumaba con ayuda de una boquilla de ámbar. Junto al sofá, en un sillón orejero, se revolvía nervioso el joven Peter Durriken. Finalmente, de pie, junto a un enorme reloj de péndulo que ya no funcionaba, Baldomer detectó a Raquildis. Su posición lo dejaba parcialmente oculto en las sombras.

—Todavía no hemos comenzado —le informó el consejero cuando cruzaron un saludo.

Baldomer buscó un lugar en el que sentarse. Halló otro sillón orejero algo apartado del grupo, lo movió con cuidado de que las patas no hicieran demasiado ruido y se sentó cerca de Erik.

—Por cierto —le dijo casi en un susurro al llegar a su altura— me acabo de enterar de lo de tu hijo, Néstor. Lo lamento. Esos rebeldes cada día nos causan más problemas.

—Gracias, Baldomer —respondió Erik—. Los testigos dicen que los rebeldes se lo llevaron cuando aún vivía. Tengo la esperanza de que sólo les interese el Néctar. He hablado con Robert y va a organizar una misión de rescate. Por fortuna, el rumor no ha llegado a oídos de mi tío.

Baldomer también conocía las últimas noticias que circulaban sobre el patriarca de los Gallagher, Luther. Al parecer, La Orca Azul —como lo llamaban quienes más confianza tenían con el anciano— no llevaba demasiado bien sus más de ochenta años, y pese a su fuerza de voluntad, empeñada en no dejar aún el mundo de los vivos, su cuerpo comenzaba a ceder ante los achaques de la senectud. Baldomer se sintió tentado a preguntar sobre el origen del apodo de Luther, el cual llevaba tiempo queriendo descubrir, pero supo que debía acomodarse a las exigencias de las buenas formas con una pregunta más banal.

—¿Cómo se encuentra tu tío?

—Continúa enfermo. Creemos que no le queda mucho de vida, pero con él nunca se sabe.

—Deberíamos iniciar la reunión —cortó Raquildis.

—Sigo pensando que él no debería estar aquí —dijo Leandra, y señaló con un gesto despectivo de cabeza en dirección a Durriken. El muchacho desvió la mirada al suelo y entrelazo los dedos.

—Vamos, Leandra, puedes confiar en él —terció Erik—. Lo hizo estupendamente durante la cena. Obedeció mis órdenes al pie de la letra y supo armarse del valor necesario para lanzar la historia del Haiyim.

—Lo que ahora nos ocupa es más importante que dejar caer el comentario adecuado, Erik.

—Peter —dijo Erik, dirigiéndose al muchacho—. Si estás aquí es porque apreciamos tu ingenio y reconocemos tu lealtad a la Corporación. Creemos que puedes ser valioso cuando se forme el nuevo comité de dirección; es más, nos gustaría que formaras parte de él. Pero tal responsabilidad requiere ciertos sacrificios, algunos de extrema dureza. De ellos hablaremos hoy, aquí. Si estás dispuesto a guardar el secreto, si de verdad deseas continuar a nuestro lado, te damos la bienvenida. Nos han dicho cosas muy buenas sobre ti y confiamos en tu criterio. Pero si no te crees capaz de abrazar tal posición de responsabilidad, éste es el momento. Puedes levantarte y abandonar la reunión. No tomaremos represalias si te marchas ahora.

Los asistentes guardaron silencio, esperando una respuesta del incipiente noble. El joven Peter se revolvió el pelo y continuó cabizbajo.

—Yo... yo quiero ascender. Quiero formar parte del nuevo comité de dirección.

—Excelente —respondió Raquildis.

—Entonces comencemos —dijo Erik, dando una palmada.

Leandra miró al muchacho de reojo. La hermana de Robert lucía un traje estilo túnica, ligeramente ceñido, anudado a la cintura y de mangas cortas. No llevaba tocado, pero sí unos guantes negros y el pañuelo que siempre le tapaba el cuello. Por la manga izquierda asomaba una venda que casi llegaba hasta el codo. El resto de los presentes vestía en traje y corbata corta. Ninguno usaba chaleco, excepto Raquildis, lo que le daba un aspecto más distinguido.

—Bien —comenzó éste—. Debo informaros que los otros nobles comienzan a sospechar de nuestra alianza. Si no nos damos prisa se nos echarán encima, y entonces también tendremos que luchar contra ellos por el poder.

—Debimos hacerlo tal y como os propuse al principio —intervino Baldomer—. No nos tendríamos que preocupar por el tiempo.

—Pero habrían surgido otros problemas mucho peores. Tu idea era salvaje y poco meditada —Leandra casi había escupido las palabras. Baldomer la miró de soslayo y frunció su poblado entrecejo.

—Es cierto —añadió Erik—. Baldomer, tu idea no puede ponerse en práctica.

Peter Durriken miraba alternativamente a cada uno de los presentes, pero no sabía de qué estaban hablando.

—No comprendo. ¿De qué habláis?

Leandra esbozó una sonrisa maliciosa.

—Hablamos de matar a Robert Veldecker —aclaró Raquildis.

El muchacho palideció.

—Has dicho que estabas dispuesto a cualquier cosa para ascender, ¿no es cierto? —continuó el consejero—. Pues esto es lo que planeamos. Para eso necesitamos establecer este comité.

Erik observó el desconcierto que ya tomaba forma en la mirada del joven Durriken.

—Peter —dijo—, debes comprender que no haríamos esto si no lo viésemos totalmente necesario. Robert es el fundador de Praemortis y el hijo de Frederick Veldecker, el descubridor de la fórmula que nos mostró el Bríaro. Toda la humanidad le estará eternamente agradecida, pero es un pusilánime. La Corporación está perdida si seguimos confiando en su criterio. Por eso necesitamos retirarle de la presidencia.

—Pero tal vez él... —dijo Peter.

—No. No pienses que aceptaría de buen grado una destitución del cargo. Está enfermo, paranoico. ¿No lo has notado? Fíjate cómo reaccionó durante la cena. Cree que todos están contra él. Proponerle un traspaso de poder en las circunstancias en que se halla arrebataría la poca cordura que le resta. Entonces, con la Guardia y los confesores de su lado, quién sabe lo que sería capaz de hacer...

—Bueno, pero ¿no es eso lo que ocurre?

Todos enmudecieron. Peter, con la voz temblorosa, continuó.

—Quiero decir. ¿No estamos confabulando todos contra él?

El silencio continuó durante unos segundos, hasta que, de repente, Baldomer rompió la tensión con una fuerte carcajada que le hinchó varias venas del cuello.

—¡Me encanta este muchacho! ¡No se calla nada! ¡Me encanta! —dijo, mientras señalaba a Peter—. Chico, por casualidad no te habrás fijado en mi hija, Caeley, ¿verdad? Te prefiero a ti antes que al escuálido mancebo de los Ike. Cuanto más alejada se encuentre de esa familia, mejor.

Peter mostró al noble una tímida sonrisa de complacencia. Erik intervino.

—No hemos tenido más remedio que aliarnos en su contra. Pero debes saber que sus sospechas nacieron mucho antes de que tuvieran lugar estas reuniones. Comprende que la estructura de Praemortis, el sistema entero, se tambalea por culpa de Robert Veldecker. Sí, él lo construyó a su alrededor, pero también fue él quien consintió a la Orden celebrar sus reuniones y entrenar a los confesores. Sus siniestras amistades provocaron el ataque del Haiyim, con las desastrosas consecuencias que todos conocemos.

—¿Los confesores eran entrenados por la Orden? ¡Pensé que sólo eran leyendas!

—Las supersticiosas ideas de Robert le llevaron a trabar esas amistades. Creyó las mentiras de la secta. Ya sabes, eso de que el Apsus y la Vorágine están conectados, y que el Haiyim es en realidad nuestro dios. El dios de ambos mundos. Se dejó embaucar. En realidad, él fue quien atrajo al monstruo marino al consentir que la Orden celebrara sus horripilantes ritos.

Peter Durriken intentaba organizar sus pensamientos. No podía creerse lo que escuchaba.

—Hay más, Peter, mucho más. Toda una serie de desaciertos económicos que han ido desestabilizando el sistema. Por si fuera poco, y como ya conocerás, hemos perdido todo contacto con la ciudad de Vaïssac. Si no restablecemos pronto las comunicaciones perderemos nuestra ruta del transporte comercial. Ya estamos notando las consecuencias. Si no llega a ser por ti y el programa para el Servicio de Renovación de Trabajadores, nos habríamos acercado peligrosamente a una crisis económica. Por eso queremos deponer a Robert. Se nos agota el tiempo. Es la hora de formar un nuevo orden, un nuevo gobierno que sepa respaldar a los ciudadanos de Pináculo y de todo el mundo civilizado. Haremos lo que sea necesario, por eso nos hemos reunido aquí. Robert debe ser eliminado.

Absorto, Peter Durriken asentía a las palabras de Erik. Cuando el noble terminó, dio una larga calada a la pipa y lanzó una espesa nube de humo sobre las cabezas de los presentes. De entre la niebla artificial emergió la figura lánguida de Raquildis.

—He estado investigando, y creo que he hallado una solución.

El consejero avanzó hasta colocarse en el centro de la habitación.

—Como sabréis, Robert padece una extraña enfermedad que le provoca fuertes dolores de cabeza.

Paseo su mirada de párpados caídos para asegurarse de que todo el mundo le comprendía. Se detuvo en Peter.

—Durriken, ¿sabes a lo que me refiero?

—Algo sé —respondió Peter—. He oído que su padre, Frederick, buscaba una cura para Robert. Pero en su lugar creó el praemortis por accidente.

—Así es. Pero el caso es que Robert se quedó sin cura para su enfermedad. Su cefalea es del tipo crónico; es decir, que pueden darle ataques en cualquier momento y a cualquier frecuencia. Cuando uno de sus ataques le sobreviene, Robert es incapaz de hacer otra cosa aparte de sufrir el dolor, pues éste es tan intenso que no concede otro tipo de actividad. Ésta es una de las razones que en no pocas ocasiones lo han incapacitado para gobernar. No obstante, el descubrimiento de Frederick, pese a no acercarse al efecto que había planeado, no está exento de cierto éxito.

—¿Qué quieres decir? —preguntó Peter.

—El praemortis, al provocar la muerte y resurrección de Robert, reinicia todo su sistema. De alguna forma eso permite que los ataques de cefalea desaparezcan... temporalmente.

Durriken se sobresaltó.

—¿El praemortis dices?

—¡Y yo propuse matarlo durante uno de sus viajes a la Vorágine! —cortó Baldomer Dagman—. Ya sabes, abrir la puerta de la habitación y dispararle a la cabeza. ¡Bang! Un tiro directo y limpio. El praemortis no podría traerlo de vuelta en ese estado. Lo mataríamos estando muerto... ¡Lo mataríamos estando muerto!

Comenzó a carcajearse por la ocurrencia. Peter también soltó una risita tímida, pero pronto comprobó que nadie más se reía. Leandra miraba a Baldomer con una clara expresión de asco.

—Habría cundido la alarma general —dijo la mujer—. Un asesinato en esas circunstancias levantaría demasiadas sospechas. Incluso aunque lográramos esquivar la culpabilidad y ascendiéramos al poder, si los otros nobles llegaran a enterarse algún día de que nosotros matamos a Robert, organizarían un golpe de estado que nos derrocaría. Es una forma de hacerse con el poder demasiado frágil. Debemos idear un plan más sutil.

Baldomer dejó de reír, lanzó a Leandra una mirada encendida, dio un golpe con la palma al brazo de su sillón y abrió la boca. Sin embargo, cuando se encontraba a punto de hablar, Erik se adelantó.

—Por eso estamos aquí. Amigos, exaltarnos no nos servirá de nada. Raquildis, continúa, por favor.

—El praemortis —dijo el consejero, pausadamente— con su habilidad, logra apartar de él los ataques durante largas temporadas, proporcionándole periodos de tranquilidad. Por desgracia, Robert también confía en el oxígeno, las ergotaminas y otros medios para aliviar los ataques que no resulten especialmente intensos.

—¿Adónde quieres llegar? —dijo Leandra.

—La cefalea de Robert puede sernos muy útil. Podemos usar su debilidad para acabar con él de forma que no levante sospechas.

—¿Cómo? —preguntó Erik.

—Le administraremos en secreto dosis de un potente vasodilatador que anule los efectos de su medicación con ergotaminas y multiplique los ataques de cefalea. La desesperación lo conducirá a valerse del praemortis con más frecuencia. Mientras tanto, nosotros esperaremos a que tarde o temprano su corazón o su cerebro queden dañados, incapacitándolo, y en ese momento actuaremos para alzarnos con el poder.

Los asistentes quedaron atónitos. En efecto, el plan de Raquildis era de una brillantez tan macabra que asustaba, pues su efectividad, a primera vista, resultaba tan sencilla y clara que no dejaba lugar a las dudas. Erik dejó escapar un escalofrío que lo revolvió en su asiento, no provocado por el miedo, sino por la sensación de tener ya el poder de la Corporación en sus manos.

—¿Funcionará? —preguntó Baldomer.

—Funciona. Ya lo he probado.

Gestos y expresiones de sorpresa se apoderaron de los asistentes a la reunión.

—¿Ya le has administrado vasodilatadores a Robert?

Raquildis entrelazó los dedos. De su rostro afloró una sonrisa tan oscura que Peter sintió una repentina incomodidad, aunque no lo mirase a él.

—Claro... Debía asegurar que mi plan funcionaba. Disculpad que me haya adelantado.

—Raquildis —dijo Erik— es un plan sencillamente perfecto. Continuemos con él.

Luego, se dirigió a los demás:

—¡Amigos, pronto reconstruiremos el mundo!

Los asistentes respondieron con un aplauso. La reunión se dio por concluida y Raquildis ordenó subir champán para celebrar el nuevo plan como si ya hubiera surtido efecto.

Cuando Peter salió de la habitación, una vez hubo concluido el encuentro, notó que algo había cambiado en su interior. Era una sensación extraña, aunque muy placentera, casi imposible de mantener dominada dentro de sí. Era la experiencia de una victoria anunciada que le daría el control sobre todo el mundo. Al fin sus esfuerzos comenzaban a dar resultado. Alcanzó al ascensor y apretó el botón de la planta donde se encontraban sus dependencias, pero antes de que las puertas se cerraran, Erik Gallagher interpuso el brazo y las abrió. Su rostro expresaba una de aquellas sonrisas que lo hacían parecer una persona de pensamientos maliciosos.

—¡Erik!

—Peter. Espero que la reunión no te haya... alterado demasiado. Ya sabes a lo que me refiero.

—No... quiero decir; las razones que me has dado son justas, y en el fondo reconozco que Robert mantiene un estricto celo sobre su cargo.

—Así es. Me alegra que lo hayas comprendido. Pero necesito dejarte claro que a mí también me costó mucho entender nuestro plan como una medida absolutamente necesaria para el bienestar de la ciudad.

Las puertas hicieron un nuevo intento por cerrarse. Esta vez fue Peter quien lo impidió, apretando el botón de apertura.

—Peter —continuó Erik—. Algunas personas en esa reunión carecen de humanidad. Venderían el Néctar de su familia por conseguir una porción más de poder.

—Lo sé —respondió el muchacho.

En un momento la imagen de Leandra se coló en sus pensamientos. La mujer estaba conspirando para matar a su propio hermano sin que aquello pareciera alterar su estado de ánimo. Era repulsivo.

—Eres una buena persona, Peter, pero la lucha por el poder a veces nos obliga a desprendernos de los buenos sentimientos.

En seguida, introduciendo medio cuerpo dentro de la cabina, se acercó al oído de su interlocutor y murmuró:

—Elige cuidadosamente a tus aliados... y a tus enemigos.

—¿Enemigos? No deseo tener enemigos.

—Los tendrás.

Se apartó. Las puertas se cerraron y el ascensor comenzó un rápido descenso hacia la planta en la que se encontraba la habitación del joven ejecutivo. Los ejecutivos más destacados disfrutaban de alojamiento en el mismo Pináculo. Eran lo más parecido a una habitación de hotel espaciosa. Exenta de la amplitud y la comodidad de una casa en el barrio norte de la ciudad, pero cerca de su trabajo, lo que les permitía una mayor eficiencia y, por lo tanto, más posibilidades de ascender, de lograr el Néctar lo antes posible para ellos y sus familias. Por encima de estas plantas sólo quedaban las dependencias de los nobles más poderosos, aquéllos para quienes la única preocupación en vida consistía en conservar su puesto y arrebatar el poder a sus semejantes.

Las puertas se abrieron dando paso a un amplio recibidor circular, bien iluminado y con bancos cerca de las paredes. Otros ejecutivos y sus familias caminaban de un lado a otro, entrando y saliendo del recibidor por los cuatro pasillos que lo conectaban, de camino a sus dependencias o al trabajo. Peter, con las palabras de Erik aún resonando en su cabeza, tomó rumbo a su habitación.

Comenzó a entrever el juego en el que acababa de introducirse. La conspiración contra Robert era más complicada de lo que ya de por sí parecía. Hasta el momento no había pensando en la posibilidad de tener enemigos. En su ascenso dentro de la Corporación se había encontrado con rivales, sí, pero nunca los percibió como una amenaza tan palpable, tan real como las palabras de Erik Gallagher le habían hecho ver. Quizás su ambición lo había llevado demasiado lejos, a un terreno desconocido y no apto para una persona de su carácter.

Tal vez no debería seguir adelante.

Introdujo la llave de su habitación en la cerradura, abrió la puerta y palpó la pared en busca del interruptor. Cuando la luz inundó el pequeño salón, vio que sus cosas habían sido recogidas e introducidas en cajas, apiladas contra la pared frente a él. Alguien había dejado una nota sobre la pila.

Te trasladamos doce plantas más arriba, a las dependencias de los nobles de familias menores. Enhorabuena por el ascenso y gracias por tu apoyo. Raquildis.

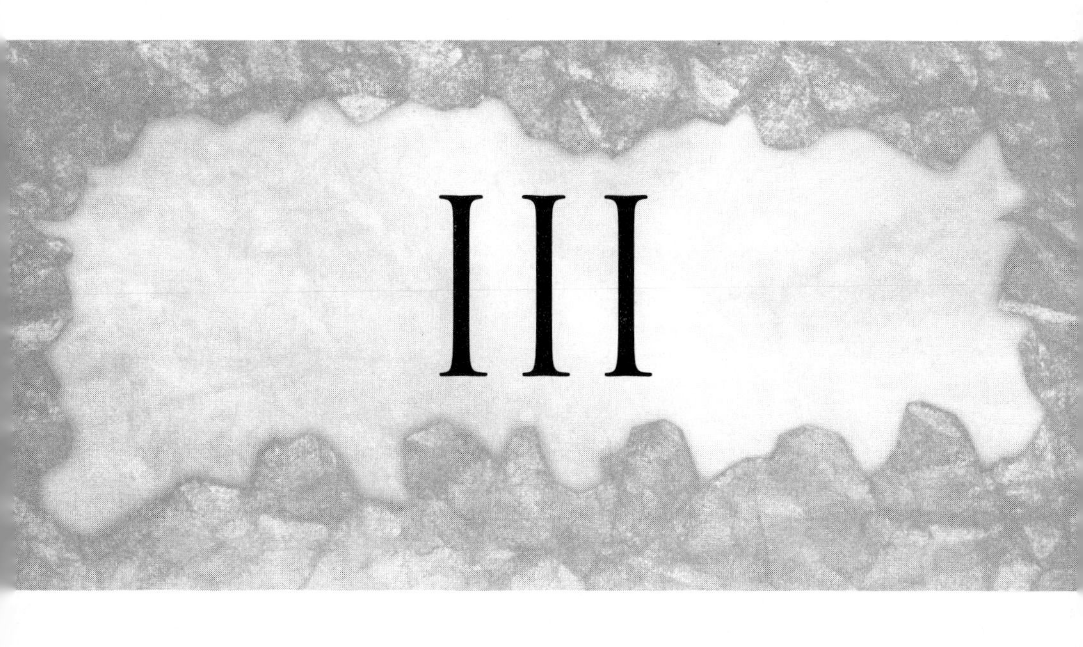

III

¿Está cansado de su trabajo? ¿Tiene problemas económicos? ¿Su marido o su esposa ya no le satisfacen? Si cree que la vida ya no tiene nada bueno para ofrecerle, ¡está claro que todavía no ha probado Nitrodín!

Nitrodín son pequeños inhaladores rellenos con óxido nitroso concentrado. Tome uno de ellos y ríase del trabajo, ríase de sus problemas conyugales. ¡Ríase de la vida!

Nitrodín ha sido sometido a pruebas en los laboratorios de Praemortis para garantizar la ausencia de riesgos; es legal, y le proporcionará horas y horas de diversión. Tome Nitrodín solo o con amigos. Ofrézcalo en reuniones de trabajo o en sus fiestas y conviértase en el perfecto anfitrión.

Rechace imitaciones fraudulentas, fabricaciones peligrosas o productos ilegales. Recuerde: puede encontrar Nitrodín en su comercio habitual, en lotes de dos, cuatro y hasta diez dosis.

¡Nitrodín, y adiós preocupaciones!

Anuncio radiofónico

—¡Arg! Cierra la escotilla, ¿quieres? Ese gas apestoso se está colando dentro.

Guilem hizo caso omiso de la petición de Lügner. Subió un escalón más, de modo que el cuerpo le sobresaliera de la escotilla hasta la cintura, e inspiró hondo. El viento le trajo un aroma dulzón que se esforzó por inhalar todas las veces que le fue posible. Entonces escuchó que volvían a llamarle desde abajo.

El portatropas de la Guardia atravesaba una de las zonas de ambiente de la ciudad: los Soportales, donde los locales de fiesta luchaban por ofrecer las mejores ofertas. Tras la jornada de trabajo, y en días previos a un descanso laboral, zonas como aquélla rebosaban de gente. Bajo la cobertura de los Soportales, había más de un centenar de locales que abrían sus puertas para no cerrarlas hasta el amanecer. Ofrecían alcohol, drogas, música a todo volumen y, para los más adinerados, los servicios de alguna mujer.

Los Soportales de la ciudad no eran otra cosa que un inmenso túnel de techo acristalado, sucio por la lluvia, bajo el que discurría una estrecha carretera de dos carriles. En aquel lugar cerrado, el ambiente no tardaba en cargarse con el aroma del óxido nitroso, que se consumía en cantidades industriales de forma que, a poco de finalizar la jornada laboral, las calles bajo los Soportales se llenaban con el espectáculo de una hilaridad descontrolada que poseía a cientos de personas necesitadas de un alivio para su deprimente cotidianidad. El paso del portatropas calmó un ambiente enfervorizado donde los viandantes se dedicaban al vandalismo callejero o a pelearse unos con otros en medio de una risa multitudinaria.

Algún valiente estrelló una botella medio llena de brandy contra uno de los lados del blindado. Parte del líquido sorteó el cuerpo de Guilem y se coló en el interior, lo que provocó nuevas quejas.

—Vamos Guilem, cierra la escotilla de una vez —le pidieron a una todos sus compañeros de equipo.

De entre todas las voces sobresalió la del sargento Hiro.

—Guilem, deja de aspirar esos gases y métete dentro. ¡Ya!

Aquellas palabras habían sonado a orden, así que Guilem no tuvo más remedio que obedecer. Pegó una última bocanada, cerró la escotilla superior y se sentó junto a sus compañeros con una sonrisa bobalicona.

—Parece que te han hecho efecto, Tiburón —observó Lügner, quien estaba sentado frente a él.

Ante el comentario, el sargento Hiro enarcó una de sus gruesas cejas y se acercó para estudiar a Guilem detenidamente. El Tiburón intentó calmarlo.

—No crea lo que dice Lügner, sargento —su voz ronca sonó por todo el habitáculo—. Estoy más despierto que un regresado del Bríaro.

—Más te vale, Tiburón, porque te necesito bien entero.

—Me tendrá.

—¿Seguro?

—Vamos, sargento —terció Iván. Estaba sentado cerca de la compuerta posterior. Un piloto en el techo lanzaba un halo de luz roja sobre su rostro—. Mírelo. El óxido nitroso no le ha hecho efecto. Nada ni nadie puede contra el Tiburón. Se ha estado preparando a conciencia desde la última misión. Ha hecho ejercicio y todo.

Guilem aprovechó para mostrar sus apretados bíceps. El sargento le lanzó otra mirada de reojo. El Tiburón era un monstruo de ciento cincuenta y cuatro kilos, la mayoría puro músculo. Medía más de dos metros de altura. Además se había dejado crecer una melena hasta más allá de los hombros y no se preocupaba demasiado en peinarla, lo que, junto a unas espesas patillas y unas cejas pobladas, lo hacían parecer una criatura salvaje. De haber nacido dentro de una familia más adinerada, habría resultado un confesor de lo más eficiente.

El Tiburón continuaba luciendo sus músculos al resto de los soldados. Tarif, el cabo del equipo, le animaba mediante aplausos.

—¿Has hecho *más* ejercicio, Guilem? —preguntó Hiro. Su rostro se relajó en una sonrisa.

—Ahora mismo podría anudar los tentáculos del Haiyim, sargento.

El resto de los soldados rió la fanfarronada. A Hiro también se le escapó una corta risa, pero al instante se dio cuenta de lo que sucedía.

—¡Maldito óxido nitroso! ¡Nos hemos colocado todos con el gas!

Esta vez la carcajada fue mucho más potente y multitudinaria. Hiro no tuvo más remedio que reír también. Al fin y al cabo, pensó, los efectos se pasarían antes de que alcanzaran el objetivo, y no venía mal que los soldados se distendieran antes de que llegara la hora de ponerse serios.

La misión que les habían encomendado le daba mala espina. Sus órdenes consistían en localizar y rescatar a un confesor que había sido secuestrado por los rebeldes. Era la primera vez que los Cuervos hacían algo así, y además existían muchos cabos sueltos en la información que sus superiores le habían transmitido.

Lo normal, cuando los rebeldes asaltaban a un confesor, era que usaran una táctica de distracción «haciéndose los muertos»: uno de ellos, el cebo, representaba el papel de moribundo. Otro llamaba a Pináculo para solicitar un confesor. Cuando llegaba y leía las pupilas del cebo, la información le confirmaba un pago de Néctar pues los Cuervos se las ingeniaban para robar la cuenta de algún desafortunado y piratearla. El confesor se apresuraba a administrarle la dosis y abría un pequeño contenedor ubicado en su cintura, dejándolo al descubierto y parcialmente desprotegido. Entonces el resto de los «familiares» y el propio moribundo actuaban. Con la ventaja de la sorpresa, y si había suerte, lograban robar hasta un par de inyectores y escapar antes de que el confesor los cazara.

El truco no siempre les salía bien, porque resultaba verdaderamente complicado sorprender a un confesor; y en otras ocasiones simplemente no lograban correr tan rápido como para verse sorprendidos por un arpón atravesándoles la espalda.

Este caso, sin embargo, trascendía cualquier táctica acostumbrada entre los rebeldes. Al parecer, los Cuervos no sólo habían atacado a un confesor, sino que lograron reducirlo empleando armamento de gran calibre. Cómo se habían apropiado de un portatropas, de cuyo robo la Guardia no había sido informada, constituía el primero de los misterios, pero había más.

Una vez fuera de combate se habían llevado al confesor más allá del límite transitable de la ciudad, al otro lado de la Marca Oriental. La zona este llevaba deshabitada desde que atacó el Haiyim, y ahora sólo se escondían allí los desposeídos y los perseguidos por la ley, aparte, claro, de los mismos rebeldes. La Marca Oriental representaba el fin de la jurisdicción de la Corporación Praemortis y el inicio de un territorio anárquico. Por ello, para rescatar al confesor habían enviado a Hiro y su equipo élite. Literalmente iban a la casa del enemigo.

Pero había algo más que lo escamaba. ¿Por qué los Cuervos habían cambiado de táctica? La armadura de un confesor enviaba constantemente señales sobre su ubicación, de forma que la Guardia u otros confesores podían prestarle ayuda en cualquier momento. Esto convertía en suicidio retener a cualquiera, como, en apariencia, estaban haciendo los rebeldes. Había realizado la misma pregunta a su superior, Ed Wallace, cuando le encomendó la misión, pero recibió por toda respuesta una serie de especulaciones: en ocasiones, un confesor llevaba una reserva extra de Néctar dentro de la armadura. Para alcanzarla, los rebeldes tendrían que quitarle las gruesas capas. Eso exigía un tiempo superior al empleado mediante la forma de robo tradicional.

La respuesta le ocasionó nuevas preguntas que realizar, pero estaba claro que su superior tampoco conocía la *auténtica causa* que había movido a los Cuervos. Las órdenes tampoco las había dictado él, sin duda, sino alguien en un escalón superior. Un desconocido para Hiro.

—¿Por qué los rebeldes secuestrarían a un confesor? —le preguntó Acab, sacándolo de sus pensamientos. Era el soldado más veterano del equipo, y sin duda a él tampoco se le habían escapado los detalles oscuros de la misión. Acab estaba obsesionado con la limpieza de su uniforme y no había parado de sacarle brillo a sus botas desde que salieron de los barracones. Para cuando formuló la pregunta ya no se escuchaban carcajadas dentro del portatropas.

—Eso no nos importa —respondió Hiro—. Debemos concentrarnos en nuestra misión.

—Entendido, sargento —dijo Acab, y regresó la vista a sus punteras.

El ruido del motor fue lo único que siguió escuchándose durante un buen rato. Unos veinte minutos después el terreno se volvió accidentado. Hiro miró a través de una tronera para reconocer el exterior.

—Muy bien, muchachos. Estamos atravesando la Marca. Armas preparadas.

A su orden le siguió un cambio de color en el piloto junto al portón. Ahora se volvió ámbar. Los seis soldados que componían el grupo de rescate se aprestaron a colocarse sus cascos y recogieron los fusiles de asalto. Sólo Guilem portaba un arma distinta a las demás: un enorme *gatling* de seis tubos que se ajustaba a un arnés en su peto de combate; el arma pesada del equipo.

Iván echó una ojeada a través de su tronera. La Marca Oriental no era más que un muro de diecisiete metros de alto por tres y medio de ancho, construido con gruesos adoquines de piedra traídos desde las ciudades-plataforma ubicadas en tierra. Desde la construcción, cinco años atrás, la Corporación había descuidado su mantenimiento, de modo que el vandalismo callejero lo tenía decorado con pintadas de todo tipo. Además, había grietas y agujeros por todas partes. A través de las aberturas más grandes se colaba todo aquel que quisiera escapar de la metrópoli, incluso vehículos enteros. Por una de estas grietas entró el portatropas del equipo de rescate. Al otro lado, sin embargo, la ciudad resultaba mucho más espectacular. Ofrecía un aspecto fantasmagórico, con todas sus calles y edificios vacíos. Por todas partes se notaban los efectos del abandono y la anarquía: esqueletos ennegrecidos de coches incendiados, nidos de gaviotas en lugares impensables, cristales de ventanas rotos, comercios asaltados y desparramada por el suelo su mercancía. Había pintadas por todas partes, de entre las cuales destacaba la silueta de un cuervo negro, a modo de advertencia a los visitantes. Los rebeldes querían dejar claro quiénes eran los verdaderos dueños del lugar.

El portatropas había entrado por una de aquellas enormes grietas. A medida que iban adentrándose en el interior, la inclinación de la superficie fue haciéndose más y más patente, atrayéndolos hacia el borde oriental. A esta altura, algunos edificios se encontraban parcialmente derrumbados.

Mientras el portatropas continuaba su avance, Iván, desde su tronera, descubrió a cierta distancia un surco gigantesco. Tendría unos sesenta metros de ancho, y avanzaba en línea recta, cruzando la abandonada ciudad de oriente a occidente. Tarif, desde su puesto, también miraba en la misma dirección.

—Es el rastro que dejó el tentáculo.

Iván le dirigió una mirada de asombro.

—Cuando el Haiyim atacó la ciudad. Ahí es donde cayó uno de sus brazos. Esos con los que quiso arrastrarnos al Apsus.

—¿Tú lo viste?

Tarif señaló al horizonte.

—Vivía no muy lejos de aquí. El tentáculo golpeó la tierra justo donde está el surco. Entonces todo comenzó a inclinarse. La gente se agarró a lo que pudo, pero la mayoría cayó al Apsus.

Iván recordaba haber escuchado las noticias sobre lo ocurrido. Una mañana de luz, en la que la ciudad amaneció cubierta por una espesa niebla, el Haiyim extendió sus tentáculos desde el Apsus y aferró el lado oriental de Pináculo con la intención de sumergir toda la ciudad. La fuerza de la criatura fue tan descomunal que resquebrajó parte de la plataforma, torció las patas que sostenían la zona oriental e inclinó el extremo cuarenta y cinco grados. Con un cambio tan brusco en la inclinación, los edificios se derrumbaron y la población de la zona fue arrastrada hasta caer por los bordes. Los estudios concluyeron que más de treinta y siete mil personas se precipitaron al Apsus aquel día.

Al instante, las culpas cayeron sobre la Orden; una secta que, según las acusaciones, adoraba al Haiyim como a un dios, lo invocaba en ciertas mañanas señaladas por un particular calendario y le ofrecía sacrificios humanos. Al parecer, la criatura decidió extender sus tentáculos hacia la fuente de comida.

La secta fue perseguida y erradicada. Respecto a la zona afectada por el ataque, el gobierno hizo todo lo posible por restaurarla, y mediante múltiples obras logró corregir la inclinación casi en su totalidad, pero finalmente concluyó que el borde oriental estaba demasiado dañado como para volverlo habitable de nuevo, por lo que ordenó su total desalojo y construyó la Marca para prohibir el paso. Desde entonces, el lugar se convirtió en el escondite ideal para los Cuervos. Tras la Marca los rebeldes se encontraban a salvo de la persecución de la Guardia y libres para apoderarse de cuanto terreno quisieran.

El blindado frenó en seco. La luz del piloto se volvió verde.

—¡Hemos llegado! —anunció Hiro—. ¡Todo el mundo fuera!

El portón trasero se abrió y los soldados fueron saliendo de uno en uno, vigilando cada esquina, cada rincón, cada ventana y cada puerta. Habían estacionado a diez metros de una plaza que antaño estuvo decorada por la majestuosa escultura de piedra que representaba una ballena azul. Ahora no quedaba más que un cilindro carcomido, resquebrajado y carente de aletas. Delgados hilos de agua se colaban por las fisuras y grietas de la escultura, y corrían siguiendo el ligero desnivel en dirección al borde.

El equipo de rescate adoptó una formación en cuña, con Guilem a la cabeza y el sargento Hiro inmediatamente detrás. De entre las nubes llegaba una luz mortecina y gris que daba a las calles y edificios un aspecto apagado, pues no había ninguna luz artificial. No lucían las farolas, ni había nadie en el interior de las casas. En el aire se respiraba un aroma a brisa marina. Era parecido al que había en el resto de la ciudad, pero aquí flotaba libre de la contaminación y el contacto con otros olores. Un silencio inquietante dominaba la zona, sólo amortiguado por el rumor del agua que manaba de la fuente rota.

Rodeado por su equipo, Hiro se arrodilló y extendió un mapa de la zona sobre sus muslos. Iván se hizo un hueco entre sus compañeros para estar atento a lo que ordenara. Se decía que el sargento disfrutaba de un parentesco con los Dagman, el cual, aunque lejano, le había proporcionado un rápido ascenso como suboficial de la Guardia. La intención de aquellos rumores parecía sugerir que el sargento había sido ascendido por sus contactos más que por sus méritos. No obstante, un vistazo a su hoja de servicios pronto deshacía cualquier duda sobre su eficacia militar. Hiro era un soldado veterano tras varios encuentros con los Cuervos. Su entereza en los momentos críticos pronto le hizo ganar el respeto de sus soldados. En su escuadra, sus órdenes se acataban sin ponerlas en duda. Incluso el propio Lügner las obedecía, lo cual era raro, tratándose de un miembro de la familia Ike. Las rencillas entre los Dagman y los Ike eran sobradamente conocidas por cualquier ciudadano de Pináculo. Iniciadas, según se decía, por culpa de un desamor entre el rudo Baldomer y Laesan, los odios y las envidias se habían extendido hasta buena parte de sus miembros. Sin embargo, no ocurría así con Lügner. El soldado, que sin duda se había alistado en la Guardia para darse más prestigio del que ya le proporcionaba su apellido, y ganar así el Néctar con mayor celeridad, estaba muy lejos de ver en su superior a un contrincante.

El sargento señaló con el dedo un punto del mapa. La ubicación que les indicaba el rastreador en la armadura del confesor se encontraba a doscientos metros cruzando la plaza. Hiro alzó la mirada y, mentalmente, calculó esa distancia. Al frente distinguió lo que parecía un depósito de agua, ennegrecido por el descuido. Hizo una señal al equipo y se pusieron en marcha sin romper la formación. Pese al peligro que aquello constituía, pero con la seguridad de que podrían retirarse al portatropas en caso de ataque, decidieron acortar por la plaza.

Cruzaron pegados a la fachada del borde derecho, sin quitar ojo a cada abertura o sombra mínimamente sospechosa. Las paredes estaban repletas de pintadas, la mayoría hechas a una altura máxima de dos metros. Había una, sin embargo, que destacaba sobre todas las demás. En la fachada que quedaba justo frente al grupo, alguien se había tomado el esfuerzo de pintar un enorme tentáculo que cubría todo el edificio a lo ancho. Había gran realismo en la obra, de tal modo que el tentáculo parecía agarrar y constreñir la fachada. La visión de aquella pintura y el recuerdo del surco descomunal estremecieron a Iván.

Tras cruzar la plaza avanzaron con velocidad a lo largo de la calle, cubriéndose en cada portal y vigilando las esquinas, hasta que alcanzaron el depósito. Era una estructura circular hecha de hormigón que se alzaba cerca de treinta metros por encima de sus cabezas. Pegado a él había un edificio. Hiro descubrió que se trataba de una planta de descenso que les facilitaría la entrada al interior de una de las patas de la plataforma. A su lado, Guilem también reconoció lo que divisaba el equipo y no pudo evitar un comentario de sorpresa.

—¡Que me roben el Néctar si tengo que bajar ahí!

El resto del equipo secundó la queja con murmullos de aprobación. A nadie le hacía gracia descender medio kilómetro por el interior de una de las patas de la plataforma que más deterioro había sufrido y a bordo de un ascensor que llevaba años sin recibir mantenimiento. En cualquier instante, la presión del fondo marino podía resquebrajar el hormigón reforzado con acero, lo que haría pedazos aquella pata.

—Haremos lo que tengamos que hacer —sentenció Hiro, tras comprobar que el rastreador les indicaba en dirección hacia aquél lugar—. Basta de lloriqueos. Ahora, adelante.

El equipo volvió a ponerse en marcha. Llegaron hasta el edificio y, con una patada, Acab abrió la puerta de chapa de la entrada al tiempo que Iván y Lügner le cubrían uno a cada lado. Entraron todos con celeridad, dispersándose lo antes posible y tomando posiciones defensivas en el lugar más cercano. El interior estaba repleto de tanques y bombas de succión apiladas. Tuberías de varios colores y dimensiones se extendían por las paredes como las raíces de un árbol metálico. Del techo colgaban algunas cadenas cubiertas de óxido. En el lado norte, a veinte metros frente a la entrada, el equipo localizó la jaula del ascensor que les ayudaría a bajar. No había ni rastros del confesor.

—No vamos a tener suerte —se quejó Acab.

—Ninguna —dijo Tarif con desasosiego, al tiempo que observaba de reojo el rastreador del sargento. El instrumento indicaba que tendrían que descender a la base de la pata.

—¿Para qué lo habrán bajado? —preguntó Iván.

—Es difícil abrir la armadura de un confesor —aclaró el Hiro—. Hace falta material pesado, una sierra mecánica o algo de fuerza parecida, y lleva mucho tiempo lograr retirar una de las placas o hacer una fisura. Por ello es necesario hacerlo en un lugar apartado y tranquilo donde no exista el riesgo de una visita inesperada. Si los Cuervos lo han bajado a la base de la pata habrá sido para abrirle la armadura sin ser molestados.

—Quizás hayan pensado que bajándolo ahí eliminarían la señal de rastreo —dijo Lügner.

Su idea convenció más que la del sargento.

—¿Desde cuándo se arriesgan tanto los Cuervos? —inquirió Acab.

La pregunta estaba cargada de aguda perspicacia. La probabilidad de que un confesor portara un número de dosis de Néctar lo suficientemente aceptable como para hacer factible un secuestro era tan aleatoria que carecía de toda lógica. Tampoco esta vez recibió una respuesta. Hiro se limitó a mirar hacia otro lado.

—Lügner —ordenó, e hizo un ademán con la cabeza.

El soldado salió de su cobertura y corrió agazapado hasta la jaula. Allí apretó el botón de llamada, y tras asegurarse que la zona en aquel extremo también estaba despejada, hizo una señal al resto del grupo para que se acercaran.

El ascensor tardó quince minutos en llegar. Los soldados sabían perfectamente que ese sería el tiempo que tardarían en descender hasta la base, en el fondo marino.

Durante el descenso quedó al descubierto la pared interior de la pata. Estaba muy descuidada, llena de humedades. El frío del Apsus traspasaba el muro y hacía descender la temperatura considerablemente. Cuando llevaban unos siete minutos, el ascensor llegó a un interciso. Se trataba de un jabalcón, construido para restar poder a la fuerza de resonancia provocada por el incesante golpe de las olas contra las patas. El ascensor lo pasó de largo y siguió su descenso hasta el fondo.

Ocho minutos después, tras medio kilómetro de descenso, la jaula del ascensor se detuvo. La base de las patas estaba destinada a las enormes bombas de succión: cilindros de una veintena de metros de alto cuya función consistía en eliminar el aire de su interior para originar un cambio de presión que, a modo de gigantescas ventosas, unieran la plataforma de la ciudad con el fondo marino. Las bombas se alineaban en filas de cuatro hasta donde alcanzaba la vista, dejando angostos pasillos entre ellas. La humedad en esta zona era mucho mayor. Las bombas cilíndricas estaban perladas de agua; de vez en cuando un hilillo emprendía una vertiginosa carrera hacia el suelo. Había un olor nauseabundo que apenas permitía respirar. Era parecido al olor del agua estancada, pero mucho más intenso. Sin embargo, también se percibía otro hedor más fuerte que llamó al momento la atención de Acab. Éste lanzó al sargento una mirada de soslayo. Allí abajo apestaba a carne en descomposición.

El grupo avanzó cauteloso, pegado a las paredes cilíndricas de las bombas, atento a cada intersección. A medida que se alejaban del ascensor, iluminado por un enorme foco, la oscuridad iba envolviéndolo todo. Llegados a un punto, Hiro ordenó que se detuvieran e hizo una señal a Iván. Éste sacó una diminuta pistola y efectuó un disparo hacia delante. El proyectil se incrustó en la primera pared que encontró y comenzó a emitir luz en un diámetro de doce metros. A su alrededor, los soldados descubrieron lo que parecía una intersección de mayor tamaño. Se trataba de un espacio cuadrangular de unos quince metros por lado. A su alrededor se erguían los tanques de succión, de modo que sólo había forma de acceder por medio de cuatro pasillos de no más de dos metros de anchura. Desperdigados por el suelo, cubriendo casi la totalidad del espacio, había al menos una docena de cadáveres en posturas antinaturales, cubiertos de sangre seca. En mitad de ellos, junto a dos sierras radiales y tumbado boca arriba, yacía el cuerpo del confesor.

—Por la Tormenta... —musitó Guilem.

—¿Qué ha ocurrido aquí? —quiso saber Tarif.

—¡Atentos! —ordenó Hiro—. Guilem, acércate al confesor; Acab, cúbrele. Yo iré por la izquierda con Tarif. Iván y Lügner, cubrid el flanco derecho. ¡Adelante!

El grupo se movió con decisión. Hiro y Tarif desaparecieron por el lado izquierdo, rodeando las bombas; Iván y Lügner hicieron lo propio por el otro lado. Guilem y Acab bajaron los tres escalones que daban acceso a la intersección y caminaron salvando cuerpos en dirección al confesor. Ahora que estaba más cerca, el Tiburón descubrió que los rebeldes habían logrado seccionar parte de la armadura en el lado izquierdo de la cadera. De allí habían caído ocho inyectores con Néctar que permanecían intactos, esparcidos por el suelo. El soldado jamás había visto tanto Néctar junto. Se los señaló a Acab, que estudiaba los cuerpos de los rebeldes, pero no dijo nada. Una idea había cruzado por su mente en cuanto los vio. Si se suponía que los rebeldes habían robado el Néctar, ¿quién iba a echar de menos un par de dosis? Acab comprendió al momento lo que pretendía insinuarle su compañero. Podrían aproximarse al cuerpo, robar un par de inyectores y tener la eternidad asegurada. El soldado veterano sonrió a su compañero y asintió con la cabeza. Pero de repente les sobresaltó un grito desgarrador. Procedía de su derecha. Era Lügner, no había duda. Al momento, el cuerpo de Iván apareció volando por encima de sus cabezas y se estrelló contra uno de los tanques de la pared opuesta, provocando un sonido metálico y abollando la superficie. Antes de que pudieran reaccionar, Lügner apareció desde el pasillo oriental, de espaldas a ellos. Se había descolgado el fusil y apuntaba a todas partes, completamente fuera de sí.

—¡¿Lügner, qué ocurre?! —le gritó Guilem, pero su compañero pareció no escucharle.

El comunicador en el hombro de Acab resonó. Era el sargento.

—¿Qué está pasando?

—Sargento, venga aquí. Algo nos ha atacado.

Apenas había terminado la frase, cuando se escuchó un estruendo. Disparaban desde su flanco izquierdo, donde debían encontrarse Hiro y Tarif. Su comunicador se acopló por la fuerza de los disparos.

—¡Sargento! ¡Sargento, qué ocurre! Deme su posición —dijo Acab, pero no escuchó ninguna respuesta.

Lügner ya había llegado hasta ellos. Se volvía a todas partes, enloquecido. En busca de cualquier movimiento desde las intersecciones.

—Lügner, ¿qué has visto? ¿Son rebeldes? —preguntó Guilem.

El soldado negó con la cabeza enérgicamente. Sus ojos expresaban un terror que Guilem nunca antes le había observado.

—Entonces, ¿qué...?

Otro grito detuvo sus palabras. Era agónico. Le puso los pelos de punta. El comunicador de Acab resonó también con la voz estentórea del sargento.

—¡Sargento! —gritó Guilem abriendo su comunicador.

—¡Hay que ir en su ayuda! —dijo Acab.

Lügner negó con la cabeza.

—No... no... ¡Yo no me muevo de aquí!

Se escuchó una ráfaga cercana y al punto apareció Tarif por el pasillo occidental, gritando como un enloquecido. Disparaba sin apuntar, a todas partes. Las balas impactaban contra los tanques, produciendo gran cantidad de chispas.

—¡Tarif, detente! —le ordenó Acab—. ¡Es peligroso disparar a los tanques!

Pero Tarif siguió abriendo fuego hasta alcanzar la intersección. Entonces dio media vuelta, y como si sus compañeros no estuvieran allí, echó a correr en dirección al ascensor.

—¡Tarif, regresa! —le llamaron.

Pero éste los ignoró. Dejó caer el rifle y apretó la carrera. Alcanzó el ascensor, cerró con fuerza la verja de seguridad y pulsó repetidas veces el botón de ascender.

El ascensor se puso en marcha, pero apenas se hubo elevado un metro cuando se detuvo. Se escuchó un chirrido, luego unas chispas en el cable y la jaula bajó de nuevo lentamente. Los soldados que esperaban en la intersección escucharon los alaridos de pánico de Tarif.

—¿Qué está ocurriendo ahí? —inquirió Acab.

Se esforzaron por aguzar la vista. El foco del ascensor les permitió ver cómo la verja se abría de nuevo. Del interior volvió a salir el cabo, chillando como un loco y con el rostro desencajado por el terror. Corrió en dirección a ellos, con los brazos extendidos como si quisiera alcanzarlos, pero apenas había recorrido cinco metros cuando una figura le salió al encuentro desde las sombras. Parecía humana, pero era más grande y voluminosa. Superaba en tamaño incluso al Tiburón. Aparentaba estar desnuda, porque desde la intersección, los soldados adivinaron los contornos angulosos de unos músculos súper desarrollados. No tenía nada de pelo.

Aquel ser monstruoso agarró a Tarif por el cuello con una de sus enormes manos y como si fuera un muñeco lo alzó metro y medio del suelo.

—¡Suéltalo! —gritó Guilem—. ¡Suéltalo o disparo!

La criatura miró en su dirección. Guilem, desde la distancia, quedó horrorizado por lo que pudo reconocer de su rostro. Tenía los mismos rasgos angulosos que se distinguían en el resto del cuerpo, pero daba la impresión de no poseer nariz. Sus ojos totalmente negros y brillantes traspasaron a Guilem desde la distancia y lo dejaron petrificado por el miedo.

Luego volvió su vista a Tarif, que se ahogaba bajo la presión de la tenaza. Tomó impulso y con una fuerza descomunal lo estrelló contra una de las bombas. El crujido de sus huesos partiéndose contra el metal retumbó por todas partes como un eco macabro. Cuando lo soltó, Tarif cayó al suelo, inerte.

—¡¡No!! —gritó Guilem, lleno de rabia. Quitó el seguro a su cañón *gatling* y apretó el gatillo.

Seis mil proyectiles cruzaron en un chorro de fuego la distancia que separaba a los soldados de aquella criatura. La fuerza del cañón puso en tensión todos los músculos del Tiburón, quien emitió un rugido lleno de furia mientras una lluvia de casquillos inundaba su alrededor golpeando contra sus botas y el suelo metálico. Al otro lado, la figura se giró hasta quedar frente a ellos. Las balas impactaron por todo su cuerpo y provocaron una tormenta de chispas, pero no le hicieron absolutamente nada. Cuando Guilem vio que su enemigo era inmune a los disparos, soltó el gatillo, completamente anonadado, y dejó los mandos del humeante *gatling* con el cañón apuntando al suelo.

—Que el Bríaro me lleve —juró, sin poder creer lo que veía.

Para mayor sorpresa de todos, desde la criatura surgió una voz, profunda y ronca como un desprendimiento de piedras.

—Así sea —dijo.

Y en una fracción de segundo se plantó frente a Guilem mediante un salto colosal y le golpeó en el pecho con la palma de la mano. La fuerza le machacó las costillas al instante y lo lanzó volando por uno de los pasillos hasta desaparecer en la oscuridad. Acab tuvo tiempo de levantar su fusil. Encajó una ráfaga corta justo en el rostro del monstruo, pero éste lo apartó de un manotazo y el soldado veterano se estrelló de cabeza contra los tanques.

Sólo quedaba Lügner. Temblaba luchando por mantenerse en pie. Una oscura mancha de orina no tardó en calar sus pantalones. De cerca, iluminada por la bengala que momentos antes disparara Iván, la criatura resultaba mucho más extraña y aterradora. Superaba los dos metros y medio de altura y poseía una musculatura exagerada. Iba completamente desnuda, pero carecía de órganos reproductores. El color de la piel y el marcado ángulo de cada músculo la hacían semejante a una estatua de piedra. Su rostro sin nariz encaró a Lügner, sin decir nada ni pronunciar ningún sonido. Sus ojos, de un profundo negro, lo observaron durante un instante. El soldado no se vio reflejado en ellos, pero creyó percibir leves destellos, puntos de luz como estrellas lejanas y titilantes en medio de una inmensidad sobrecogedora. Esa majestuosidad, esa evidencia de un poder superior, le arrebató la poca fuerza que le restaba y lo obligó a caer al suelo.

Entonces un leve pitido llamó la atención de la criatura. Se volvió hacia Iván, que había recobrado el sentido. El soldado acababa de soltar su comunicador, tras activar la señal de S.O.S. con la esperanza de que llegara hasta la superficie, donde se encontraba el portatropas, y de ahí se repitiera hasta los barracones de la Guardia. Al tiempo que la criatura lo encaraba, Iván hizo acopio de sus últimas fuerzas y se arrastró por el suelo, ayudándose de su único brazo sano, en dirección a las dosis de Néctar que había junto al confesor. Notaba un intenso dolor en las costillas y en su brazo izquierdo, y una calidez húmeda que —dedujo— sólo podía deberse a un derrame interno. La criatura avanzó un par de pasos y se colocó frente a él, de forma que Iván pudo ver sus enormes piernas. El preciado Néctar quedó entre los dos.

—¿Qué buscas? —resonó la voz de la criatura.

Iván ignoró la pregunta y siguió concentrado en aquellos inyectores desparramados por el suelo. Sabía que si dejaba de prestarles atención, las pocas fuerzas que le quedaban lo abandonarían.

—No llegarás —dijo de nuevo el monstruo—. No puedes alcanzarlo. El Bríaro te aguarda si continúas buscando ese Néctar.

Iván logró arrastrarse unos metros más. La punta de su dedo corazón rozó uno de los inyectores, pero entonces le sobrevino un agotamiento total. Avanzar los centímetros que necesitaba se le hizo imposible, de forma que quedó en el suelo, jadeando por el esfuerzo y el dolor. La criatura avanzó hacia él y se acuclilló a su lado. Entretanto, Lügner observaba la escena incapaz de mover un ápice de su cuerpo.

—No te esfuerces. No lo alcanzarás jamás. El Néctar no puede proporcionártelo.

—¡¿Quién... eres... tú?! —dijo Iván, agonizante.

—Soy toda la humanidad que habéis olvidado. Soy el bramido de la Vorágine a la que te diriges. Soy quien puede cambiar tu destino.

—¡M... mientes!

Iván realizó un último esfuerzo. Extendió el brazo y consiguió alcanzar uno de los inyectores. Cuando lo sujetó con sus dedos, sus fuerzas quedaron renovadas con la esperanza. Se volvió boca arriba y se lo llevó al cuello. Pero entonces sus ojos toparon con la mirada de la criatura. Cuando percibió aquellos destellos que bailaban en el profundo negro, dejó que la mano se detuviera a medio camino.

—Habéis olvidado lo que sois. Habéis olvidado el porqué de todas las cosas. La causa de vuestra vida. Hace muchos años así lo decidisteis, y poco a poco apagasteis e incluso vetasteis el recuerdo de una inteligencia superior a la vuestra.

Iván no comprendía lo que escuchaba. Praemortis descubrió el destino de los hombres y proporcionó medios para mejorarlo. Antes de eso, la historia enseñaba que la humanidad vivía en una ignorancia absoluta del otro mundo. En la actualidad no existían religiones ni adoración alguna a una inteligencia superior; pero a pesar de todo, algunas personas se empeñaban en ver el Apsus y la permanente Tormenta como seres superiores. Los adoraban y les pedían aquello que necesitaban. Pero lo cierto era que la mayoría consideraba esas prácticas fruto de una mente débil y supersticiosa, y ponían su atención en lo real y palpable: ganarse el Néctar con el fruto de su trabajo.

—¿Inteligencia? ¿De qué estás... hablando?

—Vas a morir, Iván. Elige.

—¿Qué...? ¿Qué debo... elegir?

—Puedes seguir confiando en la quimera del praemortis o atender a mis palabras.

—¿Quimera? —Iván estaba totalmente desconcertado.

—Elige, Iván.

No comprendía nada. ¿Cómo conocía aquel ser su nombre? ¿Cómo se atrevía a lanzar aquellas acusaciones contra el poder del Néctar? Todo un cúmulo de ideas confusas pasearon como fogonazos por su cabeza. Se concentró en la mirada profunda de su interlocutor mientras aún notaba el tacto del inyector en sus dedos. Y de repente se descubrió a sí mismo aflojando poco a poco la presión hasta que el Néctar resbaló y cayó. Al momento la visión fue nublándosele, pero aún pudo percibir cómo la criatura se ponía en pie y se alejaba de su lado.

—Me llamaréis Golem —oyó que decía, aunque el sonido le llegó distante, como si se encontrara ya muy lejos de él. Luego, todo se oscureció.

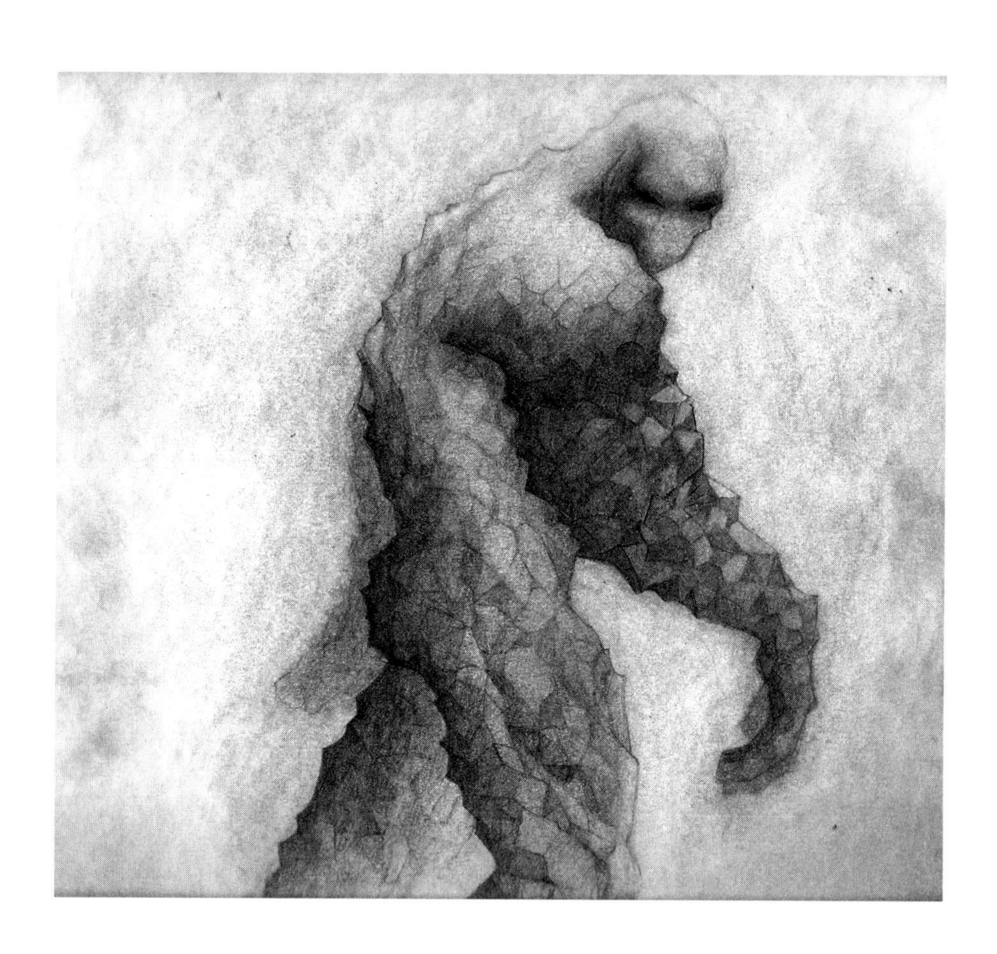

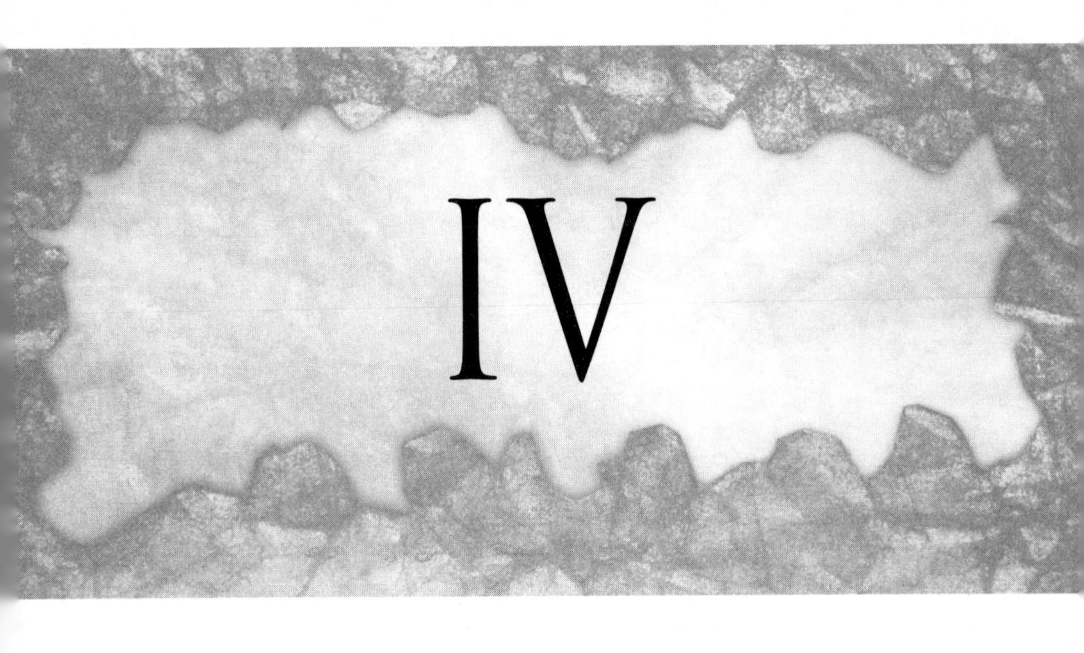

IV

Hasta la fecha, mis avances no han sido dignos de destacar. Logré la creación de un triptano alterado que funcionó durante la aplicación de las dos primeras dosis; pero cuando a Robert le sobrevino un tercer ataque —el más violento de los que he presenciado hasta ahora— el triptano se mostró insuficiente. Le administré oxígeno puro a un ritmo de doce litros por minuto hasta que comprobé un cese del dolor y las nauseas.

No descarto por completo el triptano, pero he iniciado una investigación paralela con ergotaminas que me procure una alternativa si la primera opción termina fracasando.

Diario del Dr. Frederick Veldecker
Año 2268, después del Cataclismo

1

El edificio de Pináculo tenía ciento treinta y seis pisos y más de setecientos metros de altura. Una gigantesca aguja de ocho metros decoraba su cumbre, pero los años habían arrebatado su color dorado original y ahora se encontraba ennegrecida por la contaminación y por ejercer demasiadas veces su labor como pararrayos. Bajo la aguja había un mirador, que en su tiempo recibía cientos de turistas diarios, pero que tras la compra del edificio por Praemortis quedó, como medida de seguridad, reservado a los miembros más privilegiados de la Corporación. La barandilla que protegía los bordes tenía la pintura descascarillada y estaba repleta de óxido, había charcos por todas partes y buena parte de los baldosines que decoraban el suelo ya no conservaban el dibujo. Lo único invariable eran las vistas: una espectacular panorámica de toda la ciudad-plataforma.

Al sur, y si había sol o durante una noche sin Tormenta, podían distinguirse cientos de edificios, bajos y altos, perlando la ciudad con la luz artificial que escapaba a través de sus ventanas. Al este, aguzando mucho la mirada, un observador con buena vista era capaz de identificar la zona abandonada tras el muro de la Marca Oriental. Sin embargo, era en dirección Norte donde se ofrecía a los visitantes el mejor espectáculo: el Apsus.

Cientos de olas, que desde aquella altura semejaban una capa de papel arrugado, ocupaban el horizonte y daban forma a la curvatura de la Tierra. Iban y venían, caracoleaban y entrechocaban unas con otras, arrojando al aire borbotones de espuma.

El cielo en aquella tarde estaba tan claro que el sol llegaba a calentar cuando sus rayos incidían directamente sobre el mirador. Incluso los charcos que normalmente calaban su superficie se habían secado por efecto del calor. En días como aquel, los nobles subían para disfrutar de la luz y las vistas. Hacían colocar algunas mesas y sillas, ordenaban preparar refrescos e incluso se hacían acompañar de una banda musical que les amenizara el momento con alguna melodía.

Tal habían hecho aquella tarde. El cuarteto musical, arrinconado en el lado norte del mirador, daba término a su última melodía, para así poder disfrutar un rato con las vistas. La ciudad de Pináculo, iluminada por una tarde tan clara, casi parecía haber rejuvenecido. Los edificios brillaban como si estuvieran bañados en plata; y abajo, en la calle, la iluminación natural ofrecía una gama de vivos colores que escapaba de la carrocería de los vehículos, las prendas de vestir de los transeúntes o el tejido artificial de plantas y árboles.

Con la vista fija hacia el norte, Leandra no prestaba atención al resto de nobles que también habían subido al mirador. Las olas eran perfectamente visibles, y su color oscuro se había transformado para ella en una atrayente combinación de blanco y lapislázuli. El siempre tenebroso Apsus casi resultaba bello.

Frente a la mujer había dispuestas dos mesas y varias butacas de mimbre sintético. Erik Gallagher y Baldomer Dagman aguardaban allí sentados a que el servicio subiera la merienda. De cerca llegaban las risas histéricas de un corro de mujeres, cuyo centro era Angélica Veldecker. La esposa de Robert se bañaba con la atención reverencial de sus interlocutoras, que reían cada uno de sus chismes.

—¡Al fin! —dijo Baldomer cuando el camarero apareció en la terraza.

Empujaba un carro con pedazos de empanada de carne, pastel de arroz y zumo de tomate. Las mujeres interceptaron el carro cuando pasó junto a ellas, de modo que no consiguió llegar hasta la mesa de los nobles.

—¡Aguas de la Vorágine! —juró el ceñudo patriarca de los Dagman—. Son peores que las gaviotas.

—Tranquilo, Baldomer —terció Erik—. Todo a su tiempo.

Alargó el brazo y tocó a su interlocutor en el hombro. Éste resopló.

Angélica, que sujetaba un diminuto pedazo de empanada como si éste le quemara los dedos, adelantaba la cabeza, con la boca y los ojos muy abiertos, como si se sorprendiera de sus propios chismes, y al tiempo realizaba exagerados aspavientos para escenificarlos. Al terminar soltaba una serie de hipos suaves y acompasados a modo de risa; entonces las demás reían también, hasta que Angélica hacía una señal con la mano y el corro callaba, preparándose para escuchar su siguiente comentario.

—¿Qué haremos con ella cuando Robert desaparezca? —inquirió Baldomer.

El comentario, salido de los potentes pulmones del noble, se había escuchado demasiado alto. Erik se revolvió en la butaca y miró a todas partes. Por fortuna, las mujeres estaban demasiado enfrascadas en la conversación como para sentir interés por comentarios ajenos. Leandra, por su parte, parecía hipnotizada con el oleaje.

—No te preocupes por eso —repuso Erik en un discreto susurro, con la esperanza de que su interlocutor lo imitara—. Sabremos ocuparnos de Angélica y de su hijo.

De repente, la puerta que daba al mirador se abrió de golpe. Del otro lado emergieron siete muchachos vestidos con pantalón corto, chaquetilla de punto y gorra. Bajo el brazo llevaban algunos libros sujetos por una correa que dejaron caer sin importarles que se estropearan. Se lanzaron al suelo del mirador, enzarzados en peleas de mentira, persecuciones y bromas. Eran los hijos de los nobles, que estudiaban en academias privadas entre las plantas noventa y noventa y dos del Pináculo. Todos los días, al finalizar las clases, solían dirigirse a los pisos reservados a cada una de sus familias. Sin embargo, aquella tarde, y dadas las condiciones climáticas, decidieron subir al mirador para disfrutar jugando un rato al aire libre. A decir verdad, muy pocas veces se les permitía salir al exterior, de modo que sus vidas diarias se limitaban al área del edificio de la Corporación, e incluso en él, existían un buen número de plantas que les estaban prohibidas. Por tanto, salir al exterior constituía para ellos una excepción que merecía ser festejada por todo lo alto, como así lo daban a demostrar con sus juegos, cada vez más frenéticos y escandalosos.

—¡Daniel! —gritó Angélica, desviando su atención durante un segundo—. No te acerques a la barandilla. Y dejad de dar esos gritos.

Entre los jadeos que le habían provocado las carreras, el muchacho respondió con un rápido comentario y volvió a sus juegos.

—Debemos asegurarnos de que el joven heredero de los Veldecker no suponga un problema cuando crezca.

Baldomer había logrado mesurar el tono de voz, pero Erik seguía mostrándose inquieto por tocar un tema tan delicado, especialmente si los aludidos estaban presentes.

—Daniel es un crío. No supondrá un problema hasta dentro de muchos años. Tenemos tiempo de sobra para consolidar nuestro gobierno.

—No con su tía en nuestras filas —masculló Baldomer.

Erik miró de reojo a la aludida que parecía no haberse dado cuenta de que la mencionaban. Pero tampoco deseaba continuar con una conversación tan peligrosa sin tomar medidas de precaución; de modo que se desabotonó con cuidado el gabán, introdujo la mano en el bolsillo de su camisa y extrajo un pañuelo que arrojó al suelo. El viento se encargó de arrastrarlo en dirección este.

—¡Daniel! ¡Chico! —llamó.

El mancebo de los Veldecker detuvo sus juegos.

—Alcánzame el pañuelo, ¿quieres? Se me ha escapado.

Raudo y obediente, el niño corrió detrás del pedazo de tela y lo cazó cuando todavía faltaban unos metros para que alcanzara la barandilla. Cuando se lo llevó al noble, éste le sujetó de la muñeca.

—¿Puedes hacerme un favor?

—¿Qué favor?

—Ve y pide a los músicos que toquen algo. No demasiado suave, pero tampoco demasiado fuerte. ¿Entiendes?

Daniel asintió.

—Pero no vayas por ese lado, donde está tu tía. Sino por el otro, cerca de tu madre. Así ella podrá tenerte vigilado y no le preocupará que te acerques a la barandilla.

—¡No me he acercado a la barandilla! —replicó Daniel, con los brazos en jarras.

—Lo sé —respondió Erik, revolviéndole el pelo—. Ya lo sé. Ahora, demuestra que eres un buen chico y haz lo que te he ordenado.

Daniel permaneció de pie en el sitio, pero cuando desvió la vista y se encontró con la mirada torva de Baldomer echó a correr como si el noble le hubiera propinado un azote mental. A los pocos segundos el cuarteto llenaba los silencios con música. Erik respiró aliviado. Al fin podría conversar sin temor a ser escuchado.

—Baldomer, llevo tiempo dándole vueltas a un asunto. Es sobre quiénes constituiremos el grupo de gobierno una vez que Robert muera.

El líder de los Dagman enarcó una de sus pobladas cejas. Poco a poco sus labios se ensancharon en una sonrisa por la que asomó un colmillo amarillento.

—Hablas de Raquildis, ¿verdad?

—Y de Leandra. De todos los que tengan vinculación con los Veldecker. No me gustaría gobernar con ellos.

—Ni a mí —sentenció Baldomer. En sus palabras, no obstante, se dejaba ver cierta prudencia.

—Temo que aprovecharán nuestra influencia en la sociedad para asentar el gobierno y luego nos eliminarán. Raquildis es muy capaz de planear algo así, y Leandra...

Desvió su atención a la mujer. Ésta había dejado de prestar atención al Apsus y ahora miraba en dirección al corro de mujeres. Sin duda, el alboroto de los cuchicheos la había sacado de su concentración de forma que todo su ser parecía concentrado en estudiar a la risueña Angélica. Su cuñada no procedía de ninguna familia noble o influyente. Robert la eligió por su belleza y por la dulzura en cada uno de sus movimientos. Incluso cuando caminaba, Angélica sabía contonearse con una feminidad natural. Nada le importaban los asuntos políticos de la Corporación, ni los problemas por los que pasara su marido mientras la posición social que disfrutaba no corriera peligro. Al mirarla, Leandra no evitaba que sus facciones dibujaran un evidente gesto de repulsión. Odiaba el amor de Angélica por el protagonismo, su obsesivo interés por las apariencias, por mantener la atención de cuantos se hallaban cerca, por sentirse envidiada.

—Sí —murmuró Erik mientras la estudiaba—. Ella también podría traicionarnos.

La música continuaba vertiendo sus notas sobre el mirador. Los niños ya no jugaban; ahora descansaban sentados con la espalda apoyada en el bloque de hormigón que hacía de base para la aguja. Algunos sacaron un puñado de canicas del bolsillo de sus pantalones y las desperdigaron para jugar. Daniel, sin embargo, se acercó a su madre arrastrando los pies e intentó llamar su atención tomándola de la mano; pero Angélica se encontraba demasiado entretenida escuchando chismes como para atender a su hijo.

—¡Daniel! —chistó, cuando éste tiró de su mano con mayor fuerza—. No me molestes.

El chico dio un pisotón sobre las baldosas y se alejó refunfuñando.

—Sin embargo —continuó Baldomer, más confiado—. Sabes que no me fío de los Ike. Por otro lado, no sabemos si la familia Wallace se pondrá de nuestro lado. Ni siquiera está en el grupo dirigente, y que yo sepa mantiene una completa fidelidad a Raquildis. Sin los Wallace no podremos contar con los soldados de la Guardia.

—Mi plan pasa por encima de ellos.

Erik sacó su pipa y un paquete con tabaco, introdujo un poco en la cazoleta y lo prensó con el pulgar.

—Lo que pretendo es dar un golpe de estado.

De lejos, acompañados por las suaves notas musicales, llegaron hasta los nobles las nuevas quejas de Daniel Veldecker.

—¡Leandra!

El tono apremiante de su vocecilla sacó a la mujer de su ensimismamiento. El chico le tironeó de la falda.

—Me quiero marchar, Leandra.

La mujer devolvió a Daniel una mueca de asco.

—Suéltame la falda. Vas a llenármela de mocos.

—Leandra —insistió él—. Mamá ha cerrado la puerta de mi habitación y yo no tengo llaves. ¿Puedes bajar y abrirme? Estoy cansado.

Ella alargó el brazo y señaló al grupo de mujeres.

—Allí está tu madre. Pídeselo a ella.

—¡No me hace caso! Llévame tú a casa.

Con un enérgico movimiento de la pierna, Leandra se quitó al niño de encima.

—Lárgate —respondió, secamente.

El niño permaneció a metro y medio de ella, mirándola asustado, sin saber si obedecerla o volver a insistir.

—¡Fuera! —gritó la mujer, enseñando los dientes.

Daniel dio un respingo, miró asustado a Leandra y comenzó a llorar. Desde el otro lado, su madre se volvió, alertada por el llanto. En la mesa, los dos nobles también detuvieron su conversación un instante, pero al momento, Erik, tras encenderse su pipa, aprovechó que nadie se fijaba en ellos para continuar.

—Escucha, Baldomer —dijo, cubriendo el espacio que los separaba con una suave voluta de humo—. No quiero el apoyo de nadie más para este plan. De ninguna otra familia de nobles, ¿entiendes? Cuanto más aliados tengamos, más nos arriesgamos a que nuestras pretensiones se filtren hasta los Veldecker. No necesitamos más apoyo para gobernar, sólo desviar la atención al exterior, provocar el levantamiento social, lograr el apoyo de los ciudadanos. Una vez demos el golpe de estado, y con Raquildis y Leandra eliminados, la Guardia y los confesores no tendrán más remedio que apoyarnos.

—¿Y cómo pretendes lograr el favor de los ciudadanos?

—Somos carismáticos. La gente sabe lo mucho que hemos hecho por ellos.

—Querrás decir que saben lo mucho que los Gallagher han hecho por ellos —gruñó Baldomer.

Aunque hubiera preferido permanecer serio, Erik no pudo evitar una sonrisa de complacencia. Baldomer estaba en lo cierto. Mientras que el apellido Gallagher se había hecho famoso gracias a la introducción del monorraíl en Pináculo y el impulso económico al S.R.T., los Dagman sólo se encargaban de la producción en cadena del praemortis; algo que, pese a resultar de vital importancia para el buen funcionamiento de la Corporación, causaba en los ciudadanos cierto resquemor incómodo; pues por muy revolucionario e importante que resultara, el praemortis nunca era portador de buenas noticias.

—También contaremos con un apoyo armado —continuó Erik.

—¿De qué hablas?

—Los Cuervos. Creo que les entusiasmará la idea de un ataque directo al sistema.

Entretanto, Angélica había llegado hasta su hijo. Lo tomó de la mano y se agachó para que su cara quedara a la altura del niño.

—¿Qué ocurre, cariño?

Daniel continuaba llorando, pero señaló en dirección a Leandra. Angélica levantó la vista y se encontró con la mirada de la aludida, altiva e indiferente, con los codos apoyados sobre la barandilla. La esposa de Robert tomó a su hijo en brazos y se incorporó, quedando frente a su cuñada en la postura más orgullosa que pudo adoptar.

—No quiero que vuelvas a dirigirle la palabra a mi hijo —su voz emergió recia, pero tartamudeaba al hablar—. ¿Me has comprendido?

—Él se ha acercado a mí —respondió Leandra con desprecio, absolutamente tranquila.

Baldomer, que presenciaba con interés el enfrentamiento de las dos mujeres, murmuró:

—Los Cuervos quieren el Néctar, y no podemos ofrecérselo porque lo controla Robert y los confesores. Además, no me fío de los rebeldes. Están a favor de la entrega libre de Néctar a todos los ciudadanos, ¡una anarquía! No consentirán un simple cambio de manos en el poder. Si contamos con ellos para el levantamiento, se volverán contra nosotros a la mínima oportunidad.

Pero la respuesta de Erik no llegó. El noble de los Gallagher tampoco quería perderse el espectáculo que estaba protagonizando la hermana del líder. Hizo una señal a Baldomer para conceder una pausa a la conversación y esperó la reacción de Leandra. Cuando ésta se supo observada por los nobles dejó su puesto en la barandilla y caminó hacia Angélica. Al pasar por su lado se detuvo para mirar a Daniel. El hijo de Robert Veldecker se chupaba el dedo con la cabeza apoyada en el hombro de su madre.

—Estás criando un inútil. Un pobre cobarde, igual que su padre.

—¡Por el Apsus, Leandra! —recriminó Angélica—. ¡Es sólo un niño! ¿Es que no lo ves?

—Los Veldecker nunca hemos sido niños —escupió Leandra. Luego, se dirigió de nuevo hacia Daniel, que la observaba aterrorizado.

—Dime. ¿Sabes ya lo que le sucede a tu padre?

—¡Basta, Leandra!

—Le... le duele la cabeza —respondió Daniel, reuniendo valor.

Leandra sonrió.

—Así es. Tiene ataques de cefalea, y son tan fuertes que no le dejan ni pensar —alzó la mano libre y extendió el dedo índice y corazón hacia el muchacho—. Imagina que te introdujeran una docena de agujas aquí, en el ojo, y las empujaran hasta penetrarte el cerebro.

—¡Se terminó! —zanjó Angélica.

Dio media vuelta y se alejó a paso vivo de la hermana de Robert, que permaneció en el sitio cruzada de brazos.

—¡Corre! —gritó ésta—. Separa a tu hijo de la realidad. No importa. Tarde o temprano se encontrará con ella. ¡Lleva los genes de los Veldecker!

Angélica abandonó el mirador dando un portazo. Entonces el resto de los presentes desvió toda su atención hacia Leandra. Las mujeres cuchicheaban.

—Y vosotras, ¿qué decís? —gritó al corro.

Y se puso rumbo hacia ellas con tal decisión que las espantó antes de llegar a su altura. El grupo se disgregó entre empujones, improperios y gritos; corrió hacia la puerta y desapareció. Los demás niños también las siguieron, aún más aterrorizados. En el mirador quedaron Leandra, el cuarteto musical y los dos nobles. La mujer encaró a estos últimos. Respiraba con fuerza. Baldomer, que había quedado absorto contemplando la escena, comenzó a reír a carcajada limpia. Leandra no dijo nada. En lugar de ello observó su alrededor. Los músicos habían enmudecido. Un leve picor la acosó el cuello. Se llevó la mano debajo de la zona que tapaba el pañuelo y rascó; se balanceó nerviosa, movió los hombros y la cabeza a uno y otro lado; y finalmente, lanzando un bufido, se encaminó a la salida.

—Los Veldecker nunca hemos tenido infancia —repitió para sí, justo antes de abrir la puerta del mirador—. Nunca hemos conocido la felicidad. Ya te darás cuenta de ello, Daniel.

Baldomer continuaba riendo. Erik sonreía de medio lado.

—¡Qué gran espectáculo! —dijo el jefe de los Dagman—. Ha sido una tarde perfecta. Y bien, Erik. Como decía: no podemos aliarnos con los Cuervos. Esos rebeldes sólo quieren ver nuestras cenizas esparcidas por el Apsus.

—No descartes a los Cuervos tan rápido. Confía en mí, Baldomer. Encontraré la forma de conseguir su lealtad y asegurarme de que no nos traicionen.

Un escalofrío le recorrió la tráquea de arriba abajo hasta detenerse en su estómago. Allí permaneció durante unos segundos, provocándole algunas convulsiones, y luego regresó a la tráquea para salir por la boca en forma de vómito.

Raquildis se apartó de un salto para que no le salpicara.

—¿Ya está de vuelta?

Robert tosió. La sensación de angustia era casi insoportable. Desde hacía dos semanas los ataques de cefalea le habían sobrevenido cada pocas horas, en una media de cuatro ataques al día. A veces el oxígeno puro lograba calmarlo, pasados unos veinte o veinticinco minutos, pero otras veces no le hacía nada. Entonces el dolor atacaba con demasiada fuerza como para resistirlo. Aquel día era ya la sexta vez que Robert se inyectaba el praemortis. La sexta vez que resucitaba.

—¿Le traigo un poco de agua, señor?

Robert afirmó con la cabeza mientras jadeaba. Los escalofríos aún reptaban por todo su cuerpo. Era a causa de los recuerdos que traía del otro mundo. La sensación de cientos de manos intentando aferrarse a él, de cientos de cuerpos chocando contra el suyo en el Bríaro. Desde que su padre lo descubriera, había recurrido al praemortis en ciertas ocasiones como el último recurso, cuando la bestia de la cefalea no deseaba marcharse. Ahora, sin embargo, resultaba distinto. Los ataques se hacían insoportables y la «sombra» —un dolor leve que hormigueaba a la altura de su occipital— jamás se marchaba. El praemortis parecía haber perdido su facultad para alejar la cefalea durante semanas. Lo peor, sin embargo, era visitar la Vorágine. Poco a poco, con cada nuevo viaje, aumentaba en su interior una sensación de odio visceral por quienes lo rodeaban en el otro mundo, por todos los pobres desgraciados que intentaban agarrar aquello que alcanzaran sus manos. Sentía por ellos una repulsión demencial; incluso comenzaba a alegrarle que estuvieran muertos. Su odio, sin embargo, trascendía la frontera entre ambos mundos y comenzaba a materializarse en éste con la misma pasión con la que lo sentía en aquél. Por ello, hacía dos días que dormía en otra habitación, separado de Angélica. El contacto nocturno de las caricias de su mujer, lejos de agradarlo, provocaba en sus miembros una inquietud que alejaba el sueño y que crecía hasta invadirlo de desprecio. Aborrecía también la visita de ejecutivos, soldados de la Guardia y nobles. La misantropía, poco a poco, invadía su carácter.

Raquildis apareció con el vaso de agua.

—El general Ed Wallace espera para darle un informe sobre el incidente acaecido con el grupo de rescate.

Robert se levantó de su cama con dificultad; con cada regreso del Bríaro debía ocuparse en desentumecer el cuerpo y aguardar con paciencia a que éste le respondiera. Tomó el vaso que le ofrecía su consejero, bebió un par de sorbos y caminó en dirección a su despacho. Desde su nueva habitación no habría más de diez metros. Por el camino se desanudó la corbata y la arrojó al suelo. Raquildis lo seguía a una distancia prudencial.

—¿Hay pruebas de que los rebeldes consiguieran el Néctar?

—Los mismos que me ayudaron a contactar con ellos me han informado que fueron atacados cuando intentaban sacárselo al confesor de la armadura.

—¿Y qué hay sobre Néstor, el hijo de Erik?

—Muerto.

Robert dejó que sus labios se distendieran en una amplia sonrisa. Al parecer la misión no había sido un fracaso absoluto.

—Veamos qué nos cuenta el general. Raquildis, quédate cerca.

—Entendido, señor.

Cuando llegaron al despacho, Robert se acomodó en su escritorio y Raquildis salió en busca del soldado.

El general Ed Wallace, al mando de la Guardia, retorcía la boina en su mano cuando entró. Los Wallace estaban orgullosos de su tradición militar, de modo que la mayor parte de sus miembros engrosaban la milicia de las diferentes ciudades en todo el mundo civilizado. Ed vestía el uniforme mimetizado, en amplio contraste con el traje de Robert: pantalones de pinza color crema y chaqueta oscura, sin chaleco. Como de costumbre, las luces del despacho estaban apagadas, a excepción de la lamparita sobre la mesa.

Wallace relató con todo el detalle que pudo lo ocurrido durante la misión.

—¿Quién ha sido? —saltó Robert, totalmente fuera de sí, cuando Wallace detalló el ataque sorpresa contra el equipo de rescate.

—No lo sabemos.

—Pero hay un superviviente consciente.

—Sí, es un soldado llamado Lügner Ike. Lo encontramos arrodillado junto al ascensor, bajo la luz de un foco. Apenas ha dicho nada desde entonces.

—Ike...

—Laesan ya ha sido informada —se adelantó el general.

—Pero ese Lügner habrá dicho algo, por mínimo que sea.

—Señor, le repito que se encontraba seriamente traumatizado y...

—Qué dijo, general.

—Bueno... dijo... dijo que los atacó el Golem.

Robert quedó paralizado. Su rostro palideció de repente. Tardó unos segundos en articular palabra.

—¿Dijo algo más? ¿Dijo cómo era ese... ese Golem?

—Apenas ha dicho nada con claridad, pero repetía que su cuerpo estaba hecho de piedra, muy grande y mucho más fuerte que cualquier hombre. A juzgar por el estado en el que encontramos al resto de soldados, el último dato parece cierto.

—Explíquese.

—Verá, señor Veldecker —aquí Wallace agachó la cabeza y escrutó el suelo con la mirada—. Mediante una fuerza tremenda, los soldados fueron lanzados contra las bombas de succión. La autopsia revela que el choque les produjo numerosas roturas. Uno de ellos, el soldado Benedict Guilem, fue encontrado a más de ochenta metros del lugar del encuentro. El forense nos indicó que un golpe en el pecho de proporciones inimaginables le había pulverizado la caja torácica. No puedo imaginar qué artilugio o persona sería capaz de reunir una fuerza semejante. El soldado Guilem era un hombre muy grande...

Robert se acarició el mentón mientras reflexionaba sobre los hechos. Luego se levantó de su escritorio y caminó hasta los ventanales. Aquella noche no llovía, pero de vez en cuando un rayo lunar cruzaba la bóveda celeste, cargada de nubes densas y oscuras, para bañar la ciudad con una palidez argéntea.

—¿Y el resto de supervivientes?

—El sargento Hiro continúa en coma. Hiro... Dagman.

—De modo que un hijo de los Dagman.

—Sí, señor, aunque lejano.

—Probablemente Baldomer desee acortar las distancias ahora que se ha convertido en un héroe, especialmente cuando los Ike poseen también a su mártir particular. Transmítale a la familia mi preocupación por la salud de... ¿cómo ha dicho que se llamaba?

—Hiro. Sargento Hiro Natayama Dagman.

—Bien, ¿qué hay del otro soldado?

—Su nombre es Iván. Lo encontramos en parada cardiorespiratoria. Logramos reanimarlo a tiempo, pero sus heridas son demasiado graves. Los médicos no albergan demasiadas esperanzas.

—¿Y los rebeldes?

—Todos muertos, probablemente a causa del mismo atacante.

—¿El confesor?

—Muerto. Los Cuervos seccionaron varias arterias con la sierra radial cuando intentaban quitarle la armadura.

Robert lanzó un suspiro. Los cristales de doble capa de las ventanas amortiguaron el sonido de un trueno cercano. Se acercaba una nueva tormenta.

—¿Qué hay de las dosis de Néctar?

El general Wallace carraspeó.

—Por más que buscamos no hallamos ninguna. Los rebeldes debieron llevárselas antes de que llegara el Golem, y desde luego antes de que llegara el primer equipo de rescate.

—Claro...

Robert se giró. Contempló al general durante unos segundos. Su frente estaba perlada de algunas gotas de sudor.

—Está bien, general. Buen trabajo. Puede marcharse.

El oficial taconeó y tras saludar enérgicamente dio media vuelta y dejó el despacho. Robert se volvió a los ventanales. Desde aquella altura era capaz de distinguir el borde sur de la plataforma. Más allá, el horizonte estaba cubierto de oscuridad, pero sabía que en miles de kilómetros no había nada que no fueran las olas el turbulento Apsus.

—¡Raquildis! —llamó. La estela de dos rayos cruzaron la bóveda celeste, pero el sonido del trueno no llegó hasta cinco segundos después. El consejero no respondió.

—¡Raquildis, ven inmediatamente! —repitió.

Estaba a punto de llamar otra vez, pero de pronto notó una sensación inquietante, justo sobre su hombro derecho. Era una tensión, una carga que nunca le provocaría la presencia de su consejero. Tuvo la necesidad imperiosa de dar media vuelta. La lamparita de su escritorio produjo un parpadeo. Robert vaciló, pero antes de volverse logró adivinar quién le visitaba.

—¿Por qué me atormentas? —dijo en voz baja, aún de cara a la ciudad.

Se hizo el silencio durante unos momentos. Entonces Robert, incapaz de soportarlo, desvió la vista hacia el bajorrelieve. Allí, confundiéndose con las figuras escorzadas, aguardaba un ser de gran tamaño. Su cuerpo parecía cincelado en el mosaico. Permanecía fuera del alcance de la luz, de modo que Robert apenas logró distinguir su figura.

—Contesta —le ordenó, pero la criatura continuó callada. La luz de la lamparita volvió a parpadear. En el exterior, más rayos surcaron las nubes.

—¿Crees que me asustas? ¿Crees que te tengo miedo? No te temo. No lograrás interponerte en mi camino. ¿Me oyes?

Silencio.

La luz de un rayo iluminó durante unos instantes el despacho y reveló parte de la figura pétrea del Golem, quieta como una estatua de roca. El trueno hizo vibrar los cristales.

—¡Contesta! —gritó Robert, apretando los puños—. ¡Contesta, maldita criatura! ¿Por qué mataste al equipo de rescate? ¿Por qué?

Pero el Golem no respondió.

—¿Quién eres en realidad?

—Sabes quién soy. Me has visto en el otro lugar, en el Bríaro.

Robert notó un escalofrío. Las nauseas del recuerdo reaparecieron; y junto a todo ello, un temblor distinto, difícil de dominar; un temblor de pánico que le hizo perder la compostura.

—¿Qué es lo que quieres de mí?

—¿Padre?

La puerta del despacho estaba entreabierta. Del otro lado asomaba la cabeza de un muchacho de seis años. Robert dio un salto.

—¡Daniel! —respondió con sorpresa.

Miró a su hijo para luego regresar velozmente al bajorrelieve. El Golem había desaparecido.

—Papá —dijo Daniel, acercándose—, te oí gritar desde la otra habitación.

—No ocurre nada, hijo.

Daniel miró a su alrededor.

—¿Con quién hablabas?

—Hablaba solo. A veces necesito hablar solo para ordenar mis pensamientos.

Robert alcanzó a su hijo y se acuclilló para que sus rostros quedaran uno frente al otro.

—Padre, ¿te encuentras bien? ¿Tienes más dolores de cabeza?

—No, hijo. Ya me he curado. ¿Ves? Estoy perfectamente.

Daniel observó a su padre entrecerrando los ojos.

—Leandra dice que estás enfermo.

Robert suspiró. Su hermana era especialmente cruel con Daniel.

—No hagas caso de Leandra. Ella no se lleva bien conmigo.

—¿Por qué?

—Es por algo que nos sucedió cuando éramos niños. Ahora no puedo contártelo; estoy muy ocupado.

—¡Yo puedo ayudarte si quieres!

Robert sonrió con ternura.

—¡Claro! Corre. Ve en busca de Raquildis. Dile que lo necesito.

Daniel dio media vuelta y echó a correr. Robert observó cómo su hijo desaparecía por la puerta. Él era el único que no le provocaba aquella misantropía visceral. Día a día, a cada momento, lo atormentaba la inquietante sospecha de una traición que podía sobrevenirle de parte de cualquier allegado: un amigo, un noble fiel a su política... incluso su propia esposa. Pero Daniel, con aquella inocencia infantil ignorante a todos los peligros, merecía su absoluta confianza y entrega. No. El muchacho jamás traicionaría a su padre.

De nuevo se había quedado solo en el despacho. Fijó su atención en el bajorrelieve y buscó la presencia del Golem, pero nadie apareció.

Tras unos instantes, Raquildis golpeó a la puerta.

—Con su permiso, señor.

—Adelante.

El consejero cerró la puerta a su espalda. Se aproximó a Robert portando un montón de papeles.

—¿Dónde te habías metido? —inquirió Robert—. Te ordené que no te alejaras.

—Disculpe, pero necesitaba atender ciertos asuntos de importancia. De nuevo el registro de consumo de Néctar ha detectado un exceso de uso injustificado por parte del confesor Marcus Haggar.

El líder hizo una mueca de desprecio.

—¿A causa de esa minucia desobedeces mis órdenes?

—Disculpe, pero creí conveniente informarle que Haggar gastó el mes pasado una cantidad aproximada de treinta y seis usos. Sólo quince han sido registrados en individuos por el lector de su mano, lo que significa...

Robert realizó un aspaviento que detuvo el informe del consejero.

—¡Ya sé que se los inyecta él! Que Haggar sea un adicto al Néctar me preocupa muy poco, Raquildis.

—Pero señor...

—Escucha. Es el confesor más temido y respetado de todos. Su fama nos beneficia. Estoy dispuesto a pagar el precio de las dosis que sean necesarias para mantenerlo satisfecho.

—Su empeño por su salvación podría desequilibrarlo, incluso convertirlo en un sujeto peligroso. Está claro que ha dejado de creer en lo que le enseñaron durante su adoctrinamiento. ¿Eso no le preocupa?

Robert meditó la pregunta.

—Está bien. Organiza una reunión. Yo me ocuparé de hablar con Haggar.

—No sabía que lo conociera en persona.

—No lo conozco —aclaró Robert—. Pero concertaré una entrevista y le pediré que modere su consumo de Néctar.

—Si me lo permite, deje el asunto en mis manos. Yo me ocuparé de él.

—Imagino que tú sí le conoces.

—Desde luego —respondió Raquildis con una sonrisa—. Yo lo adiestré desde su juventud.

—Está bien, habla tú entonces, pero manéjalo con tacto. No quiero que Haggar se encuentre incómodo.

—Descuide.

—Ocúpate también de dar la noticia a Erik sobre la muerte de su hijo. Que no se entere por otras fuentes. Por cierto, si los rebeldes no consiguieron el Néctar, asumo que no hemos logrado un trato con ellos. Ahora no confiarán en nosotros. Tendremos que idear otra forma para acabar con Erik Gallagher.

Raquildis no dijo nada, como si aguardara que el líder de Praemortis ya hubiera ideado un plan alternativo. Robert resopló.

—Sigo descartando la posibilidad de recurrir a la Orden, Raquildis. Como ya te dije, Erik también posee un buen número de aliados entre sus filas. Aparte de resultar escandaloso para la opinión social, el plan podría volverse en nuestra contra.

Raquildis asintió.

—No lo niego. Aún así, yo cuento con más partidarios dentro de nuestro... círculo.

—No me importa. No recurras a ellos. Prefiero que la opinión pública siga dando a la secta por desaparecida.

—Como quiera. Pero si ya no podemos contar con los Cuervos, tal vez llegue el momento de recurrir a otro tipo de ave. No sé si me entiende.

Robert le devolvió una mirada de soslayo.

—Perfectamente. Pero dudo que sea prudente depositar nuestra confianza respecto a un tema tan delicado en manos de un cazarrecompensas.

—Es muy bueno en su trabajo.

—Eso dicen.

—Y dudo que sea capaz de traicionar al apellido Veldecker.

—Pero hay que ser discretos. Desde la desaparición de su hijo es muy probable que Erik sospeche un complot.

—Comprendo. Utilizaré un intermediario para contratar al cazarrecompensas. Alguien con quien no se nos pueda asociar si es descubierto.

Robert permaneció un segundo pensativo.

—¡Peter! —dijo de repente, chasqueando los dedos.

—¿El joven Durriken?

—Es perfecto.

—Creo que sobrestima sus habilidades.

—No, no. Es el intermediario ideal. Seguro que él y Gallagher mantienen cierta amistad. Si no, recuerda la fiesta, su comentario introducido tan a tiempo. Sigo convencido de que ambos tramaron dejarme en ridículo. El muchacho es un pusilánime, Raquildis, y muy ambicioso. Ofrécele mucho poder, introdúcelo en la Orden si es necesario, pero lo quiero de mi lado. Él asesinará a Erik Gallagher.

—Si insiste, hablaré con él.

—No. Que hable conmigo primero. Eso ayudará a convencerlo para que se coloque de nuestro lado.

Mi nombre es Ipser Zarrio. Me lo repito una y otra vez, constantemente. Lo he escrito por las paredes y en los cristales de todas las ventanas. Me lo susurro cuando voy a dormir y lo repito cuando el recuerdo del Bríaro se cuela en mi mente. No quiero olvidarlo, porque es lo único que tengo, lo único que me queda ahora que he comprendido el sentido de esta equivocación a la que llamamos vida.

Desde que murió mi hijo he pensado en el sentido de nuestra existencia, la de todos los hombres. ¿Cuál es? ¿Cuál era antes de que llegara el praemortis? Nadie se atreve a preguntarlo. Viven obviando la pregunta hasta el día en que sus cuerpos arrojen la conciencia al otro mundo. Sin embargo yo lo he comprendido. He encontrado la verdad en mis pesadillas. El reino de la Vorágine y del mar de vidas es nuestra auténtica existencia, nuestro sino. Transitamos por este otro mundo debido, sin duda, a un error. ¿No es la otra vida mucho más duradera? Más aún; es eterna ¿No es verdad que, aunque lo intentemos, somos incapaces de escapar de la muerte? Leam conoce bien la respuesta.

Lo he comprendido todo, me he liberado del yugo de la ignorancia que emponzoña las mentes de cada habitante en esta ciudad. Frederick Veldecker nos abrió la puerta a la realidad, pero el Néctar sólo nos corrompe y nos convierte en seres asustadizos. Niega nuestro derecho al sufrimiento para el que hemos sido creados, aquél que poseemos desde el momento de nacer. Nos obliga a ver la muerte como algo de lo que hay que escapar mientras que, ciegos a la verdad, nos acercamos a ella sin percatarnos.

Leam lo comprendió. Sé que lo hizo en sus últimos segundos de vida, cuando vio a la Zarpa alejarse de él sin otorgarle el Néctar, pero Hellen no lo ha sabido ver, por eso ha sido mi deber mostrárselo. Doblé las dosis de tranquilizantes para evitarle el sufrimiento de conocer la suerte que había corrido su hijo. Anoche, sin embargo, decidí no suministrarle más calmantes y esta mañana despertó mucho más despejada.

—¿Dónde está Leam? —fue lo primero que preguntó al verme.

—Ha vuelto a casa —le contesté.

Me senté a su lado, en la cama, y acaricié su pelo. Tardó unos momentos en comprender el sentido de mi afirmación; entonces se apoderó de ella una pena enorme. Comenzó a llorar, pero le hice señas para que guardara silencio y obedeció.

—Está bien —dije, buscando enseñarle lo que yo había aprendido por mis propios medios—. Está donde debemos encontrarnos todos. Iremos allí pronto. Éste no es nuestro lugar.

Me miró horrorizada, sin comprender la verdad que le transmitía; y, de repente, supe que nadie sería capaz de comprenderme, que nadie querría escucharme. Sus mentes, las de todos los hombres y mujeres del mundo, se hallaban demasiado envenenadas por una falsa esperanza. Así pues, asumí desde aquel momento la tarea de reconducirlos yo mismo, comenzando por la pobre Hellen.

Cogí la jeringuilla que había en la mesita de noche, aparté los cabellos a mi esposa, y le introduje un tubo de aire en las venas.

Hellen no tardó mucho en volver a casa. Ahora sé que estará disfrutando de su verdadera existencia junto a Leam. Ambos se habrán reencontrado en aquel mar de sufrimiento y dolor. Pasarán abrazados el resto de la eternidad, mezclando sus lágrimas, confundiendo su llanto con el de los millones de afortunados que allí yacen.

La Vorágine, el Bríaro y el mar de vidas al que nos arroja son lugares que nos asustan al principio, como ocurre con todas las cosas que el hombre ignora. Pero sé que debemos permanecer allí. Me siento feliz de haber liberado a Hellen y estoy preparado para liberar a cuantos me sea posible alcanzar; no obstante, sé que para que mi mensaje llegue a oídos de todos debo predicarlo desde arriba, descabezando el sistema. Por eso he decidido acabar con Marcus Haggar.

Pero no puedo hacerlo solo. La Zarpa es demasiado fuerte y yo no dispongo de medios para atravesar la armadura que lo protege. Soy para él poco más que barro en su capa de inmaculado blanco. Sin embargo, los Cuervos pueden ayudarme en mi propósito, así que hoy saldré a la calle e intentaré buscar a quien pueda ponerme en contacto con ellos. Cuando los encuentre, pediré que me proporcionen algún tipo de apoyo: personal, armas... lo que sea. Luego sólo tengo que encontrar a Haggar. Pasearé día y noche por toda la ciudad si es necesario para lograr mi objetivo. Pero sea como sea, lo encontraré.

Ciudadanos ignorantes. No comprendéis que en alguna parte, lejos de nosotros, hay un ser superior que ha ideado el mar de vidas como nuestro hogar. El sufrimiento, el dolor y la tristeza son sus mayores regalos. Pero vosotros, ciegos humanos, no os habéis dado cuenta de su generosidad. ¿Es el Apsus quien, con sus olas, os llamaba una y otra vez? ¿O acaso es vuestro dios la Tormenta incesante? No creo que ellos sean dioses. Adorarles es fruto de la superchería; de una mente débil que alegremente se conforma con lo que ve. No. Nuestro dios es alguien más grande, más poderoso, y mucho, mucho más aterrador y cruel de lo que podamos imaginar.

Y yo, el insignificante Ipser Zarrio, poseedor únicamente de mi nombre, he logrado escuchar al fin su mensaje.

—Ya viene —indicó un hombre de mediana edad que esperaba en el quicio de la puerta.

Un confesor acababa de torcer la esquina y corría por una acera que repentinamente quedó despejada de transeúntes.

—¡Silencio! —indicó alguien. Los murmullos menguaron en intensidad, pero no cesaron.

—Pegaos a las paredes.

—¡Silencio he dicho!

—¡Callaos!

El hombre que esperaba en la puerta agachó la cabeza con velocidad. La figura oscura del confesor, envuelta en su capa azul, no tardó en mostrarse a través de las ventanas de la fachada. Detuvo su carrera cuando se encontró frente a la entrada y cruzó el umbral con aire majestuoso. Se trataba de una tienda de comestibles del barrio sur. Era de mediano tamaño, con tres pasillos verticales entre los cuales se distribuían las diferentes secciones de productos. Al fondo se encontraba el área de congelados.

Desde las ventanas, a izquierda y derecha, penetraba la luz de un hermoso atardecer. Los arreboles dejaban ver un cielo apacible, libre de cualquier nueva amenaza de tormenta.

Las estanterías estaban atestadas de género, dispuesto de forma caótica. Al fondo, en la esquina oriental, había instalado un espejo convexo que permitía al encargado vigilar a los clientes de área de congelados. Ahora reflejaba un grupo de personas arremolinadas en torno a una mujer que permanecía tumbada en el suelo. Bajo el espejo, una puerta metálica daba paso al almacén.

El confesor avanzó a grandes pasos hasta el área de congelados. Cuando llegó, quienes acompañaban a la mujer le hicieron sitio. Era joven, posiblemente demasiado para haber tenido tiempo de comprar su Néctar. Su piel morena palpitaba por la respiración agitada. Su cabello, negro y rizado, parecía cortado al descuido y demasiado corto para lo que dictaba la moda. Vestía ropas sencillas: falda con vuelo corta y chaqueta de punto amarilla. Una mancha de sangre impregnaba todo su costado izquierdo. Iba descalza.

Cuando vio aparecer al confesor extendió un brazo hacia él.

—Lo he pagado —dijo, forzando la voz.

El confesor echó un vistazo a su vestimenta.

—La han robado —aclaró alguien a su espalda, con un hilo de voz—. El bolso y los zapatos.

—¡Lo he pagado! —repitió la mujer, más fuerte.

El confesor echó un vistazo a su alrededor. Cinco personas esperaban a un par de metros. Otras dos miraban con cierta curiosidad desde el extremo oriental, cerca de las ventanas. Por último, en la entrada, junto a las cajas registradoras, tres muchachos curioseaban asomando sus narices por encima de un muro de cajas. Todos vestían ropas pobres, típicas de un habitante del barrio sur. Trabajadores de empresas afiliadas a la Corporación que cobraban sueldos míseros por demasiadas horas de trabajo, con objeto de enriquecer a sus jefes.

La mujer tosió. El confesor volvió a fijar en ella su atención.

—Apartaos. Dejadle espacio —susurró un hombre fornido. Su espeso mostacho se unía con unas gruesas patillas.

Quienes rodeaban a la mujer se apartaron aún más del confesor. Éste, extendiendo el brazo derecho, colocó la palma sobre los ojos de la moribunda. El lector tardó unos segundos en confirmarle un pago de Néctar. Sorprendido, se apresuró a llevar su mano libre hasta la cintura. Al momento una de las placas se retrotrajo, dejando un espacio cuadrangular del que asomó un pequeño estuche que portaba tres inyectores. La mujer esbozó una sonrisa.

—¡Ahora! —gritó Stark, apareciendo desde una de las estanterías, armado con un fusil.

Reynald, que aguardaba en una posición estratégica tras el confesor, dio un salto, y con un movimiento rápido logró robar la caja de inyectores. Éste se volvió, pero entonces Geri, la mujer que yacía tumbada en el suelo, extendió el brazo y alcanzó el fusil lanza-arpones que se escondía en su espalda. Sin embargo, no logró arrebatárselo y el confesor se la quitó de encima con un golpe de revés que la lanzó por los aires hasta estrellarla contra las estanterías de alimentos fríos. Varias cajas de leche salieron volando y se derramaron contra el suelo. Otro rebelde extrajo la anilla a una granada de humo, que lanzó a los pies del atacante.

—¡Vámonos! —ordenó Stark, mientras el humo se extendía alrededor del confesor. Apuntó su arma directa al casco de su oponente. Sabía que su fusil no podría hacer mella en la armadura, pero resultaría útil para confundirlo. Una ráfaga de disparos en su casco le impediría la visión y lo desorientaría durante unos segundos, de modo que abrió fuego.

Pese a todo, el confesor se incorporó y echó mano al lanza-arpones; sin embargo, para cuando estuvo listo, el humo cubría toda su figura y le impedía ver a los rebeldes.

—¡Por las ventanas! —gritó alguien.

—¡Callad! —cortó Reynald—. ¡No delatéis vuestra posic...!

Un arpón pasó silbándole tan cerca de la cabeza que lo despeinó. Voló hacia el origen de las voces y atravesó a uno de los rebeldes. El confesor emergió de la nube de humo, corriendo hacia las ventanas. Reynald estaba justo delante, pero con una finta logró escabullirse por uno de los pasillos.

Stark, desde el otro lado, ayudaba a Geri a ponerse en pie.

—¿Estás bien?

—Rey tiene los inyectores —dijo ella, afirmando con la cabeza.

—Saldremos por la puerta de atrás y le cubriremos cuando alcancemos el portatropas.

Echaron a correr a través de la puerta metálica del almacén, sortearon, ya en el interior, los palés de género y alcanzaron la puerta trasera. Dieron a una calle estrecha, destinada únicamente al tráfico peatonal. Allí habían escondido el portatropas. Entraron por el portón trasero y se apresuraron a ponerlo en marcha.

—¡Voy a la ametralladora! —indicó Geri.

Stark se sentó a los mandos.

El portatropas apareció en la calle principal con un sonoro derrape. Habían dejado el portón trasero abierto, con el objeto de facilitar la subida de los rebeldes. Un portatropas normalmente no estaba habilitado para llevar a once personas en su interior, pero los Cuervos aprovechaban al máximo cualquier material que hubiera quedado a disposición de su causa, especialmente cuando se trataba de un regalo y no de un robo, lo cual descartaba cualquier búsqueda de material perdido por parte de la Guardia.

Stark dio un volantazo para enfilar hacia la avenida. Sus compañeros corrían desperdigados en todas direcciones.

—¡Al portatropas! —los llamaba Geri desde fuera.

Cuatro lograron alcanzarlo antes de que el confesor apareciera por la puerta de la tienda. Geri abrió fuego. Cristales de las ventanas y grandes pedazos de fachada saltaron por todas partes. El confesor, vencido por el impulso de los disparos, cayó al suelo.

—¡Vámonos! —dijo uno de los Cuervos, que ya tomaba asiento.

—¿Dónde está Reynald? —inquirió Stark.

—No lo sabemos.

—Lo perdimos de vista en el interior.

Stark soltó una maldición. Fuera no se veía a Reynald por ninguna parte, pero tampoco a los demás rebeldes. Quienes no habían subido al portatropas lograron desaparecer entre las calles.

El humo de la granada ya asomaba por la puerta de la tienda de comestibles. El confesor, sin embargo, dio media vuelta, cruzó el almacén y sorprendió a los rebeldes desde el callejón. El portón continuaba abierto, de modo que los Cuervos que esperaban dentro presenciaron con horror cómo se les acercaba.

—¡Se nos acerca por detrás!

—¡Cierra la puerta! —le gritaron a Stark, llenos de pánico, y corrieron a apretujarse contra la cabina del piloto como si aquello fuera a salvarlos una vez el confesor entrara.

Geri se apresuró a girar la torreta y abrió fuego, pero esta vez el confesor estaba prevenido, de modo que la fuerza de las balas no logró detener su avance. Desde la cabina, Stark accionó el botón para el cierre automático del portón y puso en marcha el portatropas. El vehículo arrancó con un chirrido de las ruedas y no tardó en dejar atrás a su perseguidor. El portón también pudo cerrarse a tiempo.

Una vez fuera de peligro, Geri dejó su puesto en la torreta.

—Ha faltado poco —dijo a Stark mientras ocupaba el asiento del copiloto.

El líder no dijo nada. Abrió uno de los bolsillos de su chaleco y extrajo un puro a medio fumar que se llevó a los labios.

Media hora después, el portatropas alcanzaba la Marca Oriental y se colaba en la ciudad abandonada a través de una grieta en el muro. Avanzó en dirección al borde por calles abandonadas, sorteando cascotes de edificios semi derrumbados y restos de los saqueos, hasta alcanzar un edificio de fachada roja, ubicado al final de una avenida. Tenía tres pisos de altura. Lo que en otro tiempo fueron ventanas no eran ya más que enormes agujeros cuadrangulares que se extendían a lo largo de toda su fachada. No tenía muchas pintadas, pero las pocas que había decoraban los lugares más inverosímiles y de difícil acceso. A su izquierda se erigía una torre de ocho pisos, lo cual lo identificaba como un antiguo parque de bomberos. En cuanto el portatropas apareció por la avenida, varios rebeldes salieron del edificio y abrieron las grandes puertas para la entrada de camiones. En el interior del garaje, en la planta baja, los rebeldes acumulaban toda una gama de diversos automóviles, algunos medio desmontados, además de gran cantidad de piezas desperdigadas por todas partes. La pared oeste estaba ocupada por un tablero lleno de herramientas de mecánico. Al fondo, unas escaleras de madera ascendían a los pisos superiores, no muy lejos de la barra de bomberos y de un perchero en el que aún se conservaban un par de trajes ignífugos.

Unos cuarenta rebeldes esperaban allí.

El portón trasero del portatropas se abrió. Stark fue el primero en aparecer. Avanzó directo hacia uno de los rebeldes que había decidido huir por las calles en lugar de montar en el portatropas y lo agarró por las solapas.

—¡Eklard, necio! ¡Os advertí que mantuvierais silencio cuando lanzáramos la granada de humo!

El aludido era un joven que no llegaba a los treinta, rubio, de pelo corto y rostro alargado, barbilampiño, nariz aguileña y mirada triste. Ahora retrocedía atropelladamente, empujado por Stark, hasta que chocó contra el maletero de un automóvil. Sus labios estaban curvados, el superior sobre el inferior, formando una mueca ridícula.

—Sólo intenté ayudar a los que escapaban —balbuceó el aludido—. Había una ventana cerca.

—Todo el mundo tenía ventanas cerca. Estudiamos las rutas de escape seis veces el día anterior. ¡Y dejé claro que nadie hablara en voz alta! ¡Nadie!

—Yo... lo siento...

—¡Por tu culpa ha muerto un hombre!

Un silencio incómodo no tardó en extenderse por entre quienes presenciaban el enfrentamiento. Eklard, incapaz de reprimirse por más tiempo, comenzó a sollozar, suavemente al principio, hasta que comprendió que todo el mundo lo estaba observando. Entonces se dejó caer al suelo, junto a los pies de Stark.

Desde atrás, Geri avanzó y puso una mano en el hombro del líder.

—Vamos, déjalo.

—¿Y Reynald? ¿Ha llegado?

Nadie dijo nada.

—¡¿Ha llegado Reynald o no?!

—No —dijo al fin una mujer—. Todavía no ha llegado. En realidad, Eklard ha sido el primero.

—Reynald llevaba el Néctar —recordó Geri.

Stark miró a todas partes, visiblemente nervioso. Escupió el puro con asco y, abatido, se inclinó de cara al suelo con las manos sobre las rodillas. Su cabeza comenzó a latir con el recuerdo de todos los rebeldes caídos recientemente; primero aquellos que fallecieron en el secuestro del confesor; después, a quienes dejó en la base de la pata, encargados de extraer las dosis del confesor secuestrado y atacados por aquel Golem. Ahora volvía a perder más hombres, aquellos que confiaban en su mandato. Muertos por la causa, por más dosis de un Néctar que además no habían conseguido. Eran demasiadas bajas, demasiados amigos lanzados al Bríaro en un espacio de tiempo muy corto como para que no lo afectara.—Rey —musitó—. Tú no caigas. No lo soportaré.

La responsabilidad sobre la vida de los Cuervos cayó sobre los hombros del líder con una presencia tan palpable que no encontró fuerzas para incorporarse. A su lado Eklard aún sollozaba. Stark le lanzó una mirada compasiva. La causa de los rebeldes resultaba, en ocasiones, un sueño complicado de alcanzar. Observó su alrededor. Los Cuervos aguardaban con atención a que hiciera algo. Lo que fuera.

—Arriba —se dijo, y luego, dirigiéndose a Eklard, se obligó a mantener la entereza. Apretó los dientes, empujó toda su amargura hasta esconderla en las entrañas, y tendiendo la mano a su compañero, ordenó:

—En pie.

En ese momento, la cabeza de Alfred Jabari asomó por el hueco de las escaleras. Era uno de los Cuervos más valorados dentro del grupo. Antiguo profesor de filosofía, destilaba un aire intelectual que las ropas proporcionadas por los rebeldes no fueron capaces de ocultar. Oficialmente se dedicaba a las comunicaciones; el contacto entre las partidas de rebeldes que salían a cualquier misión y la base. Era un hombre de piel oscura, pelo corto bien peinado y bigote recortado. Las gafas sin pasta, de cristales cuadrados, ayudaban a su imagen de hombre cultivado.

Antes de entrar en los Cuervos, Alfred disfrutaba de un cómodo y bien remunerado trabajo como profesor de universidad. Sin embargo, de un día para otro fue destituido del cargo. Nadie sabía el porqué, ni siquiera el mismo Stark, pero corría el rumor de que el profesor, en sus investigaciones, se había dado cuenta de *algo* que incomodó a los altos cargos corporativos, de modo que lo expulsaron de la universidad y le prohibieron dar clase. Con su historial y sus conocimientos, Alfred podía haber conseguido otro trabajo medianamente aceptable; no obstante, aquello que había descubierto, fuera lo que fuese, removió de tal modo sus ideales que se sintió obligado a unirse a la causa rebelde.

—Jefe —dijo rompiendo el silencio—. Deberías subir aquí de inmediato.

Stark corrió hacia las escaleras. Geri le siguió a su espalda. Arriba, Alfred había regresado a su puesto en las comunicaciones. El canal abierto emitía una voz ronca y entrecortada por las interferencias. Debía encontrarse muy lejos, pero se trataba sin duda de la voz de Reynald, que intentaba establecer contacto. Stark agarró el comunicador.

—¡Rey! ¿Dónde estás?

Repitió la llamada dos veces más sin obtener respuesta, hasta que, de repente, otra voz surgió desde el comunicador.

—Quiero hablar con el líder.

—¿Quién es? —preguntó Stark.

—Quiero hablar con el líder —repitió la voz.

—Está hablando con él.

La voz del otro lado guardó silencio unos segundos.

—Escuche —dijo al fin—. Me llamo Deuz Gallagher.

El peso de aquel apellido levantó un revuelo de murmullos que Stark se apresuró a silenciar con un movimiento enérgico de la mano.

—¿Qué le han hecho a Reynald?

—No debe preocuparse por él. Su amigo sólo ha sufrido heridas de pequeña importancia. Se recuperará.

Stark respiró hondo antes de volver a preguntar.

—¿Qué es lo que quiere?

—Deseo proponerle un intercambio.

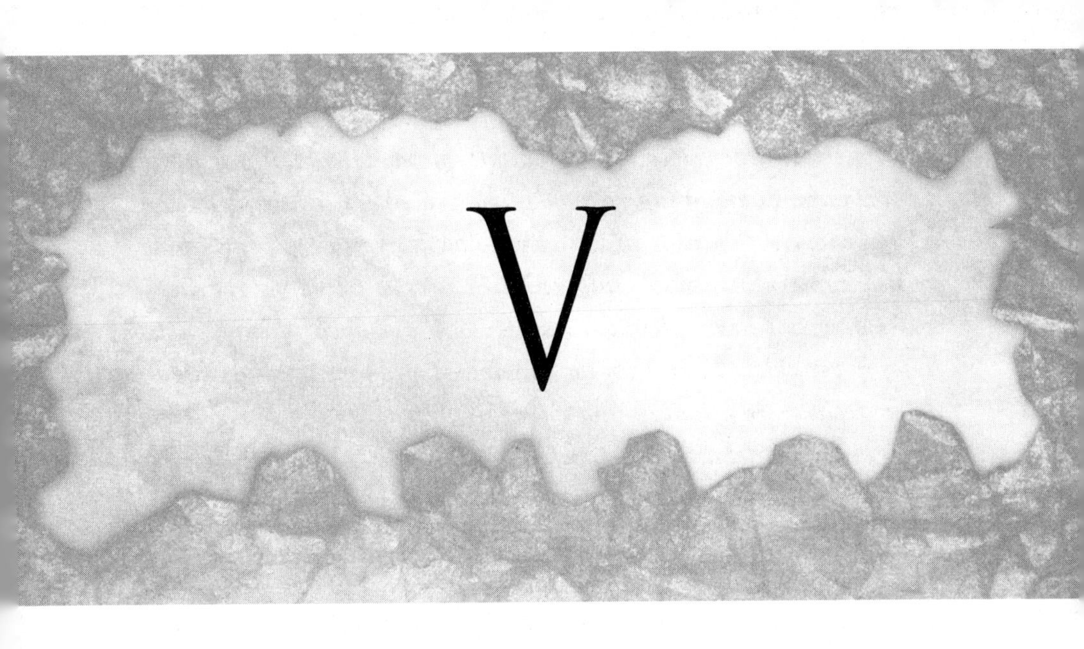

V

El día era claro y apenas caía una fina llovizna. Nos vestimos las túnicas y lo organizamos todo para el rito de iniciación. Nos agrupamos en fila de a dos, colocamos a los tres neófitos en primer lugar y marchamos hacia la franja este desde nuestro local en el muelle. Era bastante temprano. Antes de salir, los vigías se habían asegurado de que no hubiera nadie rondando el lugar. Además la zona en la que teníamos el local de reuniones se hallaba en un lugar poco transitado. A pesar de todo, había que mantener la zona vigilada porque de vez en cuando algún colocado de Nitrodín o una prostituta aparecían en la zona y teníamos que convencerlos para que abandonaran nuestro muelle sin levantar sospechas.

Aquella mañana la zona estaba desierta. El día era nublado y ya se respiraba el familiar aroma de algas; la criatura rondaba los alrededores de la plataforma, fiel al día de invocación. Marchamos en procesión hasta el muelle que teníamos alquilado. Una vez llegamos al borde, iniciamos los cánticos de llamada. El Haiyim tardó una media hora en aparecer. Vimos su gigantesca concha emerger de las aguas, dura y llena de flora marina. Los neófitos no estaban asustados. Todos habían sido adoctrinados y sabían qué les esperaba a continuación.

La criatura se colocó bajo la plataforma de la ciudad y aguardó a pocos metros bajo la superficie, de modo que desde nuestra posición éramos capaces de distinguir el contorno oscuro de su figura. Cuando los neófitos terminaron su canto de iniciación, les colocamos el arnés y los bajamos uno a uno hasta el Apsus. Los dos primeros fueron engullidos con rapidez. El Haiyim no los toleró. Por no merecer su justicia, desaparecieron en mitad de una nube de espuma. No lograron ganarse la misericordia del dios de ambos mundos.

Con la Zarpa, sin embargo, ocurrió algo que nunca antes habíamos visto durante el rito de iniciación de un confesor.

Bajamos al neófito con cuidado y lo dejamos en la superficie. Se quedó nadando, a la espera de su destino. La sombra del Haiyim se hizo más dura y pronto vimos sus tentáculos retorcerse en el aire. Lo normal, si aceptaba al neófito, era que flotara bajo él unos instantes, sin atacar; pero con Haggar presenciamos un movimiento inusual. Los tentáculos se posaron en la superficie de las aguas con delicadeza y rozaron... acariciaron al neófito con una ternura casi humana. El encuentro duró apenas un par de minutos, criatura e iniciado bailaron sobre las aguas ante nuestros ojos incrédulos, hasta que, finalmente, el Haiyim, como si supiera que no teníamos más aspirantes, desapareció en las profundidades del Apsus.

Cuando subimos a la Zarpa detectamos algunos roces de menor importancia en su cuerpo, sin duda ocasionados por los tentáculos que lo habían llevado de acá para allá durante el baile. Pero más nos sorprendió ver que se encontraba en un estado catatónico del que tardó en salir varios minutos. Cuando volvió en sí no recordaba nada de lo que le había sucedido. Nosotros, en cambio, estábamos muy seguros de haber presenciado un espectáculo que no volvería a repetirse con ningún otro aspirante.

Extracto de las declaraciones de un miembro anónimo de la Orden, dos semanas tras la desarticulación de la secta.

Peter Durriken ajustaba su pajarita frente a un espejo de cuerpo entero. Entretanto, Raquildis se paseaba de un lado a otro, examinando la nueva habitación que habían asignado al joven ejecutivo. Le llamó la atención una fotografía enmarcada que colgaba de la pared. En ella observó a unos cuarenta niños distribuidos en cuatro filas horizontales. Todos vestían idéntico uniforme: pantalón corto, calcetines altos, yérsey de cuello de pico y camisa con pajarita. Peter se había educado en uno de los colegios privados a cargo de la Corporación, desde donde salían los jóvenes ejecutivos que destinarían el resto de sus vidas a conseguir una habitación y despacho más grandes en una planta cada vez más alta del Pináculo. El consejero se acercó a las caras serias de aquellos muchachos. Sin duda, los padres de Peter debían haber sacrificado toda su fortuna para lograr que su hijo fuera admitido en un colegio de semejante calidad.

—Procura no alzar la voz —indicó al joven, sin apartar la vista de aquellos cuarenta niños—. Robert padece fono fobia desde hace unos días.

—¿Para qué crees que querrá verme? —el muchacho temblaba.

Raquildis no contestó. Estaba concentrado en la fotografía. No lograba reconocer a Durriken de entre el resto de alumnos. Todos parecían idénticos.

—¿Raquildis?

—Tranquilízate. Robert desconfía de todo el mundo, pero te aseguro que no ha descubierto nuestro complot para derrocarlo.

Una vez se hubo arreglado la pajarita, Peter pasó un par de veces el peine sobre su cabello pelirrojo hasta dejarlo perfectamente peinado hacia atrás; resopló, dio media vuelta y se encaminó con paso decidido hacia la puerta.

Entre su habitación y las dependencias de Robert no quedaban ya demasiadas plantas de diferencia. Por encima de él sólo se encontraban otros nobles de mayor poder; por debajo, toda la maquinaria ejecutiva y administrativa de la Corporación.

Cuando el ascensor alcanzó la planta ciento treinta y seis abrió sus puertas con un tintineo. Peter atravesó un pasillo alfombrado hasta alcanzar el despacho del líder. La puerta estaba entreabierta. Durriken dudó si debía llamar o abrirla. Raquildis se le adelantó con toda tranquilidad, fruto de su confianza con la familia Veldecker, y llamó con tres golpes muy suaves. Del otro lado emergió una voz apagada.

—Adelante.

Durriken empujó la puerta, pero apenas ésta se hubo abierto hasta la mitad de nuevo surgió la voz desde el interior.

—¡No abras del todo!

El muchacho se escurrió por el espacio abierto. Raquildis hizo lo propio. El interior estaba oscuro. La luz procedente del pasillo se extendía en una lánguida franja hasta los ventanales. A la derecha, el muchacho percibió los bultos de las figuras del bajorrelieve. La obra había sido labrada por orden de Robert en los primeros días de la Corporación como símbolo del descubrimiento hecho por su padre. El resultado produjo opiniones dispares: unos vieron en ella una fiel representación del realismo y las pasiones que podían experimentarse en el mundo de la Vorágine; otros, en cambio, la aborrecieron, argumentando que evocaba un terror que no era justo recordar a quienes no habían pagado su Néctar. Peter opinaba como este último grupo. Las figuras retorcidas de rostros espantados le recordaban con demasiada viveza su veintiún cumpleaños. Incluso ahora que tenía el Néctar asegurado gracias a su estatus recién adquirido, el recuerdo de la Vorágine seguía muy presente entre sus miedos.

Tras los ventanales, al fondo, las nubes de un gris oscuro se arremolinaban en densos cúmulos.

—Hoy no ha amanecido —dijo Robert—. Mañana tampoco amanecerá.

Durriken no había podido ubicarlo en la habitación. Ahora, guiado por su voz, lo descubrió de pie, junto a su mesa. Desde la entrada y con aquella oscuridad era fácil confundir su silueta con una de las figuras del bajorrelieve.

—Mañana tampoco veremos el sol —repitió—. Esas nubes no piensan dejarnos nunca.

—Señor —cortó Raquildis—. Vengo con Peter Durriken.

—Ayer, desde aquí, logré contemplar el atardecer. Fue muy hermoso, pero duró poco. Hoy de nuevo vivimos en la oscuridad.

—Señor... —insistió Raquildis.

—Sí, claro —dijo Robert, reaccionando al cabo de un rato—. Acércate, Peter.

El muchacho obedeció. A medida que sus ojos fueron acostumbrándose a la oscuridad comenzó a distinguir más elementos en el despacho: papeles desperdigados por el suelo, restos de comida, jeringuillas y ropa sucia. El lugar estaba abandonado al caos.

Robert pareció leerle el pensamiento.

—Disculpa el estado en el que se encuentra mi despacho. Veo que, en cambio, tú te presentas conforme a lo que marca la etiqueta. Traje, pajarita... bien. Me gustan los empleados que siguen observando las normas. Mira Raquildis. Se atreve a presentarse de cualquier forma ante mí. Ya no me respeta.

El consejero no respondió. Su cara de facciones congeladas permaneció estática.

—¿Quería verme, señor? —dijo Peter en el tono más condescendiente que pudo.

Se aproximó hasta quedar a cinco pasos del líder. A esa distancia logró percibir su olor corporal. Sin duda, Robert llevaba días sin salir de su habitación.

—Sí. Quería verte, muchacho. Corren tiempos complicados. Los nobles, una banda de insolentes, creen que manejan un poder superior al mío, ¿comprendes? Piensan que son capaces de liderar la Corporación mejor que yo, ¡mejor que yo! Son unos ignorantes, todos y cada uno de ellos. No conocen la realidad de lo que ven, de lo que palpan y sienten.

Intentó aproximarse a Peter, pero los separaba la franja de luz que entraba desde la puerta y, como si pudiera dañarlo mortalmente, Robert no se atrevió a cruzarla.

—No —continuó, volviendo a las sombras—. Los nobles son unos pobres necios, ambiciosos. En el fondo me dan pena. Peter, he guardado un secreto durante muchos años y ahora me visita. Casi todos los días. Se coloca ahí —y señaló el bajorrelieve—, quieto como una estatua, sin decir ni una palabra. Sólo me contempla, me castiga con el fuego de su mirada. Aparece también en mis sueños para que no pueda descansar. Está en todas partes, incluso en la Vorágine, en su mismo ojo, aguardándome listo para recibirme cada vez que viajo allí.

Peter no sabía qué responder. Desde la fiesta de celebración por el éxito del S.R.T. no había vuelto a ver a Robert Veldecker. Ahora presenciaba los efectos del malévolo plan de Raquildis. El líder de la corporación Praemortis, castigado una y otra vez por los ataques de la cefalea, se había transformado en un demente.

—Señor —intervino Raquildis de nuevo—, Peter está impaciente por escuchar sus órdenes.

Robert, como si hubiera despertado de un sueño, cambió el tono de su voz.

—¿Raquildis no te ha adelantado por qué estás aquí?

—No.

—Está bien...

Dio media vuelta, caminó hasta su escritorio y se dejó caer sobre la silla.

—Necesito que mates a Erik Gallagher —dijo, secamente.

Peter notó que todos los músculos de su cuerpo perdían fuerza. Miró instintivamente a Raquildis, desorientado, y descubrió que éste lo observaba con absoluta tranquilidad.

—¿A Erik? ¿Por qué razón? ¿Y por... por qué yo? ¿Por qué me cuenta esto a mí?

—Porque eres ambicioso, Durriken. Lo veo en tus ojos, lo noto en tu respiración agitada. Estás deseando ascender. Es la maldición que acarrea manejar el poder; siempre se desea más. Lo sabes, y yo puedo otorgarte lo que necesitas.

—¿Por qué debo matar a Erik?

—¿Crees que no veo cómo confabula contra mí? ¿Cómo ambiciona mi puesto? En la fiesta, cuando presentamos los avances del S.R.T., te pidió que introdujeras un comentario espinoso, ¿acaso me equivoco? Te pidió que hablaras sobre el Haiyim para despertar el temor.

Peter se estremeció. Robert comenzó a reír con suavidad.

—Calma. Calma, muchacho. No voy a castigarte por ello. Sé que lo hiciste porque te prometió más poder, más control, no porque te moviera una total fidelidad hacia él. Sólo espero que mereciera la pena. Me hiciste pasar un momento muy incómodo.

Y volvió a reír. Durriken recordó que, a cambio de su comentario, Erik lo introdujo dentro del círculo que planeaba acabar con Robert. No obstante, se esforzó en alejar de su cabeza aquella evocación; no quería arriesgarse a que, de alguna forma, se filtrara en sus reacciones o comentarios y su interlocutor lograra adivinar algo sobre la confabulación.

—Cada uno de los Gallagher —prosiguió Robert— representa una amenaza sobre mi espalda y sobre la seguridad de mi mandato. Pero, afortunadamente sé que eres un muchacho inteligente y no ignorarás que, pese a su poder, yo continúo a la cabeza de la Corporación.

Antes de contestar, Peter Durriken echó otra nueva ojeada a Raquildis. Éste se había retirado discretamente y ahora aguardaba a su espalda, alejado varios pasos. Desde allí, y a pesar de la falta de luz, logró percibir que el consejero asentía levemente. Tragó saliva, y contestó:

—Es indudable que su figura representa un pilar fundamental. Cada ciudadano venera el apellido Veldecker.

—¿Y tú?

—Supongo que...

—No supongas. Te estoy pidiendo fidelidad absoluta. En esta pregunta no puedes quedarte a medio camino.

Peter se esforzó por controlar su respiración agitada. La vista comenzaba a nublársele por efecto de la hiperventilación.

—Haré lo que me ordene... aunque espero que entienda el peligro inherente a la tarea que me encomienda.

—Lo veo, Peter. No te preocupes, no pienso descuidar tu recompensa. Ya está todo pensado. Pienso colocarte en una posición muy por encima de los nobles. Un círculo privado reservado para un pequeño grupo de personajes influyentes.

—¿Un círculo privado?

—Y secreto. Una Alianza que ha pervivido desde que planté los cimientos de la Corporación. Ellos controlan todo el mundo civilizado.

—No sabía que existiera un círculo semejante.

—Existe. Yo pertenecía a ellos, pero con el tiempo tuve que... dejarlos.

La habitación quedó en silencio unos segundos; luego, Robert prosiguió.

—Raquildis te explicará el resto. Ahora debes disculparme. Necesito descansar.

—Gracias por todo, señor —se despidió Durriken.

Caminó a la salida precedido por Raquildis. Su cuerpo se agitaba con la emoción de la recompensa prometida por Robert. Cuando ambos salieron al pasillo, el consejero cerró la puerta del despacho.

—A partir de ahora sólo me comunicarás a mí los avances de la misión que se te ha encomendado. Te daré una fecha y un lugar al que has de acudir. Allí te encontrarás con un cazarrecompensas.

Durriken asintió. Raquildis se aproximó a su oído.

—Peter, has elegido la opción más inteligente.

—¿Planear al mismo tiempo la muerte de Robert Veldecker y Erik Gallagher es lo más inteligente?

—¡Sí! ¡Desde luego! ¿Crees que los Gallagher dejarán que Leandra gobierne sin hacer algo al respecto? Son una familia muy poderosa, influyente y con muchos aliados. Pero si nos deshacemos de la cabeza, de Erik, se echarán atrás y no se atreverán a pretender el control sobre el gobierno. ¿Crees que Deuz podrá hacerlo tan bien como su primo? Nunca ha tenido madera de líder. ¿Sabes lo que eso significa?

—Más poder para nosotros.

Raquildis asintió.

—Mucho más, chico. Jugar en ambos frentes resulta una tarea complicada; no lo niego, pero la recompensa, al final, será mucho mayor.

—¿Como haces tú?

Raquildis esbozó una sonrisa.

—Exacto. Igual que hago yo.

Pasó una mano por encima del hombro del muchacho y puso rumbo al ascensor.

—Ven. Te explicaré los detalles de tu misión. Luego puedes tomarte el resto del día libre.

Lügner leía con atención el titular del periódico, recostado sobre su cama en la habitación del sanatorio de la Guardia, y vestido sólo con el pijama blanco de rayas azules que entregaban a todos los internos. El titular anunciaba que no se sabía nada de la ciudad de Vaïssac desde hacía semanas. Por desgracia, la información que se había filtrado hasta el noticiario resultaba bastante pobre: apenas unas declaraciones herméticas desde Praemortis, la cual se esforzaba por restar importancia al asunto. A continuación, sin embargo, el periódico se atrevía a realizar toda clase de especulaciones sobre lo que podría haber sucedido. La más espeluznante de todas, sin duda, era la de un posible asedio del Haiyim que hubiera sumergido la ciudad y a todos sus habitantes en un intento por saciar su voraz apetito.

La noticia estaba escrita para dar miedo. De hecho, el periódico creyó oportuno introducir una fotografía sobre la criatura con el propósito de causar más impacto en el lector. En ella se veía vagamente parte de la concha y la aleta del monstruo, sobresaliendo del Apsus en un día nublado. La imagen de la fotografía era borrosa y poco profesional, pero al observar aquella aleta de dimensiones monstruosas, Lügner pudo adivinar que debía ser tan alta como el edificio de Praemortis, o incluso mayor.

Lo cierto era que tanto la foto como las elucubraciones del columnista habían logrado asustarlo. Claro, para el periódico no resultaba difícil producir aquel tipo de resultado, pues tanto Lügner como cualquiera que leyera los titulares recordaba que el Haiyim casi había conseguido arrastrar Pináculo cuando se empeñó en llevársela al fondo marino. Vaïssac era una ciudad todavía más pequeña, y el monstruo tenía fuerza para hundirla si se esforzaba lo suficiente.

Pero aquel titular efectista, a pesar de haber conseguido revolverle las tripas, no era el causante de la verdadera inquietud que oprimía su estómago. Había más en Lügner que lo asustaba. Ocurrió por primera vez durante la noche en el sanatorio. Descubrió un nuevo miedo que no había experimentado antes. Lo aterraba la oscuridad, el silencio y la soledad. No conseguía dormir, y cuando caminaba sentía la necesidad de mirar a su espalda, pues se creía perseguido. Era un terror irracional y patológico. Era la voz ronca y profunda del Golem, su ataque desde la oscuridad y el modo en que logró acabar con sus compañeros. Sus pesadillas y la paranoia obligaron a los médicos a mantenerlo internado algunos días más, pese a no tener heridas físicas. Pero lejos de mejorar, sus temores empeoraron. Por si fuera poco, su cama estaba en la misma habitación donde habían colocado a Iván. No es que prefiriera una estancia individual, pues, aunque su apellido, Ike, fuera capaz de proporcionársela, el miedo acabaría dominándolo; pero habría preferido disfrutar con la compañía de otro interno que no hubiera tenido nada que ver con el incidente. Así, observando a Iván día y noche; viéndolo asistido por los aparatos médicos que lo ayudaban a sobrevivir, se le hacía muy difícil concentrarse en otra cosa que no fuera la conversación que el Golem tuvo con su compañero. Lügner tampoco comprendió con exactitud a qué se refería el monstruo cuando dijo que el Néctar no era más que una ilusión, carente del efecto que prometía. Si así fuera, ¿dónde iban los inyectados? Y si el Néctar no funcionaba, ¿cómo escapar entonces del Bríaro? ¿Tal vez todo era una enorme mentira? Néctar y praemortis, patrañas inventadas para conseguir poder y dinero.

Rió la ocurrencia.

El pitido del monitor de representación cardíaca lo sacó de sus divagaciones. Procedía de la cama de Iván. Al punto se encendió una lucecita roja y tras un rato apareció una enfermera que comprobó las constantes, desapareció con rapidez y regresó acompañada por uno de los médicos.

—Se nos va —dijo éste con cierto aire apesadumbrado mientras comprobaba el estado del enfermo.

—¿Qué podemos hacer? —preguntó la enfermera.

—Continuaremos haciendo todo lo que esté en nuestras manos. Es una pena, sus heridas eran todas tratables y albergaba la esperanza de que terminara recuperándose. Pero... no sé... parece como si...

—¿Doctor?

—Parece como que no quisiera vivir.

La enfermera guardó silencio y observó al paciente. Iván había adelgazado considerablemente desde su entrada en el sanatorio. Ahora lucía una tez cerúlea y cadavérica.

—Enfermera, llame a un confesor, ¿quiere?

—Sí, doctor.

La enfermera desapareció por la puerta. El doctor tomó algunas anotaciones tras comprobar el estado en el que Iván se encontraba y luego se marchó también. Pasaron unos minutos durante los cuales no apareció nadie. El monitor continuaba emitiendo aquel pitido. Al principio, Lügner pudo ignorarlo, pero con el transcurso del tiempo comenzó a ponerle nervioso. Iván, por el contrario, no se movía ni un ápice. Parecía que estuviera muerto.

De pronto, algo llamó la atención de Lügner en el pasillo. Una figura imponente avanzaba en dirección a su habitación. Era un confesor, que caminaba con paso lento y decidido. Una capa blanca ondeaba a su espalda. A Lügner le pudo el pánico. Quiso desviar la mirada pero no pudo evitar fijarse en las dos cuchillas que la Zarpa tenía a modo de arma en su puño derecho. Haggar atravesó el umbral de la habitación y movió la cabeza estudiando el interior hasta que se detuvo en Iván. Avanzó hasta él y se colocó en el cabecero. Lügner, quien había procurado no levantar la vista de las sábanas, sintió curiosidad por cuál sería el veredicto del confesor cuando leyera las pupilas de su compañero, así que se armó de todo el valor que pudo y presenció la escena con discreción.

Haggar no se movía. El débil cuerpo del moribundo reflejaba un contorno borroso en la superficie de su armadura. La sola presencia del confesor llenaba el ambiente con una extraña atmósfera de tensión, como si el aire se hubiera cargado de electricidad estática. Al fin, la Zarpa extendió una mano y abrió los ojos de Iván, mientras con la otra acercaba la palma a sus pupilas. La verificación del sujeto llevó unos segundos. Entonces Haggar apartó la palma y se dio media vuelta. Lügner sintió una abrumadora sensación de pesar. Su compañero no había trabajado lo suficiente como para ganarse el Néctar. El sueldo que ganaba un soldado de la Guardia era generoso, pero Iván era demasiado joven.

De repente, cuando el confesor se encontraba a medio camino entre la cama y la puerta, vaciló y se detuvo. Entonces giró la cabeza con velocidad y encaró a Lügner. Al descubrirse reflejado en el casco, una sensación de terror invadió todas las articulaciones del soldado y lo dejó rígido como un cadáver. Cerró los ojos con fuerza. Durante unos segundos no escuchó nada, pero la anormal densidad del aire le indicó que el confesor continuaba allí, tal vez observándolo todavía. ¿Qué sucedía? ¿Qué había hecho para atraer la atención de Haggar? El silencio comenzó a hacerse incómodo, insoportable. Cuando ya no pudo más, abrió los ojos, poco a poco, buscando ver entre las pestañas sin que se notara; pero apenas logró percibir lo que le rodeaba cuando le sobrevino un estremecimiento de pavor al comprobar que Haggar no se había movido del sitio... y continuaba mirándolo.

Una sensación extraña, casi hipnótica, le obligó a que esta vez no cerrara los ojos. Contempló con nitidez la imagen de su rostro desencajado y tembloroso en el casco del confesor. Haggar dio entonces un paso hacia él y Lügner se arrugó en su cama, presa ya del más absoluto terror, pero al instante la Zarpa se volvió para mirar en dirección a Iván. Permaneció así unos segundos que a Lügner le parecieron horas, hasta que se movió con resolución y regresó al cabecero de la cama. Una vez allí, llevó su mano a la altura de la cadera, donde ya había desaparecido una de las placas de la armadura, y sacó una dosis de Néctar de un pequeño estuche. Entonces acercó el inyector al cuello de Iván y se lo inoculó. Tiró el inyector a una papera cercana, dio media vuelta y desapareció de allí con el mismo aire majestuoso que lo había acompañado al entrar.

Al principio Lügner no comprendió lo que había sucedido. Se fijó en su compañero, que descansaba sobre la cama sin percibir el mundo que lo rodeaba; pero luego lo poseyó una presión en el pecho que reprodujo un sabor amargo en su paladar. Su cuerpo volvió a la tensión que lo había dominado durante la visita del confesor, pero esta vez no llevado por el pánico, sino por una crispación que nacía desde la profundidad de sus anhelos y que contaminó su conciencia con la envidia. Iván no volvería a sentir el acoso de los vientos del Bríaro. Por extraño que pudiera resultarle, Lügner acababa de ser testigo de un acto de misericordia por parte del temible Marcus Haggar.

Los desajustes climáticos y frecuentes eclipses a causa de la variación en la órbita de la Luna producían tormentas frecuentes que azotaban todo el planeta y, en concreto, la ciudad de Pináculo, con noches que se alargaban durante semanas y olas de hasta treinta metros bajo la plataforma. Sin embargo, poco importaban aquellas incomodidades cuando llegaba el descanso semanal. Las calles se llenaban entonces con miles de ciudadanos que buscaban diversión a toda costa. Ya fuera emborrachándose o riéndose a carcajadas con un buen colocón de Nitrodín. Armaban escándalo, reían sin parar, y cuando no se divertían lo suficiente asaltaban algún comercio, quemaban los vehículos estacionados, atacaban a los vagabundos o se enfrentaban contra los soldados de la Guardia más cercanos.

Precisamente eso era lo que le había sucedido a la patrulla que rondaba el distrito cercano al sanatorio. Una veintena de muchachos medio borrachos había colocado un cable de hilo de pescar cruzando la carretera. El primer motorista de la Guardia que pasó por allí recibió un corte en el cuello que lo desangró en pocos segundos. Cuando sus otros seis compañeros acudieron a prestarle ayuda, los atacantes salieron desde sus escondites y los rodearon. Otro soldado cayó inconsciente por las patadas que le propinaron entre cinco. Los demás desenfundaron raudos sus armas y se reagruparon en el centro de la calle para intentar procurarse una salida de aquel tumulto. Por desgracia para ellos, los atacantes ya se habían hecho con los dos fusiles de los guardias caídos y les apuntaban. Un tercero portaba una porra de descargas eléctricas, un arma reglamentaria para el área de la Guardia destinada a la vigilancia de edificios.

—Vamos —dijo el que parecía el líder de los alborotadores, esforzándose por controlar la risa. La cabeza tatuada de una anguila sobresalía por el cuello desabrochado de su camiseta—, dejad las armas y hablemos. No queremos más accidentes.

—¡Soltad esos fusiles inmediatamente! ¡No lo repetiré! —les ordenó el cabo de la patrulla, pero su miedo se hacía evidente por el tono de voz. Las risas crecieron entre los alborotadores.

—No los vamos a soltar, jefe —dijo otro. Sujetaba bien tensa una porción de hilo de pescar.

—Soltad primero las vuestras —respondió el otro muchacho armado.

Alguien lanzó el retrovisor de un automóvil, que alcanzó a un guardia en el casco. Los soldados, cada vez más nerviosos, se arremolinaron espalda contra espalda y comenzaron a apuntar en todas direcciones, a todo el tumulto que los rodeaba.

—¡Soltad esas armas o abriremos fuego! —advirtió el cabo.

El chico del tatuaje pegó la culata del fusil a la mejilla y observó a su interlocutor por el alza.

—Te lanzaré al Bríaro si disparas —amenazó el cabo, pero el chico no paraba de reír.

—Todos estamos en el Bríaro.

El dedo acarició el gatillo, pero entonces se escuchó un silbido agudo. Una ráfaga de viento azotó el costado izquierdo del cabo de la Guardia. Al otro lado, el cuerpo de uno de los alborotadores salió despedido seis metros y se estrelló contra el costado de un coche. Tenía un arpón clavado en mitad del pecho. Al final de la calle, la Zarpa ya introducía otro proyectil por el cañón de su fusil.

—¡Es Haggar! —gritó alguien.

Al instante todo el mundo —soldados de la Guardia incluidos— echó a correr despavorido. Marcus comenzó a perseguir al núcleo de alborotadores que menos se había dispersado. Por el camino disparó su fusil contra uno de ellos, que pretendía escapar en una de las motos de la Guardia. El arpón le atravesó la pierna y lo arrojó al suelo. Cuando el confesor se acercó a él, ni siquiera se preocupó en leer sus pupilas.

—¡No, te lo suplico! —gritó el chico, pero Haggar le hundió las cuchillas en la garganta y reanudó la carrera.

Alguien le disparó, pero el impacto ni siquiera ralentizó su carrera. El grupo de delincuentes, liderado por el muchacho del tatuaje, se metió dentro de una discoteca donde la música sonaba mucho más fuerte de lo permitido. El local se encontraba atestado de gente y humo. En la pista, a cada pocos metros había una columna de metro y medio sobre la que bailaba una mujer en bikini. Dentro del local, los perseguidos buscaron confundirse entre la gente con la esperanza de que la Zarpa les perdiera la pista.

Haggar cargó otro arpón y entró. Al principio nadie notó que un confesor había hecho acto de presencia en el local. Todos continuaron bailando, hipnotizados por el furor colectivo, sin importarles que alguien les empujara para abrirse paso entre la multitud. Así Haggar llegó hasta el centro de la pista de baile y observó a su alrededor. Era difícil ver más allá de medio metro pues el local se encontraba a rebosar y el humo impedía la visibilidad. Alzó la vista y descubrió una entreplanta a la que se accedía por unas escaleras. En ella había una hilera de sofás donde varias parejas aprovechaban la oscuridad para dar rienda suelta a sus deseos sexuales. Allí vio correr a uno de los chicos a los que andaba persiguiendo. Sin pensarlo, alzó el fusil por encima de las cabezas de los eufóricos bailarines y disparó. El arpón voló rasgando la humareda y dio en la espalda de su víctima, arrojándola al suelo.

Se escuchó el grito de una mujer. Alguien, al notar la armadura metálica, se había dado cuenta de que había un confesor a su lado. La gente salió de su hipnotismo y comenzó a correr sin dirección, allí donde hubiera un espacio libre, buscando cualquier salida, tropezando unos con otros; pero la música seguía escuchándose desde todas partes. Por encima de ella sonó una ráfaga de disparos. Los chicos armados con los fusiles de la Guardia se atrevían a hacer frente a Haggar. Uno de ellos abrió fuego de nuevo, parapetado tras una de las columnas. La chica que bailaba arriba no había tenido tiempo de bajar y sólo logró reunir el valor suficiente para acurrucarse, taparse los oídos y chillar de pánico. Los disparos resbalaron en la armadura de la Zarpa. Otros dos atacantes surgieron de entre la multitud. El primero se encaramó a la espalda del confesor y rodeó su cuello con el hilo de pescar. El arma improvisada resultó más peligrosa de lo que parecía. Consiguió abrirse camino por debajo de las escamas de la armadura y alcanzó la suave malla que había debajo. El segundo atacante apareció de frente, armado con la porra de descargas eléctricas. Describió un arco a su alrededor, con el brazo extendido, y avanzó hacia el confesor. Haggar saltó hacia atrás. Una nueva ráfaga lo alcanzó en un muslo desde el flanco derecho. El muchacho del fusil había dejado su cobertura tras la columna y ahora se movía buscando algún punto débil en la armadura.

La Zarpa actuó. Dejó caer el fusil lanza-arpones, y en uno de los embates del chico armado con la porra alargó el brazo y logró sujetarle la mano que empuñaba el arma. Con un movimiento rápido lo atrajo hacia sí y le hundió las cuchillas en el estómago. El muchacho lanzó un grito desgarrador y cayó al suelo retorciéndose. Luego agarró al que intentaba asfixiarlo con el hilo de pescar y lo lanzó por encima de su cabeza. La víctima voló por el aire varios metros, pasó por encima de la bailarina que aún chillaba en cuclillas y aterrizó sobre las mesas de la entreplanta. A continuación se agachó y recogió el lanza-arpones del suelo. El atacante del fusil, viendo la facilidad con la que el confesor se había librado del combate, dejó caer su arma y echó a correr hacia una de las puertas de emergencia por la que aún se apretujaba la gente. El silbido del arpón no tardó en alcanzarlo. Se clavó en su espalda y continuó su rumbo saliendo por el pecho.

Haggar miró a su alrededor. Se había quedado solo en la pista de baile. Apenas quedaba gente dentro del local; incluso la bailarina había reunido el valor suficiente para bajar de su puesto y ahora corría hacia la salida con sus zapatos de tacón en la mano. Entonces una nueva ráfaga de disparos lo acertó en la espada. Se volvió para descubrir a su agresor tras una pequeña barra. Se trataba del chico del tatuaje. Armado con el fusil de la Guardia, se escudaba tras la camarera. El cañón del fusil apuntaba a la cara de la asustada muchacha. La música continuaba sonando a todo volumen, pero el chico logró que sus palabras llegaran hasta el confesor.

—¡Déjame en paz o la mato! —y ahogó una risita. El Nitrodín continuaba haciéndole efecto.

Haggar lo encaró e introdujo con paciencia otro arpón en su fusil.

—¡He dicho que me dejes en paz o le meto una bala en la cabeza! —luego, se dirigió a la chica, que no paraba de llorar—. ¿Quieres una bala en la cabeza? ¿Quieres ir al Bríaro?

Ella negó frenéticamente. Haggar ya tenía el fusil lanza-arpones cargado.

—¡La voy a matar!

Haggar apuntó.

—¡La mataré!

El arpón silbó. Pasó rozando la superficie de la barra, haciendo estallar un par de vasos en su camino y se clavó en el estómago de la camarera. La fuerza del impacto estrelló a la chica contra una vitrina llena de botellas a su espalda, que cayeron al suelo con estrépito. Antes de que el atacante del fusil lograra reaccionar, la Zarpa saltó por encima de la barra, lo agarró del cuello con una mano, y mediante una fuerza sobrehumana lo elevó medio metro del suelo. El muchacho observó incrédulo al confesor. Sus dedos perdieron fuerza y dejaron caer el fusil robado. Bajo la camarera se formaba ya un negro charco de sangre.

Haggar enfundó el lanza-arpones. Acercó lentamente las cuchillas a la yugular de su víctima, pero de repente su cabeza se dobló adoptando una postura extraña. La presión que ejercía sobre el chico se aflojó hasta dejarlo caer. Entonces, al tiempo que éste lo miraba desconcertado, la Zarpa se llevó una mano a la cabeza y se tambaleó. Dio un par de pasos hacia atrás y apoyó la espalda sobre la barra. El muchacho vaciló unos instantes, pero al ver que Haggar no parecía prestarle atención se deslizó por debajo de la barra, a través de una pequeña portezuela, y echó a correr. Logró llegar hasta la puerta de entrada y alcanzó la calle con una sonrisa en los labios que fue creciendo hasta transformarse en una carcajada. No comprendía lo que había ocurrido, pero se alegraba.

—¡Voy a recordar esta noche toda mi vida! —gritó lleno de júbilo, alzando los brazos.

Pero de repente se escuchó un estruendo a su espalda. Un nuevo arpón, en su vuelo, había destrozado las puertas de la discoteca. Cruzó velozmente la calle, atravesó la espalda del chico a la altura de los riñones y continuó su vuelo hasta incrustarse contra la fachada del otro lado. El chico cayó de bruces contra el pavimento y murió tras un par de convulsiones.

Desde el interior del local, Haggar apuntaba el fusil hacia la salida con mano temblorosa. Apenas podía tenerse en pie, pero su puntería no había menguado ni un milímetro. Se recompuso como pudo y caminó tambaleándose hacia la salida. Cuando alcanzó la calle pareció desorientado. Miró a ambos lados hasta que encontró la estructura del Pináculo sobresaliendo de entre los edificios y puso rumbo hacia allí.

Marcus Haggar entró al Pináculo por la parte de atrás. Ésta era una zona pegada a la franja norte de la ciudad, reservada para los muelles de submarinos que salían con cargamento propiedad de la Corporación. Había también un helipuerto, recuerdo de un pasado en el que el espacio aéreo era aún seguro, cuando las tormentas fuera de las ciudades-plataforma no eran tan fuertes. Ahora estaban abandonados. El pavimento se había levantado y resquebrajado por todas partes. Una verja de malla metálica rodeaba el espacio, con un destacamento de cuatro soldados que vigilaban desde garitas y realizaban soporíferas rondas.

Las puertas del helipuerto se abrieron para dejar pasar al confesor, que atravesó la pista trastabillando. Entró por unas puertas blindadas en la parte trasera del edificio y las cerró a su espalda. Dentro reinaba un silencio absoluto. Estaba oscuro, a excepción de un débil punto de luz a varios metros de distancia. Haggar caminó hacia allí sin titubear. Conocía el camino de memoria. La luz procedía de tres velas medio derretidas en el interior de un nicho, que mostraban el inicio de unas escaleras de caracol descendentes. Al contrario que el resto del edificio, las escaleras y la pared iluminada eran de piedra. Sillares que formaban parte de una construcción tan antigua como la misma ciudad, realizada durante una época olvidada.

Haggar descendió por las escaleras, dejándose caer sobre las paredes, hasta que llegó a un pasillo con media docena de puertas a cada lado. Eran la entrada de angostas celdas; las habitaciones de los confesores. Imperaba en el lugar un respetuoso silencio, roto por suaves murmullos y el sonido de pies que se arrastraban en el interior de aquellas pequeñas habitaciones. La Zarpa caminó hasta el fondo y abrió de un empujón la única puerta al final del pasillo. El interior no tendría más de seis metros cuadrados; una habitación húmeda revestida de cal, desconchada a causa de la humedad. Tenía un catre a un lado, un armario de aluminio que desentonaba con la atmósfera antigua del lugar, un perchero especial para colgar la armadura y una mesa con un taburete. Haggar se sentó sobre el catre, que estaba deshecho, y se llevó ambas manos al casco. Permaneció así unos instantes, balanceándose adelante y atrás como un péndulo, hasta que reunió fuerzas para ponerse en pie. Entonces las placas de su armadura comenzaron a superponerse unas a otras, plegándose. Primero desde las piernas hacia la cintura, luego el estómago y la espalda en dirección al pecho; los brazos, desde los dedos al hombro; y finalmente el casco. Las tres placas del rostro quedaron una por debajo de la otra y se doblaron hacia atrás dejando al descubierto toda la cabeza hasta la nuca.

Tras la armadura emergió un cuerpo vestido con una suave túnica de gasa beige y un pequeño cinturón. Un cuerpo pálido y de constitución atlética, nervudo, de espalda ancha y curvas bien destacadas. El cuerpo de Leandra Veldecker.

La mujer se dejó caer de nuevo sobre la cama. Tenía el párpado izquierdo algo caído. De la nariz le salía abundante líquido transparente que la había empapado hasta el cuello. Allí, sin embargo, destacaba un enrojecimiento inusual. Desde la garganta, y alcanzando el brazo izquierdo hasta el bíceps, había un rastro de pequeños puntitos rojos; decenas, o incluso un centenar de pequeñas marcas de pinchazos. Leandra dejó caer la armadura plegada sobre la cama, avanzó hasta el taburete y se sentó. Este era su tercer ataque de cefalea en una semana. Llevaba meses sin sufrir ninguno, pero sabía que a partir de ahora la racha no cesaría en días, durante los que experimentaría entre seis y ocho ataques. Un dolor tan profundo que apenas la permitiría pensar.

El dolor de la cefalea abarcaba ya todo su cuero cabelludo, nariz, ojo izquierdo y parte de la mandíbula; pero Leandra no hizo nada más que balancearse y respirar, lenta y profundamente. Ni siquiera se permitió un quejido. Soportó el dolor, lo recibió para que se apoderase de todos sus sentidos, y aguardó a que decidiera marcharse.

Veinte minutos después el ataque no había cesado. Leandra escuchó pasos fuera. Alguien abrió la puerta de su habitación.

—Buenas noches, Leandra —la voz tenebrosa de Raquildis le provocó nauseas—. ¡Vaya! Parece que vuelves a experimentar nuevos ataques. Qué desgracia.

Caminó hasta la mesa y aproximó su cara a la de la mujer:

—He venido para decirte que Robert no aprueba tu adicción —luego fijó su atención en el rostro deformado de la mujer—. Por el Apsus, Leandra. Estás espantosa.

—¡Lárgate! —gruñó ella. El dolor no la dejaba hablar con la fuerza que hubiera deseado.

—Mírate —continuó Raquildis, señalando las marcas de los pinchazos—. Ya no puedes salir sin ponerte un pañuelo o una venda. Es patético. Debes controlarte.

Con un movimiento enérgico, Leandra extendió el brazo y alcanzó la armadura plegada. En cuanto el pedazo de metal negro tocó su cintura, las placas volvieron a extenderse por todo su cuerpo con velocidad, cubriéndole piernas, pecho, estómago y brazos. Sólo la cabeza quedó sin cubrir, mostrando su rostro distorsionado por el dolor. Antes de que Raquildis tuviera tiempo de reaccionar, Leandra ya lo tenía agarrado por el cuello. La armadura imprimió tal fuerza a todos sus músculos que empujó al consejero con facilidad y lo estrelló contra la pared. La mujer apretó la tenaza hasta dejarle el aliento justo para no perder el sentido.

—¿V...vas a m... matarme? N... no... no puedes. No puedes... Leandra... Sabes que no puedes hacerlo...

Leandra apretó más. Los músculos en la cara de Raquildis se contrajeron por efecto de la asfixia.

—¡Tú me has provocado los ataques! —gritó—. ¡Me has administrado vasodilatadores para provocármelos!

Con el aumento de su ira la cefalea embistió con fuerzas renovadas. Un nuevo golpe de dolor atacó con tal violencia su cabeza que le provocó una contractura en las cervicales. Sin embargo, Leandra cerró más la tenaza y lanzó de nuevo al consejero contra la pared. El golpe dejó caer parte de la cal del revestimiento.

—¡Te... mataré! —gritó de nuevo.

Pero el dolor era ya demasiado intenso para obviarlo. Poco a poco fue apoderándose de sus fuerzas, nublando sus sentidos, hasta que la obligó a soltar la presa. Raquildis se escurrió por la pared y quedó sentado en el suelo, respirando a grandes bocanadas como un pez al que hubieran sacado del agua. Leandra comenzó a moverse de un lado a otro del estrecho cubículo. La cefalea no la permitía quedarse quieta o relajar sus miembros.

—No puedes matarme —dijo Raquildis, una vez recuperada la compostura—. Yo os crié cuando faltó vuestro padre. Cuidé de vosotros, de los tres pobres hermanos Veldecker. Y de ti, una niña asustada e indefensa, hice el mejor de los confesores. ¿Ya no recuerdas quién estaba al otro lado de la cuerda cuando descendiste al Apsus? Yo sí lo recuerdo, vivo y fresco como si fuera ayer, Leandra. El Haiyim te acarició el rostro con sus tentáculos, descubrió tu hermosura, tu potencial interior. El dios de los dos mares vio en ti un ser especial y no se equivocó. ¿Ya has olvidado quién eres y cuánto me debes? Eres mía.

Leandra se sentó sobre la cama. El dolor no cesaba.

—¿Has probado el remedio de tu hermano? —continuó Raquildis, más calmado—. Es muy efectivo.

Leandra le lanzó una mirada incendiada de ira. Su cara continuaba tensa y deformada por el dolor. El párpado caído, los labios estirados, la cabeza ligeramente ladeada a causa de la contractura muscular y los cabellos grasientos por el sudor. Todo ello en conjunto la dotaban de una apariencia feroz, de la que, sin embargo, no desaparecía ni un ápice de aquél atractivo enigmático, envuelto en la misma violencia de sus rasgos y acciones, en cada una de sus palabras. Raquildis sintió un placentero escalofrío.

—¿A mí... también deseas quitarme de... en medio... igual que harás con Robert?

—¡Por favor, Leandra! Jamás te haría eso. Decidiste padecer tus dolores en secreto, desechas cualquier medicamento, y lo respeto. Únicamente me preocupa que seas tan radical. Nadie puede combatir un dolor tan intenso.

—¡Tú me lo has... provocado! Llevaba meses sin ataques.

Leandra soltó un quejido de dolor. Raquildis adoptó una voz suave y calmada.

—¡Te equivocas! Leandra... Nunca te haría daño. Eres mi pequeña. Ya sabes lo que siento por ti.

Se sentó en la cama, junto a ella, y acarició con la punta de sus dedos los cabellos despeinados de la mujer. Leandra reaccionó al instante. Se giró con brusquedad y agarró la mano de Raquildis con tal fuerza que al consejero le crujieron los dedos; luego comenzó a retorcerle la muñeca, poco a poco. La fuerza que le confería la armadura era demasiado grande como para ofrecer resistencia, así que Raquildis sólo pudo doblarse por el dolor.

—¡Hazlo! ¡Hazlo, Leandra! ¡Párteme el brazo!

—¡Te mataré!

—¡Sí! ¡Sí! Mejor aún. ¡Mátame! ¿Eso es lo que quieres, verdad? Hazlo y todo el mundo sabrá que fuiste tú, te descubrirán. Sabrán quién es la Zarpa. Entonces los Cuervos aprovecharán la más mínima oportunidad para acabar con tu vida. ¿Y qué me dices de la Orden? Mis hermanos no tardarán en vengarme.

—¡Tengo aliados entre ellos!

—¿Quiénes son tus aliados? Ellos respetan a la Zarpa, al poderoso y temido Marcus Haggar. Nunca sentirán lo mismo por Leandra Veldecker, porque siempre has asistido a nuestras reuniones como el confesor, nunca como la mujer. No eres más que la lánguida y asocial hermana del fundador.

Leandra le soltó.

—Así me gusta —dijo Raquildis, palpándose la muñeca—. Ahora piensas razonablemente. No apruebo tus amenazas, y menos cuando te ofrezco todo mi cariño. Algún día comprenderás cuánto te amo. Todo lo hago por tu bien. Por tu protección.

—Márchate —esta vez la voz de Leandra emergió de sus labios apagada y débil.

—No pienso marcharme. Ya sabes a lo que he venido.

—No... por favor. Hoy no.

La cefalea parecía ir en aumento. Raquildis sonrió al comprobar cómo el carácter duro de aquella mujer, que parecía imposible de dominar, iba marchitándose.

—No estás en disposición de negociar, Leandra. Debo recordarte que me debes todo cuanto eres. Me perteneces. Ahora, basta de quejas.

Leandra vaciló unos instantes, pero luego, las placas de su armadura se retiraron con velocidad, superponiéndose, y la frágil mujer que había debajo quedó nuevamente al descubierto. Raquildis la tomó de los hombros, la tumbó boca arriba en el catre y comenzó a besarle el cuello justo sobre las marcas de los pinchazos. Leandra se dejó hacer.

—¿Cuándo comprenderás que de nada sirven tus esfuerzos contra mí? —dijo él, con la voz afectada por la excitación—. Si lo hicieras, Leandra, si cedieras a lo evidente, asimilarías mucho mejor tu destino, aquí, junto a mí. Nosotros, gobernando el mundo y cuanto existe más allá de sus fronteras, ¡los mismos torbellinos! Sí. Sí, mi amor. Serían nuestros también. ¿Qué dioses podrían comparar su poder con el que nosotros conseguiríamos? ¿Quién se atrevería a compararnos con la Tormenta o el Apsus? ¿Qué temor podría causarnos el Haiyim, Leandra? Seríamos dioses, tú y yo, juntos, compartiendo el dominio absoluto de cada vida humana. ¿No lo deseas? Pronto, si aceptas permanecer a mi lado, lo conseguiremos... todo.

Leandra no dijo nada. La cefalea no dejaba de punzar cada nervio de su cabeza. La voz de Raquildis llegaba a sus oídos lejana y amortiguada.

—Desnúdate —ordenó él.

Leandra obedeció.

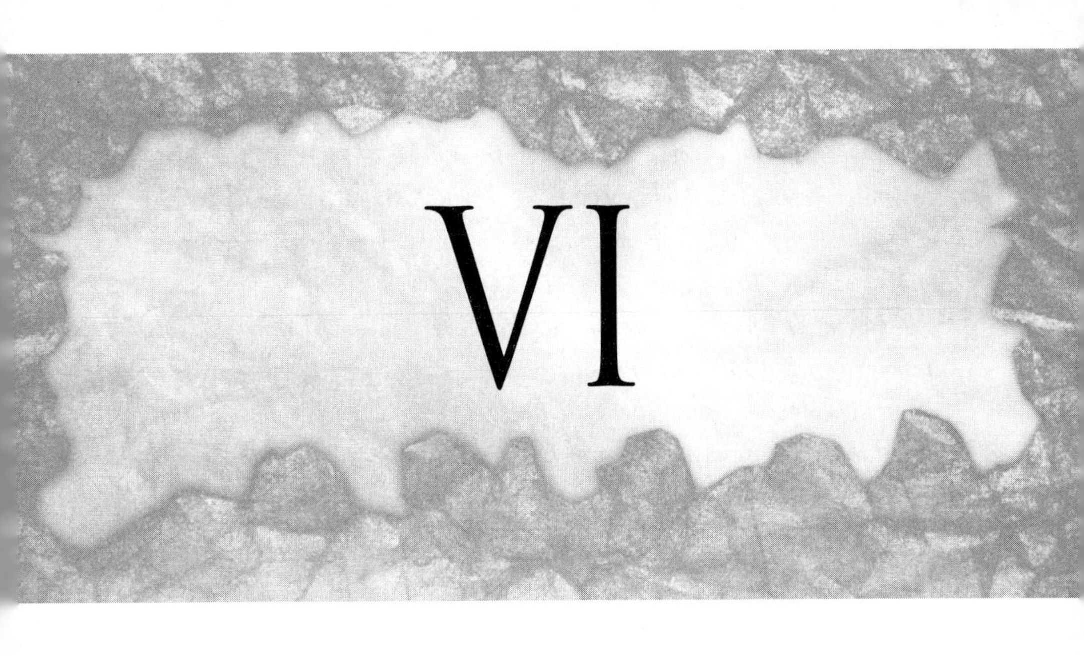

Una nueva aparición del Golem hace cundir el pánico entre los ciudadanos de Pináculo

Durante un acto de campaña para la promoción del Servicio de Renovación de Trabajadores que se llevaba a cabo sin incidentes en el barrio sur, la criatura a la que algunos han bautizado como Golem apareció de la nada y cayó sobre el escenario que había sido montado para tal evento, partiéndolo en dos. Testigos presenciales afirman que instantes después comenzó a dirigir feroces ataques contra los organizadores y personal de la Guardia, lo que provocó el pánico y la rápida dispersión de los asistentes.

«Se trata de un acto de terrorismo organizado por los Cuervos», afirmaba Peter Durriken, presidente del S.R.T., tras conocer los hechos. «El Golem no es más que una táctica propagandística para sembrar el caos en la estabilidad política de la ciudad».

Sin embargo, el miedo ha cundido entre la población, y ya hay quienes ven al Golem como un ser venido desde la misma Vorágine. «Sólo alguien de razonamiento débil se atrevería a creer en algo así», declaraba esta mañana durante una rueda de prensa el consejero de Robert Veldecker, Wilhelm Raquildis: «Al día de hoy, tenemos la certeza de que se trata de un rebelde ataviado con una armadura de confesor modificada, posiblemente a partir de un modelo antiguo. No tardaremos en darle caza. Las armaduras de confesor tienen un rastreador que no puede piratearse».

Sin embargo, las acusaciones directas a los Cuervos no han permanecido mucho tiempo sin réplica. Una carta anónima dirigida a este diario describía con todo detalle el informe sobre el hallazgo por parte de la Guardia de una auténtica masacre de rebeldes en el interior de la base de una pata de la Marca Oriental. El informe declara que el autor de las muertes es el Golem (en la página 6 incluimos el extracto relacionado). La carta, acompañada con el sello de Los Cuervos, desmiente que dicho grupo rebelde esté aliado con él y confiesa no conocer su identidad.

Así pues, mientras gobierno y detractores se lanzan unos a otros dardos cargados de culpabilidad, los ciudadanos de a pie siguen preguntándose: ¿quién es el Golem? y ¿qué quiere?

Nota de prensa

Llovía con cierto desgano. El coche corporativo se detuvo frente a la verja del helipuerto abandonado y esperó a que la Guardia comprobara la identificación del pasajero. Era una limusina negra, con los tapacubos en color marfil y los cristales tintados. Un soldado vestido con un poncho impermeable se acercó a la ventana del chofer. Una vez comprobados los datos, hizo una señal afirmativa a su compañero, que abrió la verja. El vehículo rodó despacio a través del pavimento del helipuerto abandonado y continuó en dirección norte. Tras él quedaba la imponente construcción del edificio de Pináculo, que se alzaba hasta rozar las densas nubes del cielo. Era un día melancólico, con poca luz y una atmósfera de humedad que se adhería a los huesos.

Al otro lado del helipuerto había un muelle privado, reservado para uso corporativo. Era de pequeño tamaño, pero disponía de media docena de grúas y un pequeño espacio abierto para los contenedores de carga. El vehículo se detuvo allí e inmediatamente se abrió la puerta del copiloto. De ella descendió un hombre vestido con uniforme de chofer y gorra, que abrió un paraguas, corrió a la puerta de pasajeros en el lado opuesto y la abrió haciéndose a un lado. Peter Durriken, aún sentado, miró a su alrededor como si no se decidiera a salir, hasta que al fin abrochó el botón del cuello de su abrigo y se bajó. Una ráfaga de viento azotó el paraguas y le dio la vuelta. El chofer se enfrascó en una pelea individual con el objeto antes de lograr devolverlo a su estado original. Luego miró a Peter y se encogió de hombros en señal de disculpa.

—No hace falta que me acompañe —indicó él, y tomó el paraguas—. Traiga mis cosas.

El chofer corrió hasta el maletero, lo abrió y extrajo un bolso de piel que entregó a Durriken.

—Espere en el coche.

Dio media vuelta y se encaminó hacia el borde de los muelles. Comenzaba a llover con mayor intensidad y el agua ya formaba extensos charcos a lo largo de la explanada de carga. Durriken los esquivó dando varios rodeos. En el borde, las grúas extendían sus brazos metálicos hacia el vacío; abajo se escuchaba el rumor constante y profundo del Apsus. Sus olas entrechocaban contra una de las patas a unos cuatrocientos metros a la izquierda. A lo largo de aquella columna monumental había una escalinata metálica que descendía casi hasta las aguas. Aquel era el punto de encuentro.

Se encaminó hacia allí sorteando charcos. De vez en cuando el viento zarandeaba su paraguas. Ya no escuchaba el motor de la limusina, y, de repente, lo acosó el temor de la soledad. Sintió el torturador recuerdo de su última aparición pública, durante una campaña propagandística del S.R.T. en el barrio sur. Mientras hablaba de las ventajas del servicio, una figura monstruosa descendió de los cielos, como si hubiera emergido de la nada, y cayó sobre el estrado partiéndolo en dos. Se dejó ver durante una décima de segundo, lo suficiente para que cundiera el pánico entre los asistentes, y desapareció dando un salto colosal. Ninguno de los presentes, incluido Peter, pudo ver de quién o de qué se trataba en realidad, pero al momento comenzaron a difundirse historias realmente extrañas, de boca de quienes habían disfrutado con el privilegio de observar al atacante durante una décima más que sus compañeros. Éstos decían haber contemplado un ser de grandes proporciones, muy musculoso, que iba desnudo. Al momento, la prensa se hizo eco de la historia, relacionándola con el suceso ocurrido a los soldados de la Guardia en la base de la pata de la Marca Oriental. Los periódicos ya conocían el nombre del atacante gracias a las filtraciones: el Golem.

El Golem, creador a partes iguales de pánico y devoción entre los ciudadanos de Pináculo gracias a su aparición repentina y su ataque tras los límites de la Marca Oriental, originó en Peter un miedo irracional del que no conseguía desprenderse. Temía al misterioso ser pese a que casi no pudo verlo, y allí, en la soledad del muelle, sintió la necesidad de mirar a su espalda para cerciorarse que la limusina continuaba cerca. El chofer había bajado la ventanilla y fumaba tranquilamente, contemplándolo sin demostrar mayor emoción. Suspirando, Peter logró alejar el temor al Golem y apuró el paso; sin embargo, todavía notaba una presión en el pecho, una nueva inquietud que lo atosigaba.

Él nunca deseó involucrarse en una trama llena de tan oscuras maquinaciones.

Desde que tuvo uso de razón, sus padres le habían inculcado el objetivo a seguir: estudiar, esforzarse al máximo, gastar todas sus últimas energías para lograr un despacho en el edificio de Pináculo. Con el tiempo, Peter logró mucho más que eso. Pero ahora que vivía dentro del edificio más importante del mundo lamentaba admitir que se sentía poco más que un instrumento bajo los planes de sus superiores. Él no era así, no se sentía capaz de confabular, y mucho menos de ver adversarios entre quienes lo rodeaban. Pero lo que verdaderamente le inquietaba era que ellos, en algún momento, sí pudieran ver en él a un enemigo al que había que eliminar. ¿Qué sucedería si Robert o Erik averiguaban su implicación para destruirlos? Sólo pensar en la posibilidad le produjo un escalofrío que le recorrió la espalda.

Reafirmó sus pasos y alcanzó la escalinata que descendía adherida a la pata de la plataforma y terminaba a unos cinco metros del Apsus. Comenzó a bajar. Algunos escalones habían perdido el amarillo de la pintura y estaban cubiertos por una capa de óxido, lo que producía un crujido al pisar. Otros se habían transformado en el hogar de las gaviotas, de forma que cuando no tenía que sortear un nido, debía enfrentarse a una superficie cubierta de deposiciones de estas aves.

Cuando alcanzó el final descubrió un descansillo de cuatro por cinco metros con una barandilla y una escalera de mano plegable. A esa altura, la pared de hormigón mostraba una húmeda capa de vegetación marina, probablemente a causa de crecidas en la marea. En una esquina del descansillo había un agujero excavado en la pared de la pata. Un cangrejo azulado asomó sus pinzas cuando Peter llegó, pero pronto volvió a ocultarse en la oscuridad de su cueva.

La lluvia hacía resbaladiza la plataforma. El muelle se encontraba abandonado desde hacía meses por culpa del corte en las comunicaciones, pero aquella minúscula plataforma de embarque evidenciaba un desuso que debía remontarse mucho más atrás en el tiempo, reservada quizás para viajes corporativos que llevaban años sin realizarse. Allí abajo, junto al Apsus, el viento parecía humedecer y enfriarse. Una nueva ráfaga azotó a Peter, acompañada por una cortina de lluvia que empapó su abrigo sin que el paraguas fuera capaz de evitarlo.

En la lejanía observó una pequeña mancha en el cielo, a unos cien metros. Se trataba de un ave de color negro que volaba en círculos luchando con porfía contra las turbulencias. Tras observarla unos segundos descubrió que sobrevolaba una zona concreta; de repente, plegó las alas y se lanzó al agua como una flecha. Asomó la cabeza segundos después y se quedó nadando tranquilamente, como una pequeña boya imposible de hundir por el oleaje. En ese momento surgió de las aguas una forma oscura de unos quince metros de longitud. Al principio Peter creyó que se trataba de una orca que hubiera encontrado en aquel pájaro algo que echar al estómago, pero pronto dedujo que era demasiado grande. Al poco tiempo reconoció que asomaba una escotilla de su superficie. Se trataba de un pequeño submarino. El ave apenas se había inmutado con su aparición; se quedó nadando a su lado mientras el submarino se aproximaba lentamente hasta la pata.

Peter extendió la escalera plegable hasta que la escotilla quedó justo debajo. Entonces, con un chirrido, ésta se abrió. De su interior emergió el cañón de un fusil, apuntado por el personaje más desaseado que Peter había visto en su vida. Era un hombre de mediana edad, de pelo largo hasta los hombros y despeinado. Un mechón blanco le nacía junto a la sien izquierda y recorría su cabellera. Se había dejado crecer barba y bigote abundantes, por los cuales era evidente que no había pasado una cuchilla en meses. En el cuello lucía, exenta de barba, la fea cicatriz que deja el implante de carne tras sufrir una quemadura. Observaba a Peter al otro lado del alza de su fusil con una mirada fría, adusta y, sobre todo, inquietante, pues tenía un ojo de cada color; uno verde y otro, con el que apuntaba, de color miel. Peter comprendió al momento que el visitante no sentiría ningún remordimiento si decidía introducirle una bala en la frente.

—¡No dispare!

—¡Tu nombre!

—Durriken. Peter Durriken. Creo... creo que he quedado aquí con usted...

Observó de reojo al pájaro. A tan corta distancia pudo ver que se trataba de un cormorán. Había subido de un salto a la cubierta del submarino y ahora esperaba impaciente junto a la escotilla. Tenía un cordón atado alrededor del cuello, apretado, aunque no lo suficiente como para asfixiarlo. El cordón había impedido que tragara el pez que acababa de pescar.

—¿Es... es usted el cazarrecompensas?

Su interlocutor desvió la mirada hacia el cormorán. Se inclinó para dejar el fusil en el interior del submarino y tomó al pájaro con ambas manos. Luego, sin ningún tipo de delicadeza, le abrió el pico, introdujo la mano dentro y extrajo un pez del interior. Todavía permaneció observándolo unos instantes antes de decidirse a hablar. El pescado coleaba en sus dedos.

—Sí.

«Es mucho peor de lo que me advirtió Raquildis», pensó Peter.

Recordaba que el consejero le había informado sobre lo reservado que resultaría el cazarrecompensas. Nadie conocía su nombre verdadero. Algunos lo llamaban Garuda; Raquildis, sin embargo, había declarado a Peter que aquél no era su verdadero nombre, pero que él mismo decidió cambiárselo para borrar su pasado. Lo cierto era que la mayoría de quienes habían oído hablar de él se contentaban con llamarlo simplemente «el Cormorán», sin duda por el ave que utilizaba para pescar y para llevar y traer mensajes con aquellos que deseaban contratar sus servicios. Pocos, sin embargo, conocían algo más sobre él que fuera cierto; casi todo lo que se decía estaba reservado al terreno de la leyenda.

El Cormorán era el cazarrecompensas más eficaz del mundo habitado. Nunca fallaba, según se decía; pero lo cierto era que casi nadie podía presumir de haber contratado sus servicios. Era un eremita que vagaba en aquel pequeño submarino monoplaza sin temor a desafiar las caprichosas corrientes del Apsus. Nunca vinculado a ningún emplazamiento concreto, contactar con él se le antojaba a Peter una labor complicada. Desconocía cómo Raquildis había logrado llamar al pájaro mensajero para establecer una reunión, pero sí sabía que Garuda no aceptaría el trabajo a cambio de cualquier recompensa.

Cuando el consejero pensó un pago para el Cormorán, Peter, en su ignorancia, había propuesto ofrecerle una dosis de Néctar, pero Raquildis declinó la idea con una sonrisa. El Cormorán, al parecer, no sentía interés por cambiar de torbellino. Ciertas ideas retorcidas vinculaban su pasado con la Orden, la cual había inculcado en él la idea de abrazar con alegría su futuro destino en el mar de vidas atormentadas, acorde con las creencias que defendía la secta. Otros, sin embargo, especulaban con un argumento más atrevido: Garuda había ganado el cambio de torbellino por otros medios más extravagantes; encontrando, quizás, el nexo físico entre el Apsus y la Vorágine que la mayoría de los ciudadanos se esforzaban en ver. Un camino dorado hacia la salvación que sólo él conocía y que se negaba a compartir. Afortunadamente aún quedaba un pequeño grupo que se aferraba a la lógica. Para éstos no resultaba complicado ver que el Cormorán ya habría obtenido el Néctar como recompensa, muchos años atrás; por consiguiente, no necesitaba aceptar un pago semejante.

Teorías lanzadas al viento sobre un personaje misterioso, casi transformado en mito, que ahora cobraba vida frente a Peter Durriken. Pese a todo, y hasta donde él sabía, sí existía una certeza en toda la carrera de aquel personaje: durante todos los años que Garuda llevaba sumergido bajo las aguas del Apsus, viajando en su pequeño submarino, jamás había sido atacado por el Haiyim.

El Cormorán se había encaramado a la escalera extensible y ya alcanzaba el descansillo donde esperaba Peter.

—Hablemos de mi trabajo —dijo, mientras se incorporaba.

—Claro, claro.

Peter abrió el maletín extrayendo de él una fotografía de buen tamaño. En ella se mostraba a Erik Gallagher, vestido con frac y sosteniendo una copa en la mano. Sonreía con aquel aspecto entre travieso y secretamente malévolo que era capaz de dotar a sus facciones. Garuda tomó la foto, la observó unos instantes y la arrojó al agua.

—¿Qué pretendéis darme a cambio de mis servicios?

El tono desdeñoso de su interlocutor produjo en Peter una sensación de asco por sí mismo. Él no deseaba aquello. Asesinar a Robert lentamente, enloqueciéndolo, ya le resultaba un acto de crueldad lasciva. A duras penas había logrado dormir desde su entrevista con el líder de la Corporación... pero ahora también le había llegado el turno a la familia Gallagher. Seguro que Erik sería el primero de una larga lista. Raquildis contemplaba las vidas de quienes lo rodeaban en función del beneficio que pudieran aportarle; pero él no servía para esas cosas. No quería involucrarse, pero debía reconocer que por culpa de su ambición estaba sumergido hasta el fondo. Ahora negociaba la vida de una persona por quien sentía aprecio.

El cazarrecompensas esperaba.

—Desde luego —respondió, tragando saliva—. Mi contacto... quiero decir, quien se ha puesto en contac... Mis superiores me han indicado que, en fin, dado lo particular de sus... necesidades, fuera usted quien propusiera una recompensa que se ajustara a la altura del...

—Trabajo.

—Sí, claro —las nauseas lo atacaron, reptando desde la boca de su estómago hasta producirle un nudo en la garganta—. En fin... sólo tiene que pedir lo que quiera.

Garuda sonrió.

—Veo que tus superiores me conocen bien, Peter Durriken. Además, matar a Erik Gallagher va a resultarme un trabajo complicado. Es un noble muy carismático. Estará bien protegido.

—Pero, ¿podrá hacerlo?

—Sí.

El cazarrecompensas desvió la mirada hacia el agujero en la pared. De allí aún sobresalía una de las pinzas del cangrejo. Como único testigo del complot el pequeño crustáceo vigilaba la conversación desde su húmedo hogar.

—Quiero una armadura de confesor.

Peter se sobresaltó.

—¿Q...Qué?

—Me has oído muy bien. La necesito. Es la mejor armadura que existe, ¿no es así?

—Sí... sí, pero...

—Esta conversación se ha terminado. Cuatro días tras la muerte de Erik Gallagher volveremos a encontrarnos aquí, a esta misma hora, para recibir mis honorarios.

Peter se había quedado sin habla. Le faltaba la respiración. Comprendió que la transacción estaba realizada, lo que significaba la muerte de Erik. Por un momento creyó que vomitaría. Garuda volvió a descender por la escalera de mano. Cuando estaba a medio camino alzó la cabeza. Debió notar que Peter no se encontraba bien.

—Has hecho un buen trato, puedes estar orgulloso. Puede que incluso seas ascendido.

Peter dio media vuelta como si lo hubieran hipnotizado y regresó a paso lento por la escalera. Todo había sucedido demasiado deprisa. Garuda se marchaba ya y daba la impresión de que no habían pactado absolutamente nada. La situación lo superaba. Erik Gallagher estaba a punto de desaparecer por quienes no tenían remordimientos en decidir sobre la vida y la muerte. Para Garuda sólo era un trabajo; para Raquildis, un estorbo. Pero él era incapaz de vivir aquellas decisiones. Le parecían tomadas con una sencillez nefanda, insoportable. Su respiración se aceleró; el corazón golpeó fuertemente contra su pecho. Se detuvo a medio camino de la escalinata, apoyó ambos brazos en la barandilla y respiró profundamente para evitar que le viniera el vómito. Buscó a su alrededor algo en qué concentrarse. Miró al suelo. Su abrigo goteaba. Tenía los zapatos empapados. Después alzó la vista. Las nubes se fundían unas con otras. Bajo ellas, la lluvia formaba una cortina gris sobre el horizonte. El cormorán salía otra vez del Apsus con otro pescado atrapado en su gaznate.

Una nueva ráfaga de viento estremeció a Geri. Stark la atrajo más hacia sí.

—¿No te parece que últimamente hace más frío? —preguntó ella.

Geri apoyó la cabeza sobre su pecho. Estaban recostados sobre el capó de un automóvil, bajo un puente, en el barrio norte de la ciudad. Los ciudadanos y el tráfico circulaban sobre sus cabezas, pero bajo el puente no había movimiento alguno. Se trataba de un terreno abandonado, propiedad de una jauría de perros callejeros que vigilaba con recelo al grupo de rebeldes desde las sombras. Allí se realizaría el intercambio según lo había indicado el tal Deuz Gallagher. Era un buen lugar; para los rebeldes estaba lo suficientemente apartado de la ciudad, cuyo bullicio discurría por encima de sus cabezas; para el noble, no estaba demasiado lejos del Pináculo.

—Yo no he notado que haga más frío —respondió Stark encogiéndose de hombros.

El sonido de unos pasos atrajo su atención. El joven Eklard se acercaba jadeando.

—¿Novedades?

—De momento no, jefe. Nada a la vista.

—Bien. Regresa a tu puesto.

Eklard dio media vuelta y echó a correr hasta su puesto de vigilancia. Stark lo observó mientras se alejaba. Desde el incidente con el confesor, el muchacho se esforzaba cuanto podía. Quería enmendar sus errores, mejorar. En su interior, como en el de muchos otros de su edad, hervía un espíritu ansioso por cambiar las injusticias en el sistema de Praemortis. Por eso, pensó Stark, siempre era más fácil reclutar nuevos rebeldes entre los estudiantes universitarios.

—Alfred vuelve a sentarse solo —indicó Geri.

Stark se volvió para buscarlo. Encontró al profesor recostado sobre el capó de su coche. Miraba hacia el cielo.

—Parece que no necesita la compañía de nadie.

—Me preocupa. Le cuesta relacionarse con los demás.

Stark dejó escapar un gruñido.

—Geri, él no es como nosotros. Es demasiado... demasiado...

—¿Intelectual?

—Supongo que sí. Rey solía decirme que no le agradaba demasiado hablar con el profesor porque cada vez que iniciaba una conversación terminaba deprimido.

Geri dejó escapar una risita y dijo:

—Reynald no me parece la persona más adecuada para mantener una conversación con Alfred. Son completamente opuestos.

—Me pregunto cómo se encontrará Rey —dijo Stark, cambiando de tema.

—Seguro que lo han tratado bien. Lo necesitan para negociar con nosotros.

—¿Qué será lo que quieren?

Ambos quedaron en silencio. Stark continuó observando al profesor. Después de unos segundos volvió a retomar la conversación.

—¿Y quién es capaz de mantener una conversación con Alfred?

Geri no dijo nada, pero dirigió a Stark una mirada de complicidad.

—¡Está bien! —dijo, y se levantó con un aspaviento.

Alfred no desvió la mirada del cielo cuando Stark apareció. El líder se quedó de pie frente a él, con los brazos cruzados.

—¿Todo bien, profesor?

—A veces me pregunto por qué luchamos —dijo, a modo de respuesta, sin apartar la vista de las nubes.

De vez en cuando la bóveda celeste se hacía visible y los pequeños puntos de luz plateados que eran las estrellas, relucían desde su lejana distancia.

—¿No sabes por qué luchamos? Profesor, si aún no tienes eso claro tal vez deberías regresar a tus clases.

Al escuchar eso, Alfred desvió la mirada y la posó en su interlocutor.

—¿Sabes en qué creían los sectarios de la Orden?

—¡Por supuesto! Todo el mundo lo sabe. Adoraban al monstruo marino, al Haiyim. Le ofrecían sacrificios humanos creyendo que era su dios.

—¿Por qué?

—Porque pensaban que el Haiyim dominaba ambos mundos. Adorarlo les otorgaría la salvación.

—¿La salvación?

Stark comenzaba a ponerse nervioso. Aquello parecía una especie de examen.

—No puedo imaginar la causa de que la Orden haya venido a su cabeza en este momento, profesor Jabari.

Alfred se incorporó y permaneció sentado frente a Stark. Las piernas le colgaban desde el capó.

—Los postulados de la Orden defendían que el hombre ha nacido para permanecer en el mar de almas. Su destino no es otro que una eternidad de sufrimiento y dolor. Fuimos creados, según ellos, para ser torturados. La vida que llevamos aquí, en este mundo, es una proyección de los tormentos que nos esperan. Cada vez que padecemos una enfermedad, sufrimos una pérdida o sentimos ira, sale a relucir nuestra verdadera naturaleza, aquella que clama por volver a ese mar. Sólo el Haiyim es capaz de reducirla, si lo desea; de ahí que algunos privilegiados decidieran adorarlo.

Stark permaneció en silencio. Parecía estar pensando en lo que acababa de oír; el profesor, prosiguió:

—Cuando se inició la persecución de los sectarios, la mayoría de los capturados fueron ejecutados de inmediato por la Guardia, pero a otros, a unos pocos, consiguió sacárseles una confesión acerca de la naturaleza de sus creencias.

—No recuerdo que los medios publicaran esas confesiones.

—No las publicaron porque la Corporación llevó a cabo una caza de sectarios que, sospechosamente, no sabían *nada* de la Orden.

—¿Estás diciendo que no persiguieron a los verdaderos sectarios?

—Oh sí, tuvieron que hacerlo, al menos en parte, para que la opinión pública no sospechara de aquella persecución. Unos pocos sí eran miembros verdaderos de la Orden. Nobles todos ellos, lo que nos da una idea del poder que manejaba la secta.

—No comprendo qué tiene que ver esta historia con nuestra causa —dijo Stark, a modo de pregunta.

Alfred sonrió y volvió a buscar las estrellas entre los claros. Una nueva ráfaga de viento azotó sus ropas. Stark miró instintivamente hacia Geri. Se había metido dentro del vehículo y permanecía acurrucada, cubriéndose con la chaqueta. Parecía dormida.

—Praemortis publicó algunas confesiones de los sectarios, aunque éstas no se difundieron demasiado. Sólo entre miembros destacados de la sociedad que comenzaban a sospechar una unión entre la Corporación y la Orden.

—Miembros destacados, ¿como tú?

Alfred sonrió.

—Correcto. La comunidad docente fue una de las áreas cuya confianza quiso recuperarse. Se nos permitió leer y hasta asistir a las confesiones. El resultado fue el esperado, al menos para la mayoría.

—Veo que para ti no.

Stark abrió uno de los bolsillos de su chaleco y extrajo un grueso puro, le quitó la punta de un mordisco y se lo dejo apagado en los labios.

—No —admitió Alfred con un suspiro—. Conmigo surtió un efecto bien distinto.

—¿Por eso te uniste a nosotros?

—Stark, debes comprender algo importante. Escuché a los sectarios afirmar que ellos eran quienes entrenaban a los confesores.

—¿De verdad?

—Eso demostraba que la Orden y Praemortis mantuvieron cierta relación. Quienes escucharon aquellas confesiones manifestaron su inquietud, pero la evidente persecución de los sectarios terminó por convencerlos. Quedaba claro, al menos para la mayoría, que de existir conexiones estas se habían desecho. El gobierno parecía haber aprendido de sus errores tras el ataque del Haiyim. La Orden, a ojos de todos, había desaparecido.

—Siempre pensé que las historias que circulaban sobre cómo la Orden entrenaba a los confesores desde pequeños no eran más que leyendas difundidas para aumentar el pánico hacia el sistema.

—Eran ciertas. Terriblemente ciertas.

—¿Y quién entrenaría nuevos confesores una vez que no existiera la secta?

—Oficialmente se dijo que los confesores serían entrenados con carácter puramente militar, exento de la atmósfera mística que los rodeaba. El resultado no ofrecería cambios especialmente significativos. Al confesor lo hace poderoso su armadura y el fusil lanza-arpones, no sus creencias. Al menos, por lo que parece.

—Oficialmente... pero extraoficialmente, si la Orden no ha desaparecido...

—Aunque es preocupante que la Orden pueda seguir en activo, no es eso lo que me preocupa...

—Entonces, ¿qué te preocupa?

—Escucha. ¿No te parece ilógico que una secta que cree en que hay que arrojar a todos los humanos al Bríaro sea la que entrene a los defensores del Néctar?

—¿Me estás queriendo insinuar que en realidad no son ellos los que entrenan a los confesores?

—Sí los entrenan. Pero lo verdaderamente inquietante es que los entrenan para administrar una salvación que aborrecen.

Stark decidió que había llegado el momento de encender el puro.

En efecto, Reynald tenía razón sobre el resultado de las conversaciones con Alfred. Ahora comenzaba a entender por qué nadie se acercaba al profesor. De repente, algunos perros comenzaron a ladrar. Al poco se escucharon los silbidos de Eklard, que anunciaban la llegada de un vehículo. Stark corrió hasta su coche, abrió la puerta del conductor y tocó a Geri en el hombro. La mujer se despertó sobresaltada.

—Ya han llegado.

Antes de salir, Geri alcanzó una pistola que descansaba en el asiento del copiloto.

El vehículo que llegaba era una limusina corporativa. Avanzó lentamente y se detuvo a varios metros de los Cuervos sin apagar el motor ni los faros. Los primeros en salir del vehículo fueron tres soldados bien armados. Tomaron posiciones alrededor de la limusina, vigilando todo a su alrededor. Tras ellos, los rebeldes vieron emerger la figura de un hombre corpulento, que avanzó a grandes pasos hasta colocarse frente a los faros.

—Me llamo Baldomer Dagman —dijo a viva voz—. Vengo en representación de los Gallagher.

Apenas hubo terminado de hablar, Stark dio un paso al frente.

—¿Dónde está nuestro compañero?

—En la limusina. Ordenaré que lo traigan en cuanto lleguemos a un acuerdo.

Stark estudió al noble. Vestía de etiqueta, demasiado elegante para un encuentro con los Cuervos. Su rostro parecía a punto de estallar fruto de la tensión. Las espesas cejas lo hacían parecer incivilizado.

—¿Qué es lo que quiere de nosotros?

—Seré breve —comenzó el noble.

Stark supuso que debía tener otro compromiso pendiente.

—Soy representante de algunos nobles —dijo—, entre los cuales se encuentra la familia Gallagher. Deseamos el apoyo armado de los Cuervos cuando solicitemos su ayuda. Proporcionaremos armas y equipo.

Stark se quitó el puro de la boca y observó a su interlocutor, visiblemente sorprendido.

—¿Están pidiendo nuestra ayuda para iniciar una revolución?

—Eso es exactamente lo que estamos pidiendo.

—¿Contra quién?

—Contra los Veldecker. ¿Acepta o no?

Stark pensó que debía encontrarse frente al noble menos diplomático de cuantos existían en la ciudad. Sin duda, los nobles de mayor importancia enviaban a alguien prescindible en caso de que fallaran sus planes. Si una hipotética alianza con los Cuervos quedara al descubierto, sólo podría demostrarse la implicación de Baldomer Dagman. Sin embargo, Stark sabía que los Gallagher también planeaban la revolución. Relacionarse con los nobles más carismáticos por debajo de los Veldecker constituiría para ellos contactos más poderosos. Una revolución para que los Gallagher y los Dagman destronaran a la familia Veldecker y se colocaran ellos en el poder no era precisamente el sueño de los Cuervos, pero si Stark quería recuperar a Reynald, no tenía más remedio que aceptar... por el momento.

—Quiero que me ponga en contacto con los Gallagher. Hablé con ellos la primera vez y será con ellos con quien trate.

—Tratará con ambas familias. Los Dagman somos el intermediario.

—Con ambas familias, pero póngame en contacto con ellos.

—Ese no es el acuerdo.

—Son mis condiciones.

De la limusina emergió entonces alguien más. Stark reconoció que se trataba de una mujer adulta. Vestía traje de noche y caminaba manteniendo el equilibrio sobre unos zapatos de tacón alto. Alcanzó a Baldomer y se colocó a su lado. Sus ojos estudiaron a Stark con avidez hasta detenerse en el brazo derecho. Allí se distinguía claramente el tatuaje de una serpiente marina de color verde. Sus fauces se abrían desafiantes a la Tormenta. Era un tatuaje de poca calidad, cuyos colores casi habían desaparecido, pero a la mujer pareció encantarle.

—Caeley —murmuró Baldomer—. Regresa al coche.

—No pienso hacerlo. El hombre que hay aquí fuera es mucho más interesante que el que espera dentro.

Stark se puso tenso al deducir que aquella chica estaba refiriéndose a Reynald.

—Son mis condiciones —repitió Stark—. Proporcióneme un contacto con los Gallagher. Con Deuz, y les prestaré mi ayuda.

—No está en posición de negociar. Tenemos a uno de los suyos.

—Ustedes tampoco pueden negociar. Somos la única opción que les queda para promover un conflicto armado.

—¿Por qué piensa eso?

—De haber podido contar con La Guardia ya habrían acudido a los Wallace. Está claro que ustedes y los Gallagher confían poco en los demás nobles de las grandes familias.

Baldomer dejó escapar un gruñido. Levantó el brazo y chasqueó los dedos. Al momento uno de los soldados caminó hasta la limusina, abrió la puerta y sacó de su interior a Reynald. El cazador de ballenas lucía un aspecto demacrado. Tenía restos de sangre seca en la camisa y la cara, además de un ojo hinchado y amoratado. Por lo demás, sin embargo, parecía encontrarse bien. El soldado lo llevó hasta colocarlo cerca de Baldomer.

—¿Cómo estás, Rey? —preguntó el líder de los Cuervos.

—No me han tratado mal —respondió— pero no los voy a echar de menos.

Stark enseñó los dientes de rabia.

—Hay trato —dijo Baldomer—. Cuidaremos de tu amigo para asegurarnos vuestra fidelidad. Os lo devolveremos justo antes de que se produzca el alzamiento. Mientras tanto, te daré un número de teléfono para que puedas hablar con Deuz Gallagher. Por mi parte, y para que puedas confiar en nosotros, te enviaré un intermediario de mi familia. No hablarás con nadie más que con los Gallagher y con los Dagman. Hay otras familias menores de nobles involucradas, pero quiero que este asunto se lleve bajo nuestra dirección y con todo el secreto posible. ¿Está claro?

—Muy claro. ¿Cuándo nos daréis las armas?

—Junto con vuestro amigo. Estaremos en contacto.

A otro chasquido de sus dedos, los soldados devolvieron a Reynald a la limusina y entraron después de que lo hiciera el noble. Caeley entró la última, tras echar una última ojeada a Stark. Luego, el vehículo dio media vuelta y desapareció. Al pasar junto a los perros estos volvieron a ladrar.

—Parece que tienen planeado algo gordo —dijo Geri— tal vez, con su ayuda, pronto consigamos aquello por lo que hemos luchado: Néctar para todos.

—No lo sé... —respondió Stark, y sus ojos se encontraron con los de Alfred.

Deuz Gallagher se mantenía en pie con dificultad. Los párpados caídos y las mejillas sonrosadas evidenciaban que, tras cuarenta minutos de fiesta, había bebido más de la cuenta. Angélica tuvo que dar un paso atrás cuando el noble se colocó frente a ella, para evitar el hedor etílico que despedía. Se obligó a mostrar un gesto amable, y sus labios pintados de rojo intenso se curvaron hacia arriba. Entre ellos apareció la fina línea blanca de su dentadura, —¿Cómo andan las cosas por la familia Gallagher? —dijo, con la voz afectada por una cordialidad artificial.

—Igual que siempre —respondió Deuz, dirigiendo su mirada al escote de la mujer—. Erik anda por ahí, tan ocupado como siempre.

El pequeño Daniel apareció corriendo, perseguido por media docena de niños risueños. Se agarró a la falda de su madre y la rodeó un par de veces.

—Entiendo —respondió Angélica, tomando a su hijo del brazo—. Aún no he tenido tiempo de presentarle formalmente mis condolencias por la muerte de su hijo y...

—¡Mi padre es el que no se termina de morir! —cortó Deuz, haciendo un ademán con la mano que no sostenía la copa.

Angélica no supo cómo reaccionar. Su sonrisa forzada se contrajo en una especie de mueca de asco, que Deuz, debido a su embriaguez, no percibió. Daniel, aprovechando que su madre estaba distraída, consiguió soltarse, corrió hasta Deuz y con una finta esquivó su tambaleante figura. Angélica hizo el amago de querer salir tras el chico, y de este modo evitar seguir con aquella conversación, pero el noble la interceptó.

—Ese anciano, Luther Gallagher, nunca se morirá. Fíjese —señaló a la mujer, que detuvo en seco su intento de evasión—. Hace unas semanas creíamos que al fin se iba a marchar de este mundo. Hicimos todos los arreglos para tener a punto la ceremonia... y nada. No se muere. A estas alturas va a caducarle el Néctar.

Comenzó a reír como si le faltara el aire. Luego continuó.

—No, La Orca Azul no puede morir. Es como... como si... ¿Sabe por qué lo llaman la Orca Azul?

—No, dígame por qué —Angélica parpadeaba con rapidez, atareada en pensar otra treta para librarse de aquel encuentro.

—Verá. Como lleva tantos años viviendo alejado de la nobleza, recluido en su edificio personal, casi nadie...

La papada del noble tembló. Deuz contrajo los labios, evitó la salida de un eructo y retomó el hilo de lo que estaba diciendo como si nada.

—¡Hace mucho que nadie lo ve! Sí. El viejo ha sobrevivido a todos sus compañeros y familiares, así que nadie recuerda ya por qué le dieron ese apodo, pero el caso es que lo llaman La Orca Azul porque tiene una mancha —hizo un esfuerzo por señalar su pómulo derecho con la mano izquierda— una mancha de nacimiento aquí, en la cara. Pálida, más pálida que su piel. Igual que las manchas de una orca. ¿Comprende? Y como tiene los ojos de color azul intenso, pues...

Angélica estaba convencida de que un apodo tan atemorizante no sólo tenía que ver con detalles físicos, pero no tenía ganas de extender la conversación con Deuz.

—Y, ahora que me fijo, ¿dónde está Robert? —inquirió el noble.

—Tendrá que disculparlo. Está enfermo y no ha podido venir.

Deuz quedó mirando el rostro de Angélica con cara de bobalicón, mientras su cerebro trabajaba por asimilar las palabras escuchadas. Una vez hubo comprendido que Robert Veldecker no asistiría a la fiesta, dio por concluida la conversación, giró su cuerpo fofo y sudoroso hasta enfilar la mesa de las bebidas y se encaminó hacia allí, esforzándose por esquivar aquella nube de niños que se había empeñado en utilizarlo como elemento para sus juegos. Dio un traspié, chocó con uno de los camareros y derramó el contenido de su copa sobre la chaqueta de su esmoquin. El camarero, presuroso, quiso limpiárselo, pero Deuz ni siquiera se había percatado del accidente, de modo que apartó al camarero de un manotazo y siguió caminando, concentrado en los canapés.

Al otro lado de la sala, el matrimonio Durriken, recientemente incluidos en la nobleza gracias a los méritos de su hijo, aprovechaba los beneficios de su nuevo estatus. Zerapa, embutida en un vestido de dos piezas que parecía a punto de estallar, se hacía hueco a codazos entre los corrillos de invitadas. Omar, mientras tanto, se entretenía pellizcando a una de las camareras. No muy lejos de allí, Erik Gallagher cruzó la pista, abriéndose paso entre las parejas que bailaban el fox-trot, y llegó hasta Leandra con ánimo de iniciar una conversación. La hija de Frederick Veldecker observaba pensativa la carrera frenética de los niños.

—No soporto estas fiestas para nobles —dijo Erik, con la esperanza de lanzar un comentario que pudiera interesarle a ella.

En efecto, Leandra se dignó prestarle atención.

—Yo tampoco.

Luego se sirvió otra copa. Erik vestía un frac de largos faldones, color azul oscuro; el cuello de la camisa almidonado y rematado con pajarita. No llevaba sombrero, pero sí unos guantes de color hueso que se sacó para rellenar su copa. El salón era el mismo de la última fiesta. Amplio y rectangular, con balcones, candelabros, globos de luz y motivos acuáticos adornando las paredes. Esta vez, sin embargo, en lugar de una cena, lo que se celebraba era un baile junto a un pequeño tentempié.

—De continuar organizando fiestas sin razón, la crecida en los ingresos no nos servirá de nada —apuntó Erik.

Pretendía ser una broma, pero Leandra ni siquiera hizo el amago de estar escuchando. Bebió su copa lentamente pero sin pausa, sin apartar la mirada de las parejas que bailaban y sin pronunciar una sola palabra. De lejos, les llegó la risa estridente de Caeley Dagman. La muchacha acababa de entrar al salón junto a su padre, Baldomer, y ya era presa de una hilaridad desbordante. Apenas transcurrieron unos segundos antes de que se viera rodeada por un corrillo de muchachos que disfrutaba viéndola luchar contra la incontinencia de orina. Su generoso pecho se agitaba arriba y abajo con cada nueva salva de carcajadas. De entre tanto admirador surgió la figura escuálida de Rowan Ike. El muchacho se acercó hasta Caeley, dejó su copa a uno de los camareros que pasaba oportunamente por allí y la tendió la mano para bailar. Ella, lanzando una mirada por encima de las gafas enmarcadas por sus gruesas cejas, aceptó.

—Para serle sincero —continuó el líder de los Gallagher— ni siquiera me ha quedado claro el motivo de esta nueva celebración. Me temo que no es más que un pobre intento por desviar nuestra atención de los problemas internos. De la situación que atraviesa Robert y la crisis en el liderazgo de la Corporación.

Leandra no dijo nada.

—¿Sabe algo de él?

—No.

—Debería relacionarse más con su hermano. Apenas se los ve juntos. Eso no beneficia a la imagen de la familia Veldecker.

Leandra giró la cabeza con cierto desdén.

—¿De veras cree que ahora es buen momento para rehacer los vínculos familiares?

Erik no supo qué responder. Las relaciones entre los hermanos Veldecker nunca destacaron por su fluidez. Leandra ignoraba a Robert todo cuando le era posible. A excepción de las apariciones públicas, no recordaba haberlos visto cerca el uno del otro. Sin embargo, estaba convencido que aquel desapego no era un sentimiento bilateral. En Robert era fácil descubrir sólo cierta indiferencia, mientras que Leandra parecía alimentar en su interior un odio que se remontaba a una secreta y antigua razón. Intrigado, observó a su interlocutora con detenimiento. Leandra vestía un traje tipo túnica cruzado, de cuello cerrado, y un tocado tipo casquete. Volvía a tapar su cuello con un pañuelo de crespón, pero esta vez se lo había anudado con algo más de gracia. Todo ello constituía un atuendo más femenino de lo que estaba acostumbrado a ver en ella, lo cual había llamado lo suficiente su atención como para atreverse a iniciar una charla. No obstante, comenzaba a sentirse arrepentido de su iniciativa. Se había dejado engañar por aquella apariencia más femenina de lo normal. Leandra continuaba tan agresiva como de costumbre.

—La Vorágine —soltó de repente.

Ella se volvió.

—¿Cómo dice?

—Disculpe —río Erik—. Discúlpeme. No pretendía causar esa reacción en usted.

Leandra enarcó una ceja.

—¿Se ha preguntado qué sentirán los ciudadanos que no viven sobre el Apsus? —continuó Erik—. Cuando caen en la Vorágine, quiero decir.

—¿Le parece que deberían sentir algo distinto? Todo el mundo está igual de asustado cuando llega allí.

—Sí, sí. Eso no lo niego. Pero fíjese. Una buena parte de la población de esta ciudad cree ver que existe una *conexión* entre el Apsus y la Vorágine. Ambos están formados por líquido. No en vano los cuerpos, después de incinerados en el Cómburus, se arrojan al agua. Hay en realidad en ello cierto nexo religioso, de raigambre olvidada por supuesto, pero que continúa muy presente en la mente colectiva.

—¿Y cree que quienes viven en ciudades sobre tierra, en las montañas, no sienten esa misma... devoción?

—No tendría ningún sentido. Aquí, en Pináculo, un amplio porcentaje de los ciudadanos confiesa que alguna vez han «pedido» al Apsus por alguna necesidad: un ascenso en el trabajo, conseguir a la persona amada o que se les cure una enfermedad. Si bien adorar a las aguas no está visto como una religión establecida, es evidente que el ciudadano corriente siente la necesidad de adorar un poder que se encuentre por encima de su dominio, imposible de controlar. Por asociación con lo que recuerdan de su viaje al otro mundo terminan ejerciendo un respeto devocional hacia el Apsus.

—¿Y qué piensan quienes no viven en ciudades sobre el Apsus?

—Confieso que desconozco la respuesta, aunque me parecería lógico que no pensaran igual.

Leandra quedó pensativa.

—¿Y qué opina usted, Gallagher?

En realidad suponía cuál sería la forma de pensar del noble. Conocía su posición dentro de la Orden, sus amistades, lo cual no dejaba lugar para la imaginación. Erik, en cambio, nunca la había visto como Leandra, sino como Marcus Haggar.

—Creo que adorar a los elementos es propio de una mente retrógrada e inculta —comenzó el noble—. El Apsus no puede gobernar nuestros destinos, no es más que una masa de agua descontrolada. Sin embargo, me seduce la idea de una íntima relación entre ambos mundos, más cercana de lo que podemos llegar a imaginar. Confieso que, de haberla, ésta se escapa a mi percepción; no obstante, creo que Frederick Veldecker anduvo muy cerca de una deducción.

Escuchar el nombre de su padre produjo en Leandra un escalofrío sinuoso.

—Explíquese.

—¿No recuerda las últimas palabras que dejó en su diario? Al final de su vida declaró que tal vez la Vorágine estuviera *acercándose* a nosotros, y no nosotros a ella. Como si su descubrimiento no fuera accidental, sino programado; orquestado para un momento en la historia. De ser así, incluso el Cataclismo tendría un sentido. ¿No cree?

Leandra no contestó. En lugar de eso observó la oscuridad del cielo a través de los balcones, el titilar de estrellas lejanas y, entre las nubes de tormenta, la cara agujereada de la Luna. Hubo un tiempo en que el satélite mostraba una faz distinta, antes de que su órbita cambiara repentinamente y arrastrara los mares por el efecto de su campo gravitatorio. Por fortuna, la humanidad había previsto con antelación el Cataclismo y construyó las ciudades-plataforma. Cuando las mareas cambiaron, algunas ciudades no vieron llegar agua, y bajo ellas quedó una tierra montañosa, que poco a poco fue haciéndose más yerma. Otras, como Pináculo, recibieron el azote del Apsus, una descomunal masa de agua pan oceánica prácticamente innavegable.

La conversación con Gallagher había despertado en Leandra una sensación incómoda. Se sintió fuera de sí, lejos de aquella fiesta, hasta que se sorprendió preguntándose por el sentido de su propia existencia.

—¡Increíble! —dijo Eric, de repente.

Leandra abandonó su abstracción para centrarse de nuevo en la charla, pero descubrió que su interlocutor se encontraba de espaldas. Cuando desvió la mirada, justo por encima de su hombro, quedó petrificada. Por el umbral de la puerta entraban tres personajes escoltados por soldados de la Guardia. Erik no conocía a ninguno de vista, pero había escuchado de ellos lo suficiente como para reconocerlos sin ayuda. El que se encontraba más a la izquierda vestía un uniforme de sargento. Era un hombre de unos treinta y cinco años, imberbe y completamente calvo. Sus ojos rasgados se pasearon tímidos entre los presentes, semiocultos tras unas cejas espesas, herencia de los Dagman. Saludó con movimientos de cabeza rápidos y algo nerviosos, propios de alguien acostumbrado a la rigidez y la disciplina. Baldomer dio un paso adelante y lo apretujó como si hubiera recuperado un hijo perdido.

—¡Bienvenido a casa, muchacho! —gritó.

Caeley aplaudía dando saltitos de emoción. Su mirada tras las gafas de pasta gruesa no se apartaba del cuerpo nervudo del soldado. Otros Dagman se hicieron hueco entre el público para apoyar al nuevo héroe de la familia.

«El sargento Hiro», se dijo Erik. «La familia Dagman ya tiene un héroe entre sus miembros».

A su lado caminaba algo más despacio quien sin duda debía ser Iván. Aún no le habían quitado la escayola del brazo, producto de su golpe contra una bomba de succión. Era un joven que debía rondar los veintiocho, de pelo rubio oscuro que peinaba con la raya a un lado (aunque le caían un par de mechones sobre la frente que le daban cierta gracia); ojos oscuros y piel blanca en extremo. Nariz ligeramente afilada y labios delgados. Le sobresalían algo los pómulos, debido a su delgadez, ocasionada sin duda por la estancia en el sanatorio militar.

El tercero, Lügner Ike, era quien demostraba estar menos atemorizado del grupo, acostumbrado, sin duda, a las reuniones sociales de la nobleza gracias a su estatus familiar. Era mayor que los demás, o al menos lo aparentaba a causa de notables entradas en su pelo negro y rizado. De cabeza alargada, mandíbula inferior sobresaliente, y boca y ojos pequeños y separados. Saludó a la concurrencia con unos ademanes que proyectaban la gracilidad propia de una educación noble. Luego se encaminó al arropo de su familia, con Laesan a la cabeza. Estaba claro que, a partir de aquel momento, la matriarca se ocuparía de que el héroe olvidara su carrera militar para enrolarlo en el negocio familiar: la regencia de locales de fiesta.

—¡Que sorpresa! Es el grupo de supervivientes de la misión de rescate que acudió en busca de mi hijo. Todavía no he tenido la oportunidad de agradecerles...

A medida que hablaba, Erik se había vuelto para encarar a Leandra, pero ella ya no estaba allí. Intrigado, estiró el cuello para buscarla. No tardó en ver cómo caminaba sorteando al resto de invitados en dirección a los recién llegados. Pero cuando alcanzó la vanguardia entre el público, se detuvo. Erik frunció el entrecejo. ¿Qué habría suscitado la curiosidad de Leandra?

Raquildis emergió de entre la concurrencia para dar la bienvenida. Comenzó su intervención elogiando el trabajo que los soldados habían realizado pese al trágico desenlace. A oídos de Leandra, sin embargo, las palabras del consejero fueron difuminándose hasta volverse un leve rumor. Frente a ella, Iván sonreía a cuantos halagos le llegaban. Leandra recordó el momento en que lo vio por primera vez, tumbado en la cama del hospital, moribundo. La lectura de sus pupilas reveló que no había reunido el dinero necesario para el Néctar. El Bríaro era su destino, no había nada que hacer. Lo sabía, y quiso marcharse, pero una sensación desconocida hasta entonces golpeó sus emociones.

Pena.

Un confesor no podía permitírsela, y ella siempre había logrado mantener a raya aquel tipo de sentimientos. No había lugar para juicios de valor personales; no obstante, aquella vez sí lo hubo. Sintió piedad por el moribundo, se dejó arrastrar por ella y le administró el Néctar contraviniendo la norma establecida. Ahora él estaba allí, en la fiesta, de pie frente a ella. Sano. Vivo.

Descubrió que no había apartado la mirada del soldado en todo el tiempo y la desvió con velocidad. Entonces, los ojos siniestros y apagados de Raquildis se cruzaron con los suyos. Por un instante, Leandra se vio agredida por ellos, descubierta en sus más íntimos pensamientos. A pesar de que era imposible que el consejero manejara un poder semejante, un estremecimiento de temor recorrió el cuerpo de la mujer.

Raquildis había terminado con la presentación. Los soldados se introdujeron en la fiesta, estrechando manos y recibiendo elogios de cuanta persona se cruzara en su camino. Para aquel entonces, Leandra ya había dejado la sala.

Caminó a grandes zancadas por el pasillo de la planta noventa y tres hasta alcanzar el ascensor, apretó el botón de llamada y se quedó de brazos cruzados, paseando de un lado a otro, nerviosa. El cuello comenzó a picarle. Se aflojó el pañuelo y se rascó con fuerza. Al fin el ascensor llegó a su planta. Entró al habitáculo y de nuevo pulsó repetidas veces el botón de la planta baja.

El descenso se hizo eterno. Un nudo en el estómago la atenazaba, no dejándola respirar. La visión de Iván la había hecho recordar su debilidad cuando le concedió el Néctar. Un sentimiento de culpa se apoderó de cada uno de sus pensamientos y le oprimió la cabeza como si fuera a darle un nuevo ataque de cefalea. Por su mente desfiló, como si alguien lo hubiera colado dentro, el recuerdo de la muchacha del bar, la camarera que aquel mal nacido había usado de rehén para escapar de la Zarpa. Era un ser insignificante, otra pobre infeliz que volaría en brazos del Bríaro hasta reencontrarse con su trágico destino. No importaba cuánto viviera o cuánto mereciera el Néctar. Todo ser humano era un pedazo desprendido de aquel enorme y negro mar de almas al cual completaría con su muerte. Su sino era el sufrimiento, el dolor eterno, el tormento; y la vida en este otro mundo, un accidente que convenía aprovechar viviendo lo mejor posible.

Las directrices de sus padres adoptivos, de Raquildis y todos los sacerdotes de la Orden que la adiestraron en su adolescencia habían permanecido firmes en ella desde que la bajaron hasta los tentáculos del Haiyim. Lo que ocurrió aquella mañana en que la iniciaron en la secta estaba difuso en su memoria, como el recuerdo de alguna ensoñación. Sólo persistían claras algunas sensaciones: el temor cuando la bajaban desde la plataforma con ayuda del arnés, el tacto helado del agua y sobre todo un intenso dolor causado por el roce de aquellos monstruosos tentáculos que, a diferencia de lo ocurrido con los demás neófitos, decidieron no arrastrarla a las profundidades del Apsus. Ella era una elegida por el dios de los mil brazos, un baluarte para la doctrina de la Orden, una defensora del bendito praemortis, puerta entre el mundo de los vivos y los muertos; pero sobre todo —le dijo Raquildis— era una amada por el Haiyim. El dios la había elegido a ella entre todos los confesores para que pasara el resto de la eternidad a su lado, allá, en el otro mundo. Pues el mar de cuerpos era la auténtica morada del Haiyim, tempestuoso y negro como el mismo Apsus. Y ella, la elegida, estaría por siempre en aquel abismo, acompañando al dios.

En aquel abismo, para siempre.

Los cristales en las paredes del ascensor, unos frente a otros, proyectaban a Leandra una y otra vez hasta el infinito. Su imagen multiplicada le produjo una increíble sensación de asco por sí misma. Movida por un impulso de ira, dio un puñetazo a uno de ellos. El cristal se agrietó, y en las múltiples facetas Leandra descubrió su rostro deformado, provisto ahora de un millar de ojos y bocas, todos descolocados

El ascensor se detuvo en la planta treinta y uno. Ante ella apareció una amplia rotonda. La bordeaban seis columnas corintias que a su vez flanqueaban tres puertas labradas en roble. El suelo era en mármol blanco ribeteado de negro. En el centro descansaba la enorme escultura de un confesor, tallada en bronce, de cinco metros de altura. El confesor extendía su mano como si quisiera aplicar el Néctar a un paciente imaginario. Las trazas desproporcionadas de su figura lo hacían parecer un coloso. Leandra cruzó rápidamente el espacio que la separaba de la puerta más alejada y la abrió con un movimiento brusco. El otro lado estaba oscuro, salvo por la luz titilante de algunos cirios en el interior de los nichos. Las paredes en piedra antigua identificaban el lugar como una construcción muy anterior a Pináculo, y sobre la que se había construido el rascacielos; una construcción que Leandra conocía bien, pues sus pasillos eran utilizados a menudo por los confesores.

Descendió por varias escaleras de caracol hasta llegar a su celda. Una vez allí cerró la puerta a su espalda y echó el pequeño cerrojo que le regalaría algo de intimidad. Se desnudó con rabia y arrojó el traje a un rincón. Entonces, completamente desnuda, alcanzó el cinturón de confesor que colgaba del perchero y extrajo las dosis de Néctar que había dentro.

En su interior se revolvía una auténtica vorágine. Cada axioma que la Orden había grabado a fuego en su corazón se mezclaba con un sentimiento de culpabilidad creciente que no era capaz de apartar. Y a todo ello se superponía la imagen de Iván, símbolo de su rebeldía contra todo lo que siempre había creído, de rechazo a su propio destino. Sacó cinco dosis de Néctar, dejó dos sobre la mesa y sostuvo las otras tres en su palma. Luego, de una en una y sin mediar descanso, fue inyectándoselas en un lugar limpio de pinchazos, a la altura del bíceps. No, ella no deseaba ser la elegida del Haiyim, no quería que el Bríaro la llevara a lo que Raquildis y los demás se empeñaban en ver como el hogar de la humanidad. El Néctar funcionaba, *debía funcionar.*

Cuando se inoculó las tres dosis, agarró las otras dos que había dejado en la mesa y se las inyectó al otro lado del cuello, donde todavía no se había pinchado nada hasta ahora, con tal fuerza que un fino hilo de sangre brotó de la herida al retirar la aguja, descendió por su pecho desnudo y cayó al frío suelo.

Una vez hubo terminado, se tumbó sobre la cama con la mirada fija en la armadura de confesor. Estaba desplegada, pulcra tras la limpieza que le había practicado esa misma mañana. Las placas devolvían los destellos de la vela sobre la mesita. Sus ojos se pasearon por los siniestros contornos, por el blanco de la capa y por el fusil, que descansaba junto a la pared y a una ristra de doce arpones. Finalmente descendió por el hombro derecho hasta el puño, donde relucían las tres afiladas cuchillas. En la superficie de éstas también descubrió su reflejo; pero al verse no reconoció a Leandra Veldecker.

Ella, lo quisiera o no, era Marcus Haggar. La Zarpa.

—¿Cariño?

Angélica entreabrió la puerta del despacho.

No había luz en el interior, pero logró distinguir a su marido entre la penumbra gracias a la pálida luz que arrojaba la Luna. Robert había arrastrado la silla de su escritorio al centro de la habitación. Estaba sentado de espaldas a los ventanales. Por su silueta, Angélica pudo adivinar que se encontraba cabizbajo y con los brazos caídos, como si estuviera durmiendo.

—¿Robert? —llamó, pero no obtuvo respuesta.

Entró en el despacho y cerró la puerta a su espalda. Luego caminó hasta la mesa frente a la cual se hallaba aquel bajorrelieve que tanto la horrorizaba y dejó en ella una pequeña bandeja en la que había un surtido de canapés variados.

—Robert, sólo he venido a traerte algo de comer y a saber si te encuentras mejor. Mucha gente me ha preguntado por ti.

—¿Están disfrutando de la fiesta? —la voz de Robert emergió apagada y débil.

—Mucho. Eres un excelente anfitrión, cariño. Incluso cuando no estás presente.

Robert dio un pequeño respingo, como si despertara de una pesadilla. Se llevó velozmente ambas manos a la cabeza y sus dedos se crisparon alrededor de sus cabellos; sin embargo, las dejó caer unos segundos después, como si le hubiera visitado un ataque repentino que desapareciera con la misma celeridad. Apoyó las manos en los muslos y las volvió, de forma que sus palmas quedaron hacia arriba. En ambas muñecas podía distinguirse una fea y gruesa cicatriz que los años no habían conseguido borrar. El recuerdo de una desesperación que volvía a tomar forma.

—Robert, ¿te encuentras mejor?

Angélica caminó hasta su marido, se colocó frente a él y buscó sus manos entre las sombras. Robert las tenía muy frías.

—La Bestia no quiere marcharse

—¿Cómo dices?

—Ya no quiere marcharse...

Robert comenzó a sollozar. A pesar de todo, reunió la suficiente entereza para que sus palabras salieran sin demasiada afectación.

—¡Ya no quiere dejarme, Angélica! Día y noche siento el azote de su incesante dolor. Me ataca sin darme tiempo a descansar. ¡Ya no vivo! Se apodera de todo mi ser, me posee y se adueña de mis acciones. Incluso en los breves momentos de tregua noto su sombra. Es un latido vacilante que se extiende por toda mi cabeza, muy leve, pero que crece en intensidad como un preludio aterrador de lo que está a punto de sucederme... ¡Ahí viene! ¡Ahí viene otra vez!

Soltó las manos de su esposa, las llevó de nuevo a sus cabellos y contuvo un grito de dolor apretando los dientes con fuerza. Por entre ellos se escapó su respiración agitada y el leve sonido de su lamento. De nuevo, el ataque duró unos segundos. Cuando pasó, Robert destensó todos sus músculos y volvió a descansar el peso de su cuerpo sobre la silla.

—Me está matando. Me enloquece.

—¿Y el praemortis? ¿Ya no te alivia?

De improviso, Robert se puso en pie de un brinco y se alejó de su esposa como si ésta fuera una aparición. Chocó de espaldas contra los ventanales; la luz del exterior descubrió su rostro demacrado y amarillento. En su camisa quedaban aún restos del último vómito. El pelo le caía grasiento sobre los hombros y la barba le había crecido hasta sombrear sus pómulos. Tenía caído el párpado izquierdo, síntoma evidente de sus ataques de cefalea, pero su ojo sano miraba desorbitado hacia su esposa.

—¿Tú también me recomiendas ese veneno?

—Sólo lo he dicho porque sé que te funciona.

—¡Mientes! —Robert gritó hasta enrojecer—. ¡Todos me mentís!

Avanzó a grandes zancadas hacia Angélica, que comenzó a retroceder asustada.

—¡Estáis todos confabulados! ¡Una piña de traidores que planea acabar conmigo!

Alcanzó a su esposa, que le devolvió una mirada despavorida, la tomó por los hombros y comenzó a zarandearla con violencia.

—Dime, ¿qué habéis planeado? ¿Qué te han ofrecido si yo muero? ¡Contesta!

—¡Robert, no sé de qué me hablas! —gritó Angélica.

Otro nuevo ataque obligó a Robert a soltar a su mujer. Cayó al suelo, vencido por la intensidad de las punzadas, y dejó escapar un grito desgarrado. Angélica aprovechó que su marido se retorcía para alejarse unos pasos.

—Cariño. Necesitas ayuda. No puedes seguir así. Te traeré el praemortis. Quizá si te lo inyectas, cuando regreses...

—¡No! ¡Aleja el praemortis de mí! Me lo he inyectado tantas veces que ya confundo la realidad de este mundo con la del otro. Todo me da vueltas, gira en mi cabeza como una vorágine demencial. ¡Veo las mismas caras, aquí y en el Bríaro! ¡No me lo traigas, te lo suplico!

—Veré si puedo traerte algo que te ayude.

—No. Nada puede ayudarme. Pero Aadil vendrá.

—¿Quién?

—Él no sufre los ataques. Es como nuestra madre. Él me socorrerá. Sé que no está contra mí. No puede estar contra mí.

—Cariño. Necesitas descansar. Tal vez si te acostaras en tu habitación...

—¿Y Daniel? ¿Está bien?

—Perfectamente. Lo he dejado dormido antes de acudir a la fiesta.

—Él tampoco es mi enemigo.

Robert, todavía arrodillado, se arrastró hasta su esposa, la tomó de las manos y comenzó a besarlas con avidez.

—Ve a buscarlo, Angélica. Trae a mi hijo. Me siento seguro a su lado. Él menguará mi dolor.

—Daniel no puede verte en esta situación. Lo asustarías.

—¡Tráemelo! El tiempo se me agota. Si yo falto estará perdido. Debe conocer la verdad, debo explicarle cómo son las personas que lo rodean. Él... él está desnudo sin mí.

—Tiene a Raquildis y a Leandra.

—¡No! No lo acerques a ellos —Robert negaba enérgicamente con la cabeza—. Nunca lo protegerán. Desean su muerte tanto como la mía.

Angélica soltó las manos de su marido.

—Cariño, ¿cómo puedes decir eso?

—Sé de lo que hablo. Lo sé... ¡Lo sé muy bien!

Se puso en pie y corrió tras su escritorio, donde se acurrucó como si quisiera protegerse de un mal invisible.

—Sé de lo que hablo —repitió en voz baja—. No estoy ciego; ellos creen que lo estoy, que no veo sus conjuras, que no las noto palpitar en mi cabeza. Pero son ellos los ciegos. Pronto, cuando yo falte, descubrirán cuán equivocados están. Él, él los hará entrar en razón. Los visitará, igual que me visita a mí. Él es el auténtico dueño de cuanto hay en este mundo...

Angélica aprovechó que su marido divagaba. Dio media vuelta y desapareció por la puerta. La intensidad de las luces del pasillo la deslumbró. Caminó a buena velocidad durante unos segundos hasta torcer la primera esquina, pero luego fue aminorando la marcha, eliminando toda prisa. Cuando alcanzó el ascensor, vio que Raquildis y Erik Gallagher esperaban junto a las puertas.

—¿Cómo se encuentra nuestro líder? —quiso saber el consejero.

—Peor. Creo que ha enloquecido —respondió Angélica.

Raquildis dejó entrever una sonrisa.

—Excelente —continuó—. ¿Ha comido?

—No pude ofrecerle ni siquiera un canapé. Tampoco se fía de mí, así que los he dejado sobre la mesa.

Raquildis y Erik se miraron; el segundo intervino.

—Desconfía de todos. Eso complica nuestro plan.

—Ya comerá —dijo Raquildis—. Lleva días sin salir de su despacho. Tarde o temprano tendrá que alimentarse, y cuando lo haga, nos aseguraremos de que todo lo que ingiera le provoque nuevos ataques.

Se dirigió a Angélica:

—Gracias por tu ayuda. Has hecho bien tu trabajo.

—¿Hay acuerdo entonces?

—Descuida. Cuando el nuevo organismo dirigente asuma el poder, Daniel y tú no tendréis de qué preocuparos. Pronto recibirás una invitación para asistir a una de nuestras reuniones. Ahora lleva a Robert un par de dosis de praemortis. Las necesitará.

—Me ha rogado que no le trajera más. No creo que se lo inyecte.

—Guárdale las dosis en el cajón de su mesa, sin que te vea hacerlo, como si ya estuvieran allí. Cuando coma de tus canapés se alegrará de encontrarlas.

En la ciudad de Pináculo existían cuatro tipos de barrios diferentes, de acuerdo con la posición social que disfrutaran sus habitantes. De este modo, el barrio norte, donde se encontraba el edificio de Pináculo, y el centro de la ciudad, donde estaban los edificios de la nobleza y de las compañías afiliadas a la Corporación, eran los lugares donde vivían los ciudadanos más adinerados. En el barrio occidental se asentaba la clase media. El oriental también había pertenecido a esta clase, hasta el ataque del Haiyim, que obligó al desplazamiento masivo de los ciudadanos hacia la zona sur y dejó el lugar convertido en un barrio abandonado tras la Marca Oriental. De este modo, en el sur se hacinaba la clase obrera de la ciudad y aquella que perdió todo cuanto tenía durante el ataque del monstruo marino. En este barrio, las calles serpenteaban flanqueadas por edificios adosados, viejos y destartalados. La presencia de la Guardia se reducía a lo absolutamente necesario, de modo que los delincuentes y los yonquis de Nitrodín pululaban a sus anchas. El transporte público apenas paraba por allí: una docena de estaciones para el tranvía, y sólo una parada de monorraíl, a la entrada del barrio. Así, había más afluencia de vehículos que en otras zonas de la ciudad; modelos viejos que traqueteaban por aquellas calles estrechas y mal pavimentadas, dejando a su paso el ruido estridente de los cláxones.

Pero además, en el centro mismo de este barrio existía otro. No lo delimitaba ningún muro o señal, pero cualquier ciudadano de Pináculo sabía cuándo estaba adentrándose en él: las calles se encontraban silenciosas y llenas de basura; las casas empeoraban en aspecto, hasta dar paso a un maremagno de chabolas y tiendas de campaña raídas. Las gaviotas eran aquí más numerosas, y podían verse sobrevolando permanentemente el lugar, correteando por las calles o colgadas por las patas a largos cordeles, desplumadas, frente a puestos ambulantes de comida. Aquel asentamiento había logrado alejar de sí cualquier rastro que lo identificara con la urbe; como un pequeño sanctasanctórum. Sus más de dos mil pobladores vestían ropas fabricadas por ellos mismos, vivían en casas levantadas con sus propias manos, cazaban, pescaban o cultivaban en invernaderos su propia comida, y, por la noche, se alumbraban con enormes fogatas y linternas de aceite. Eran personas que habían decidido vivir fuera del manto protector de la Corporación, del sistema. Una existencia alejada de las preocupaciones del ciudadano medio, que se acostaba cada noche con los temores del Bríaro aullando en sus sueños, y que por culpa de este mismo temor se sometía a los designios de Praemortis como si de un esclavo se tratara. Los habitantes de este poblado, del Refugio, como ellos mismos llamaban a aquel lugar, estaban convencidos de que la fórmula descubierta por Frederick Veldecker no producía otra cosa que una terrible alucinación. Nada les importaban las diferentes evidencias que pudieran esgrimirse en su contra, como el hecho de que cada paciente de praemortis permaneciera físicamente muerto durante dos horas, o que todos los viajantes experimentaran la misma «alucinación». Para ellos existía una evidencia que echaba por tierra la veracidad de la fórmula, y se encontraba en la lista de compuestos que Frederick Veldecker había utilizado para crearla. Y es que el doctor, en su afán desesperado por encontrar una cura a la cefalea en racimos del pobre Robert, recurrió al uso de hongos alucinógenos. Sus nombres, como el *amanita muscaria* se hallaban claramente descritos en el diario que el doctor escribió. Con base en esta prueba, los habitantes del Refugio argumentaban que el viaje a la Vorágine o al Bríaro no era más que una visión, potenciada gracias a los demás ingredientes de la mezcla. Si de verdad la conciencia continuaba existiendo tras el velo oscuro de la muerte, lo que quiera que experimentase no se parecía en nada al viaje que cada ciudadano mayor de veintiún años conocía.

Así, los refugiados llegaban a concluir que no existía Bríaro, ni Vorágine, ni el temido mar de vidas al que todos iban a parar. Probablemente, la vida del hombre se terminaba con la muerte, y no existía nada más al otro lado. Era, a fin de cuentas, exactamente la misma teoría que la humanidad había defendido durante más de mil años, después de que la tierra fuera azotada por el Cataclismo y decidiera olvidar todo dogma religioso.

Al no temer por lo que pudiera aguardarles tras la muerte, no tenían necesidad de cotizar para ningún Néctar con su trabajo, o de unirse a una causa para robarlo, como hacían los Cuervos. Vivían en una tranquilidad fuera de normas, de líderes, de preocupaciones y de miedos. A ojos de los demás resultaban extraños individuos, marginados sociales e incluso enfermos mentales, pero los habitantes del Refugio contestaban a estos insultos con un encogimiento de hombros y una mirada apenada, pues comprendían que quienes los insultaban ni siquiera eran dueños de su propia existencia.

En aquel poblado se compartían posesiones y responsabilidades. No había ningún refugiado por encima del otro. Todo aquel que se deshiciera de sus temores, que deseara liberarse del yugo que sobre su conciencia ejercía la Corporación, era bienvenido. Los refugiados le ayudarían a construir su casa, le darían una gaviota para cenar y unas dosis de Nitrodín casero para deshacer las penas. Eran como una enorme familia. Pese a todo, había una persona ante la cual sí sentían un respeto superior al que expresaban por los demás, casi una devoción: el Cormorán, a quien habían bautizado Garuda, que significaba «rey de los pájaros».

Garuda era para la comunidad del Refugio lo más parecido a un líder. Cada habitante del lugar lo recibía con respeto, obedecía sus órdenes y procuraba complacerle en aquello que necesitara a la vuelta de sus viajes. El Cormorán trataba a los refugiados con amabilidad y se esforzaba por devolverles los favores. Por ese motivo, aquella noche, cuando corrió la voz de que el cazarrecompensas errante volvía a visitar el refugio, más de ochocientas personas se amontonaron en la calle para recibirlo. Garuda apareció bajando de un salto del tranvía. Tenía un aspecto cansado y algo maltrecho, pero a los refugiados no pareció importarles. Se agolparon a su alrededor para saludarlo, abrazarlo o dirigirle unas palabras amables. Lo acompañaron a lo largo de la calle principal, mientras el Cormorán devolvía apretones de manos, besos y agradecimientos por algunos regalos.

La calle principal del Refugio concluía en un edificio de paredes blancas. Se trataba de una casa construida en piedra y revestida de cal, algo más grande y confortable que sus vecinas. Allí vivía el fundador del Refugio, un anciano viudo llamado Eugene, quien conocía al Cormorán desde hacía más de diez años.

—¡Bienvenido! —saludó, extendiendo los brazos, apoyado en el quicio de su puerta.

Ambos se abrazaron y, poco a poco, la marea de gente que seguía detrás fue dispersándose hasta desaparecer.

—Necesito quedarme unos días aquí —dijo el cazarrecompensas.

—Puedes quedarte el tiempo que desees.

Eugene se separó del abrazo y le invitó a pasar.

El interior de la casa estaba mejor decorado que muchos hogares del barrio sur, y era más amplio: disponía de un salón con chimenea, cocina, jardín trasero y varias habitaciones, a las que se accedía por unas escaleras que daban al segundo piso. Eugene señaló un sillón orejero en el salón e invitó al Cormorán a que tomara asiento.

—Prepararé té.

Garuda se dejó caer. Frente a él ardía un pequeño fuego de aceite en la chimenea. A su izquierda, a través de una ventana cubierta parcialmente por unas cortinas con dibujos florales, descubrió a cuatro muchachos con las narices pegadas al cristal. Cuando estos vieron que Garuda los miraba, desaparecieron con velocidad.

Eugene regresó con dos tazas hechas a mano.

—Yo mismo he tostado las hojas. Las reservo para ocasiones especiales.

Garuda tomó el primer sorbo con cuidado; la taza humeaba. El cormorán apareció en el exterior. Pasó veloz frente a la ventana un par de veces, pero finalmente aterrizó sobre el alfeizar y se quedó pegado al cristal.

—Imagino que vienes por trabajo —continuó el anciano—. ¿Necesitas que te consiga algo?

—Necesitaré que me afeiten y me corten el pelo.

—También necesitas ropa nueva.

Garuda sonrió.

—Estoy de acuerdo. Pero no me des uno de esos sacos con los que os vestís aquí. Consígueme unos pantalones de pana, camisa, chaqueta y sombrero. Que no sean elegantes, pero tampoco demasiado pobres.

—¿Algo más?

—Un rifle de francotirador. De alcance medio y que sea fácil de montar y desmontar.

Eugene afirmó con la cabeza.

—Te hará falta un gabán.

—Buena idea.

—Veré qué puedo conseguir.

Luego, con absoluta normalidad, la conversación derivó a temas menos trascendentales. Eugene prestaba ayuda al Cormorán desde que lo conocía. El cazarrecompensas siempre atacaba al sistema, cosa que agradaba a los habitantes del Refugio y a su anciano fundador. Nunca atacaba a gente no vinculada directamente con Praemortis. Por esta razón, posiblemente, los habitantes de aquel lugar lo admiraban.

—¿Cómo van las cosas por aquí? —quiso saber Garuda.

Eugene explicó que pocas cosas habían cambiado. El estado del Refugio se encontraba siempre alerta, pues en cualquier momento Praemortis podía decidir que el hecho de que vivieran sobre la plataforma constituía un derecho sólo para quienes destinaran su trabajo a la Corporación, y ya que los refugiados no aportaban nada y restaban espacio, aunque fuera una mínima parte, resultaba complicado alejar el temor a ser expulsados.

—Hemos pensado en las patas de la plataforma bajo el barrio sur. Estamos estudiando la posibilidad de establecer nuestro asentamiento alrededor y en el interior de las mismas. Aunque todavía no sabemos si será posible albergar a todos los ciudadanos del Refugio.

—He notado que sois más que la última vez que os visité.

Eugene sonrió. Era cierto. El Refugio extendía sus fronteras a un ritmo lento pero constante. Los ciudadanos de Praemortis que tenían dificultades para obtener su Néctar acababan delinquiendo, enloqueciendo o convenciéndose de que cuando murieran no regresarían a la Vorágine. Entonces, como un camino que estuviera determinado en sus conciencias, investigaban por sí mismos y se topaban con el Refugio, un lugar donde residían personas que no sólo pensaban igual que ellos sino que estaban convencidos de enarbolar la verdad. A cada nuevo residente se le enseñaban las anotaciones de Frederick Veldecker sobre los compuestos del praemortis, la mezcla de hongos alucinógenos que contenía la fórmula, y si esto no llegaba a convencerlo, se le invitaba a probar dichos ingredientes. El cien por cien de los aspirantes que aceptaban tomar las setas regresaba de sus viajes convencido de que Praemortis no era otra cosa que un gigantesco embeleco, incluso a pesar de que, evidentemente, continuaban vivos durante las alucinaciones.

—Los ciudadanos están cansados de su esclavitud —contestó Eugene, tras apurar su té—. La Corporación ofrece diversión para que no enloquezcan con el recuerdo del Bríaro, pero nosotros les damos lo que verdaderamente necesitan. La vida tranquila de este pueblo, desprovista de presiones y miedos. Cada vez vienen más.

—Nadie puede vivir demasiado tiempo acosado por el temor —contestó Garuda, con la vista fija en lo poco que quedaba de su bebida—. Robert debió prever que su intento para dominar el mundo no duraría.

—Y pese a todo aún somos una minoría.

—Ten paciencia, Eugene. El poder de la Corporación se tambalea.

Garuda emitió aquella sentencia con tal convicción que el anciano sólo pudo callar. En su interior dedujo que las razones de su visita tenían que ver con algún alto mando de Praemortis. Pero, de caer la Corporación, ¿qué vendría después? Eugene recordó el pasado, antes de que Frederick descubriera la fórmula. Los hombres vivían bajo la completa seguridad de que no les aguardaría nada tras la muerte. Su existencia era despreocupada, todo lo feliz que su economía les permitiera ser. No obstante, muchos todavía pensaban que su conciencia no desaparecería al morir, sino que, de alguna forma, existiría más allá de la vida.

—En realidad, la Corporación sólo es parcialmente culpable de que la gente no se nos una.

Garuda se mostró sorprendido.

—¿De qué hablas?

—Es cierto que antes del praemortis no vivían obligados al trabajo por culpa de sus temores, pero sí intranquilos. A veces resulta difícil asimilar que cuando muramos dejaremos de existir. La gente necesita creer en algo, aunque sólo resulte una idea vaga de pervivencia, una esperanza que nunca tome la forma de una religión, o de algo concreto. Si Praemortis desapareciera, aunque lográramos convencer a cada persona de que el Bríaro no es más que una fantasía creada por su mente, persistiría la idea de un mundo al otro lado, un anhelo inconsciente y superior a cualquier razonamiento lógico. Incluso aquí, en el refugio, hay quienes piensan de ese modo. Están seguros de que el viaje a la Vorágine es una fantasía, pero creen que cuando les llegue la hora de su verdadero final, al morir de una vez por todas, y no de forma transitoria, encontrarán una continuidad para su existencia. Diferente a todo lo que se nos ha mostrado, sí, pero presente.

Garuda no respondió. Las palabras del anciano, cubiertas con cierto ánimo esperanzador, golpeaban contra su pasado como el Apsus chocaba contra las patas inamovibles de Pináculo. Resopló y se volvió a la ventana. El cormorán había desaparecido, y los niños volvían a asomar sus caras sucias a través del cristal, buscando al personaje del que todos hablaban en la pequeña comunidad.

—Deberías instalarte aquí —dijo Eugene cuando también se percató de su presencia—. Todos te respetan; incluso te veneran. Eres una leyenda.

—¿Qué mentiras has ido contando de mí? —respondió Garuda, arqueando una ceja.

—No hace falta que me invente historias sobre tu vida. Ya eres lo bastante misterioso para los refugiados. Últimamente corre el rumor de que fuiste confesor, hace muchos años. Incluso hay quien asegura que conoce a alguien a quien le leíste las pupilas.

—¿En serio? ¿Y cómo lograron verme la cara a través del casco?

Eugene soltó una risa socarrona.

—Para serte sincero, no hace falta conocerte en profundidad para saber que la mitad de las historias que cuentan de ti son inventadas. Aunque, tal vez la otra mitad...

Garuda esbozó una sonrisa de medio lado.

El paso de las horas fue despejando la calle de niños y demás curiosos. Una lluvia suave al comienzo pero que poco a poco fue adquiriendo fuerza comenzó a caer. En el interior, el golpeteo de las gotas contra la ventana competía por romper el silencio. La conversación retomó asuntos de mayor trivialidad, y poco a poco fue menguando hasta desaparecer. Así, para cuando tocó la medianoche en un reloj del segundo piso, Eugene, que había decidido sentarse de cara a la chimenea, se adormecía mirando el fuego. Garuda, por el contrario, se detuvo para observar la casa. Sobre las paredes, a ambos lados de la chimenea, descubrió pequeños cuadros, que con vivos colores representaban animales que jamás se habían visto en Pináculo.

Fauna, quizás procedente de otras ciudades, aposentadas sobre tierra firme, en las montañas, lejos del Apsus. Criaturas que campaban sobre un fondo indefinido; verde, turquesa y amarillo claro.

—En ocasiones sueño con ellos —dijo el anciano, despertando de su sopor. Su voz emergió débil, como si hablara dormido.

—¿Un recuerdo de tu niñez? —preguntó Garuda, a sabiendas de que Eugene no se había criado en Pináculo.

El anciano negó con la cabeza.

—Mis recuerdos de la niñez están llenos de colores rojos y pardos. De tierra estéril y calor excesivo, del racionamiento del agua y la comida. En las ciudades alejadas del Apsus la vida no se parece en nada a lo que ves ahí dibujado.

Garuda sabía a lo que Eugene se refería. Las ciudades-plataforma donde no había llegado el Apsus, en las fechas en que se produjo el Cataclismo, quedaron elevadas sobre una tierra en la que no volvió a llover. La gente subsistía gracias a las corrientes de agua subterráneas, pero las necesidades primarias escaseaban, de modo que era necesario procurárselas desde otras ciudades. Por aquella razón, y en cuanto tenían oportunidad, los habitantes de aquellos lugares emigraban a lugares menos hostiles. Las ciudades lejos del Apsus estaban condenadas a desaparecer.

—Pero esos animales —continuó Eugene—, no se parecen en nada a lo que he visto. Viven en un lugar que jamás he presenciado.

Dejó que sus palabras desaparecieran bajo el golpeteo de la lluvia y observó a su interlocutor con gesto incierto. Garuda se volvió. A la luz de las llamas, su ojo color miel parecía refulgir con un dorado halo misterioso.

—Eugene —dijo, con una mueca que estiró la cicatriz de su cuello—, si no fuera por lo mucho que te conozco, y porque sé que tú fundaste este sitio, diría que estás comenzando a cambiar de parecer respecto a su propia filosofía de vida.

—Me hago viejo, Cormorán.

—¿Y qué me quieres decir? ¿Quieres que te traiga una dosis de Néctar?

—¡Por el Apsus! —el anciano se levantó de su asiento, visiblemente airado—. ¡Nada de eso!

—Entonces, ¿qué te sucede?

—Es sólo...

Eugene volvió la vista a sus propios dibujos. Si se esforzaba un poco, no resultaba difícil comprender que en realidad no había soñado con aquellos paisajes. Su influencia era mucho más mundana, procedente de los pocos cuadros que aún se conservaban del mundo antes del Cataclismo. Un paisaje que para muchos se había transformado en el lugar que sin duda debía esperarles al otro lado del buen torbellino.

—¿Y si me estoy equivocando? ¿Y si nos equivocamos todos, incluso tú? Engañados por nuestras propias ideas o por nuestros sueños. Por los delirios de las drogas, por los engaños de la Corporación, de la Orden. ¿Y si todos transitamos por este mundo equivocados, y al final, en la muerte, se nos muestre una verdad con la que jamás se nos habría ocurrido soñar? Garuda, ¿es que nunca has pensado por qué estás vivo?

El Cormorán a punto estuvo de saltar. La cicatriz de su cuello le picaba con una quemazón que alimentaba el recuerdo de su angustioso pasado. Quiso plantarse delante de aquel viejo de un salto y reafirmar sus ideales contándole las mentiras de Praemortis y las falacias absurdas que transmitía la Orden. Quiso relatar su pasado, su propio viaje a la Vorágine cuando era un adolescente. Quiso confirmar que, en efecto, pasó su niñez entrenándose para ser confesor; describir su encuentro con los retorcidos tentáculos del Haiyim, cuando los sacerdotes lo descendieron hasta el dios de ambos mundos. Deseó contar a Eugene todas aquellas experiencias, y a punto estuvo de hacerlo, pero la mirada del anciano lo detuvo. Expresaba, al mismo tiempo, temor y pena.

Comprendió que, con la presencia cada vez más cercana de la muerte, su amigo temía no volver a despertar; y en el fondo, aquella idea lo asustaba mucho más que ser azotado por los vientos del Bríaro. Ahora, en el ocaso de su vida, su falta de esperanzas en un futuro cobraba un realismo estremecedor.

—Garuda, ¿es que no hay absolutamente nada?

—Lo siento... —respondió el Cormorán, conmovido por la solicitud con la que su amigo esperaba una respuesta alentadora.

Eugene arqueó las cejas y su rostro dejó ver una expresión de amargura. Pero al poco sus facciones se relajaron, dejando ver una sonrisa con la que decidió rubricar la conversación.

—Bueno —dijo—. Si sólo existe este mundo, al menos sé que he aprovechado mi vida. ¿Más té?

Garuda extendió su taza. El silencio se rompió por unos golpecitos en el cristal. El cormorán llamaba a su amo desde el otro lado de la ventana.

—¡Bah! —replicó el anciano—. Deja pasar a ese bicho o cualquier despistado terminará cocinándolo.

El cormorán abrió las alas y las agitó de felicidad cuando su dueño se aproximó a la ventana y abrió una de las hojas. Pasó dentro de un salto y caminó hasta encontrar un lugar agradable cerca del fuego. Eugene volvió a recostarse sobre el sillón y el sopor no tardó en volver a adueñarse de sus párpados. Esta vez, Garuda también se sintió vencido por el sueño. Buscó una postura cómoda en su asiento, con la cabeza recostada sobre un lado, y se dejó invadir por la apacible calidez del ambiente.

Justo antes de que se durmiera, cuando los recuerdos y ensoñaciones se mezclaban con su percepción de la realidad, escuchó las palabras de Eugene una última vez, lentas y lejanas,

—Quizás sí hay algo. Quizás...

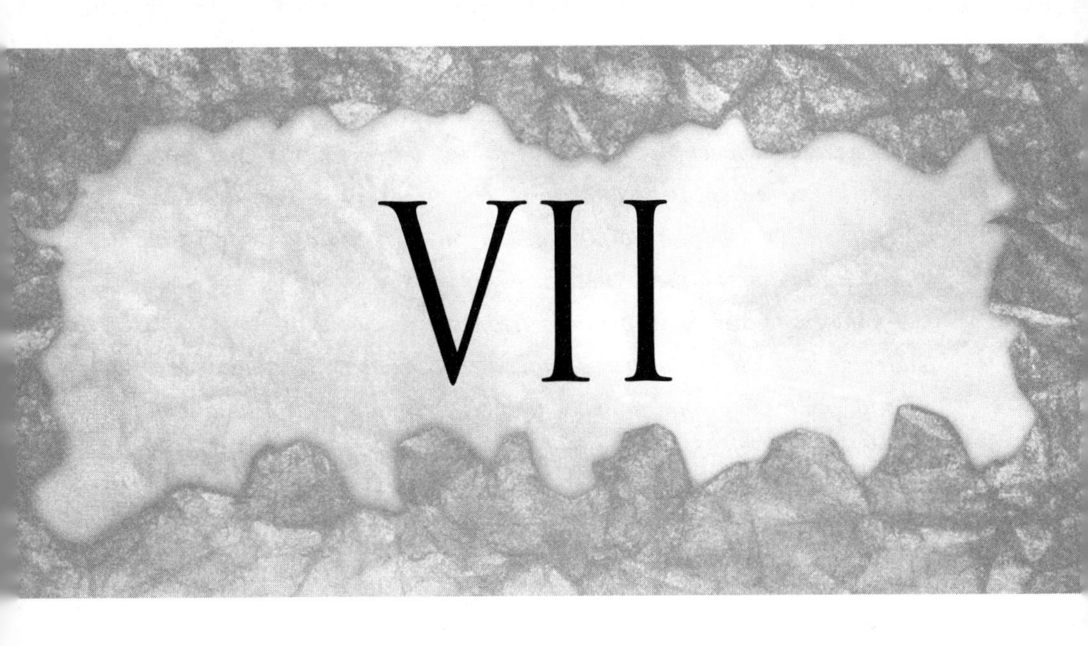

VII

N. del E.: La letra de esta entrada ha resultado difícil de trasladar por lo temblorosa y poco marcada que aparece (ciertos extractos se han deducido por el contexto y se marcan mediante corchetes; otros han resultado imposibles de trasladar). Alrededor de los bordes hay manchas oscuras que se han identificado como la sangre de Robert Veldecker.

Hace ocho días que agoté todos mis ahorros para continuar con la investigación. Ayer comencé a vender cuanto hay en mi casa: muebles, electrodomésticos y hasta [...]. Me he visto obligado a despedir a todo el servicio. Tan precaria es nuestra situación. Mis amistades también me han abandonado. Sólo Raquildis continúa visitándome. Me ha confesado que siente pena por mi futuro y el de mis [hijos], y se ha prestado a ayudarme en lo que sea necesario. Confío en que ambos, repartiéndonos las tareas, podamos ocuparnos de la casa y cuidar de Robert, Aadil y Leandra. Mi hija pequeña es todavía demasiado joven para percatarse de cuanto la rodea, pero Aadil ya ha preguntado qué le sucede a su hermano [mayor]. No me he sentido con fuerzas para contarle la verdad.

La casa se encuentra vacía y oscura. Las paredes conservan la sombra de lo que antes las decoró, como Robert es una sombra de lo que antes [fue]. La depresión lo ha poseído; ya no se levanta de la cama, salvo para lo absolutamente necesario.

Hoy he frustrado su primera tentativa de suicidio. A eso de las cuatro de la madrugada, tras dormir alrededor de [...]; desperté sobresaltado, presa de un mal presentimiento. Cuando bajé a la habitación de [Robert] lo hallé tendido sobre su cama, sin arropar. Las sábanas y todo su torso estaban cubiertos de sangre. Se había cortado las venas con [...] y aguardaba la muerte lleno de una tranquilidad liberadora.

Logré cortar la hemorragia; no obstante, incluso yo dudo si la muerte no sería la mejor elección. La idea se ha paseado furtivamente por mi conciencia, y sólo consigo alejarla cuando me concentro en el [trabajo].

Diario del Dr. Frederick Veldecker
Año 2268

En la ciudad de Pináculo la gente usaba el monorraíl con mayor frecuencia que el resto de transportes públicos. No importaba la hora que fuera; cada vagón estaba siempre repleto y había que hacerse un sitio a codazos. Era el medio preferido porque era rápido, evitaba atascos y llegaba a su destino en corto tiempo. Al trasladarse por el reverso de la plataforma no tenía que andar esquivando edificios y deteniéndose frente a cruces de carretera, como ocurría con el tranvía. Además, si se disfrutaba de algo de luz, ofrecía unas vistas magníficas del Apsus.

Peter Durriken lo echaba de menos.

Desde que se había convertido en una figura pública y su cara salía en todos los anuncios del S.R.T., ya no podía tomar el monorraíl para ir a ninguna parte. Los primeros días, incrédulo de él, pensó que lograría viajar en su transporte preferido sin que nadie lo reconociera. El viaje se convirtió en una pesadilla de preguntas y caras de fascinación. Pero lo peor no eran sus admiradores, sino los otros, aquellos que le miraban de soslayo y murmuraban algo para sí mismos: detractores que envidiaban su posición o criticaban la nueva ley de la Corporación; rebeldes quizás, quién sabía. Transformaron su trayecto en peligroso además de incómodo, así que no tuvo más remedio que recurrir al vehículo privado. La limusina; el transporte de los nobles, los altos ejecutivos de la Corporación y de todo aquel que pudiera permitírsela. En su coche de cristales tintados no tenía que preocuparse por que nadie lo identificara, pero debía sufrir los perennes atascos que a todas horas se sucedían en la ciudad. Bien porque fuera hora punta, bien por culpa del constante cruce con las líneas de tranvía, o incluso porque, como bien reconocían todos los habitantes de la ciudad, las calles de Pináculo no estaban hechas para tal densidad de tráfico.

La ciudad llevaba en pie más de dos mil años, desde que se previó el Cataclismo que obligó a construirla sobre las aguas. Para ella se escogió una estética que desde entonces no había sufrido cambios. De este modo, aunque se derribaban unos edificios y se construían otros, y a pesar de que los monumentos de los primeros pobladores cedían a la erosión del tiempo y eran relevados por nuevas personalidades que inmortalizar en mármol, todo seguía los mismos patrones estéticos que se habían impuesto milenios atrás. Dominaban la arquitectura, el arte y la moda. La estética era uno de los pocos recuerdos que quedaban de un periodo anterior al Cataclismo, y quizás por eso la gente se negaba a sustituirlo, para no olvidar que dos mil años de historia no resumían cuanto era la humanidad sobre aquél planeta en declive.

Peter se distrajo contemplando a los transeúntes, sus trajes y sus peinados. Llevaban dos mil años con la misma apariencia y posiblemente jamás cambiarían. La idea le produjo el placer de un descubrimiento filosófico y logró apartar la inquietud que se había apoderado de él desde que volvió a ponerse en contacto con Raquildis.

El teléfono había sonado a las cuatro de la madrugada. A Peter le costó distinguir quién hablaba al otro lado, porque el consejero se dirigió a él en susurros y fue muy escueto.

—Estás invitado a otra reunión —comenzó, en un tono que desperezó a Peter en un momento.

Comprendió que se trataba del premio otorgado por Robert a su fidelidad. Se lo había prometido en su última entrevista a cambio de entrar en contacto con el cazarrecompensas. Robert le había hablado de una Alianza con gran poder sobre Pináculo. Poco más le había adelantado Raquildis, pero sí lo suficiente para que Peter comprendiera que aquella Alianza dirigía la vida política y social, no sólo de la ciudad, sino de buena parte del mundo civilizado. Al fin había llegado la recompensa a su esfuerzo y las horas de insomnio por los remordimientos.

Como la primera, esta reunión no se celebraba dentro del edificio de Praemortis, sino en otro lugar. Un hotel propiedad de la Corporación que solía usarse para alojar nobles y ejecutivos de Vaïssac y que en la actualidad estaba vacío debido al corte de comunicaciones.

—Habitación 202. Trae ropa oscura —indicó Raquildis, antes de colgar.

¿Ropa oscura? ¿Qué sentido tenía aquella precisión sobre el vestuario? Sin embargo, Peter había obedecido, y acudía vestido tal y como le había indicado el consejero.

La limusina alcanzó las puertas del hotel. El chofer aparcó el coche frente a ellas y Peter se bajó. A la entrada esperaba un soldado de la Guardia frente al que tuvo que identificarse. Era un procedimiento normal; lo anormal llegó después.

El recibidor estaba completamente vacío. No había botones, ni personal en la recepción, ni clientes. El suelo de alfombra amortiguó sus pasos hacia el ascensor, que esperaba con las puertas abiertas mostrando su pequeño habitáculo. Ascendió hasta la cuarta planta. Allí las puertas se abrieron mostrándole un pasillo en penumbra. Había una hilera de lámparas en el techo, pero todas estaban apagadas. La única luz procedía de otras más pequeñas sobre mesitas de color roble, al lado de cada puerta.

La alfombra del suelo dejó a Peter solo con el sonido de su respiración hasta quedar frente a la habitación 202. Observó los números y dudó. Tenía el presentimiento de que al otro lado se descubriría para él un secreto que no deseaba conocer; no obstante, formar parte de aquel grupo de personas significaba poder, mucho poder; y riquezas, y placeres, todos los que pudiera imaginar. El deseo del control definitivo sobre la ciudad renovó las fuerzas de sus miembros. Apretó el puño y llamó tres veces.

Al otro lado, alguien giró el pestillo y entreabrió. Peter vio asomar la cabeza de Erik Gallagher de entre una nube de humo procedente de su pipa. Al fondo pudo distinguir la llama de un par de velas.

—Eres puntual —saludó Erik.

Luego, quitándose la pipa de la boca, lo observó de arriba abajo

—Ropa negra. Muy bien.

Ver a Erik allí produjo en Peter una sensación extraña. Una parte de su interior habría preferido no volver a encontrárselo desde que trató su eliminación con el Cormorán. Otra, más racional, le hizo recordar que Erik era uno de los personajes más poderosos de la ciudad. Resultaba absurdo que no conociera la existencia de un círculo de poder como aquél.

El noble abrió la puerta un poco más, extendió el brazo, agarró a Peter del hombro y lo atrajo al interior. Dentro, los muebles de la habitación habían sido cambiados de lugar para dejar espacio en el centro. La alfombra tampoco estaba, de modo que los pasos de Peter resonaron sobre la madera del suelo. En un rincón había una lámpara de pie cuya luz, filtrada por la tulipa, arrojaba un suave resplandor amarillento a un tercio de la habitación; el resto quedaba en penumbras. En el centro, Peter contó al menos ocho figuras que conversaban entre ellas. Pudo distinguir a ciertos personajes destacados entre las primeras filas de la Corporación: Deuz Gallagher, el primo de Erik; Baldomer Dagman; incluso a la hermosa Angélica, que parecía nerviosa. No lograba quedarse quieta, y constantemente se llevaba la mano a su cabello rubio para juguetear con sus rizos. Le sorprendió no ver a Leandra.

Hubo alguien que llamó especialmente su atención. Un hombre de mediana edad, más bien bajo de estatura. Cabeza pequeña, pelo rizado y gris. Tenía la sombra de una barba que llevaba sin rasurar varios días. Sin embargo, lo que más destacaba era su mirada de ojos negros, muy penetrante y de un atrevimiento que resultaba escandaloso. Cuando se observaron, Peter lo saludó con un leve movimiento de cabeza, pero aquel individuo no movió ni un músculo. Se limitó a clavarle aquella mirada que parecía destilar una agresividad reprimida. Peter se sintió invadido y desconcertado a la vez, como si lo estuvieran insultando, pero sin escuchar improperio alguno. Procuró desviar su atención y descubrió a Erik adelantándose para llamar la atención del público. El noble alzó su voz por encima de las conversaciones.

—Vamos a comenzar.

Los presentes se giraron hasta quedar de espaldas a la entrada. Peter los imitó. Entonces descubrió que había alguien más en la habitación. Al principio pensó que se trataba de una estatua, pues se hallaba en la esquina más oscura y apenas podía verse, pero luego reconoció las escamas cuadrangulares de la armadura de un confesor, y, a la altura del puño derecho, las cuchillas sobre el guantelete de la Zarpa. Al momento le invadió un terror que se apoderó de sus fuerzas. El confesor, sin embargo, permaneció inmóvil en su escondite, vigilante tras aquellas placas reflectantes. A Peter los confesores siempre lo habían atemorizado. Ver su imagen reflejada en las placas de aquellas armaduras le producía una sensación de pánico absoluto.

De un modo inconsciente creía sentir cómo le arrebataban una porción de su vida. Dominando sus emociones, procuró relajarse y se obligó a no mirar en aquella dirección. Se concentró en otros pensamientos, y no tardó en sobrevenirle una deducción egoísta: el grupo que se reunía contaba con un confesor a modo de protección exclusiva, lo que daba una idea del poder que allí dentro estaba reunido. Ahora, él también era partícipe de aquel estatus.

Cuando todos quedaron en silencio, se abrió una puerta a la izquierda y del otro lado apareció Raquildis. Vestía de negro, al igual que los demás, pero en lugar de unirse al resto se colocó frente a ellos a modo de anfitrión. Paseó su mirada entre los presentes hasta encontrarse con Peter.

—Me alegra de que estés aquí.

Luego se detuvo en el misterioso invitado al que Peter no conocía.

—¿Quién es él?

—Viene conmigo —cortó Erik—. Te lo presentaré luego.

Raquildis, conforme, continuó su escrutinio. Finalmente sus ojos se posaron en Angélica.

—También nos alegra tu presencia.

—Yo... creo que no quiero formar parte de esto —dijo ella—. Me pedisteis que fuera a vuestras reuniones para ponerme al tanto de vuestros planes sobre Robert, y sobre lo que me sucedería cuando él muriera; pero preferiría que simplemente me mantuvierais informada.

Raquildis alzó la cabeza y permaneció en silencio. Luego, en una décima de segundo que Peter logró percibir, desvió su mirada en dirección a Erik y la devolvió de nuevo hacia la esposa de Robert.

—Entiendo, Angélica. Para ti, como para los otros dos invitados, esto es nuevo, quizás incluso os resulte extraño, pero no os dejéis llevar por toda esta ceremonia. Descubrimos hace mucho tiempo que construir tradiciones y formas de organizar nuestras reuniones fortalecía la Alianza y el hermanamiento entre nosotros. Gracias a ello seguimos en pie, en busca de una reconciliación entre los ciudadanos y el sistema.

—¿Quieres decir que lleváis tiempo velando por el bien de la ciudad? —inquirió Peter.

—Te responderemos a su debido tiempo. Baste decir que hemos querido que formes parte de nuestra Alianza, involucrado hasta las últimas consecuencias acerca de suplantar a Robert, porque creemos que tienes talento y lo puedes invertir en ayudarnos a levantar la ciudad.

—Eso también podría hacerlo sin que me introdujerais en este... círculo.

—Te equivocas, Peter —intervino Erik.

Su pelo grisáceo parecía más revuelto que de costumbre. La escasa luz incidía directamente sobre sus cejas en V invertida, remarcándolas, pero arrojaba sombras sobre las cuencas, de modo que no se le veían los ojos.

—Aunque todos en la Alianza están al tanto de nuestro plan contra Robert, éste sólo nos involucra a unos pocos. Pero salvar la ciudad es tarea de la Alianza. Somos quienes a diario nos ocupamos de evitar un desplome de la economía, o una huelga ciudadana... incluso hemos logrado que el Haiyim deje de interesarse en Pináculo. Nosotros logramos alejarlo de la ciudad.

Peter se sorprendió por todas aquellas hazañas. Ahora veía claramente cómo, debajo de la ciudad que él conocía, se revolvía otra, secreta y poderosa, a la cual estaban invitándole. Por otro lado, casi sonrió al comprobar lo que tenía aquella situación de paradójica: Robert Veldecker le había introducido en una Alianza donde se confabulaba para destruirlo. La situación hizo que Peter sintiera lástima. El alabado líder de Praemortis no parecía más que un pobre ignaro.

—Somos la cima en la escalada al poder —continuó Raquildis, dirigiéndose a los tres miembros nuevos—. Si deseáis continuar en la ignorancia, observar la ciudad y todo lo que en ella se mueve a través de un velo... ¡adelante! Seguiremos controlando vuestras vidas y no os enteraréis. Pero si por el contrario deseáis conocer la verdad de cada suceso que ocurre a vuestro alrededor, incluso la verdad acerca de vuestra propia existencia, quedaos, y os lo mostraremos.

Peter escuchaba boquiabierto, pero Angélica no podía estarse quieta. No dejaba de rizar sus cabellos con los dedos.

—Quiero irme —dijo al fin.

—Adelante —respondió Raquildis—. Sólo te pido que mantengas esto en secreto.

—¿Mantendrás tú lo que me has prometido?

Raquildis asintió.

—Nunca sabrás cómo, pero Daniel y tú estaréis bajo nuestra protección cuando Robert caiga.

Angélica pareció conforme con la decisión. Dio media vuelta y desapareció tras la puerta. Los presentes ni siquiera se inmutaron. Raquildis miró en dirección al desconocido.

—Y tú, ¿te quedas?

—He venido para quedarme —respondió.

Tenía una voz sosegada y grave que destilaba resolución.

—¿Durriken?

Peter aún lo estaba pensando. La apariencia de aquella reunión era ciertamente inquietante, pero estaba convencido de que Raquildis no le había mentido en nada. Y basándose en ello, su introducción en aquella Alianza significaba el control total sobre la ciudad. Por otro lado, era cierto que formaría parte del nuevo grupo de mandatarios que suplantaría al líder, pero tal y como le había confesado Raquildis, por encima siempre quedarían los planes de aquella Alianza. Si de verdad pretendía alcanzar un control total sobre la ciudad, sobre el mismísimo praemortis y el Néctar, debía quedarse.

—De acuerdo. Me quedo.

Raquildis sonrió. Peter miró de reojo a su izquierda. Erik Gallagher le lanzó un guiño de camaradería.

—Excelente. De nuevo tomas la decisión correcta —dijo el consejero—. No nos demoremos más. Nuestro plan con Robert evoluciona. Surte efecto, aunque despacio. No obstante, debemos continuar insistiendo. El momento de instaurar nuestro gobierno se aproxima. Estad preparados.

Unos pocos murmullos rompieron el respetuoso silencio que hasta ahora habían mantenido los presentes. Peter escuchó algunas muestras de satisfacción desde varias personas a su espalda. No las reconocía; ni siquiera sus caras le decían algo. ¿Quiénes podrían ser? Jamás las había visto en las fiestas corporativas, o en cualquier otra reunión de importancia.

—En otro orden de cosas —continuó Raquildis—. Debemos ocuparnos de Iván.

—¿Quién es Iván? —intervino Baldomer.

—Es uno de los chicos que se salvaron del Golem cuando la Guardia organizó el rescate del confesor Néstor, el hijo de Erik.

—¡Ah, sí! Ya caigo. Acudió a la última fiesta de la Corporación. Un chico más bien reservado.

—No es precisamente reservado —repuso el consejero—. Cuenta una historia de la que nos hemos enterado hace poco. Se la relató a su compañero, Lügner, y este informó a Ed Wallace. Al parecer Iván quedó gravemente herido por el Golem. Tanto es así que el grupo que acudió a su llamada de S.O.S. lo encontró en parada cardiorrespiratoria. Lograron reanimarlo, pero durante los minutos que estuvo muerto, al parecer Iván hizo un viaje a la Vorágine y a los torbellinos.

—¡Pobre! —cortó Baldomer entre risas.

—En absoluto. Tras la reanimación tardó unos días en recobrar el sentido, pero al hacerlo contó a Lügner un viaje fuera de lo normal: al parecer la Vorágine lo había transportado al *otro* torbellino.

De nuevo resonaron murmullos entre los presentes, esta vez en un tono más alto.

—No hay de qué preocuparse —cortó de repente Peter. Llevaba un rato con deseos de intervenir ahora que ya se consideraba parte de la Alianza—. Oí que un confesor lo visitó cuando se encontraba inconsciente en el sanatorio y le administró el Néctar. Está todo en el informe médico. Que cambiara de torbellino no debe parecernos extraño.

Los murmullos se transformaron en suaves risas. Peter tuvo la sensación de haber dicho una tontería, aunque no fue capaz de ver qué había podido decir que resultara gracioso a los presentes. Enrojeció de vergüenza y se encogió en su sitio. Decidió que era mejor no volver a intervenir por el momento. La mano de Erik se posó en su hombro, y como si el noble leyera sus pensamientos, le dijo al oído:

—Ya lo comprenderás, muchacho. Tienes muchas cosas que aprender.

Al mismo tiempo, Raquildis esbozó una mueca. Peter lo vio desviar la vista hacia la esquina donde Haggar montaba guardia.

—Aclaremos algo —continuó Raquildis con un carraspeo—. El viaje de Iván es extraordinario precisamente porque él asegura que no se había inyectado ninguna dosis de Néctar con anterioridad, y si prestamos atención a su relato, el viaje supuestamente se realizó cuando el segundo equipo de rescate lo encontró en la base de la pata, mucho antes de que el confesor le inyectara el Néctar. De hecho, Iván contó a Lügner que había sido el Golem quien le aseguró un cambio de torbellino... si tan sólo confiaba en él.

En seguida se levantó un caos de opiniones a cual más sobresaltada por la noticia. Raquildis alzó las manos para llamar al orden.

—¡Compañeros, calma! No os alarméis. Todos sabemos qué hay de cierto en esa historia. Es evidente que Iván miente. Tiene algún motivo para contarla que, de momento, se nos escapa. Pero lo averiguaremos.

—Sí —continuó Erik— debería preocuparnos cuánto se ha difundido ya su historia.

—El personal del hospital estaba al tanto cuando pregunté —aclaró el consejero—. Y con las apariciones públicas de ese ser, pronto el asunto podría escapársenos de las manos.

Nuevamente se elevaron las voces.

—¡No olvidemos su aparición durante la campaña del S.R.T. en el barrio sur! —intervino Baldomer—. Ese Golem, sea quien sea, quiere hacerse famoso. ¡Quiere lograr que la gente confíe en él y dejen de trabajar por el Néctar!

La mayoría de los presentes afirmó sus palabras. Por su parte, Peter Durriken se estremeció con el recuerdo del accidente. Desde que se produjo, había procurado no volver a él, pero ahora cobraba forma, alimentándose con la visión de Haggar en las sombras de aquella habitación. El Golem tenía una estructura física parecida, por ello no resultaba extraño argumentar que se tratara de un rebelde vestido con una armadura robada, quizás un modelo antiguo.

—Silencio —pidió Raquildis—. Silencio, por favor. Si los médicos también conocen la historia deberíamos asegurarnos de que no la hayan creído.

—No —dijo Erik—. No podemos arriesgarnos. Hay que elaborar un plan cuanto antes que la contrarreste, o se difundirá del todo y alimentará la leyenda.

—¡Asquerosos rebeldes! —terció Baldomer Dagman—. ¡Seguro que se trata de un nuevo plan para herir a la Corporación!

Cada miembro aprovechó entonces para compartir su opinión sobre el asunto con el compañero más cercano. Todos comenzaron a discutir entre sí, esforzándose porque su voz se escuchara por encima de las demás. Peter, en cambio, continuó en silencio, observándolos. Su mirada se detuvo en el otro miembro nuevo. Él también permanecía callado. Lo observaba de aquella forma tan hostil e invasiva.

—Está claro —dijo entonces Raquildis— que el Golem pretende destruir el sistema. Por tanto, no debería sorprendernos que fuera un rebelde. Aun así, necesitamos una historia que contar. Una historia creíble que logre convencer a quienes ya han escuchado la versión de Iván. Pero amigos, pensad. La solución es más sencilla de lo que parece. Parece claro que el Golem es un rebelde vestido con una armadura de confesor que le hace invulnerable a cualquier ataque y le otorga una fuerza y velocidad sobrehumanas. Si lo pensáis, la experiencia de Iván no tiene nada de extraña. ¿Acaso no portan los confesores el Néctar? Como es lógico, el Golem se habrá apropiado de unas cuantas dosis que venían incluidas en la armadura que robó.

—Claro... —dijo Erik en voz baja y añadió—. Diremos que le inyectó el Néctar a Iván cuando perdió el sentido, de espaldas a Lügner, el único soldado que permanecía consciente. De este modo la historia cobra una credibilidad total.

Los ánimos se apaciguaron. A los presentes parecía convencerles aquella versión.

—¿Qué haremos? —pregunto Baldomer.

—Cazarlo —respondió Erik—, sea lo que sea, y difundir la historia de la armadura de confesor robada. Mientras tanto hay que silenciar a Iván, pero sin llamar la atención, con sutileza. No podemos usar la violencia, o nos arriesgaríamos a que su mensaje calara más entre quienes ya le han escuchado y entonces se propagaría como una enfermedad. Hay que convencerlo.

—Sé quién podría hablar con él —dijo Raquildis.

—De acuerdo. Infórmanos de cuanto averigües.

Raquildis asintió.

La reunión siguió después tratando otros temas de diversa índole, pero todos de gran trascendencia. Los miembros se trataban con un hermanamiento en el que no aparecía una cabeza visible. Raquildis presidía la reunión, pero se limitaba a ordenar el turno de palabra. Y cada nueva idea que se debatía, cada nuevo proyecto que se votaba, reafirmaba en Peter la seguridad de haber alcanzado al fin la cumbre del poder; la cabeza, no sólo en la ciudad de Pináculo, sino de todo el mundo civilizado. Se habló del estado en las funciones de los nobles, de los empleados corporativos que merecían un ascenso, incluso de la admisión de neófitos en los confesores. La Alianza conocía cada detalle, cada noticia, y los utilizaba a su antojo como quien construye un rompecabezas recortando las piezas.

Eran los amos del mundo, y Peter Durriken se encontraba al fin entre ellos.

—Hay que estar loco para enfrentarse a un confesor —me dijo el Cuervo al que llamaban Stark—, pero atacar a la Zarpa va más lejos de la simple locura. Hay que tener ganas... de suicidarse.

Su voz tenía cierto dejo de desprecio. Me miró de arriba abajo, tal vez intentando imaginar qué clase de persona era yo, y le dio otra calada a un puro mordisqueado.

—¿Me has dicho cómo te llamas?

—Ipser Zarrio —le contesté.

Pensaba que aquel encuentro con los Cuervos significaría el final de mi búsqueda. Que, de alguna manera, se sentirían contentos de que alguien tuviera el valor necesario para enfrentarse al confesor más sanguinario de cuantos se recordaban.

Conseguir un contacto con los rebeldes no fue sencillo. Intenté moverme por los bajos fondos. Soborné a camellos, suministradores ilegales de Nitrodín alterado; pregunté a los vagabundos que vivían bajo los cascotes derrumbados de la Marca y a los miembros del Refugio, que se ganaban la vida intercambiando objetos en el mercado negro. Algunos no querían contestar, pero experimentaban una lucidez repentina justo cuando el cañón de mi escopeta acariciaba su yugular; otros, entre lágrimas y sollozos desconsolados, prometían no saber dónde se ocultaban los Rebeldes. A éstos les otorgaba la felicidad y la comprensión que tanto añoraban, mandándolos al Bríaro.

Al final, las pistas me condujeron hasta un lugar insólito. Era un club nocturno en el lado norte de la ciudad, tan cerca del edificio de Pináculo que parecía una burla directa contra su autoridad. El club abría sus puertas al finalizar la jornada laboral, y en seguida se formaba en la entrada una cola de maridos insatisfechos, deseosos por gastarse su paga en unos momentos de placer sexual; muchachos imberbes que festejaban sus veintiún años la noche antes de que el praemortis les regalara un viaje de ida y vuelta al mundo de la Vorágine; y unos pocos trabajadores que salían directos desde el edificio de Pináculo, dispuestos a dejar ver sus sonrisas complacidas con la vida de quien tiene más posibilidades de pagar su eternidad.

Dentro, el club estaba tan oscuro como el ojo de la Vorágine. Apenas se distinguían las mesas, desperdigadas por todas partes. Una camarera vino a socorrerme antes de que chocara con alguien y me guió hasta una silla vacía. Había un silencio no exento de cierta tensión, pues anunciaba el comienzo de algún tipo de espectáculo.

El escenario se encendió de repente con una docena de pequeñas bombillas instaladas en los bordes, y poco a poco el telón fue descorriéndose para mostrar una mujer sentada en el suelo. Mantenía una postura complicada, con la cabeza gacha y las piernas cruzadas. Vestía pantalones y blusa de gasa transparente e iba descalza. Sus manos alzadas sostenían un sable que parecía ofrecer al público. Entonces comenzó a sonar la melodía de un violín, acompañada por el tamborileo de una extraña percusión. La mujer, extremadamente delgada, se incorporó despacio y colocó el sable sobre su cabeza; luego inició un baile serpentino, místico. Sus miembros comenzaron a doblarse en formas que parecían imposibles de lograr para una articulación humana; su cadera giró en círculos con atractiva sinuosidad, hipnotizada por el violín y la percusión. Miré su rostro entonces, y descubrí unos labios carnosos y húmedos que me llamaban en susurros.

Era yo el hipnotizado. El movimiento de su cuerpo era semejante a todas aquellas vidas desesperadas, bailando con el Bríaro demencial en un reino de eterna agonía. El sable, quieto en su cabeza, era la cuchilla que había rasgado la Vorágine, que la había dividido en dos. Era la cuchilla que el Néctar podía sortear.

Justo en aquel momento alguien se sentó a mi lado. La luz del escenario me permitió adivinar ciertos rasgos en su rostro. Se trataba de un hombre alto y musculoso. Tenía el pelo rapado, barba corta y unos ojos claros que brillaron aun en la oscuridad. Vestía unos pantalones anchos, un chaleco negro de pescador y una camiseta blanca de manga corta. Extendió la mano hasta el centro de la mesa, donde había un cenicero, y dejó caer la ceniza de su humeante puro. Descubrí en ese momento un peculiar tatuaje en su brazo: una serpiente marina que asomaba las ondulaciones de su cuerpo por encima del embravecido Apsus. Se trataba, sin ninguna duda, del recuerdo que se imprimían quienes habían sido encarcelados en la prisión de Wael.

—Me han dicho que nos andas buscando.

Asentí.

—Me llamo Stark. Dime, ¿qué quieres de nosotros?

Expliqué al rebelde mi plan sin extenderme en las causas, pero sin andarme con rodeos. Simple y claramente, le dije que necesitaba ayuda para matar a Marcus Haggar. La idea no pareció convencerlo. Me debió tomar por un demente, pues comenzó a estudiarme de arriba abajo como si deseara memorizar mi fisonomía, recordarme para siempre y así poder evitarme si nos volvíamos a encontrar.

—¿Me has dicho cómo te llamas?

—Ipser Zarrio —le contesté.

El violín continuaba derramando sus notas sobre la bailarina. El silencio en el club era total.

—No podemos ayudarte, Zarrio. Es imposible matar a la Zarpa.

Se levantó y dio media vuelta, dispuesto a marcharse.

—¡No me importa morir! —dije, en un intento por retenerlo.

El comentario lo detuvo cuando las sombras casi lo habían devorado. Volvió la cabeza y me miró con el puro humeando entre sus labios.

—Así que es cierto que deseas suicidarte, ¿eh? Si eso es lo que quieres, puedes arrojarte desde el muelle norte. No queda muy lejos de aquí y los tiburones darán contigo en seguida.

—No así. No de esa forma. Estoy decidido a llevarme a Haggar conmigo, cueste lo que cueste.

Había llamado su atención lo suficiente como para que diera media vuelta y se acercara de nuevo a la mesa. Sin embargo, esta vez no se sentó.

—¿Es que no lo entiendes, pobre desgraciado? No sobrevivirás. Ningún arma de entre las que te podamos proporcionar conseguiría dañar a Haggar. Nosotros no estamos preparados para acabar con los confesores, sólo robamos su Néctar, ¿entiendes? No puedo ayudarte.

—Conseguisteis derribar un confesor no hace mucho. Lo vi en las noticias.

Stark pareció vacilar.

—Eso fue diferente.

No dijo más, pero supe que ocultaba información y decidí insistir.

—¿Os ayudaron?

No contestó al principio, pero finalmente volvió a sentarse y se acercó lo suficiente a mí como para que lograra escuchar el susurro en que se había convertido su voz.

—Escucha. Puedo darte un número. Es un contacto de alguien que está preparando algo gordo para derribar la Corporación; pero no te aseguro nada. Tal vez, y sólo tal vez, este contacto podría proporcionarte medios para acabar con la Zarpa. Sin embargo, es posible que en lugar de prestarte su ayuda decida terminar con tu vida. Es un riesgo que tú decidirás correr si te encuentras con él, pero si continuas empeñado en terminar con Haggar no te quedan más opciones.

—Gracias.

—No me las des. Seguramente mueras, pero si logras acabar con Haggar, el golpe al sistema será tan grande que los Cuervos saldremos beneficiados. No obstante, por muy bien que nos venga, insisto en que la persona que conocerás tiene sus propios objetivos. Puedes convertirte en su amigo o su enemigo.

—Me arriesgaré.

Aquella fue toda nuestra conversación. Los Cuervos no eran el final de mi búsqueda, como yo pensaba. Para completar el objetivo que aún me ata a este mundo debo encadenar un último eslabón. Stark me ha dado un número de teléfono y una hora para llamar. Salgo del club cuando amanece, en los breves momentos en que el sol nos demuestra que continúa existiendo, antes de que la Tormenta vuelva a ocultarlo de nuevo, y la lluvia, con su frío tacto, moje las ropas de los ciudadanos de Pináculo.

El tranvía se detuvo frente al semáforo. A la izquierda, un tintineo indicaba que el paso con barreras estaba a punto de ceder la preferencia a los peatones. Iván tuvo suerte; había encontrado un asiento vacío cuando subió al tranvía, así que disfrutaría sentado la hora y media de viaje que tardaría en llegar hasta el edificio de Pináculo. Contempló a los transeúntes, apretujados junto a la barrera. Cuando al fin el semáforo les dio paso se pusieron a caminar de forma apresurada. Vistos desde su altura, en el tranvía, le recordaban al oleaje del Apsus. Unas cabezas subían al tiempo que otras descendían.

La barrera volvió a bajar acompañada por un nuevo tintineo de aviso y el tranvía reanudó la marcha. El recorrido paseaba a los viajeros por la zona norte de la ciudad, sembrada de grandes rascacielos, vehículos corporativos y una multitud de oficinistas a punto de quemar parte de la paga semanal en placeres prohibidos. La tormenta ofrecía aquella noche una leve tregua. Las nubes se habían retirado, de forma que si alguien se dignaba mirar al cielo encontraría el lejano parpadeo de media docena de estrellas. El hecho de que no lloviera arrojaba más personas a la calle.

Mientras viajaba, Iván intentó imaginarse cómo resultaría vivir en otra ciudad; una, por ejemplo, asentada en tierra firme, pero resolvió que al fin y al cabo no resultaría muy distinta a Pináculo: calles pavimentadas, edificios, personas grises... lo que de verdad resultaba diferente eran aquellas escasas imágenes que sólo podían verse en museos. Cuadros con hermosos paisajes de valles rebosantes de vida o bosques silenciosos... ya no quedaba nada igual en la tierra, a excepción de feas montañas peladas donde se ubicaban las ciudades-plataforma sobre tierra firme. En aquel mundo no quedaban paisajes así. Pero Iván sí los había visto... transportado por el otro torbellino.

Tal vez por eso querían verlo en el edificio de Pináculo. Durante su estancia en el hospital, apenas hubo recuperado la conciencia, contó a Lügner su viaje a bordo del otro torbellino. Al principio, su compañero no quiso escucharlo, pero Iván le recordó las palabras del Golem. Entonces la expresión de Lügner cambió radicalmente. Él también había escuchado lo que aquella criatura propuso a Iván y, según parecía, la promesa se había cumplido. Lügner le creyó, pero Iván notó también que algo extraño se revolvía en su amigo; miedo tal vez, inseguridad... o incluso un atisbo de celos.

Hiro, en cambio, escuchó la historia con atención, pero se cuidó mucho de ocultar sus reacciones. Sólo asintió, una vez Iván hubo terminado, y agradeció la franqueza que había demostrado al confiarle un relato de semejante trascendencia. Nada más. Desde cierto punto de vista, su opción había sido la más inteligente. Iván se había dado cuenta demasiado tarde del peligro que corría su carrera militar, o hasta su vida, si seguía difundiendo una experiencia de cambio de torbellino sin necesidad de Néctar. Nadie, que él conociera, había vivido algo semejante. Praemortis se preocupaba mucho por mantener su imagen de salvador de la humanidad. La propaganda del Néctar acallaba cualquier relato sobre cambio de torbellino, si es que había alguno; pues lo cierto era que llegaban siempre a modo de leyenda, como un cuento esperanzador que se repetían los ciudadanos más desesperados; y siempre en voz baja, para no ser escuchados por un miembro activo de la Corporación que pudiera denunciarlos.

Sí, seguro que por eso lo llamaban Pináculo: un edificio repleto de soldados bien armados y entrenados. Por si fuera poco, en él vivían los confesores. Una vez dentro, Iván no tendría ninguna escapatoria. Era imposible combatir contra todos. Es más, le despojarían de su pistola reglamentaria en cuanto alcanzara el primer control. Se encontraría desarmado e indefenso a merced de quienes desearan silenciarlo. Pero, ¿qué otras opciones tenía? Era un soldado, no podía huir. Los contactos con Vaïssac llevaban meses cerrados, supuestamente a causa del temporal, así que era imposible tomar un submarino que lo sacara de la ciudad. Refugiarse al otro lado de la Marca tampoco era la mejor idea. En cuanto los Cuervos lo reconocieran, le someterían a una muerte lenta por todas las bajas que les había causado. Existía la remota posibilidad de que decidieran aceptarlo en sus filas, pero era tan remota como salir vivo de Pináculo aquella noche. Así pues, ¿no daba igual una cosa que otra? Debía seguir. Tal vez estaba exagerando la situación y en Praemortis desearan verlo por una causa que ni se le había pasado por la cabeza.

El tranvía se detuvo a unos metros del Pináculo e Iván se apeó. Atravesó las puertas automáticas de la entrada, fue desarmado en el primer control y dio su nombre a la recepcionista que atendía al público tras un largo mostrador. El recibidor de Pináculo era de una magnificencia espectacular. Iván calculó que debía tener cientos de metros cuadrados de extensión y más de treinta metros de alto. Caminaban de un lado a otro decenas de ejecutivos, visitantes, nobles y trabajadores. Un confesor montaba guardia en la esquina nororiental, lejos del bullicio. Veinticinco ascensores subían y bajaban a lo largo de la pared interior norte. En el centro había una escultura monumental que ocupaba casi toda la altura del recibidor. Representaba los dos torbellinos; el Bríaro, en bronce, se retorcía en dirección a las puertas de salida del edificio. A mayor altura se encontraba el otro torbellino, bañado en plata. Se elevaba esbelto y hermoso, apuntando al techo del hall, donde había una pirámide invertida de cristal.

—Planta cincuenta y dos —dijo la recepcionista—. Un soldado lo estará esperando allí.

Iván asintió y puso rumbo a los ascensores. A mitad de camino lo recibió la gigantesca escultura de los torbellinos. El Bríaro, más cercano al suelo, se doblaba mostrando su base más ancha al público como si estuviera a punto de arrojar al mar de almas un centenar de vidas desdichadas. Alcanzó uno de los ascensores y apretó el botón de la planta cincuenta y dos. Cuando llegó, un soldado esperaba al otro lado de las puertas, tal y como la recepcionista había indicado. Al ver a Iván, el soldado se sorprendió.

—¡Que el Bríaro me lleve!

—¡Lügner!

Iván quedó sorprendido al principio, pero luego mostró una sonrisa de complicidad. Su compañero tenía mejor color de cara que en el sanatorio, había engordado y lucía los galones de cabo.

—Escuché que habías regresado al servicio activo —dijo Iván—, pero que los Cuervos no tardaron en coserte el cuerpo a balazos.

—Casi lo hicieron. Cuatro impactos de bala —dijo Lügner, al tiempo que señalaba aquellos que lo habían alcanzado en el torso—. Pero, ya sabes. El confesor no quiso darme el Néctar, así que no tuve más remedio que permanecer un poco más en esta charca apestosa.

Había en las palabras de Lügner cierta intención maliciosa que Iván prefirió ignorar. Lo conocía desde sus primeros años en la Guardia. Ambos pertenecían a la misma promoción y, una vez pasado el periodo como reclutas, combatieron bajo las órdenes de Hiro hasta en doce misiones. Lügner le había cubierto la espalda en más de una ocasión. Sin embargo, también notaba una sensación agridulce con aquel encuentro, y aunque se alegraba de encontrar una cara conocida; la forma en que Lügner lo observaba o se dirigía a él le hacía ver que su amistad ya no era la misma.

—Entonces, ¿no vas a dedicarte a regentar ningún local de fiestas de los Ike? Creí que tu familia te sacaría de la Guardia. Estoy seguro de que en uno de vuestros locales no saldrías herido.

—Esto es más divertido. Además, Laesan me recomendó que continuara con la carrera militar. Oficialmente los impactos de bala me incapacitaron para el trabajo en el exterior; extraoficialmente, tras el episodio con ese... ser, los Wallace decidieron darme un puesto en el edificio. Sin duda la orden viene de arriba, de Robert.

—¿Hablas en serio? Yo pensaba que se pondría en nuestra contra cuando supiera los detalles de la historia.

Lügner miró al suelo, vaciló y cambió de tema repentinamente.

—Vamos. Debo escoltarte a una habitación en esta planta. La utilizan para albergar a los ejecutivos que no tienen residencia fija en el edificio. La usan cuando tienen mucho trabajo o cuando sus mujeres no quieren verlos aparecer por casa. Te llevaré allí.

—¿Sabes con quien voy a verme?

Lügner negó con la cabeza.

—No.

Se detuvo frente a una puerta de roble. Extrajo una llave de su bolsillo y abrió la cerradura; luego se hizo a un lado.

—Te esperan dentro. Yo volveré al ascensor. Que tengas suerte, Iván.

—Gracias —respondió este, y pasó al interior.

Tal y como había indicado Lügner, se trataba a todas luces de la habitación de un hotel. Había una cama de matrimonio, un escritorio pegado a la pared, un sofá de tres plazas, una mesa baja y un armario empotrado. Una estrecha puerta conducía al baño, mientras que otra daba a una pequeña cocina provista con un horno, un frigorífico y una pequeña encimera. La luz entraba a través de un balcón situado en la habitación principal, al que se accedía a través de unas puertas de cristal. Mirando por una de ellas, parcialmente de espaldas a Iván, esperaba una mujer. Vestía un traje hasta las rodillas, con escote en V, sin mangas y de color rosa claro. Lucía un peinado a lo *garçon* sin tocado y fumaba un cigarro con la ayuda de una boquilla de ámbar. En la otra mano sostenía una pitillera dorada cuya tapa abría y cerraba compulsivamente.

—Se ha retrasado —dijo con sequedad.

—Perdone. No tengo vehículo propio y el monorraíl viajaba tan lleno que...

—No dé más explicaciones. Tome la silla del escritorio y siéntese.

Iván obedeció. La mujer ni siquiera lo había mirado; seguía concentrada en el exterior y en darle pequeñas caladas a su cigarrillo. La luz artificial de la ciudad se colaba a través de los cristales y teñía la atmósfera con tonos amarillentos.

—Ha llegado hasta nosotros su historia: las palabras que le dijo el Golem, cómo las obedeció y su posterior viaje en el otro torbellino.

«Sin duda alguien ha difundido mi historia; Lügner, posiblemente», pensó Iván. En caso que haya sido Lügner, no sabía si lo había hecho con segundas intenciones o movido por la impresión que le había ocasionado un relato semejante. Por desgracia, y visto el nuevo rango que Lügner ostentaba, Iván no pudo menos que inclinarse por la primera opción. Una sensación de asco, de desprecio por su compañero, tomó forma en su interior.

—Es todo cierto —respondió.

Aguzó la mirada. La mujer apenas dejaba ver su rostro, pero aun así, por el peinado, se dio cuenta que se trataba de Leandra. La había visto en aquella fiesta de bienvenida, cuando Hiro, Lügner y él se presentaron ante los invitados como si fueran héroes.

—¿Puedo preguntarle su nombre? —quiso indagar.

Ella ignoró la pregunta.

—Debe saber que es una historia fascinante... acerca de los efectos que es capaz de conseguir el Néctar.

—¿El Néctar?

—Constituye usted un caso excepcional. El... Golem le administró una dosis cuando su corazón se detuvo, y se marchó. Los refuerzos llegaron pocos minutos después y lograron reanimarlo, convirtiéndolo así en uno de los escasos testigos vivos de un viaje al otro torbellino. Alguien capaz de testimoniar sobre la efectividad del Néctar, si es que existen dudas sobre el mismo.

Iván guardó silencio. Mientras se esforzaba por recordar cada segundo de su encuentro, sus ojos se movieron inquietos de un lado a otro de la habitación. Se le hacía muy difícil recordar los últimos segundos con el Golem. Consiguió verse a sí mismo arrastrándose por aquel suelo metálico, desesperado por alcanzar los inyectores de Néctar que había junto al cadáver del confesor. Lügner, al otro lado de la habitación, apenas tenía valor para pestañear. Y frente a él, aquella figura sobrehumana de color terroso observaba impasible su lucha.

—Eso... eso no puede ser.

—Desde luego que puede ser. El Golem no es más que un rebelde, un loco anarquista que pretende fundar su propia ley. Ha conseguido una armadura de confesor, dosis de Néctar incluidas, y busca convencer a quienes se encuentra para lograr que se alcen contra el sistema. Ocurrió tal y como le he dicho. Le inocularon una dosis en cuanto murió.

Leandra dio otra calada al cigarro. Iván se llevó las manos a la cabeza en un esfuerzo por recordar.

—En lo sucesivo —continuó ella—, y ciñéndome al ámbito personal, le recomiendo que silencie su historia. Oficialmente, alguien de relaciones públicas se pondrá en contacto con usted. Su encuentro con el Golem y el viaje que hizo en el otro torbellino han logrado llegar hasta los ciudadanos y no tardará en filtrarse a la prensa. Tal vez se le pida que protagonice algún anuncio promocional o...

—No... no tiene sentido.

Leandra enarcó una ceja.

—¿Qué no tiene sentido?

—Su historia. Hay demasiados cabos sueltos.

—Es lo que a usted le parece. Le recuerdo que había poca luz y que se encontraba mortalmente herido. Es la versión más lógica.

Iván, buscando aún en su memoria, se puso en pie.

—Verá. Es cierto que me encontraba muy mal, a punto de perder el conocimiento, pero el Golem se detuvo justo tras la fuente de luz de nuestra bengala. Es más, se acercó a mí; permaneció a *centímetros* de mí. Pude verle muy bien, y le aseguro que no vestía ninguna armadura.

Leandra entreabrió una de las hojas del balcón y lanzó su cigarro al exterior. Los músculos alrededor de su boca se tensaron, pero continuó sin mirar a Iván directamente.

—¿Se puede saber qué es lo que intenta insinuar?

Iván pareció no escucharla.

—Por otro lado, hay otro testigo de aquella situación. ¿Cómo es posible que Lügner no viera nada de lo que me cuenta?

—Sí lo vio. Nos lo confirmó hace una semana.

—Pero eso es imposible. Si el Golem hubiese estado usando una armadura de confesor, Lügner me lo habría dicho cuando le conté mi historia en el hospital.

—Pues, se lo ocultó. A nosotros nos ha contado la verdad.

—¡Pero no puede ser! Si fui engañado, ¿por qué iba a dejar Lügner que creyera al Gol...?

—¡Le he dicho que su compañero ha confesado!

Iván quedó paralizado. La voz de la mujer había cambiado repentinamente, adoptando un tono de violencia inesperado. Sin embargo, lo que de verdad lo petrificó fue contemplarla de frente. Su rostro era hermoso a pesar de la tensión en la que se encontraban los músculos, pero su cuello estaba surcado por marcas de pinchazos que descendían hasta su brazo, cubriendo el hombro y extendiéndose en ramificaciones por el pecho como si se tratara de una enfermedad infecciosa. Las marcas sólo cubrían un lado, por eso Iván no lo había visto. Leandra las había ocultado hablando de cara al balcón. Ahora, sin embargo, no parecía tener reparo en enseñarlas junto a una demostración de furia inusitada. Iván debía pesar al menos treinta kilos más que ella, conocía técnicas de autodefensa y había salido vencedor de algunos combates cuerpo a cuerpo contra los Cuervos; no obstante tuvo la sensación de que aquella mujer podría tumbarlo en un enfrentamiento. Sus palabras no sólo habían sonado a orden sino que se trataba de un ultimátum. Iván comprendió entonces la cruda realidad. Lügner, al igual que él, estuvo demasiado cerca al Golem como para saber que no vestía ninguna armadura, pero había visto lo que sus superiores le ordenaron ver. Y ahora le ordenaban a él que hiciera lo mismo, a riesgo de afrontar las consecuencias. Al fin había llegado la materialización del miedo que había atenazado sus entrañas durante todo el viaje en tranvía. Aquella mujer le ofrecía un trato: colaborar con el departamento de relaciones públicas y ofrecer la versión que ellos le enseñaran. Si desobedecía, probablemente no tendría tiempo de salir con vida del edificio.

Pensó en huir. Dar media vuelta a toda velocidad y correr a través del pasillo hasta alcanzar el ascensor, pero desechó la idea al instante. Mientras recorriera las cincuenta y dos plantas que lo separaban del recibidor, un ejército de Guardias tendría tiempo de esperarlo. Lo detendrían tan pronto se abrieran las puertas. Por otro lado, Lügner montaba guardia fuera. A pesar de haberle entregado su seguridad en tantas misiones, Iván ya no era capaz de fiarse de él.

No tenía otra salida.

—Disculpe que haya insistido. Tiene razón; probablemente Lügner olvidó contarme ese detalle. Colaboraré con Praemortis en lo que necesiten.

—Excelente. Como ya le he dicho, alguien se pondrá en contacto con usted. Ahora debo irme.

Caminó hasta la cocina, abrió la puerta con brusquedad y regresó al momento enfundándose un grueso abrigo hasta las rodillas. Las marcas quedaron perfectamente ocultas.

—Tendrá que quedarse en la habitación hasta nueva orden. No se preocupe, la comida y el alojamiento corren a cargo de la Corporación.

—Gracias, eh...

—Leandra.

«¿Leandra Veldecker?», pensó Iván. «¿Han enviado nada menos que a la hermana del fundador?» No era extraño que no la hubiera reconocido a primera vista. La hermana de Robert no era muy dada a realizar apariciones ante los medios. Prefería guardar el anonimato tanto como le fuera posible dejando la labor carismática en manos de Robert. No obstante, circulaban rumores sobre su carácter, mucho más enérgico que el de su hermano. Con esas pistas y el nombre era casi seguro que se trataba de ella. La corporación Praemortis debía tener mucho interés en silenciarlo para enviar a la mismísima Leandra Veldecker.

—Gracias otra vez, Leandra.

—Perfecto.

Leandra abrió la puerta.

—Si me permite un consejo... —cortó Iván de repente.

Leandra se giró.

—... el Golem comienza a tener popularidad entre los ciudadanos. Su nombre ya ha salido varias veces en los titulares, así que una vez decidan lanzar mi historia al público, deberían preocuparse en dar respuestas a todas las preguntas que los oyentes puedan hacer.

—Explíquese.

Iván detectó cómo la mirada de Leandra iba encendiéndose, como si creciera en ella una ira que se esforzara en controlar. No obstante, continuó.

—Bueno, piénselo. El Golem me inyectó el Néctar para que, al volver, me encargara de propagar la mentira que él se ha preocupado en tejer a su alrededor, para así desequilibrar el sistema y conseguir fama; pero, ¿cómo sabía el Golem que yo volvería para contarlo?

—¿Qué?

—¿Cómo sabía que no moriría? Su plan sólo puede funcionar estando yo vivo. De alguna manera, él sabía que sobreviviría.

Leandra quedó visiblemente descolocada.

—Busquen una respuesta a esa pregunta. Le aseguro que alguien la formulará tarde o temprano.

De nuevo Iván descubrió en los ojos de ella la chispa de una furia a punto de estallar. Pero contrario a lo que esperaba, de Leandra emergió una respuesta tranquila, aunque firme.

—Descuide, encontraremos una respuesta.

VIII

...Con estas mismas palabras se ha dirigido esta mañana a los periodistas, en una rueda de prensa convocada por la corporación Praemortis y celebrada en la Plaza de los Descubridores, frente al edificio de Pináculo. Ante decenas de micrófonos, Iván ha relatado con todo detalle en qué consistía su misión de rescate, el encuentro con el Golem, y cómo la criatura le dejó a las puertas de la muerte. «Fue una verdadera suerte que saliera vivo de allí», afirmaba a los periodistas. «El segundo equipo de rescate llegó a tiempo para reanimarme».

Después, durante el turno de preguntas, Iván aseguró que el Golem vestía una armadura de confesor, la cual «le quedaba grande», comentario que desató las risas del público.

Ante los rumores que circulan sobre el hecho de que durante el tiempo que permaneció muerto Iván hiciera un viaje al otro torbellino, el aludido no desmintió nada, aunque se negó a proporcionar detalles acerca de su experiencia. Únicamente aseguró que a su tiempo la prensa recibiría un informe completo sobre los hechos y, cómo no, una segunda entrevista. Lo que sí dejó claro fue que el Golem le había suministrado una dosis de Néctar cuando murió, hecho del que también afirmó ser testigo el único compañero que presenció la escena, el recientemente ascendido a cabo Lügner Ike; quien, además, confirmó cómo el Golem inyectó después a su compañero una dosis de praemortis.

Esta última declaración del cabo Lügner ha reabierto la vieja polémica sobre si el praemortis resultaría efectivo en pacientes críticos que no pudieran recibir asistencia sanitaria inmediata, resucitándolos independientemente de la gravedad de sus heridas cuando el personal médico estuviera listo para atenderlos. ¿Es la formula de Frederick Veldecker algo más que la ventana al mundo de la Vorágine? ¿Es posible utilizarla con fines médicos? El debate ya circula en las calles.

Y ahora, disfruten con algo de música...

Noticiero radiofónico

Antes de detenerse, el ascensor señaló con un tintineo la planta ciento treinta y dos del edificio de Pináculo. Las puertas se abrieron y Peter Durriken apareció tras ellas saliendo disparado por el pasillo. Sus cabellos pelirrojos estaban desordenados. Vestía pantalones de pinza, tirantes y una camisa blanca con rayas azules mal abotonada. Se había olvidado de la chaqueta en su habitación; el trayecto en ascensor lo había aprovechado para anudarse la pajarita, pero el lazo no terminó de salirle bien a causa de los nervios, de modo que resolvió quitársela y ahora se la guardaba apresuradamente en uno de los bolsillos. Cruzó la mirada con uno de los vigilantes. La Guardia rondaba las diferentes dependencias de la planta. Conocían de sobra a Peter como para pedir que se identificara, pero se le quedaban mirando al pasar por su aspecto descuidado y la forma de caminar, entre resuelta y conturbada.

Desde la planta ciento treinta a la ciento treinta y dos, el edificio pertenecía íntegramente a la familia Gallagher. Sus miembros podían presumir de ser la única familia noble que disfrutaba de varias plantas completas. Lo normal era que las familias, al no existir mucho espacio en el edificio, tuvieran que conformarse con habitar una planta, o incluso repartirla con otros nobles de menor condición. La idea, claro, era que no se alojaran todos allí, sino una pequeña representación de sus miembros más destacados que diera a entender su afiliación a Praemortis. El resto de familiares vivía en edificios colindantes al Pináculo. Sin embargo, el hecho de que los Gallagher pudieran expandirse a lo largo y ancho de tres plantas los distinguía como los más poderosos por debajo de los Veldecker.

Peter tomó el pasillo que daba al despacho de Erik Gallagher. Desde su reunión con el cazarrecompensas le había resultado imposible conciliar el sueño. Pasaba las noches revolviéndose entre las sábanas, buscando una y otra vez una excusa que le sirviera para tranquilizar su conciencia. La reunión con la Alianza había mitigado su malestar durante unos días, y, de hecho, logró dormir. Pero Erik era un personaje por quien sentía aprecio. El líder de los Gallagher confió en él desde que el programa S.R.T. salió a la luz. El líder de los Gallagher estaba convencido del éxito incluso antes de que Peter pensara en triunfar. Cuando se obtuvieron los primeros resultados, Erik felicitó al joven ejecutivo y comenzó a acogerle dentro de su círculo. Fue él, de hecho, quien le propició la amistad con su primo Deuz, con la familia de los Dagman y los Wallace. Peter había comenzado a codearse con el resto de la nobleza gracias a la influencia de Erik.

El punto culminante en la amistad que ya se fraguaba entre ambos llegó el día de la cena corporativa, cuando Erik propuso asestar un golpe bajo a Robert respecto a la falta de comunicaciones. Por aquel entonces, Peter aún desconocía las razones por las que su compañero deseaba atacar al líder de Praemortis, pero no era difícil vislumbrar que si le obedecía, la confianza que el noble había depositado en él quedaría reforzada, de modo que Peter obedeció y lanzó su comentario sobre el Haiyim. Desde aquella noche la vida de Peter Durriken había cambiado por completo. Ya no era un noble incipiente, sino alguien de cierta importancia. Un miembro influyente. Un aliado de los Gallagher.

Después, la reunión con aquella Alianza secreta le demostró que pactar con Robert también ofrecía sus beneficios. Había logrado descansar, tranquilizando su conciencia —que le acusaba de asesino— con nuevas promesas de grandeza. Pero los sueños pronto se tornaron en pesadillas. Veía la muerte de Erik, una y otra vez, asesinado mediante formas cada vez más atroces. Y en medio de todo aparecía aquella ave de alas negras, el cormorán, desgarrando las entrañas del noble mientras este observaba incrédulo una traición de quien creía su amigo.

La última pesadilla había resultado insoportable. Decidido, se levantó de la cama, buscó su ropa y corrió al ascensor. Ahora se encontraba frente a la puerta que daba al despacho del noble. Dentro escuchó una voz grave y melódica. Pese a lo intempestivo de la hora, Erik mantenía una conversación.

Peter llamó.

—Adelante —dijeron desde el otro lado con cierto desgano.

Abrió. El despacho del noble era amplio. En la pared oeste había dispuestos cuatro sillones de cuero negro. De la pared colgaba una piel de tiburón de más de tres metros de largo. En la pared este se encontraba la mesa, rectangular, en madera de ébano. Tras ella, un sillón en piel, color granate, de respaldo alto; y una lámpara de pie con tulipa color oliva. Una alfombra de pelo oscuro cubría la mitad de la estancia; el resto dejaba al descubierto un suelo en parqué con motivos geométricos. Erik se encontraba de pie en mitad del despacho. Conversaba con aquel desconocido que había acudido a la última reunión de la Alianza. En las manos del noble descansaba una prenda color gris que Peter no logró identificar.

—No recordaba haber programado una reunión contigo, Durriken —sus cejas en V invertida se arquearon al observar la apariencia del muchacho.

Peter tragó saliva antes de contestar; tenía la garganta seca. A un lado, sobre la mesa del noble, descansaba su pipa curvada. Los restos de tabaco aún dejaban escapar un hilo de humo que cargaba la atmósfera con un aroma a menta.

—Debo comunicarte algo importante. No hay tiempo para buscar un hueco.

Erik hizo una mueca. Luego, con un leve gesto de cabeza indicó a su acompañante que los dejara. Antes de salir, sin embargo, el desconocido dirigió a Peter aquella mirada inquisitiva y penetrante que parecía lograr introducirse en sus pensamientos. Cuando cerró la puerta, el despacho quedó en silencio. Erik permaneció quieto, escuchando cómo los pasos del visitante se alejaban hasta desaparecer.

—¿Y bien?

Durriken no sabía cómo comenzar. Intentó concentrarse en algo y sus ojos descansaron sobre la prenda de ropa que sostenía su interlocutor. Era grande, posiblemente una capa. De color gris oscuro.

—¿Sabes lo que es? —dijo Erik.

—No estoy seguro.

—Probablemente lo hayas adivinado, aunque no logras entender por qué lo tengo en mis manos.

—Es... ¿la capa de un confesor?

—Correcto —respondió Erik, y fijó la vista en la capa—. ¿Sabes? Yo destiné buena parte de mis ingresos a la creación de los confesores. Al principio, resultaba difícil educarlos desde niños, porque pasarían muchos años antes de que lográramos tenerlos listos para proteger el Néctar, de modo que reclutamos a los mejores soldados de la Guardia. Praemortis estaba despegando por aquel entonces.

Un estremecimiento recorrió los brazos de Peter y lo dejó paralizado en el sitio. Recordaba haber escuchado que Erik tenía un hijo confesor; era precisamente el mismo que los Cuervos se habían llevado en el asalto al banco, y que después la Guardia encontró muerto. Los confesores con prestigio solían vestir capas de colores distintos al azul, el color establecido por norma en su uniformidad. Aquella capa gris era, sin ningún lugar a dudas, perteneciente al hijo de Erik Gallagher, Néstor.

—Los primeros diseños en la armadura resultaron un desastre —continuó el noble—. Concebimos un sistema de expansión para las placas en horizontal. De este modo se aceleraba el proceso de recubrimiento sobre el cuerpo. Sin embargo, no contamos con un detalle. Al expandirse de ese modo, las placas rectangulares quedaban dispuestas en vertical, de modo que restaban mucho movimiento al confesor.

Se echó a reír.

—Eran como verdaderos postes, incapaces de doblarse por la cintura. Los Cuervos no tardaron en aprovechar esta debilidad. Perdimos a buenos soldados y desaparecieron algunas armaduras.

Al fin, volvió a levantar la vista y la fijó en Peter.

—Los modelos actuales poseen una gran flexibilidad. Es como... como si vistieras una segunda piel. Las placas se despliegan en vertical, de arriba abajo. Su forma rectangular queda, de este modo, en horizontal, lo que permite al confesor doblarse y no le resta agilidad.

—Lo cierto es que nunca he visto ninguna armadura de cerca.

—Comprendo. La armadura provoca mucho respeto. Yo sí. La de mi hijo. Los rebeldes acabaron con él.

—Lo sé. Me enteré por Baldomer Dagman. Se llamaba Néstor, ¿verdad?

—Era uno de los mejores, pero los Rebeldes estaban bien armados... sí, muy bien armados...

Hubo silencio. Peter comprendió que Erik llevaba tiempo desconfiando de cuantos lo rodeaban. La muerte de su hijo evidenciaba un plan para debilitarlo del que estaba sobradamente prevenido. Aquello, sin embargo, no era suficiente. Debía armarse de valor y contarle hasta qué punto su vida corría peligro.

—Planean matarte.

Erik sonrió.

—Siempre lo planean. Ahora quizás alcances a ver otra de las razones para quitarme a Robert de en medio. Siempre me ha visto amenazando su liderazgo, y no le falta razón. Por eso hace tiempo que procuro estar protegido en todo momento.

Se abrió la chaqueta y dejó que le asomara una pistolera, escondida en el costado, bajo el brazo izquierdo.

—Supongo que cuando todo esto termine. Cuando nosotros lideremos, ya no será necesario tomar tantas precauciones.

—No... no lo comprendes. Es más grave de lo que piensas.

—¿De qué hablas?

Peter tomó aliento. Se sentía atemorizado por lo que estaba a punto de confesar. No olvidaba que Erik Gallagher, pese a ser su aliado, tenía aquel carácter maquinador que podría resolver acabar con su vida en cualquier momento. Sin embargo, se sentía realmente arrepentido por haberse colocado también del lado de Raquildis. El consejero de Robert era un personaje sin humanidad, misántropo y cruel. La forma en la que observaba impasible la decadencia de Robert, a quien había cuidado desde la niñez, resultaba de lo más repulsiva.

—Raquildis planea destruirte —confesó al fin.

—No es una noticia que me sorprenda...

—Ha contratado los servicios de un cazarrecompensas.

Erik se puso lívido.

—¿Qué cazarrecompensas?

—El Cormorán.

Los ojos del noble se abrieron desmesuradamente. Hizo el amago de querer sentarse en uno de los sillones, pero rectificó y permaneció observando la capa de confesor.

—Por la Tormenta... el Cormorán no.

—Lo siento. El mismo Robert me pidió que cerrara el trato. Me prometió la asistencia a las reuniones de la Alianza. Yo... me dominó la codicia, me dejé llevar.

—Claro... —musitó Erik. Sus dedos recorrían las ondulaciones que hacía el borde de la capa—, por eso Raquildis insistió en admitirte entre nosotros.

—Lo lamento muchísimo, Erik. He cometido un error.

—Necio de mí, nunca llegué a imaginar cómo habías llegado a ganarte la confianza de Raquildis.

—No podía negarme delante de Robert, habría ordenado que me ejecutaran allí mismo.

Erik desvió la vista de la capa y la fijó en el muchacho.

—Está bien. Lo comprendo, Durriken.

—No sé elegir a mis aliados. Nunca debí cerrar el trato.

El muchacho estaba cada vez más nervioso. Su tez había enrojecido.

—Basta. No hables más.

—Yo... ¡debí avisarte antes! ¡Desde entonces no he podido dormir!

—¡Peter, basta ya!

El muchacho enmudeció de golpe. Erik suspiró.

—Ha debido resultarte muy difícil tomar esta decisión. Agradezco que me lo hayas contado.

—¿De verdad?

—Sí. Comprendo que no pudieras echarte atrás en el momento en que Robert te propuso el plan.

—Sí, pero tú has confiado en mí desde el principio. Te he fallado.

—Bueno. Aún no es tarde, ¿verdad? —Erik dejó que una sonrisa aflorara en sus labios.

—No —contestó Peter con un dejo de duda—. Supongo... supongo que no.

—No, no es tarde, pero voy a necesitar tu ayuda. Además, ahora sé que no vas a fallarme más. Me ayudarás, ¿verdad?

—¡Claro! —dijo Peter con entusiasmo—. Claro, Erik. Haré todo lo que me ordenes.

—Confío en ello. Escucha, vuelve a tu habitación, descansa. Mi primo se pondrá en contacto contigo dentro de unos días. Tendremos otra reunión de la Alianza. Allí necesitaré tu apoyo.

—¿Igual que en la cena? Diré lo que me ordenes. Todo lo que me ordenes decir. Como en la cena.

—No. Esta vez será distinto. No te preocupes por los detalles.

—Gracias, muchas gracias, Erik.

—No hay de qué. Ahora sé que puedo confiar en ti más que nunca. Anda, ve a dormir.

Peter sonrió complacido. Erik posó una mano en su espalda y lo condujo hacia la puerta.

—Y no te preocupes más —dijo, cuando el muchacho estaba en la puerta—. Yo me encargaré de solucionarlo todo.

Iván alzó la mirada y contempló la Tormenta desde su balcón. Era noche cerrada, sin luna, de forma que apenas podían distinguirse los densos nubarrones que sobrevolaban la ciudad. Sólo en ocasiones era capaz de reconocer las formas pomposas de los cúmulos, arrastrados hacia el este por un viento gélido que ponía en tensión todos sus músculos. Mantuvo la vista fija en el cielo justo encima de su cabeza. Las gotas de lluvia parecían esquivarlo; no obstante, su camisa empapada le indicaba lo contrario. Pero necesitaba mojarse, sentir las cosquillas de la lluvia recorriendo su espalda. Se había deshecho de la chaqueta del traje y del sombrero porque deseaba que las gotas calaran en su piel. Necesitaba que su cuerpo se agitara con los escalofríos. El bullicioso ajetreo de la ciudad le llegó desde la lejanía.

Ahora vivía en el Pináculo, en la planta cincuenta y dos. Desde su primera aparición ante los medios, la Corporación le obligó a quedarse. De este modo estaría cerca de los agentes de relaciones públicas. A mano por si se presentaba alguna nueva entrevista en la que fuera necesario mentir. Tal y como le había asegurado Leandra, la maquinaria de Praemortis se puso en marcha para elaborar una excusa que cubriera los agujeros en la historia de Iván. Ante todo, el Golem no debía parecer una criatura sobrenatural, sino un chalado que había robado un traje de confesor. La Corporación tuvo que realizar algunos sacrificios, como reavivar la polémica acerca de los fines médicos del praemortis, pero gracias a ello, la pregunta clave que Iván había planteado quedó resuelta. Era preferible enfrentarse a una vieja teoría manida que a la especulación sobre qué clase de ser era el Golem. Así, volvió a salir la historia de los fines médicos, la posibilidad de utilizar el praemortis para dejar latente a un enfermo terminal, o enviarlo a la Vorágine un par de horas, para conceder a los médicos tiempo y facilidad a la hora de realizar una operación arriesgada. Y así todos quedaban contentos.

Todos contentos, excepto Iván.

Él conocía la historia auténtica. El Golem no llevaba un traje de confesor, estaba tan seguro como de la lluvia que mojaba su rostro; y nunca le inyectó nada, sino más bien al contrario: *deseaba* mostrarle a Iván el otro torbellino con la simple condición de que se fiara de sus palabras. El hacerlo lo condujo no sólo lejos del Bríaro, sino a vislumbrar un lugar como jamás había visto. Nada podía compararse con aquella experiencia; y nadie lograría convencerlo jamás de lo contrario.

Tres golpes en la puerta lo sobresaltaron. Bajó la vista del cielo y volvió a meterse en la habitación en busca de una toalla. Llamaron de nuevo, más fuerte, de modo que no se preocupó por su aspecto y corrió a abrir.

Era Leandra quien le echó una mirada llena de sorpresa.

—¿Qué hacías? —dijo, al tiempo que contemplaba su pelo y camisa empapados.

—Yo... he tenido que asomarme al balcón.

Leandra frunció el ceño. Sabía muy bien que todas las habitaciones disponían de toldos para balcones y ventanas. Pero no quiso distraerse en averiguar qué hacía Iván empapado y se centró en la causa de su visita.

—Tengo que felicitarte. Tu intervención frente a los medios está resultando muy convincente.

—Felicitaciones a vosotros. Elaborasteis un buen repertorio de excusas.

Leandra hizo una mueca. A punto estuvo de contestar, pero guardó silencio un momento antes de proseguir.

—Necesitamos que dentro de cinco días aparezcas de nuevo en un acto público. Estarás acompañado por Erik Gallagher y Peter Durriken.

—¿Peter Durriken? ¿No es quien creó el Sistema de Renovación de Trabajadores que se ha hecho tan famoso?

—El mismo. Se ha organizado un acto público para agradecer la confianza que el público ha depositado en el S.R.T., pero también vamos a aprovechar el evento para que hables tú.

—¿Y qué tengo que decir esta vez?

—Se ha detenido a un sospechoso que tenía en su poder una armadura de confesor. Creemos que podría tratarse del Golem. Te daremos más detalles mañana.

—Como queráis.

Habían estado hablando en la puerta pero ahora Leandra pasó adentro sin esperar a que Iván la invitara. La habitación estaba revuelta. Había ropa tirada por todas partes, botellas de licor vacías sobre la cama y varias dosis de Nitrodín aún por consumir esparcidas sobre la mesa. Un olor a cuarto cerrado casi la obligó a retroceder. Por fortuna, el hecho de que ambas puertas del balcón permanecieran abiertas ayudaba a despejar el ambiente. La lluvia se colaba en el interior, mojando la alfombra.

—Deberías limpiar tu habitación. A mantenimiento no le gustará tener que realizar horas extra.

—¿También vais a controlarme en eso? —dijo Iván, en tono irónico.

Leandra le devolvió una mirada airada, pero esta vez él no se dejó impresionar.

—¿Cuándo dejaréis que me marche?

—Cuando cese la curiosidad popular. Cuando estemos seguros de que no contarás tu versión del suceso a nadie.

Iván desvió la mirada y buscó una botella que no estuviera vacía. Encontró una bajo una pila de ropa arrugada y maloliente, encima del sofá. Dio un trago largo y se limpió con la manga.

—No diré nada, podéis estar seguros. La verdad sobre lo que me ocurrió sólo la conoceremos Lügner y yo, como mucho.

Leandra pareció ofenderse. Caminó a grandes zancadas hasta Iván y le arrebató la botella de las manos.

—¿La verdad? ¿Cuándo entenderás que nada de lo que aseguras ocurrió en realidad? El Golem te inyectó una dosis de Néctar.

Iván no pudo evitar el recuerdo de las marcas sobre el cuello de aquella mujer. Sus ojos se desviaron hacia allí sin que lo pudiera evitar. Ella vestía un traje de chaqueta. Un pañuelo de crespón anudado a su cuello cubría cualquier rastro de pinchazos.

Por desgracia para él, Leandra descubrió hacia dónde miraba. Abrió los ojos desmesuradamente y comenzó a recorrer la habitación como si se tratara de una fiera enjaulada.

—Lo siento —intentó disculparse Iván.

—¿Qué sientes? No sabes nada de mí.

Luego se acercó a él y lo encaró como si quisiera golpearlo.

—Tú... tú no deberías estar vivo. Tendrías que haber muerto.

—Lamento defraudarte.

Leandra impidió que otro comentario hiriente saliera de sus labios. Los apretó y tensó cada músculo de su cuerpo. De pronto, alzó el brazo que sujetaba la botella, se volvió con rapidez y la arrojó contra una pared. La botella se hizo añicos, dejando una mancha oscura sobre la pintura blanca.

Como si aquel ataque de ira la hubiera deshinchado, caminó hasta el sofá, apartó la montaña de ropa de un manotazo y se dejó caer. La sombra de una punzada asomó por su nuca y avanzó como una descarga hasta la frente. Allí latió durante un segundo con un dolor agudo y desapareció. Un estremecimiento recorrió su cuerpo de la cabeza a los pies: era el preludio a un nuevo ataque de cefalea, quizás a causa de su golpe de ira; aunque tal vez fuera ocasionado por un vasodilatador cuidadosamente introducido entre su comida. La imagen de Raquildis apareció en su imaginación como un siniestro presagio.

—¿Qué viste, Iván?

—¿Cómo?

—¿Qué viste en el otro torbellino? Cuéntame, ¿adónde te condujo?

—Pensé que no debía contárselo a nadie.

—Pues me lo vas a contar a mí. Ahora.

Señaló al sofá a modo de orden. Iván hizo un segundo hueco apartando una pila de ropa sucia y se sentó junto a Leandra. De repente, la mujer le pareció otra persona distinta. Su carácter enérgico había menguado de golpe dejando ver una languidez que lo sorprendió. A todas luces, Leandra parecía disponer de una doble personalidad; la primera, furiosa y llena de autoridad, se imponía; pero había otra, la que ahora acababa de descubrir, donde aparecía una mujer que daba la impresión de encontrarse rendida ante un poder superior. La miró fijamente y descubrió en sus ojos el rastro de una súplica. Leandra parecía necesitada de conocer su relato. El viaje al otro torbellino surgió en su memoria tan fresco como si lo hubiera vivido la noche anterior. Tomó aliento y comenzó a describir con todo detalle un paisaje de una hermosura imposible de imaginar que no existía en el mundo que habitaban. Una tierra nunca azotada por cataclismos. Virgen.

Durante el tiempo que duró el relato, la sombra de la cefalea fue menguando su intensidad hasta desaparecer, y el recuerdo de Raquildis con ella. Cuando Iván terminó, Leandra no dijo nada.

—Necesitabas escucharlo, ¿no es verdad? —se atrevió a decir él.

Ella lo observó fijamente. Estudió las curvas de su mandíbula con detenimiento, buscando algo que Iván no acertó a descubrir. Volvió a mirar al suelo, abrió la boca un par de veces sin decir nada y, finalmente, poniéndose de pie con aire nervioso, dijo:

—No es la primera vez que oigo una historia sobre el otro torbellino. Mi hermano mayor viajó allí.

—¿Robert Veldecker...?

—Exacto.

—¿Viajó al otro torbellino cuando descubrió el Néctar?

Leandra no pudo evitar un bufido de ironía.

—Llegó del mundo de la Vorágine sorprendido por lo que había presenciado y se lo contó a nuestro padre con todo detalle. Era tan maravilloso lo que describió, tan imposible de creer, que se hacía necesario verlo por uno mismo.

—Por eso Frederick Veldecker hizo el viaje.

Leandra asintió.

—Mi padre se inyectó el praemortis para ver por sí mismo aquella última frontera; pero regresó con un relato completamente distinto. Increíble, no por su belleza, sino por el horror de una pesadilla cien veces peor que cualquiera que fuera capaz de soñar.

«El Bríaro...», dedujo Iván.

La historia general sobre el descubrimiento de praemortis era una asignatura obligatoria en todos los colegios; sin embargo, el relato de Leandra poseía ciertos detalles que nunca se enseñaban.

—Pero, un momento —continuó—. Según tu historia, Robert alcanzó el otro torbellino antes de que inventara el Néctar. ¿Cómo es posible?

Ella lanzó a Iván una mirada amarga.

—¿Cómo consiguió viajar al otro torbellino? —insistió él.

Leandra comenzó a alisarse la ropa con un evidente gesto nervioso.

—Yo... no debería estar hablando contigo. Debo marcharme.

—Leandra, ¿es que no vas a contármelo?

—Tengo que irme, Iván. Gracias por haberme contado tu viaje.

La mujer caminó hacia la puerta y la abrió. Iván interpuso su brazo para impedir que saliera.

—Leandra...

—Iván, déjame salir.

—No. Creo que intentas decirme algo.

—No intento decirte nada. Ahora, te recomiendo que apartes el brazo.

Iván lo apartó. Leandra terminó de abrir la puerta con un gesto brusco y salió al pasillo.

—¡Leandra! —llamó—, ¿volverás a visitarme?

—¡No! ¡Déjame! —gritó ella, y desapareció tras una esquina.

Antes de cerrar la puerta, Iván volvió la vista al otro lado del pasillo. Al fondo, junto al ascensor, Lügner asintió a modo de saludo desde su puesto de guardia.

El eco de los aplausos alcanzó varias manzanas desde la Plaza de los Descubridores. Una multitud enfervorizada aplaudía a Erik Gallagher: trabajadores corporativos; familias al completo, con niños que miraban al noble anonadados, subidos a hombros de sus padres; soldados de la Guardia, apostados en lugares estratégicos; ejecutivos corporativos... El noble emergía de su limusina alzando los brazos. En los primeros escalones de acceso a una tarima esperaban Iván y Peter Durriken. Tal y como marcaba el protocolo, debían aguardar a que el noble subiera y tomara asiento para luego hacerlo ellos. Arriba, en la esquina de la tarima más alejada del público, montaba guardia el general Ed Wallace, apoyado por una escuadra de diez soldados, en fila a lo largo de los extremos.

El acto público tenía por objeto hablar sobre los avances y el éxito del S.R.T., pero también habían requerido la presencia de Iván pues corría la noticia de que la Guardia había logrado detener a un rebelde con armadura de confesor. Se trataba de un modelo de armadura antiguo, de los primeros que se fabricaron. La noticia no había sido confirmada, pero el rumor ya circulaba por toda la ciudad y se esperaba que Iván, como portavoz de la Corporación y protagonista del primer encuentro con el Golem, diera una explicación aquella mañana.

El soldado repasaba mentalmente todos los puntos que le habían dado a memorizar. Desde su segundo encuentro con Leandra, la hermana de Robert Veldecker no había vuelto por su habitación. En su lugar recibió un par de veces la visita de un ejecutivo que, dossier en mano, le indicó lo qué debía contar a los medios. En ocasiones, Lügner también llamaba a su puerta, aunque sus encuentros se limitaban a breves anuncios. La relación entre ambos se había enfriado desde el episodio con el Golem, y aún más desde que Leandra le confesó que Lügner había contado una versión diferente a la vivida. Lügner mentía para evitar el destierro de Praemortis, o incluso un castigo peor. Aunque, ¿importaba realmente si se había vendido? Iván también lo hacía; de hecho, el líder de los Gallagher no tardaría en cederle su puesto frente al ramo de micrófonos de la tribuna para que contara una versión inventada.

Erik alcanzó los primeros escalones de subida a la tarima. Iván saludó al noble como un autómata, quien luego dio media vuelta para encarar a Peter. El saludo de éste fue mucho más cálido, acompañado además de una sonrisa exagerada. Sin que la intensidad de los aplausos disminuyera, Erik ascendió las escaleras y alcanzó la tarima, hizo un leve gesto con la cabeza a Ed Wallace y se colocó tras la tribuna. El público no paraba de aplaudir. La fama de los Gallagher llevaba forjándose desde antes de que los Veldecker fueran siquiera conocidos. En las clases de historia aún se estudiaban los logros del anciano Luther Gallagher en el transporte marítimo. El venerable noble destacaba como famoso explorador. Sus rutas seguras para submarinos lograron potenciar el comercio entre las ciudades-plataforma. Erik, por su parte, cosechó más fama para la familia Gallagher revolucionando el transporte público de Pináculo. Su red de monorraíl consiguió una ciudad mucho más intercomunicada; además, nadie desconocía que Erik también destinó parte de sus esfuerzos en el lanzamiento del S.R.T. Para muchos, el noble era incluso más querido que el propio Robert, pues aunque éste fuera el líder indiscutible de la Corporación que dominaba el mundo, siempre pesaría sobre el apellido Veldecker cierto regusto amargo por haber descubierto el praemortis.

Sencillamente, para muchos habría resultado más fácil vivir en la completa ignorancia.

La multitud llenaba la plaza. Ésta se encontraba frente al edificio de Pináculo, construida en recuerdo a la familia Veldecker. Allí, justo en medio, había esculpida una estatua a Frederick, el descubridor del praemortis; al menos eso era lo que decía la placa de bronce a sus pies, pues las gaviotas habían defecado sobre la cabeza de la estatua hasta volverla irreconocible. La flanqueaban hermosos arbustos de peonías artificiales y un pequeño estanque de agua sucia.

La plaza estaba rodeada por varios rascacielos propiedad de los nobles, aunque ninguno rivalizaba en altura con el Pináculo. Se accedía a ella desde una avenida principal de seis carriles —tres por cada lado— y varias calles pequeñas. Debido a la afluencia de público que se esperaba, tanto las calles como la enorme avenida estaban cortadas al tráfico. Por desgracia, a cierta distancia se hacía difícil entender los discursos, de forma que la multitud prefería apretujarse en la plaza. La avenida se encontraba casi desierta. Al estar suspendido el tráfico, los pocos transeúntes paseaban alegremente por la calzada. Además, el día invitaba a ello. Las nubes eran abundantes, pero claras, y había mucha luz.

Un ave de alas negras cruzó el cielo a gran velocidad, como si pretendiera desafiar con su vuelo al de las gaviotas. Llegó hasta la plaza y dio media vuelta para regresar por la avenida. Tras recorrer medio kilómetro descendió y tomó tierra sobre el pavimento de un cruce entre la avenida Frederick Veldecker con los Soportales. Allí esperaba a un hombre que vestía gabán negro y sombrero gacho calado hasta las cejas. El cormorán graznó, extendió las alas y caminó hasta él.

—Toma, ven —susurró Garuda.

Introdujo una mano en el bolsillo de su gabardina y sacó un pequeño pescado que lanzó al pico del cormorán. El ave lo cazó al vuelo. A lo lejos se escuchaban todavía algunos aplausos. Erik Gallagher levantaba las manos para pedir silencio, pero la muchedumbre se negaba a obedecerle. El sol clareó la plaza. Las peonías brillaron como si estuvieran bañadas de rocío.

—¡Gracias, amigos! ¡Silencio, por favor!

El público continuaba aplaudiendo con fervor, como si Erik acabara de prometerles el Néctar. A lo lejos, en la avenida, Garuda, cubierto bajo el techo de los Soportales, midió la distancia que lo separaba de la plaza, contó los soldados que hacían rondas en la calle y a los francotiradores de las ventanas.

—Es un placer para la Corporación y también para mí anunciar...

Garuda observó el tranvía en su paso lento y melancólico a varias calles de distancia. También notó las vibraciones en el suelo que bajo sus pies producía el paso del monorraíl.

—...el éxito del Sistema de Renovación de Trabajadores. Los ingresos superan con creces las expectativas, lo cual sólo podemos agradecer a...

Contuvo la respiración, introdujo su mano derecha en el interior de la gabardina y extrajo un fusil de francotirador que llevaba oculto.

—... los ciudadanos y ciudadanas de pináculo, quienes han depositado su confianza...

Apuntó con velocidad, apenas le hicieron falta dos segundos para fijar el blanco y comprobar la resistencia del aire. Pero de repente, cuando ya su dedo apretaba el gatillo con suavidad, esperando a que el disparo lo sorprendiera, algo lo detuvo. Con gran velocidad echó la cabeza hacia atrás, justo antes de que un arpón lo alcanzara. El proyectil dio en la culata del fusil y la hizo pedazos. La fuerza lanzó el arma por los aires, lejos de las manos de su dueño. Garuda miró a su izquierda. Un confesor, de pie en la acera, echaba mano a su espalda para cargar otro arpón en su fusil. Una capa gris ondeaba a su espalda. La gente a su alrededor corría despavorida.

—¡Es una trampa! —masculló el cazarrecompensas entre dientes—. Nunca debí quedarme tan expuesto.

El confesor lo había estado vigilando todo ese tiempo, oculto a su estudio del entorno. Aquello sólo podía significar una cosa: lo esperaban. Midió de nuevo la distancia que lo distanciaba de su objetivo. Gracias a que el fusil lanza-arpones casi no producía ruido al disparar, en la plaza aún no se habían percatado de lo que sucedía en la avenida, pero no tardarían en dar la alarma, y entonces Erik desaparecería.

A unos ciento cincuenta metros había aparcado un vehículo portatropas con seis soldados apoyados en él. Conversaban tranquilamente, ajenos a Garuda, hasta que vieron aparecer al confesor. Todavía observaban los alrededores, intentando comprender qué sucedía, cuando el Cormorán echó a correr hacia ellos.

—¡Allí! —señaló el sargento de la escuadra—, ¡detenedlo!

Sus hombres reaccionaron levantando sus fusiles, pero el cazarrecompensas hizo una finta y se colocó detrás de una familia que paseaba por la calle. El padre intentó volverse, pero Garuda le asestó un codazo que lo arrojó al suelo, luego tomó en brazos a la niña que caminaba de su mano y reanudó la carrera hacia los soldados.

—¡Tiene un rehén, no disparéis! —ordenó el sargento.

El confesor, sin embargo, estaba entrenado para ignorar toda norma moral. El arpón rasgó el aire. Garuda, como si tuviera ojos en la espalda, logró esquivarlo agachándose a tiempo. El proyectil pasó rozando su pelo recién cortado.

—¡Detenedle, que no pase de aquí!

Los soldados intentaron placar al cazarrecompensas. Al fondo, los primeros gritos de alarma llegaron a la plaza. Erik levantó la vista y pudo reconocer un tumulto a lo lejos. En la tarima, Wallace presionó con los dedos el intercomunicador en su oído.

—Sí... de acuerdo... que los francotiradores estén listos. Mis hombres y yo nos ocuparemos de Erik. Nos iremos en la limusina.

Hizo un gesto de cabeza a soldados que lo acompañaban. Seis de ellos subieron a la tarima de un salto para formar un escudo alrededor del noble. El público comenzó a revolverse.

«Ya estás aquí», dijo Erik para sí mientras lo conducían a la limusina. «No escaparás».

El cortejo llegó a las escaleras. Peter se les había adelantado con la esperanza de que le reservaran un sitio. El coche corporativo llevaba un revestimiento antibalas casi idéntico al de un blindado. Sólo un arma de gran calibre podría hacerle mella.

Iván, por el contrario, se había puesto en pie y alzaba la cabeza con curiosidad por ver lo que sucedía a lo lejos.

—¡Ayudadme, viene directo hacia mí! —dijo en la avenida uno de los soldados. Un par de metros antes de alcanzarlo, Garuda soltó a la niña y se lanzó contra su oponente. Como un rayo se agachó frente al primer puñetazo y luego lanzó un gancho directo a la barbilla. El soldado perdió el equilibro y Garuda aprovechó para colocarse a su espalda. Lo sujetó del cuello, descolgó el fusil que portaba al hombro, le propinó una patada en los riñones y mientras aún trastabillaba disparó una salva de cuatro disparos a su espalda. El soldado cayó fulminado. Un disparo levantó el pavimento a unos pocos centímetros de su pierna derecha; los francotiradores ya lo habían detectado, debía darse prisa. Se volvió hacia el sargento, quien ni siquiera tuvo tiempo de emitir orden alguna. Los disparos lo alcanzaron en el pecho y lo derribaron, al igual que al resto de sus compañeros. Garuda miró a su espalda. El confesor se aproximaba a grandes zancadas al tiempo que recargaba su arma. Luego volvió la vista a la plaza. Erik abandonaba el lugar completamente protegido.

De repente le llegó el silbido de otro proyectil y, al momento, una bala le pasó rozando el pómulo derecho. A unos cien metros, un francotirador, que lo apuntaba desde la ventana de un décimo piso, ya tiraba del cerrojo de su rifle para recargar. Garuda se apresuró. Corrió por el flanco del portatropas para conseguir cobertura. Desde allí vació el cargador de su fusil. La fachada del francotirador, de cristal, saltó en una miríada de pequeños trozos. Garuda aprovechó el momento y escaló hasta la parte superior del portatropas. Una vez arriba alcanzó la escotilla y la abrió. La bala del francotirador le había abierto un feo tajo en horizontal desde el pómulo hasta la oreja del que corrían varios hilos de sangre.

Entró de un salto en el interior del portatropas y aseguró la escotilla justo antes de que el confesor cayera encima de un salto. A lo lejos la limusina corporativa ya se había puesto en marcha en medio de otras dos, repletas de soldados. Garuda puso en marcha el vehículo y arrancó con brusquedad. Arriba, el confesor se aferró a la parte superior y golpeó la escotilla. El puñetazo abolló el blindaje, pero no logró penetrarlo.

—¡Viene en un portatropas! —gritó frenético Peter desde la limusina de Erik.

Para salir de la plaza, los vehículos corporativos debían alcanzar la avenida, pues la multitud taponaba las calles más pequeñas. El plan era desviarse en el primer cruce, pero aquello significaba tener que acortar distancias con el cazarrecompensas. Desde su limusina, el joven ejecutivo contemplaba cómo el vehículo se les aproximaba a toda velocidad.

—No llegará a tiempo —quiso tranquilizar Wallace—. Tomaremos la primera intersección y ordenaré al vehículo de nuestra cola que le corte el paso.

—¿Qué sucederá si nos alcanza? —terció Erik.

—La limusina está fuertemente blindada. Ni aunque la pasara por encima con el portatropas lograría hacernos daño. La mejor opción es quedarnos aquí dentro y esperar los refuerzos.

Erik afirmó con la cabeza. Luego observó que sobre el portatropas había alguien.

—¡Hay un confesor allí! —señaló Peter. Él también se había fijado—. ¡Estamos salvados!

Erik sonrió. Acababa de distinguir su capa gris.

A lo lejos, Garuda aceleraba. La hilera de limusinas encaraba la avenida esquivando el caos de gente que corría en todas direcciones. De repente, escuchó un chirrido fuerte. En uno de los laterales, el confesor había descubierto una de las troneras, e introduciendo ambas manos, resquebrajaba el blindaje. El cazarrecompensas dio entonces un fuerte volantazo. El portatropas realizó un derrape en T y el confesor salió despedido. Cayó varios metros por delante y rodó produciendo un sonido metálico. Garuda se puso en marcha de nuevo. El confesor, visiblemente aturdido, comenzó a levantarse, pero apenas logró ponerse en pie cuando el portatropas lo atropelló, pasándolo por encima con sus seis enormes ruedas. Garuda frenó en seco y abrió la escotilla. Afuera, el confesor aún no se movía. El fuerte impacto había desprendido de su espalda el carcaj, de modo que toda su reserva de arpones se encontraba desperdigada por la calzada. No muy lejos de allí también se encontraba el fusil cargado. El Cormorán sonrió complacido.

—¡No! —gritó Erik al ver como era arrollado el confesor.

—¿Lo ha matado? —preguntó Peter. El miedo lo hacía revolverse en su asiento.

—No, no, no. Es imposible —intervino Wallace—. La armadura debe de haberlo protegido.

—¡Acelera! ¡Ve más rápido! —ordenó Erik al chofer. Había perdido la compostura por completo.

—Imposible, señor —contestó este—. Hay demasiada gente corriendo por la calle.

—¡Pues atropéllalos! Yo les pagaré el Néctar si es necesario, pero sácanos de aquí.

—Habrá que decírselo también a la limusina de enfrente —observó Peter.

Wallace ya daba la orden a sus hombres por el intercomunicador. La limusina que marchaba por delante de ellos pegó un acelerón y se llevó a una mujer por delante.

Al otro lado, Garuda bajó de un salto del portatropas. El confesor comenzaba a dar señales de vida, pero el golpe debía haberle hecho perder el sentido, al menos durante un momento, porque se movía con torpeza. De lejos le llegaron gritos. Las tres limusinas corporativas corrían a toda la velocidad posible arrollando a quienes hallaban en su camino. El cruce estaba ya a unos metros de distancia, de forma que el coche de cabeza se preparaba para tomar la curva.

El confesor se había puesto a gatas, pero aún era incapaz de levantarse. Garuda alcanzó el fusil lanza-arpones. Estaba cargado. Apuntó extendiendo el brazo todo lo posible y contuvo la respiración. Aguardó unas décimas de segundo. Los cristales de las limusinas no eran tintados, afortunadamente, sino transparentes, con objeto de que el noble saludara al público desde el interior. Vio a los ocupantes de la primera... no, allí no debía estar Erik... en la segunda... en el asiento de...

Acarició el gatillo y disparó cuando las limusinas aún se encontraban en fila frente a él. El arpón voló directo al coche de cabeza. Atravesó el parabrisas delantero y el habitáculo por entre los asientos del conductor y el acompañante; salió por el parabrisas trasero y continuó su trayectoria, sin rozar siquiera a ninguno de los ocupantes, hacia la segunda limusina. Entró por el cristal, atravesó el cuello del copiloto, el asiento, la clavícula derecha de Erik y se detuvo alojado en el maletero.

El noble dejó escapar un aullido de dolor. El arpón había horadado una perfecta circunferencia en su cuerpo. Los demás también gritaban, aunque sólo de pánico.

—¡Corre! ¡Corre, por el Apsus! —gritó Peter al chofer. El soldado obedeció, y pisó el acelerador a fondo. La limusina adelantó a la que iba en cabeza y tomó tan cerrada la curva de la intersección que se subió a la acera.

—¡Erik! —gritaba Wallace. El noble perdía el sentido.

El general hizo presión en la herida para detener la hemorragia. En el asiento del copiloto, el soldado a quien el arpón había atravesado el cuello gorgoteaba, esforzándose por respirar.

—Hace demasiado que no sopeso uno de estos —masculló Garuda, observando el arma—. Ya veremos si he acertado.

Midió la situación. La Guardia se acercaba procurando cortar todas las salidas para impedir que escapara. Además, el confesor se recuperaría en breve.

—Hora de marcharse.

Estudió la zona, tomó un par de arpones del suelo y corrió hacia su vía de escape: una boca de alcantarilla. Los túneles del alcantarillado eran muy peligrosos. Las frecuentes lluvias solían ocasionar auténticos torrentes de agua subterráneos que podían arrastrar a los incautos, estrellándolos contra las paredes hasta reducirlos a pulpa, o terminar arrojándolos al Apsus desde uno de los desagües.

Afortunadamente, no había llovido en todo el día.

—¿Has hecho limpieza? —dijo Leandra, observando su alrededor.

Pese a que Iván no lo esperaba, Leandra regresó. Su imagen era radicalmente distinta a la de las visitas anteriores. Vestía una blusa cruzada en negro, falda tubular gris y tacones. Un pañuelo púrpura tapaba su cuello; no obstante, su forma de vestir no era donde se había operado el cambio, sino en su actitud, en la forma de dirigirse a Iván, de tratar con él. En las palabras utilizadas no había ni rastro de tono imperativo.

Iván, por su parte, había ocupado los últimos días en arreglar el aspecto de su habitación. Aún estaba desordenada y sucia, pero al menos había sitio para sentarse sin necesidad de hacer hueco.

—¡Claro! —respondió—. Hay que mantener contento al personal de limpieza. La última vez no me dejaron toallas. Creo que es su forma de demostrar que no sienten ningún aprecio por mí.

Leandra devolvió una sonrisa dubitativa. Luego buscó asiento en el sofá. La habitación del soldado, pese al caos reinante, poseía cierta atmósfera de calidez acogedora. Tal vez por eso había decidido reanudar sus visitas. Tal vez...

—¿Quieres beber algo?

Iván la sacó de su abstracción.

—No, gracias —respondió ella—. Debo marcharme dentro de un rato. Tengo trabajo.

—¿Es que nunca piensas en quedarte más de diez minutos?

Ella bajó la cabeza.

—Sólo vengo a comprobar que todo sigue en orden.

—¡Hago lo que puedo! —respondió él, señalando con sus brazos la ropa en los rincones y las botellas vacías sobre la mesa.

—Al menos ya no veo el Nitrodín.

—Ya no lo consumo.

—¿Por qué no? Eres libre de hacerlo. Es legal. No pretendía reprocharte nada.

Iván se acercó hasta el sofá y se sentó junto a Leandra.

—Hace tiempo que no me es necesario. Al principio, cuando la Corporación me recluyó aquí, lo usaba para distraerme y para sentirme mejor conmigo mismo.

—¿Sentirte mejor?

—Estoy contando una mentira a la gente de esta ciudad, Leandra.

Ella hizo una mueca, pero respondió con tranquilidad.

—Entiendo...

—Te aseguro que cuando lo pienso me dan ganas de abrir la puerta y salir corriendo, pero sé que Lügner estará al otro lado, montando guardia. Ya no puedo confiar en él. Apenas me saluda las pocas veces que nos cruzamos.

Ella se revolvió en su sitio.

—Lamento que no te encuentres cómodo aquí.

—¿Sucede algo?

Leandra miró al soldado, pero no se atrevió a pronunciar palabra hasta pasados unos instantes.

—Debo contarte algo, Iván.

—Lo sé.

—Hay muchas cosas que desconoce la gente de esta ciudad, del mundo. Pero hacerles vivir en la ignorancia resulta mucho mejor para ellos que contarles la cruda realidad.

—¿De qué estás hablando?

—Es mentira, Iván.

—¿Qué es mentira?

—El Néctar. Es una patraña.

Iván dio un salto del sofá. Las palabras de Leandra cayeron como un peso; sin embargo, y a pesar de la sorpresa, le sonaron extrañamente familiares. Sí, lo recordaba. Había escuchado tal afirmación con anterioridad, salida de la voz cavernosa del Golem, segundos antes de que su conciencia cayera en las aguas de la Vorágine. No obstante, en Leandra había un tono inquietante, distinto al empleado por la misteriosa criatura. Un dejo amargo, desesperanzado.

—Leandra, ¿qué pretendes decirme?

—No puede cambiarnos de torbellino. Cuando Frederick Veldecker traspasó la última frontera de la humanidad nos descubrió en realidad nuestra verdadera naturaleza. Somos habitantes del Bríaro, del mar de vidas atormentadas. Igual que ahora vivimos sobre el Apsus; en el otro mundo viviremos formando parte de un mar.

Y como si se hubiera deshecho de una pesada carga, Leandra resopló y desvió la vista hacia los edificios que se veían a través del balcón. Se había deshecho de toda apariencia hostil y su cuerpo, como transformado, parecía lánguido y quebradizo. A pesar de todo, el modo en que afirmaba sus palabras las cubría con un halo de inquietante veracidad. Iván también reconoció las últimas afirmaciones de la mujer. Parecían una declaración de principios, como un dogma. El mismo que había estudiado en la academia militar, durante las clases que advertían sobre la ideología de la Orden.

—¿Qué estás diciendo? —insistió, arrugando el entrecejo.

—No podemos cambiar de torbellino. Nunca hemos podido. El Néctar no sirve para nada. Créeme —dijo, y se quitó el pañuelo, mostrando el lado donde las marcas enrojecían su piel—. Lo sé muy bien, aunque me haya esforzado por pensar lo contrario.

Iván sintió una mezcla de desconcierto y temor. Leandra ya se lo había advertido: no conocía absolutamente nada de ella. Ahora le parecía estar contemplando a una mujer distinta, misteriosa. Alguien que escondía gran cantidad de secretos lo suficientemente aterradores como para doblegar una voluntad débil y, sin embargo, cuando retiraba el pañuelo y dejaba ver sus marcas, aparecía otra mujer distinta a la personalidad pública. No era la poseedora de una ira desbordante, la que derrochaba gran fuerza de voluntad, autoritaria, fría; sino algo radicalmente opuesto. Una personalidad frágil; acobardada, casi al borde de la autodestrucción por culpa, quizás, de todos aquellos secretos.

Dos personas diferentes en un mismo cuerpo.

—Sí podemos cambiar de torbellino —dijo él, con toda la resolución que fue capaz de reunir—. Yo lo he hecho.

Y pese a lo que cabía esperar, Leandra no reaccionó con violencia ante una afirmación tan opuesta a los axiomas de la Corporación. Permaneció sentada y se llevó las manos a las sienes. La sombra de la cefalea volvía a visitarla mediante un pinchazo agudo, nacido allí donde también florecían sus dudas, como si las enseñanzas de Raquildis la aguijonearan. Esta vez el recorrido se extendió hasta su mandíbula y tensó todos los músculos de su cuello. Pero no se quedó, sino que desapareció tras unos instantes. Era una advertencia.

De su memoria surgió un recuerdo lejano pero vívido; enterrado bajo años de adoctrinamiento como confesor: el relato de su hermano mayor, Robert, justo después de que su padre lo trajera de vuelta gracias a la primera dosis de praemortis. Se vio a sí misma, sentada sobre las rodillas de Frederick, rodeada por sus hermanos, envueltos por el calor de la chimenea, escuchando una y otra vez aquella historia imposible de creer.

—¿Recuerdas tu viaje al otro mundo? —preguntó al soldado.

Iván asintió.

—Recuerdo perfectamente mi primer viaje cuando cumplí los veintiuno: la Vorágine, aquel ruido estremecedor, parecido al estruendo de un maremoto y luego la división de los dos torbellinos. Todo igual que la última vez que viajé de la mano del Golem. Pero Leandra, debes saber que en ambas ocasiones vi a personas en el otro torbellino. Eran pocas. Dos, quizá tres. Pero había gente allí. Durante el segundo viaje, además, yo me encontraba al otro lado.

—Mi hermano Robert me inyectó el praemortis cuando la Corporación comenzaba a despegar; no con veintiún años, sino con trece. En aquellos días lo elaboraba con ayuda de Raquildis, pero aún no disponía de medios suficientes como para suministrarlo en masa, así que se lo dio a probar a los nobles. Cuando estos quedaron convencidos, les pidió un préstamo a cambio de un pedazo de la Corporación. Así, poco a poco, fue ascendiendo hasta conseguir el control.

—Leandra, si el Néctar, tal y como dices, no funciona, ¿qué hace cambiar a la gente de torbellino?

Leandra palideció, luego preguntó:

—¿Crees que el Golem se lleva a quien él elige?

Iván no fue capaz de responder.

Ella prosiguió.

—Mi viaje al Bríaro fue tan espantoso como el de todo el mundo.

—Sinceramente, desconozco las intenciones del Golem.

—¿Cómo es? —preguntó Leandra con un hilo de voz. Observaba a Iván de reojo.

—Es... diferente. No podría describirlo con mayor detalle. Cuando me encontré con él estaba al borde de la muerte. Aunque sí recuerdo un detalle: sus ojos...

Hubo un silencio.

—Debo marcharme —dijo ella, de repente, y se levantó de un salto.

—Leandra, espera. No te marches aún.

La tomó del brazo. Ella quiso ignorarlo, pero cuando la atrajo hacia sí se dejó arrastrar.

—Leandra. No puedes marcharte así. Lo que me has contado es demasiado importante como para soltarlo sin más. ¿Te das cuenta de las consecuencias? Robert Veldecker lleva décadas engañando al mundo con el único fin de enriquecerse.

—¿Y crees que no lo sé?

—¡Pero debemos hacer algo al respecto!

—¿Nosotros?

Leandra miró a la puerta de reojo, como si temiera que alguien estuviera escuchando al otro lado.

—No significamos nada para la Corporación. Ni siquiera yo, la hermana de su creador. Hasta el mismísimo Robert Veldecker es prescindible. No, Iván. Nosotros no podemos salvar a la gente. Ni siquiera el Golem puede.

Iván no tuvo más remedio que callar ante una afirmación tan rotunda. Si aquella criatura sobrehumana había logrado cambiar a Iván de torbellino, ¿qué esperaba para salvar a cuantos depositaban su fe en el Néctar? A Iván le surgieron las dudas. Quizás su existencia, la de toda la humanidad, no era sino la obra de una voluntad caprichosa que improvisaba sus planes de salvación y condena.

—¿Por qué el Golem no hace nada para salvarnos? —repitió Leandra. La cabeza le daba vueltas.

—Ojalá lo supiera. Hay cosas que no comprendo de su forma de actuar.

—Quizás no pueda. Quizás el Golem no sea capaz de librarnos a todos de...

Entrecerró los ojos. La sombra de un nuevo ataque ya asomaba desde su nuca. Se estremeció como si los húmedos tentáculos del Haiyim hubieran acariciado su piel de nuevo, igual que cuando danzaron junto a ella, en la mañana en que la Orden la aceptó como uno de sus acólitos. El monstruo marino reclamaba cuantas vidas fueran necesarias para llenar su mar, allá, en el otro mundo. Y contra aquella realidad, el minúsculo plan salvador del Golem parecía inútil. A todas luces daba la impresión de ser una lucha entre ambos poderes, en la que el misterioso ser capaz de salvar a la humanidad de los vientos del Bríaro perdía por una gran diferencia. Y, entretanto, los infinitos tentáculos del Haiyim se extendían a todas las conciencias, a todas las voluntades, y las atraía hacia sí, tal y como siempre había asegurado Raquildis.

—Iván, tal vez el Golem no sea la solución. Tal vez... tal vez no exista una escapatoria del Bríaro que salve a la humanidad.

Iván no supo qué contestar. Quedó pensativo, buscando una lógica a las acciones del Golem, intentando descubrir su plan, si es que lo había. ¿Por qué lo había salvado a él y, en cambio, había terminado con la vida de Guilem, Acab y Tarif, sus compañeros?

Leandra notó otro pinchazo; supo que no tardaría en estremecerse con un nuevo ataque. No quería que Iván la viera en esas condiciones, así que dio media vuelta, alcanzó la puerta y la abrió. El sonido del cerrojo hizo que el soldado reaccionara.

—Leandra, ¿volverás a visitarme?

—Creo que sí —dijo ella, y sus labios se curvaron en una sonrisa cálida.

IX

Si observamos al ciudadano común, no es difícil comprobar en él una necesidad por creer en un orden divino. En el pasado, nuestra sociedad decidió evolucionar, deshacerse de las preguntas que el hombre no fuera capaz de responder y rechazar todo tipo de creencias que no se ajustaran a una demostración científica. Sin embargo, la misma observación nos muestra que el hombre parece diseñado para creer en un ente superior a sí mismo. Ciertas causas podrían propiciar la aparición de este tipo de comportamiento.

Así lo encontramos, en efecto, cuando se publicó el descubrimiento del praemortis. Desde su difusión entre la población, las preguntas existenciales aumentaron exponencialmente. El individuo de a pie, a falta de algo más plausible en lo que depositar sus esperanzas, terminó viendo en el Apsus un principio creador y dominador de su vida, posiblemente por su composición, parecida a la de la Vorágine.

Todos necesitamos creer en algo. Incluso —y permítanme aventurarme en un tema tabú— los acólitos de la secta llamada la Orden. Los interrogatorios a los que se les sometieron dejaron patente que adoraban al Haiyim como un dios creador de ambos mundos, asociando el elemento en el que vive el monstruo marino —el Apsus— con el líquido aún por determinar que compone la Vorágine.

Pero lo cierto, queridos colegas y alumnos, es que si entendemos que el hombre, por mucho que se esfuerce, no puede despegarse de esa necesidad primigenia por creer, podemos concluir que en el pasado erramos al pensar que no existe nada más allá del mundo en que vivimos. El praemortis, siguiendo esta teoría, demuestra ser más que un elemento capaz de transportarnos al Bríaro; es una iluminación, y una advertencia.

Cuando pienso en ello no puedo sino evocar las palabras de su descubridor, Frederick Veldecker, quien en su lecho de muerte escribió la más preclara de sus afirmaciones. «La Vorágine se acerca a nosotros». Esas palabras están repletas con un significado que nos ha resultado esquivo durante muchos años. ¿Pero acaso no será que seguimos sin querer comprenderlas?

Cuando el hombre olvidó sus creencias, sus preguntas sobre qué le depararía la muerte; cuando pudo liberarse definitivamente de sus inquietudes existenciales, la Vorágine se mostró ante nuestros ojos para hablarnos, para comunicarnos que recuperáramos una religión, quizás una filosofía capaz de devolvernos la verdad. Los dos torbellinos bailaron descubriéndonos un principio arcaico y perenne, establecido desde el principio de los tiempos.

¿Qué es el Néctar entonces? ¿La liberación? No. Es una escapatoria. Un empeño por permanecer tal y como nos encontramos ahora, como nos encontrábamos en el pasado; libres de preguntas, cómodos en nuestra amnesia voluntaria. Pero la cruda realidad es que el hombre, en su fuero interno, sigue anhelando creer.

Este es el mensaje que deseaba lanzar en esta mañana. Observemos los dos torbellinos y preguntémonos qué función desempeñan; contemplemos el mar de vidas y atrevámonos a calcular desde cuándo hay gente que sufre el tormento. Miremos el Néctar, y, a la vista de todo lo anterior, desafiemos sus propiedades.

Muchas gracias.

Extracto de la ponencia del Dr. Alfred Jabari,
dos días antes de su cese voluntario como profesor y su ingreso en los Cuervos

1

La lluvia había decidido parar. Los ventanales, sin embargo, todavía conservaban el agua de la tormenta anterior. En la parte superior, una gota furtiva se atrevió a iniciar el descenso por el cristal. Avanzó primero muy despacio, hasta que halló un pequeño oasis en el que renovar fuerzas y, gracias a él, inició una rápida caída. Al otro lado del cristal, Robert siguió su carrera con el dedo hasta que la gota tocó la cornisa y con un salto se precipitó al vacío.

—Hemos fallado —repitió Raquildis.

El líder de Praemortis parecía haberle ignorado la primera vez que le dio la noticia.

Raquildis escuchó cómo Robert aceleraba su respiración. Al principio creyó que sollozaba, pero luego descubrió que se trataba de una especie de risa.

—Estoy derrotado —dijo.

Raquildis prefirió no responder. Robert lo encaró. A la luz de la luna su rostro parecía extraordinariamente pálido. Los ojos se encontraban hundidos en las cuencas y poseídos por una mirada insana, que junto a sus pómulos excesivamente marcados le daban un aspecto cadavérico.

—Se acabó —sentenció Robert—. Se acabó todo.

—Señor, esta derrota no significa ni mucho menos...

—¡Calla!

Raquildis agachó la cabeza.

—Calla... Ni siquiera me importa. No me importa nada.

Robert caminó hasta colocarse frente al bajorrelieve. La presencia de la cefalea comenzó a hacerse notar, tensando todos los músculos de su cuello. Las formas de la escultura parecían sobresalir más que nunca, como si, durante los viajes de Robert a la Vorágine, hubieran cobrado vida e intentaran escapar.

—Ya no vivo, ni muero, Raquildis. Transito por ambos mundos, como un peregrino sin hogar. Veo a la vez éste y el de los muertos. Los hombres y mujeres condenados me visitan cada noche, cada día. ¡Son aquellos que viven en el mar de vidas! Él los deja salir.

—¿Él? ¿Quién es él?

—¡Él, Raquildis! —susurró Robert, señalando al bajorrelieve—. Deja que salgan para que me visiten.

Robert se agarró la camisa con fuerza y comenzó a tirar de ella. A juzgar por las roturas, no parecía la primera vez que hacía algo semejante.

—Aquellas vidas intentan atraparme, todos a la vez. Se aferran a mí, y con sus uñas despedazan mi ropa y me abren la piel. ¡Desean llevarme con ellos, Raquildis! No puedo soportar su contacto, e intento gritar, pero me tapan la boca y...

Se señaló los ojos y luego crispó los dedos a su alrededor como si estuviera a punto de sacárselos. Respiraba con fuerza, pero de repente relajó todos sus músculos.

—Erik Gallagher se ha adelantado a mis pensamientos. Es... es como si fuera capaz de preverlos. Como... como si pudiera horadar mi cabeza y extraer cada maquinación en su contra para prevenirse. ¿Acaso me los lee de verdad? ¿O soy yo quien, poseído por mi demencia, acudo hasta sus habitaciones para confesarle con todo detalle que pretendo asesinarlo? ¡Ni siquiera sé ya si alguna vez fue mi adversario! ¿Acaso lo fuiste tú, o mi esposa, o el resto de los nobles? Lo ignoro. Nunca he tenido tal seguridad, porque os aparecéis en mis sueños, tan reales como te veo a ti. ¡Como te veo ahora mismo! Os presencio riendo junto a los atormentados de aquel mar, carcajeándoos por mi incapacidad para defenderme, burlándoos por haberme convertido en vuestro juguete. Y al despertar, todo se me antoja una mentira. ¿Alguna vez habéis estado en mi contra? No lo sé. ¡No puedo saberlo! ¡No puedo! Y al final, soy yo mismo quien desmiente mis arranques de desconfianza, pues hace mucho que no distingo entre la verdad y la mentira. Mis paranoias, Raquildis, aumentan con cada resurrección provocada por el praemortis.

La cefalea empujó con fuerza desde su cuello y se apoderó de toda su cabeza. Robert volvió a reír como si en lugar de dolor sintiera un placer demente.

—Ya vuelve... —musitó.

—Señor, ¿qué ordena entonces?

Robert continuó riendo. Se pasó los dedos por entre su cabello enmarañado y respiró hondo.

—Raquildis, me resta poca cordura que conservar. Durante muchos años, desde que mi padre descubrió el praemortis, he luchado contra la cefalea; la Bestia implacable. Pero finalmente ella ha terminado venciendo. Ya no tengo fuerzas para continuar la lucha. Debo rendirme, arrojarme a sus fauces y dejar que me devore. No... Raquildis. No ordeno nada más. Tú también eres libre de hacer cuanto desees.

—¿Puedo ayudarle en algo?

Robert miró al consejero de soslayo.

—¿Podrías...? —su voz sonaba a súplica—. ¿Tal vez fuera posible que mi hijo me visitara, aunque sólo fuera una última vez?

—Sabe que eso no es posible. No es recomendable que Daniel lo vea así.

—Por favor, te lo ruego, Raquildis —ahora Robert sollozaba—. Una última vez. Él posee una conciencia pura, inocente. No sabe cuántos enemigos lo rodean. Debo advertirlo. Hablarle de los peligros que debe evitar ahora que está a tiempo. Los de verdad, y los que sólo reproduce mi imaginación. De todos ellos... no importa. Necesito que me lo traigas.

Unió las manos, entrelazó los dedos e intentó arrodillarse, pero Raquildis se lo impidió tomándolo del brazo.

—Por favor, señor. Esto es innecesario. Sabe que no puedo traerle a su hijo.

—No, Raquildis. No me lo niegues. Sólo puedo confiar en él. Daniel jamás me traicionará. Soy su padre. Me venera. Y yo necesito estar cerca de él para dormir tranquilo, para librarme del acoso de los condenados al Bríaro. Daniel puede darme esa paz que tanto me hace falta para seguir con vida. ¿Es que no lo comprendes, Raquildis? ¡Él es mi cura! ¡Él me sanará! Tráemelo. No deseo pedirte nada más.

—Lo lamento, pero es imposible.

Robert rompió a llorar y se hizo un ovillo en el suelo. Raquildis decidió que su presencia allí era innecesaria y dio media vuelta para marcharse. Pero cuando casi había alcanzado la puerta, Robert extendió el brazo como si pretendiera alcanzarlo.

—¡No se lo dejes a ella! —gritó—. No dejes que Daniel se acerque a Leandra. Ella lo maltratará. Es fría y carece de sentimientos—¿Acaso no confía en su hermana, señor?

—Ni en mi hermana, ni en los nobles... ¡ni siquiera en ti! Ya lo sabes. No confío en nadie. Todos os habéis colocado en mi contra. Miles de veces os he contemplado en mis visiones, apuñalándome. Pero ya no me importa que luchéis por el poder. Os lo cedo, es vuestro. Es tuyo, Raquildis, si lo deseas.

El consejero Wilhelm Raquildis sintió que un estremecimiento tensaba cada fibra de su cuerpo. Robert cedía lo que tiempo atrás parecía imposible: el mando de la Corporación. El consejero permaneció de pie, rígido como una de las figuras del bajorrelieve. Se volvió maquinalmente y contempló la pose implorante de Robert. Era patético.

Sabía que acercarse y prestarle su mano era todo lo que el líder de Praemortis necesitaba para que la Corporación quedara enteramente bajo su mando. Pensó el siguiente movimiento con velocidad: aceptaría el mando, lo mantendría con vida unos días más, el tiempo suficiente para que se celebrara una ceremonia de traspaso de poder, y luego terminaría con su vida.

Caminó un par de pasos hacia Robert, dubitativo, meditando cada posibilidad. Debía reducir la dosis de vasodilatador para que el líder no sucumbiera a la completa locura y para que dejara de inyectarse el praemortis. Pero cabía la posibilidad de que los ataques de cefalea en Robert hubieran terminado por aparecer solos, sin necesidad de aliciente.

—Raquildis, ven. Te daré Praemortis si lo deseas. Quieres la Corporación, ¿verdad? —insistió Robert. El consejero se acercó un poco más.

Sí. Se hacía evidente que la cefalea en Robert actuaba, hacía mucho, libre del efecto de los vasodilatadores introducidos en la comida. El aspecto macilento del líder dejaba ver que llevaba mucho tiempo sin comer y, sin embargo, los ataques se sucedían con demasiada frecuencia. Aceptar su petición podría no servirle de nada. Y si moría antes de nombrarle jefe de la Corporación, y los nobles se enteraban, lo verían como una traición y se posicionarían todos contra él. Pero, por otro lado, si lograba el liderazgo en una ceremonia pública, televisada, con toda la ciudad como testigo...

Ya se encontraba frente a Robert. Le tendió la mano.

—¿De verdad me cedería el liderazgo, señor?

Robert tomó a Raquildis de la mano.

—Cuando mi padre murió fuiste tú quien cuidaste de nosotros. Te preocupaste en mantener a tres muchachos desamparados. ¿Por qué lo hiciste?

Mientras aún permanecía su mano en la de Robert, Raquildis rememoró aquel pasado distante en que los hermanos Veldecker eran sólo unos adolescentes. Frederick trabajaba sin descanso, día y noche, buscando la cura para la cefalea de Robert, mientras Aadil y Leandra vivían olvidados en sus habitaciones. La casa, en otro tiempo rebosante de vida y hermosura, se encontraba en aquellos días vacía y moribunda. En medio de aquella desesperación, Raquildis acudió para ocuparse de cuidar a los niños, especialmente de la pequeña Leandra. Sí, especialmente de ella.

Robert continuó.

—Lo hiciste persiguiendo una meta, un objetivo. Como todo lo que haces en tu vida.

Raquildis se estremeció, entre avergonzado y sorprendido, pero no dijo nada.

—Pero no, ahora eso tampoco me importa —declaró Robert—. ¿Crees que prefiero regalar Praemortis a los nobles? ¿A los Ghallager? Jamás se lo daré a ellos. No, a ellos no. ¡A ellos no!

El consejero no respondió. Recordaba a la perfección por qué decidió cuidar a los hijos de Frederick. En realidad no le importaban Aadil o Robert; sólo Leandra, cuya hermosura infantil e inocente lo cautivó. Sí, ahora podría conseguir la Corporación, librarse de Robert y dirigir Praemortis junto a su pequeña niña. Tendría que asegurar una ceremonia lo antes posible, y librarse de Angélica. No resultaría difícil; la esposa de Robert no era nadie si faltaba su marido. En dos días, la Orden celebraría otra de sus reuniones, entonces se desharía de ella sin que nadie se opusiera. ¿Y Daniel? Podría resultar un problema en el futuro, pero antes de quitárselo de en medio tendría que saber primero si Leandra sentía algún afecto por su sobrino.

Praemortis, al fin en sus manos. Sólo para él, únicamente bajo su dominio.

Debía asegurarse que Robert no se arrepintiera, por eso no le traería a Daniel; al menos no ahora. Era más acertado prometerle la visita de su hijo, pero demorarse todo lo posible para reafirmar su desesperación, para asentar las bases del soborno e impedir que Robert, una vez con Daniel entre sus brazos, quisiera continuar con el liderazgo.

—Está bien, señor. Creo que dejar Praemortis en mis manos es una gran elección. Me ocuparé de organizar una ceremonia de traspaso. Pero hasta que esta se produzca, será mejor que mantengamos este asunto en secreto.

—Desde luego. Claro, Raquildis. No se lo diré a nadie. Sólo trae a mi hijo.

—Lo haré, pero hoy no. Debe descansar todo lo que pueda, estar presentable para Daniel.

El consejero hizo el amago de querer marcharse, pero Robert lo retuvo tirando de la mano hacia sí.

—Raquildis —dijo en un tono que lo hacía parecer avergonzado por algo—. ¿Es posible...? ¿Piensas que una vez que deje de gobernar Praemortis... la cefalea se marchará?

La mirada ojerosa de Raquildis dejo entrever un adarme de maldad.

—Señor, no comprendo qué relación pueda existir entre su enfermedad y el liderazgo de la Corporación.

—Ninguno, claro... ninguno —daba la impresión de que Robert estuviera disculpándose—. Ya sabes que a veces no pienso con claridad. Lo he dicho sólo por decir. Estoy desesperado por encontrar cualquier cosa, lo que sea, que pueda provocarme alguna mejoría. Por eso lo he preguntado. Sí. Por ver si, de alguna forma, dejar Praemortis en tus manos conseguía menguar la frecuencia de mis ataques.

Robert reanudó los sollozos. Raquildis, haciendo uso de toda la delicadeza que pudo, se liberó de las manos que lo sujetaban.

—Yo... —balbuceó el líder de Praemortis— te lo preguntaba sólo por ver si podías hacer algo. Lo único que me importa es volver a sentirme bien. Sólo quiero recuperarme.

—Lo lamento, señor —dijo Raquildis, mientras se marchaba—. Yo no soy médico.

—¡Leandra! —saludó Iván cuando descubrió quién llamaba a su puerta.

La mujer devolvió el saludo con una sonrisa rápida, sugerida, y pasó a la habitación. Al fondo, en el pasillo, Iván descubrió a Lügner; pero no montaba guardia cerca del ascensor, sino varios metros más cerca a su habitación.

—¿Han reubicado a Lügner? —preguntó, una vez hubo cerrado la puerta.

—Montaba guardia en el ascensor, ¿no es cierto?

—Eso es. Y ahora permanece de pie en mitad del pasillo, más cerca de mi habitación.

Leandra hizo una mueca y dijo:

—Sí, lo he visto.

—¿Por qué lo han hecho?

—Puede que alguien quiera averiguar sobre qué hablamos...

Iván quedó pensativo unos segundos, pero luego sonrió, elevó la voz y dijo:

—No sabes cómo agradezco que me ayudes a mantener limpia la habitación, pero creo que ya no necesito tu ayuda.

Leandra resopló.

—Por fortuna, no está ni la mitad de desordenada que la primera vez que te visité. Así mantendrás contento al servicio de habitaciones.

Y le devolvió la sonrisa. Iván la observó con detenimiento. Su imagen había mejorado con cada nueva visita, incluso creyó adivinar algo de maquillaje coloreando sus labios y pómulos. Leandra vestía un abrigo de piel marrón que dejó resbalar por sus brazos. Bajo él quedó al descubierto una blusa color pastel que hacía juego con su falda, corta hasta las rodillas.

—¿Qué haces aquí para entretenerte? —preguntó ella observando su alrededor—. Hoy dispongo de algo más de tiempo para quedarme.

—Escucho la radio.

—¿Constantemente?

Él devolvió a la mujer un gesto malicioso. Después, observó de reojo el balcón. Afuera llovía con relativa intensidad.

—¿De verdad quieres saber qué más hago?

Leandra, sin decir nada, lo miró levantando una ceja. Iván corrió hasta el balcón y lo abrió de par en par. Al momento una miríada de gotas se coló en la habitación, tamborileando sobre la moqueta. La Tormenta descargaba sobre la ciudad de Pináculo una cortina de lluvia.

—No pienso hacerlo —dijo Leandra, poniéndose en pie y haciendo un gesto negativo con el dedo índice.

—Si no vienes por las buenas vendrás por las malas —dijo él.

—No entiendo tu obsesión por empaparte con la lluvia. ¿Acaso es este el método que utilizas para asearte?

—En realidad sólo busco enfermar. Así los ejecutivos de Relaciones Públicas me dejarán tranquilo una temporada.

Leandra volvió a reír. Ahora permanecía de brazos cruzados, de pie en mitad de la habitación.

—Es una sensación única —insistió él—. Deberías probarlo.

—¿Probar a mojarme con la lluvia? Lo hago cada vez que salgo a la calle.

—No es igual. Cuando sales a la calle la lluvia es la que te moja a ti. Yo hablo de que nos *dejemos* empapar por la Tormenta.

—¿Qué diferencia hay?

—¡Ven y lo verás!

Iván tomó su sombrero y salió al balcón. La lluvia no tardó en empaparlo. Levantó la cabeza y abrió los brazos. Luego dio la vuelta al sombrero, esperó a que el interior se llenara de agua y se lo puso. Leandra reía a carcajadas.

—¡Es una experiencia magnífica! ¡Vamos, ven antes de que el frío me obligue a entrar!

Extendió el brazo hacia el interior. Leandra se aproximó con cierta timidez y le tomó la mano. Entonces, con un fuerte tirón, Iván la atrajo al balcón. El primer contacto con la lluvia la obligó a dar un respingo. En un momento todo su cuerpo estuvo empapado. Las gotas corrían libres por su cuello y descendían a su pecho sin ningún pudor. Se agitó por culpa de los escalofríos. Iván, a su lado, todavía la tomaba de la mano.

—¡¿Lo sientes?! —gritó, lleno de euforia.

Leandra cerró los ojos y abrió la boca para beber. Todo su cuerpo estaba en tensión y tiritaba de frío; pero al mismo tiempo jadeaba a causa de una euforia difícil de contener. Deseaba abrir los brazos al vacío y gritar todo lo fuerte que le fuera posible, hasta quedar sin aliento.

Iván le apretó la mano para llamar su atención. Ella abrió los ojos y vio que el soldado se había vuelto para observarla. Él también jadeaba, pero sonreía a la vez.

—¿Lo sientes? —preguntó de nuevo.

Ella no dijo nada, pero asintió con fuerza. En el balcón, dejándose empapar por la lluvia por primera vez, Leandra sintió que su libertad despertaba. Tras décadas de confinamiento bajo la armadura de confesor, Haggar dejaba el control a Leandra, y la mujer se hacía con todo el espacio que antes ocuparan las preocupaciones, pues la lluvia se lo llevaba todo: Raquildis y la Orden; el blanco praemortis; los aullidos del Bríaro y la quemazón en su cuello. Todo. Todo se lo llevaba la Tormenta; todo se diluía, se alejaba, arrastrado por el agua, y la dejaba a ella, limpia.

—¿Qué te parece? —preguntó el soldado.

—Ahora comprendo lo que querías decir.

—Me alegra que lo hayas comprendido. Es como si...

—Como si no estuviéramos aquí, en Pináculo; sino afuera, en el exterior. Volando en mitad de la lluvia, indiferentes a todo lo que sucede bajo nosotros.

Él asintió.

—Quizás —dijo ella—, en algún momento podamos hacerlo. Tal vez, en el futuro, podamos rechazar todo lo que nos ata a este mundo y pasar lo que nos quede de vida sin la carga de nuestro pasado.

Esforzándose por comprender a qué estaba refiriéndose Leandra, Iván aguzó la mirada. Sin embargo, aún conocía muy poco de ella. Cuatro visitas no podían resumir cuanto era la mujer que aún se negaba a soltarle la mano. Alargó la mano libre y quiso acariciar sus cabellos, pero Leandra se apartó a la primera caricia como si hubiera recibido una descarga eléctrica. Entonces, se dio cuenta de que todavía estaban tomados de la mano y también se soltó.

—¿Qué sucede?

Leandra, azorada, se contempló a sí misma unos instantes.

—Leandra, ¿te encuentras bien?

Ella negó. Iván intentó calmarla, pero Leandra interpuso su mano entre los dos. Corrió al interior de la habitación, buscó una toalla en el baño y se frotó la cabeza con ella. Iván también salió.

—No debí venir. No he debido hacerlo...

—Leandra, ¿de qué hablas?

—Es peligroso que esté aquí. Esto es muy peligroso, sobre todo para ti.

—¿Cómo va a ser peligroso? ¿Crees de verdad que alguien tendría interés en espiarnos? ¿Con qué intención?

Ella se enfundó el abrigo, sin importarle que sus ropas continuaran mojadas. Alcanzó la puerta e hizo una señal a Iván para que callara.

—No... no puedo hablarte de ello. Es demasiado para mí.

Las marcas en su cuello la incordiaron con un picor agudo, pero lo resistió.

—Esto es el final —sentenció.

—¿No volverás?

—No, lo siento, Iván. No puedo volver.

Abrió la puerta y salió. El soldado ni siquiera intentó detenerla.

—¡Leandra! —repitió Raquildis, alzando la voz.

Ella se volvió para encararlo. Estaba completamente desnuda, pero se había levantado para vestirse con la túnica que había en el suelo. La belleza de sus formas contrastaba con la enorme señal rojiza a lo largo del cuello.

—No he ordenado que te vistas. Ven, acércate.

La mujer se limitó a obedecer de forma sumisa. Entre su último encuentro con Iván y aquel momento había transcurrido un día, pero parecían unos segundos; como si despertara de un agradable sueño para descubrirse desnuda ante la realidad. Raquildis aguardaba tumbado sobre el catre de la celda. Acababan de acostarse juntos y Leandra imaginaba que el consejero no tardaría en marcharse, por eso se había levantado para buscar sus ropas.

—Túmbate a mi lado, quiero contarte algo.

Leandra se recostó, él tapó ambos cuerpos con la sábana y se abrazó a ella. Luego, muy despacio, habló al oído de la mujer.

—Me han contado que has vuelto a la habitación de ese soldado... Iván.

Ella se puso tensa, pero al instante procuró controlarse para que Raquildis no lo detectara. Ya no había duda: aquel soldado que montaba guardia, Lügner, se había transformado en el perro guardián de Raquildis.

—Así es. Acudí para comprobar que asimilaba nuestra versión de los acontecimientos. Me ha parecido que dudaba en sus últimas entrevistas con los medios.

—¿*Nuestra* versión? No hay más que una versión.

El anciano aproximó más su cuerpo flácido al de Leandra. Ella se volvió y le mantuvo la mirada durante unos segundos. Su aliento rancio, al que se había acostumbrado con los años, le produjo esta vez un asco difícil de soportar.

—En ningún momento he cuestionado la veracidad de nuestros argumentos. Sólo digo que son los que nosotros le dimos.

Raquildis torció sus arrugadas facciones en una sonrisa.

—Está bien. No tienes que salir en su defensa.

—No salgo en su defensa.

—Eres libre para tener un amante si lo deseas, Leandra.

—No es mi amante.

Raquildis se volvió de cara a la pared.

—Está bien —dijo con un suspiro—, como quieras. Sólo lo decía para que aprovecharas el tiempo. Hemos determinado eliminarlo una vez finalice su misión.

Leandra no dijo nada, pero su vista permaneció clavada en la espalda del consejero. Un ánimo homicida se apoderó de sus pensamientos. Deseó vestirse de un salto la armadura de la Zarpa y acuchillarlo mientras aún continuara desnudo sobre el catre. Desmembrar aquel cuerpo fatigado por los años, mancharse la armadura con su sangre y lanzar su conciencia directa al otro mar del Haiyim. Observó de reojo la percha. La armadura de Haggar se erguía completamente extendida. A la luz silenciosa de la vela ofrecía un aspecto aterrador. Incluso daba la impresión de observarlos, como si dispusiera de conciencia, de vida propia.

—Dejaremos que conceda una —continuó Raquildis—, tal vez dos entrevistas más, y acabaremos con él.

Se volvió de nuevo y miró a Leandra con unos ojos que se esforzaron por expresar compasión

—Entenderás que supone un peligro mantenerlo con vida. No sabemos si habrá entrado en razón, aceptando la verdad, o continúa empeñado en creer que el Golem le salvó la vida mediante poderes sobrenaturales. No podemos... no debemos arriesgarnos. En cualquier momento podría regresar a su particular versión de los acontecimientos.

—¿Quieres que lo mate yo? —contestó Leandra con total resolución.

Raquildis dejó ver un gesto de sorpresa, pero al instante soltó una carcajada suave y tenebrosa.

—No. Verás. Nuestro plan con Robert está a punto de finalizar. Ya no es más que un pobre enfermo y loco; una marioneta en nuestras manos.

Pronto caerá y nosotros tomaremos el poder. En ese momento necesitaremos a Haggar en la vanguardia defensiva para someter cualquier levantamiento. Es entonces cuando terminaremos con Iván, así nadie le echará de menos. Ese trabajo puede hacerlo cualquier soldado.

Sin soportar más su presencia, Leandra se puso en pie y buscó en el suelo la túnica. Se repetía, más convencida que nunca, que la historia de Iván no era inventada. Robert le había contado algo muy semejante, valiéndose de los mismos detalles, muchos años atrás. Fue cuando su padre, Frederick, descubrió accidentalmente el praemortis y envió a su hijo a la Vorágine. Cuando Robert regresó traía consigo un testimonio que coincidía punto por punto con la historia que le relató Iván. De este modo, la versión del soldado, unida a los recuerdos de su infancia, chocaban contra las enseñanzas de la Orden.

Raquildis había adoctrinado a Leandra cuando Frederick murió. Él le enseñó los secretos de la Vorágine y la razón de los torbellinos. El destino de la descarriada humanidad y su necesidad de volver al mar de vidas atormentadas. Esa necesidad, esa naturaleza, se materializaba cada día en la violencia, en el mal inherente del ser humano y su deseo de causar dolor a sus semejantes. El Néctar no era más que una gigantesca mentira que Robert y Raquildis habían construido con el fin de lograr el control sobre cada visitante que viajara al Bríaro, sobre la masa, asustadiza y confusa; temerosa de la última frontera descubierta.

El silencio en la celda era absoluto. Ni siquiera llegaba a tales profundidades el suave rumor del tráfico, tan presente en toda la ciudad. La vela arrojaba tintes parduscos sobre las paredes revestidas de cal.

—Aún no deseo que te vistas...

—Dime, Raquildis cortó ella, volviéndose de repente—. ¿Por qué hay otro torbellino?

—¿Cómo dices?

—Si nuestro destino es el Bríaro, ¿por qué hay dos torbellinos?

Raquildis se incorporó y permaneció sentado mientras buscaba su ropa por el suelo del pequeño habitáculo.

—¿A qué viene esa pregunta? ¿Iván te ha convencido con sus mentiras?

—No me ha convencido de nada.

Leandra ya se había puesto la túnica

—Tú nunca me has dado razones convincentes.

De pronto, Raquildis avanzó de un salto hasta la mujer. Leandra lo vio venir y alargó el brazo para hacerse con su armadura, pero el consejero había previsto sus movimientos. Sujetó su muñeca antes que alcanzara el peto y se la retorció de tal forma que Leandra tuvo que volverse de espaldas. Entonces la empujó con violencia contra la pared. Se oyó un chasquido, y al momento la nariz de Leandra comenzó a destilar sangre en abundancia.

—¿Me ha parecido que dudabas de nuestra fe, Leandra? —escupió.

Ella negó con la cabeza.

—Dime, ¿de dónde procede esta sed de violencia que me posee ahora? ¿De dónde?

—Del... del... mar.

—¿De dónde has dicho?

Leandra respiraba con dificultad. Raquildis la apretaba cada vez más contra la pared.

—Del mar de almas. El reino del Haiyim en el otro mundo.

—Así es.

Lejos de soltarla, Raquildis retorció aún más su muñeca. Ella soltó un quejido.

—Es la evidencia, mi querida niña. La prueba de que no nos equivocamos al asegurar que pertenecemos al mar del tormento eterno. El Haiyim nos espera allí para entregarnos a nuestra naturaleza de dolor y de mal. Has meditado poco tu pregunta. Contéstame, si nuestro destino es ese otro torbellino, ¿por qué existe entonces el Bríaro?

—No... no lo sé.

La sangre teñía de rojo su barbilla y cuello. Raquildis la agarró del pelo y tiró de la cabeza hacia atrás.

—No, claro que no lo sabes.

La presión sobre sus cabellos se aflojó hasta convertirse en una caricia. Luego Raquildis descendió hasta su cuello y paseó lentamente sus yemas a lo largo de las marcas de los pinchazos.

—Incluso tú, mi hermosa Leandra, viajarás al Bríaro aunque no quieras. Siempre te has empeñado en buscar otro camino, una alternativa que te condujera lejos de tu destino. Pero no puedes, por más que te empeñes, escapar de los tentáculos de tu dios. Eres la elegida del Haiyim, y bailarás con él, lo quieras o no, cuando tu estancia en esta vida provisional termine. Leandra comenzó a sollozar. Raquildis emitió un siseo para calmarla. Luego, poco a poco, fue aflojando su presa.

—Eres Marcus Haggar: la temible Zarpa. Tu poca fe queda compensada por tus acciones como confesor. Eres mi alumna predilecta y estoy orgulloso de ver en lo que te has convertido; pero no puedo dejar que tus pensamientos dejen paso a una duda tan contundente. Ha sido necesario corregirte. Me comprendes, ¿verdad?

Leandra cayó de rodillas. Un enorme rastro de sangre le empapaba el pecho. Raquildis buscó su camisa.

—Te has roto la nariz —dijo, sin dirigir la vista hacia la mujer, empeñado por encontrar la prenda de ropa—. Cúratela cuanto antes. La Orden tendrá mañana otra reunión. Quiero que Haggar esté allí.

Encontró la camisa y se la abotonó. Luego, tras ponerse los zapatos, saltó por encima de ella, alcanzó la puerta de la celda y la abrió. Antes de marcharse, se volvió a Leandra que no se había movido del sitio, de forma que sólo pudo contemplar su espalda, arqueada, apuntando al suelo. Las ondulaciones de la columna vertebral, los omoplatos y el relieve de las costillas se hacían perfectamente visibles.

—Hasta mañana, mi querida niña.

Peter Durriken conducía despacio. Le resultaba extraño hacerlo a la luz del día; los coches no encendían los faros, de modo que, contrario a lo que cabía esperar, resultaba más difícil verlos llegar que cuando circulaban durante las largas noches de la ciudad. Flotaba, además, una bruma fría sobre las calles, poco espesa pero muy húmeda, que traía consigo un fuerte olor de algas. Peter conducía con las ventanillas subidas, pero aún así el olor se introducía dentro del habitáculo. Los transeúntes, como sedados a causa del aroma, caminaban con rumbo incierto, dubitativos; como si la ciudad sufriera un ataque masivo de sonambulismo.

Tomó la autopista que lo conduciría al este de la ciudad. El viaje hasta allí no resultó demasiado largo, pues era temprano incluso para la hora punta de la mañana. Pronto, todos los carriles se colapsarían de funcionarios impacientes, deseosos por lograr algún mérito a la puntualidad que les permitiera acortar distancias con su pago de Néctar. En ese aspecto, Durriken podía sentirse orgulloso. Su intelecto y el esfuerzo continuado que desde pequeño le inculcaron sus padres habían terminado por conseguirle un puesto en el Pináculo. Una vez allí tuvo que pelear contra los tiburones de la Corporación, aquellos que como él deseaban ascender plantas para encontrarse cada vez más cerca de Robert. Pero él, gracias a su ingenio, logró saltar de los primeros niveles a los últimos. Muchos ejecutivos lo envidiaban por su hazaña, pero a Peter no le importaba; de hecho, incluso llegaba a complacerle sentirse envidiado. Había logrado no sólo codearse con el jefe, sino introducirse en el verdadero núcleo de poder: la Alianza.

A poco de introducirse en el círculo ya había notado los primeros resultados: una casa más grande, mucho más dinero en su cuenta, todas las chicas que deseara y un asiento preferente en las fiestas.

Desde su primera reunión, los miembros de la Alianza se habían citado una vez más para discutir un plan detallado que contemplaba cada uno de los pasos a tomar una vez Robert desapareciera. Era evidente para los nobles, e incluso para los ejecutivos de la Corporación, que el hijo de Frederick Veldecker mantenía a duras penas la voluntad suficiente para evitar que se le cayera la baba. Se había convertido en un pelele apenas consciente, encerrado a todas horas en su despacho, presa de la misantropía y de un delirio febril que no le permitía distinguir en cual de los dos mundos se hallaba. La Alianza previó cada paso a tomar: una vez Robert cayera, Raquildis convencería a Ed Wallace de que había un nuevo organismo dirigente; luego, utilizaría al general para que la Guardia se ocupara en erradicar cualquier posible intento de rebelión. En cuanto a los confesores, no había que temer por una posible falta de fidelidad. En la segunda reunión, Peter pudo ver de nuevo a la Zarpa, oculto en una esquina, velando por la seguridad de todos. Raquildis aseguró que Haggar se ocuparía de controlar a los confesores cuando se iniciara el cambio de poder. Si alguno se atrevía a dudar sobre el carácter fidedigno del nuevo gobierno, la Zarpa lo haría entrar en razón.

El cartel que anunciaba la próxima salida pasó sobre su cabeza, así que se desplazó al carril de la derecha, dejó la autopista y comenzó a callejear por el barrio oriental. La ciudad en el margen oriental se liberaba del bullicio al que Peter estaba acostumbrado cerca del centro y en la zona norte. Allí apenas encontró vehículos o gente transitando. Los edificios eran bajos, sin rascacielos a la vista. Estaban construidos en ladrillo y hormigón ennegrecido y erosionado por el paso del tiempo y el golpeteo constante de la lluvia; lo único que les daba cierto toque de belleza era la abundante decoración en las cornisas. Casi todos lucían grabados en la piedra que se remontaban casi cien años en el pasado y que transigían la norma milenaria del estilo arquitectónico imperante sobre el resto de la ciudad. Así, de vez en cuando podía descubrirse la gárgola de algún animal marino: delfines, tiburones y enormes cachalotes, cuyas fauces abiertas expulsaban el agua arrastrada por los canalones.

A unos quinientos metros, Peter divisó un muro que cruzaba de norte a sur la ciudad: la Marca. Tras él, los edificios parecían más siniestros. Los negros túmulos de una ciudad fantasma.

Alguien le hizo una seña desde la acera de enfrente y Peter detuvo el coche. Al principio, la niebla le impidió reconocer de quién se trataba, pero en cuanto comenzó a caminar se dio cuenta que era Deuz Gallagher. A cada paso, el noble pendulaba como una boya. Vestía un grueso abrigo que le cubría desde el cuello hasta los tobillos y que le daba una apariencia tubular, además de un sombrero de ala ancha y unos guantes de piel marrón. Cruzó la calle sin mirar a los lados y una vez cerca del coche hizo señas a Peter para que quitara el seguro de la puerta del acompañante.

—¡Menudo frío! —dijo nada más entrar. Su cuerpo orondo apenas entraba en el asiento, así que estiró la mano y buscó a tientas la palanca para echarlo hacia atrás.

—Está a tu derecha —le indicó Peter.

—Arranca. Llegamos tarde.

Una vez el coche volvió a ponerse en marcha, Deuz comenzó a dar indicaciones.

—Sigue todo recto.

—¿Hacia la Marca?

Deuz miró a Peter con gesto sorprendido.

—¡Sí, hacia allá!

El joven noble optó por no preguntar nada más. Miró al frente y puso la segunda marcha.

Lo cierto era que Erik había resultado más bien parco en sus indicaciones sobre el lugar de la próxima reunión. Dio a Peter una dirección, cerca de la Marca Oriental, y le insistió para que no se ausentara; necesitaría de su apoyo sobre un tema de gran trascendencia que pretendía exponer ante los demás miembros. Había llegado la hora de que Peter expurgara su culpa con el noble.

La dirección que Erik le había señalado era precisamente donde acababa de encontrar a Deuz Gallagher.

—Tuerce a la izquierda en la primera intersección y luego todo recto de nuevo, hacia el muro. Verás una brecha.

—¿Vamos a pasar al otro lado?

Deuz dejó escapar una sonrisa que no escondía cierto tono malicioso, común a la familia Gallagher.

—Sí... ¡vamos a la zona prohibida!

El coche viró a la izquierda; luego encaró la Marca. En efecto, desde lejos podía distinguirse una enorme brecha, lo suficientemente ancha como para que un vehículo pasara al otro lado sin problemas. Había algunos escombros en el suelo, cascotes desprendidos del muro. El coche se tambaleó al pasar sobre ellos. Al otro lado, la ciudad los recibió con un silencio mortecino. Algunas gaviotas echaron a volar entre graznidos cuando el vehículo las espantó, cruzando por una de las calles abandonadas. Una súbita oleada de lluvia obligó a que Peter accionara el limpiaparabrisas; los brazos de goma chirriaron al rozar el cristal.

—¿Sabes qué tiene planeado Erik? —quiso saber Peter, incómodo por el excesivo silencio y la apariencia de abandono que reinaba en la ciudad.

—Ya lo verás —respondió Deuz, y luego hizo un gesto con la mano para indicar a Peter que no se desviara.

El coche recorrió una avenida de cuatro carriles, separados por una mediana adornada con plantas artificiales. Las plantas reales debían criarse en invernaderos, pues no había suficiente luz diurna que les permitiera sobrevivir. En las zonas externas todo era artificial; de este modo, hojas de enredadera sintética cubrían toda la mediana, y de vez en cuando sobresalía el color amarillo de los lirios o el rosa claro de las peonías. Todo el lugar, sin embargo, daba muestras de abandono. Las plantas estaban cubiertas de barro, el pavimento agrietado, las fachadas llenas de pintadas y las aceras salpicadas de basura.

A medida que avanzaba, Peter notó que el olor marino que transportaba la bruma se hacía allí más acusado. Estaban acercándose al extremo oriental de la ciudad.

—¿Adónde vamos?

—Al muelle. Continúa recto, pero aminora la marcha. Esta zona es propiedad de los Cuervos. Si nos descubren, estamos perdidos.

—Esto es peligroso. ¿No habría sido mejor celebrar la reunión en el hotel?

Deuz miró a su compañero de reojo. Nuevamente afloró en él aquella sonrisa maliciosa.

—Para esta reunión, no.

Tras dejar atrás una rotonda, la avenida finalizaba en un paseo marítimo. Frente a Peter aparecieron los brazos oxidados de las grúas del muelle y los almacenes abandonados. A unos veinte metros a su izquierda había un espacio reservado al estacionamiento donde vio aparcados media docena de vehículos, entre los cuales distinguió dos limusinas corporativas; pero al acercarse no descubrió a nadie en las cercanías.

Tanto secretismo lo estaba poniendo nervioso.

—Aparca aquí —indicó Deuz—. Seguiremos a pie.

Peter obedeció y estacionó su vehículo junto a los demás. Al salir, una fría ráfaga lo despeinó. Corrió a su maletero y buscó el abrigo a toda prisa. Deuz ni siquiera se había desabotonado el suyo. Esperó a que Durriken se lo pusiera y luego le indicó el camino: directos hacia el borde.

Mientras caminaba, Peter observó las grúas que apuntaban sus brazos hacia el Apsus; luego miró atrás, en dirección a la rotonda que habían dejado unos metros a su espalda. Al reconocer en su centro la estatua hecha pedazos, un escalofrío le recorrió la espina dorsal. Sus ojos se detuvieron, nerviosos, los edificios que lo rodeaban hasta que vio confirmadas sus sospechas. Allí, a unos metros, se hallaba el acceso a una de las patas de la plataforma. No había duda, Deuz lo había llevado al mismo lugar en donde el equipo de rescate de la Guardia tuvo su misterioso encuentro con la criatura a la que llamaban Golem. Se apoderó de él un miedo creciente. Avanzó desde la boca del estómago hasta oprimirle el pecho, y se enroscó alrededor de sus rodillas, dificultándole seguir caminando. Deuz, sin embargo, ignoró el edificio que descendía a la pata. Continuó todo recto, en dirección al extremo de la plataforma. La bruma no dejaba ver dónde terminaba el suelo y comenzaba el precipicio al Apsus, pero de lejos se escuchaba el rumor de las olas, lo que facilitaba la orientación.

Cruzaron, atravesando el paseo marítimo. Frente a él había una zona de gran extensión sobre la cual se apilaban gigantescos contenedores de colores diversos. Formaban torres de hasta cinco pisos, colocados sin orden aparente, formando un laberinto de metal que, por lo visto, Deuz conocía a la perfección. Condujo a Peter al interior de aquellos pasillos laberínticos y comenzó a recorrerlos cada vez a mayor velocidad, girando una y otra vez o volviendo sobre sus pasos, hasta que el muchacho se supo perdido. Entonces, tras la última curva, la salida se abrió ante ellos.

Llegaron a un espacio de suelo metálico. Alrededor de sus cabezas pendían desde las grúas una infinidad de poleas gigantescas y cadenas que tintineaban cuando eran agitadas por el viento. Al frente sólo había una barandilla de metro y medio, y más allá, un horizonte inmenso plagado de brumas. El viento aquí no encontraba obstáculos, de modo que soplaba con tanta fuerza que Deuz tuvo que sujetarse el sombrero.

Al principio la visión majestuosa del Apsus lo dejó tan sobrecogido que no distinguió nada más, pero luego Peter vio que hasta ocho figuras aguardaban de pie junto a la barandilla. Vestían idénticas túnicas de color oscuro, con las manos introducidas dentro de las mangas y el rostro oculto tras una capucha. Sobre el pecho lucían un extraño símbolo. Dos líneas horizontales, una paralela a la otra, cruzadas en vertical por otras dos líneas onduladas. No fueron necesarias más pistas para que Peter adivinara quiénes eran. Su primera reacción fue la de dar un paso atrás, desconcertado a la par que asustado, pero Deuz lo retuvo colocándole una mano sobre el hombro.

—Tranquilízate.

—¡Pero son... sois!

—Sí. Te advertí que esta reunión sería diferente a la anterior. Va siendo hora de que conozcas el nivel máximo de hermanamiento con todos nosotros.

—¿«Todos nosotros»? ¿Quiénes...?

No terminó la frase. Ya suponía quiénes. Buscó con la mirada entre las capuchas oscuras, intentando reconocer un rostro familiar, pero no descubrió a nadie. Entonces la voz de Erik emergió de entre las figuras siniestras.

—Bienvenido, Peter.

—¿Qué significa todo esto, Erik?

Peter reconoció la voz del noble pero no logró adivinar de qué encapuchado procedía.

—Es un ritual, Peter. Un ritual especial para ti, para mostrarte nuestra auténtica identidad. Quisimos que te unieras a nuestra causa, a nuestra misión para liberar esta ciudad; ahora queremos que te unas a nuestra religión.

—Esto no puede estar ocurriendo —dijo Peter—. Vuestra secta fue prohibida y erradicada. ¡Desaparecisteis! Vosotros... Me mentisteis al asegurar que habíais expulsado al Haiyim. Vosotros atrajisteis al monstruo marino.

Una figura se adelantó a todas las demás.

—No lo llames así —advirtió en tono amenazante.

Peter notó cómo un nuevo terror consumía sus últimas fuerzas. Era la voz de Baldomer Dagman, que también se revelaba como miembro de la Orden.

—Es el dios de los dos mares —continuó el noble con su voz atronadora—, del Apsus y del mar de vidas en el otro mundo. Él gobierna el baile del Bríaro y resquebraja la Vorágine cuando es su voluntad.

Otra figura también se adelantó a la vez que se retiraba la capucha. Al fin, Peter pudo reconocer quién de entre todos era Erik Gallagher. Llevaba el brazo derecho sujeto con un discreto cabestrillo de tela negra, fruto del arpón que hacía unos días le había atravesado la clavícula. El Cormorán había errado su blanco, aunque por escasos centímetros.

—Robert fue el culpable de todo —comenzó—. Él encendió la ira del Haiyim cuando quiso imponernos prohibiciones.

—Robert hizo lo que debía. Él quiso erradicaros.

—¿Erradicarnos? Eso es imposible. Robert sabe que no puede acabar con la Orden. Estamos ligados a esta ciudad por medio de los confesores. Todos y cada uno de ellos fue acogido y adiestrado en nuestra casa. Tú los has visto junto a nosotros. Sabes que están de nuestro lado, que nos apoyan; incluso están aquí, en esta reunión. Los acogemos cuando son niños y nos ocupamos de enseñarles nuestra religión, de convertirlos en los guardianes más celosos del Néctar. Si Robert planeara nuestro fin, los confesores se rebelarían contra él.

—No... puede ser...

—Abre los ojos a la realidad, Peter. Robert no tiene más remedio que tolerarnos. Sabe que, de no hacerlo, empujaríamos al Haiyim de nuevo contra la ciudad. En el pasado él también fue uno de los nuestros, y muy devoto de nuestra doctrina. Pero cuando su poder se hizo mayor, cuando el praemortis con su cruda ventana a la realidad subyugaba ciudades enteras bajo su dominio, el hermanamiento que nos había unido se tornó en celo. Prohibió nuestras reuniones y quiso olvidarnos... pero pronto se vio incapaz.

Como la ciudad, Robert siente hacia la Orden un lazo que no puede romper. Tras el ataque al Haiyim organizó una falsa cacería. Capturó a vagabundos y desposeídos y los hizo pasar por peligrosos sectarios. Sacrificó a docenas de falsos conversos. Mientras, permitió que desde las sombras continuáramos alimentando al dios de los dos mundos para que su cólera no hundiera la ciudad. Nosotros somos el verdadero poder, Peter. Ya te lo hemos demostrado en cada una de nuestras reuniones.

Peter comenzó a respirar con fuerza. Observó todas sus posibilidades de escapatoria: tras él se elevaba el gigantesco laberinto de contenedores, cuya salida no lograría encontrar a tiempo si decidía huir. Por otro lado, tampoco podía enfrentarse a los sectarios; eran demasiados; y según había dicho Erik, algunos eran confesores, que habían cambiado la armadura por la túnica ritual.

—Peter —prosiguió Erik—, hace tiempo me demostraste tu fidelidad. Sé que puedo confiar en ti, ¿verdad?

—Sí, sí. Completamente.

Paralizado de terror, Peter miraba a todas las figuras que lo encaraban.

—También te dije que llegaría a necesitar tu ayuda. Hoy quise que vinieras precisamente para que saldes la deuda que tienes conmigo; pero para que puedas servirme necesito que formes parte de esta reunión. ¿Te unirás a nosotros?

—Yo...

—Es el último paso que te resta por dar. Ven y te mostraremos la verdad. Has conocido nuestro poder político. Sumérgete ahora en nuestras creencias. Aprende nuestros secretos, la verdad de tu existencia y tu destino.

Peter se limpió las gotas de sudor que perlaban su frente. Su familiar instinto de ambición le punzó en la boca del estómago. El grupo de figuras esperaba frente a él, quietas y silenciosas entre la bruma. Una de ellas, sin embargo, rompió el anonimato que proporcionaba la capucha elevando el rostro levemente. Se trataba de Raquildis. Sonreía al joven Durriken de forma confiada, tranquilizadora. Peter devolvió la sonrisa y comenzó a relajarse. Al fin y al cabo, conocía a los miembros de la Orden, había asistido a sus reuniones y comprobado su poder. La diferencia entre un tipo de reunión y otro no parecía radicar más que en un cambio de nombre y una vistosa liturgia que se veía capaz de salvar. Si eso era todo lo que la Orden pedía a cambio de dominar la ciudad, tal vez sí fuera capaz de involucrarse. Por otro lado, necesitaba demostrar a Erik su fidelidad. Había cometido un error trabajando para Robert y aquello casi costó la vida del noble. Ahora que éste volvía a confiar en él, no era momento de echarse atrás.

Raquildis continuaba sonriéndole con total tranquilidad. Peter supuso que ignoraba aún que Erik estaba al tanto de su intento de asesinato. Sí, había llegado la hora de dejar el juego a dos bandas, posicionarse del lado del noble y serle completamente fiel.

—Sí. Me uniré, Erik. Quiero pagar tu paciencia conmigo. Haré lo que me ordenes.

Erik sonrió de medio lado, mostrando parte de la dentadura. Sus cejas en V invertida se curvaron.

—El mundo es una ficción, Peter. Todo cuanto ves, todo cuanto creías conocer, no es más que fruto de un plan ideado por nuestra religión. La Orden surgió cuando el praemortis nos descubrió el otro reino del Haiyim, nuestra verdadera casa. Así comprendimos que aquel lugar era nuestro destino. Nada nos puede desligar del mar de vidas, donde nuestro dios se deleita con los clamores de un tormento eterno.

—¿Y el Néctar? —preguntó Peter, trémulo.

Se escucharon algunas risas sordas.

—¿El Néctar? Nada. Un embeleco, una mentira. Una solución salina para contentar las mentes débiles y asustadizas.

Peter se estremeció. El horror atenazó su corazón y le nubló la vista.

—¿El... Néctar... no... no sirve para nada?

—Para nada, Peter. El hombre ha nacido para sufrir. Lo lleva en la sangre, en su interior. Tú mismo sufres ahora al conocer la verdad. Pero cuando aceptes tu naturaleza, violenta, cruel y llena de dolor; cuando comprendas tu auténtico papel en ambos mundos, no habrá nada que pueda detenerte. Aceptarás tu sitio en el mar de vidas porque serás capaz de dominar tus emociones... incluso tu sufrimiento. Te impondrás sobre los demás atormentados, y de este modo, serás tú quien ejerzas el tormento.

De pronto, unos gritos desgarradores lo sobresaltaron; eran gritos de mujer pidiendo auxilio. Procedían de la bruma, a sus espaldas; del laberinto de contenedores. Al volverse, vio emerger de uno de los pasillos a otros cuatro encapuchados. Sujetaban de brazos y piernas a una mujer que no paraba de agitarse—¡Soltadme! ¡No me hagáis nada! ¡Robert se enterará! —gritaba, con la voz quebrada por el pánico.

Las figuras se acercaron a la plataforma donde soltaron a la secuestrada, que cayó como un plomo al suelo de metal. Cuando se levantó, Peter vio que se trataba de Angélica, la mujer de Robert Veldecker. Estaba desaliñada, sudorosa a pesar del frío, despeinada y desencajada de pánico.

—¡Peter, muchacho! —gritó al reconocerlo.

—¡Erik! —dijo él, volviéndose al noble—. ¿Qué significa esto? ¿Qué pretendéis hacer?

—Nuestro dios reclama vidas para el mar de vidas. Ha llegado la hora de que me pagues tu deuda.

Una sonrisa demente adornaba la faz del noble. Sus ojos, bajo aquellas pobladas cejas en V invertida, observaron a Peter incendiados con una insana pretensión. Angélica hacía esfuerzos por levantarse. Se incorporó, tambaleante, y viendo que el joven Durriken ignoraba lo que estaba a punto de suceder, extendió los brazos, señalando al laberinto de contenedores, y gritó:

—¡Sal de aquí, Peter! ¡Pretenden sacrificarnos!

Apenas hubo terminado la frase cuando éste, dándose la vuelta, echó a correr a toda velocidad por la primera entrada del laberinto que encontró.

—¡Que no escape! —oyó que decían a sus espaldas, pero no miró atrás.

Alcanzó el primer pasillo y se adentró en el laberinto. Topó con la primera intersección y eligió un lado al azar, luego encontró otro cruce, y otro, y otro más; y con cada uno escogía una dirección a lo loco, sin saber ya dónde quedaba el este. Así hasta que, tras torcer una esquina, se topó de frente con la figura de un confesor. La capa blanca ondeaba por el viento empujado a través de los corredores, y las cuchillas en su guantelete brillaban con la poca luz que se colaba entre la bruma. Peter dio media vuelta, pero sus pies resbalaron y cayó de rodillas al suelo. Una mano poderosa lo alzó del cuello y le dio media vuelta. Entonces contempló su reflejo, la imagen de su rostro aterrado sobre las placas del casco de la Zarpa, antes que lo sobresaltara el brusco sonido de las cuchillas abriéndose paso a través de sus entrañas. Haggar introdujo más el puño hasta notar el crujido de las costillas. Luego comenzó a caminar, arrastrando el cuerpo agonizante de Peter, y dejando un reguero de sangre a su paso. El muchacho se asió del brazo de Haggar mientras éste lo arrastraba, a fin de evitar que las cuchillas le arrancaran los pulmones. Poco a poco fue percibiendo el sonido de unos cánticos, monótonos y graves, entre los cuales se dejaban escuchar los alaridos de Angélica. Un temblor sacudió la zona y luego se escuchó un rumor profundo. Cuando Haggar lo llevó de vuelta a la plataforma, la mitad de los encapuchados miraban en dirección al Apsus y tenían los brazos levantados. A su espalda, Angélica, sujetada por cuatro sectarios, se revolvía en el suelo, dando patadas y gritando para que la soltaran. Sin embargo, cuando vio a Haggar emerger del laberinto llevando consigo el cuerpo moribundo de Peter, quedó paralizada. El muchacho, palpitando de dolor, lanzó una mirada desesperada al consejero; pero Raquildis le devolvió otra cargada de sereno estoicismo.

Mientras tanto, los sectarios aprovechando que Angélica había dejado de luchar la alzaron por encima de sus cabezas, caminaron hasta el borde y la dejaron junto a la barandilla. Después, agarrándole la cabeza con fuerza, la forzaron para que mirara hacia abajo.

Allí, el Apsus embravecido arrojaba toneladas de espuma contra las patas de la plataforma, pero Angélica no tardó en descubrir que había algo más. Una sombra dura, cuyos límites se recortaban muy lejos en la distancia. Al descubrirla emergió de sus pulmones el grito más espantoso que fue capaz de arrojar e intentó una vez más librarse de sus captores, pero más brazos se lo impidieron. Los cánticos crecieron en intensidad y, poco a poco, emergió de la superficie una aleta rosada de proporciones colosales. Tras ésta siguió un lomo de kilómetros de extensión, semejante a la superficie de una isla que llevara centenares de años sumergida bajo las aguas, pues estaba recubierto por una capa de la más diversa flora marina. Aquella superficie era el manto del Haiyim, el cuerpo del gigantesco molusco. Luego emergieron sus tentáculos, altos y gruesos como edificios. Columnas gomosas de un carmesí apagado que se alzaron más alto que la misma plataforma y que comenzaron a moverse y a retorcerse como si el cántico de los sacerdotes los hipnotizara. Angélica ya no gritaba, ni intentaba escapar. El miedo era demasiado fuerte como para permitirle cualquier tipo de resistencia. Ella también había quedado hipnotizada por los cánticos y por la visión de aquella monstruosidad. Entonces, y llegado un punto, se ofreció ante sus ojos un espectáculo sobrecogedor. Todos los tentáculos a la vez cambiaron de color y se tornaron albinos. En ese momento los cánticos cesaron y se hizo el silencio, pero los tentáculos continuaron danzando; enroscándose al son de una música inaudible; demencial. Los sacerdotes soltaron a Angélica y ésta quedó paralizada, sin apartar la vista de aquel dios que la llamaba. Y entonces, como si obedeciera una orden que sólo ella pudo escuchar, alzó la pierna y pasó al otro lado de la barandilla. Volvió la vista hacia atrás, su mirada empañada en lágrimas dijo adiós a Peter Durriken y se arrojó al vacío.

Haggar caminó hacia el borde. Peter aulló de terror. Los tentáculos del Haiyim continuaban blancos.

N. del E.: En los márgenes de esta entrada se observan diversas figuras de traza caótica. No se conoce relación entre éstas y los experimentos del Dr. Frederick Veldecker. Pese a que algunas frases parecen no tener sentido, el traductor ha optado por trasladar las anotaciones de forma íntegra.

Ojos negros en las paredes. Me están vigilando.

[Hay un espacio de unas quince líneas en blanco]

Me arden los ojos. No recuerdo cuántos días llevo sin comer, ni dormir; sin mirarme a un espejo. Raquildis también se ha marchado, aunque me ha prometido regresar. Necesita, según me ha dicho, viajar a los muelles. No me ha dicho para qué, pero daba la impresión de tratarse de algo muy urgente.

La pequeña Leandra llora sin comprender qué sucede. Aadil, no obstante, es lo suficientemente listo como para ver la desesperanza en los ojos de su padre. Y mientras tanto, los gritos de mi hijo Robert en la habitación de abajo nunca cesan. Pero ya no quiero bajar para ayudarlo, porque grita desde todas partes.

Que el lector especializado me disculpe per...

[Una figura corta la frase. El trazo es dubitativo, pero los expertos concluyen que se trata del intento por dibujar alguna clase de cefalópodo.]

He conseguido cierta variedad de hongo psicoactivo y llevo doce días trabajando con él y su genética. Se lo he inoculado a Robert y ha comenzado a sonreír. Aunque ha vomitado tres veces, no nos ha importado. Yo también me he administrado algunas dosis porque quiero reír con él. Pero las cosas no me sonríen, porque la casa está vacía. Sólo hay sombras en las paredes, sombras que me vigilan con sus ojos negros y tentáculos, muchos tentáculos pequeños, de todos los colores, por todas partes. Se me meten dentro del cuerpo. Me hacen cosquillas para que me orine encima.

Robert va a morir pronto. Yo moriré después. Así cesará nuestra cefalea.

Diario del Dr. Frederick Veldecker
Año 2268

1

La lluvia golpeaba con fuerza el suelo embaldosado del mirador. El agua corría libre en todas direcciones y se derramaba por los bordes en suaves cataratas. La aguja, que con su extremo horadaba las nubes más bajas, reflejaba la luz de la luna en su húmeda superficie. Desde su punta ennegrecida, el agua se deslizaba hacia la base en ondulaciones semejantes a un minúsculo oleaje. Observada desde los extremos del mirador, daba la impresión de que se derretía.

La ciudad permanecía cubierta por una capa de niebla, densa y húmeda, que la ocultaba casi por completo. Sólo las luces más potentes atravesaban aquella opacidad con su tono ambarino. Hacia el norte, cerca del muelle, la bruma era aún más espesa, y avanzaba lentamente desde el Apsus alargando unos zarcillos fríos y volubles, como si pretendiera devorar la ciudad.

Hacia allí miraba Robert.

Era la noche que Angélica recibía las exequias. Un funeral digno de la esposa del líder. Nobles, personal de la guardia, altos ejecutivos... todo el mundo había acudido. El edificio de Pináculo quedó más desierto que nunca. Todos deseaban despedirse de Angélica, de lo que quedaba de su cadáver, pues, por lo visto, la incauta mujer había resbalado por la barandilla mientras paseaba por el extremo norte de la plataforma. Hasta doce personas afirmaban haber presenciado cómo caía al Apsus para ser engullida por las olas; una docena de testigos, que con la voz afectada y el rostro bañado en lágrimas expresaron a Robert sus condolencias. Y luego Raquildis y los nobles: Gallagher, Wallace, Dagman, Ike, Durriken...

Expresiones todas ellas que Robert pasó por alto, como si no las escuchara. En su interior circulaban otra serie de pensamientos. ¿Estaba Angélica muerta? ¿Estaba viva? Daba igual, pues, ¿qué diferencia había entre este mundo y el otro; entre este Apsus y el mar de vidas? Ninguna. No importaba a cual se hubiera arrojado su esposa; pues ambos eran idénticos; reflejos en dos planos de existencia distintos. Pero Robert, después de tantos viajes, ya los veía como uno solo. En muchas ocasiones le era imposible reconocer cuándo se hallaba sentado en la oscuridad de su despacho y cuándo era arrojado una vez más sobre las fauces de aquel vórtice demencial; allí donde un millar de manos se aferraban a su cuerpo, buscando algo a lo que asirse en un afán inútil por resistir su oscuro destino. Todas esas vidas, todo aquel contacto lo asqueaba. De forma que ya ni siquiera era capaz de mirar a sus semejantes sin que una irresistible sensación de odio lo poseyera. El contacto con todos y cada uno de los seres humanos se había transformado para él en una nueva pesadilla que soportar.

Por eso había decidido observar el funeral lo más alejado posible de cualquier presencia humana. Era imposible que pudiera acercarse a los muelles para despedir a su esposa... pero se la encontraría de igual forma. Su cuerpo, lanzado a las profundidades del Apsus, no significaba para Robert una despedida completa. Viajaría al otro mundo, lucharía contra los vientos del Bríaro y la hallaría allí, con el rostro desencajado por el terror y la incertidumbre. Pues Angélica, como tantos otros ignorantes, vivía con la esperanza de que el Néctar cambiara su oscuro destino. Robert sonrió. Sí. Contemplaría su mirada desorbitada, su cuerpo contorsionado por el pánico y su garganta enrojecida a causa de los gritos desesperados. El Bríaro la vomitaría al mar de los atormentados. Millones de brazos se extenderían para recibirla, para arañar su carne virgen a todo castigo y empujarla a las profundidades del olvido, de donde no volvería a salir jamás. Rió de sólo pensarlo. Su carcajeo leve resonó en su cabeza antes que lo arrastrara el viento. La cefalea que devoraba permanentemente su cerebro mordió con un poco más de intensidad y Robert perdió el equilibrio durante un instante; pero logró recomponerse e introdujo una mano en el bolsillo derecho de su chaqueta. De allí extrajo una jeringuilla con una capucha de plástico protegiendo la aguja. Su interior estaba medio lleno con una dosis de praemortis.

Poco a poco se deshizo de la chaqueta, la arrojó al suelo y comenzó a desabotonarse el puño izquierdo de su camisa.

—¿Y tú? —resonó una voz atronadora a su espalda.

—¡Márchate! —escupió Robert con desdén.

—¿Cuántas veces has hecho el viaje que hará tu mujer?

Robert se remangó la camisa hasta el codo.

—Vas a despedirte de ella en el mundo de la Vorágine. Esperas encontrarla en el Bríaro. Te encantaría encontrártela allí. Pero, ¿y si no la ves?

Robert quitó la capucha con la boca y la escupió a un lado.

—Por eso tienes que marcharte. Debes verlo con tus propios ojos; pues algo te dice que quizás ella tenga la fortuna de caer en el otro torbellino.

—¡Calla!

Robert se volvió hacia el Golem. Una ráfaga de viento arrastró la chaqueta que salvó la barandilla de seguridad y cayó al vacío.

La criatura era mucho más alta que él y más corpulenta. Entre ambos apenas existían tres metros de separación; de modo que, por primera vez, Robert pudo apreciar la textura de su piel a corta distancia. Era de piedra. Roca viva cincelada por un instrumento desconocido.

—¿Por qué sigues visitándome? ¿Qué quieres de mí? —preguntó, algo más calmado.

—Se te acaba el tiempo y ya conoces el camino que seguirás cuando mueras; pues no es la Vorágine lo que te ha enloquecido sino los vientos del Bríaro aullando una y otra vez en tu mente; y las manos de cuantos has condenado, que anhelan tu llegada más que la de cualquier otra persona de este mundo. Pero tú, Robert Veldecker, recuerdas un tiempo lejano, un pasado en el que el bramido de las trompetas ordenó que cayeras en el otro torbellino. Visitaste la otra orilla, lejos del mar del tormento.

Robert escuchó paralizado. Su mente viajó muy lejos de allí, abstraída en un recuerdo que le había perseguido durante toda su vida: su primer viaje al mundo de la Vorágine.

El Golem continuó.

—Se descubrió ante tus ojos un lugar del que jamás habrías querido partir. Pero partiste, el praemortis te devolvió a la vida, cerca de la mirada incrédula de tu padre.

Los ojos de Robert se empañaron de lágrimas. Casi pudo sentirse en aquel pasado de la niñez: ubicar la disposición de los muebles en su habitación y contemplarse a sí mismo sobre la cama, dudando de si era verdad lo vivido durante la muerte.

—Pero no volviste. El praemortis curó tu cefalea, aunque sólo durante unos días. Los dolores no tardaron en regresar y cuando lo hicieron, regresaron con más violencia, así que desobedeciendo las órdenes de tu padre, rehiciste la fórmula y volviste a inyectártela. Aquella vez, sin embargo, la Vorágine te arrojó al otro lado, al Bríaro, quien jugó con tu cuerpo y te lanzó contra un sufrimiento mil veces peor que tu enfermedad.

—¿Por qué?

El Golem no respondió.

—¿Por qué cambié de torbellino, maldita criatura? ¡Dímelo!

—Ya sabes por qué. Elegiste que así fuera.

Robert montó en cólera. Avanzó a grandes zancadas hasta el Golem y estrelló los puños contra su pecho. Los nudillos le crujieron como si hubiera golpeado una pared, pero Robert no se detuvo.

—¡Me has condenado! —gritó, con los dientes apretados de rabia.

El Golem bajó la cabeza. Robert se había aferrado a su torso como si pretendiera escalarlo. Sus dedos, blancos a causa de la fuerza, se crispaban sobre el tórax como si buscaran arrancarle un pedazo.

—¡Me has condenado, monstruo! —repitió.

Pero el Golem no respondió. Sólo permaneció observando cómo Robert lo atacaba. Cuando éste comprobó que liberar su rabia contra la criatura no surtía ningún efecto, se dejó caer al suelo. Ya conocía la respuesta a sus preguntas. Su memoria evocó el momento en que, no habiéndole creído del todo, Frederick Veldecker decidió inyectarse el recién descubierto praemortis y traspasar por sí mismo aquella desconocida frontera. A su regreso, sin embargo, traía un relato bien distinto. Sumamente afectado, ordenó a Robert que destruyera el praemortis, pues creía haber desvelado un secreto de caos y terror que, de publicarse, enloquecería a toda la humanidad.

Él, sin embargo, desobedeció.

Con el vívido recuerdo de aquellos días de su juventud, volvió la vista hacia la barandilla del mirador. La ciudad que se mostraba ante sus ojos era fruto de aquella desobediencia.

Era su creación.

—Tú me cambiaste de torbellino —dijo al Golem.

—Te equivocas. Fuiste tú quien te cambiaste.

El viento azotó las ropas empapadas de Robert. Arrodillado, aún sujetaba la jeringuilla de praemortis. Extendió el brazo y se clavó la aguja. Observó cómo la sustancia lechosa iba despareciendo del tubo y notó el ardor creciente que se reproducía en sus venas. El ataque al corazón no lo sorprendió. Se lanzó violentamente al suelo, boca arriba, y comenzó a estremecerse con los primeros espasmos. La mirada del Golem seguía fija en él, presenciando su muerte, erguido como un centinela. Su corazón fue azotado con un golpe más fuerte que los demás. La vista se le nubló y la cefalea fue mitigándose. Su oído, no obstante, continuó percibiendo el golpeteo de la lluvia, hasta que, poco a poco, se escuchó el lejano bramido de un cuerno.

—¡Hijo, despierta!

Robert notó un calor familiar, acogedor. Se extendía por todo su cuerpo como si lo hubieran sumergido en agua caliente.

—Hijo, estoy aquí.

Abrió los ojos. Al principio lo vio todo borroso, pero poco a poco la imagen fue adquiriendo nitidez, hasta que el rostro de su padre quedó bien definido. El pelo cano del doctor Frederick Veldecker brillaba por acción del fuego en la chimenea.

—Robert, ¿qué has hecho? —preguntó, aunque Robert no le vio mover los labios.

—Lo siento, padre. Perdóname. Te desobedecí —murmuró Robert.

Su voz emergió ronca y débil.

Las suaves mantas que lo arropaban pesaban más de lo normal. Estaban empapadas. Robert se irguió y apoyó la espalda contra el cabecero. Entonces descubrió que las sábanas también estaban mojadas.

En ese momento comprendió que deliraba. Se miró las muñecas y descubrió en ellas tajos profundos de los que manaba sangre negra a borbotones que teñía su pijama, la almohada y toda la cama. Resbalaba hasta el suelo y se extendía por la habitación.

—¿Qué has hecho, hijo? —repitió Frederick. Su rostro también estaba salpicado de sangre. Pequeñas gotas que se ocultaban entre las arrugas de sus mejillas.

—¿Adónde fuiste tú? —preguntó Robert.

La sangre apagó el fuego de la chimenea. La sensación de calor fue desapareciendo poco a poco tornándose en húmeda frialdad.

—¿En cuál torbellino quiso el Golem que cayeras? —insistió Robert.

Frederick miró al suelo. La sangre le llegaba por las rodillas.

—¿En cuál caeré yo? —continuó Robert

Frederick sonrió con melancolía.

—¿A cuál quieres ir, hijo?

Robert no respondió. Miró a su padre, estudió el contorno de sus facciones mientras la sangre que manaba de sus muñecas inundaba la habitación. Descubrió entonces que sus arrugas eran demasiado duras, como si en lugar de carne, Frederick no fuera más que una figura de cartón. Al momento lo poseyó una ira asesina. Se abalanzó contra su padre y quiso estrangularlo. Pero justo cuando sus manos lo agarraban por las solapas del traje, el escenario a su alrededor cambió.

Nadaba en una sustancia oscura en mitad de un espacio infinito. A su alrededor se agitaban miles de personas que se esforzaban por nadar contracorriente. A lo lejos, se escuchaba algo parecido al sonido de un trueno, grave y cavernoso como la voz del Golem.

—¡No juegues conmigo! —gritó Robert a su padre.

Pero la persona a quien sujetaba ya no era Frederick, sino un pobre desgraciado que intentaba, como todos los demás, escapar del ojo de la Vorágine. El cuerno rugió como una bestia encolerizada y el vórtice se rasgó en dos. Robert, poseído por la locura, comenzó a gritar también, pero no de terror, como todos los demás sino que gritaba de ira, enfrentado a los designios que lo lanzaban una vez más en dirección al Bríaro. Cuando el torbellino lo atrapó, sus gritos se transformaron en una hilaridad descontrolada.

Se dejó arrastrar por los vientos, arriba y abajo del cono, mientras se burlaba de cuantos lo rodeaban.

—¡Este es vuestro Néctar! ¡Necios! —repetía una y otra vez.

Sujetaba a cuantos se cruzaban en su camino, lanzados por los vientos, y les repetía lo mismo gritándoles a la cara antes de volverlos a soltar. Cada vez más rápido, cada vez más frenético. Sus burlas no daban abasto para cuantas vidas portaba el Bríaro.

Hasta que su mirada desorbitada se cruzó con la de su esposa.

Angélica estaba aterrada. Luchaba contra los vientos del Bríaro que, una y otra vez, la lanzaban hacia los bordes y de nuevo al centro. En un momento, el torbellino detuvo a ambos en el extremo superior del cono, permitiéndoles observarse y reconocerse. Angélica extendió la mano para alcanzar la de su marido. Robert hizo el amago de extender también la suya pero de pronto comenzó a reír, más fuerte que nunca. Angélica, con una tremenda sacudida, fue alejada de él. Poco a poco, el mar de vidas fue vislumbrándose en la distancia. El Bríaro lanzó a Robert volando de nuevo mientras él se dejaba arrastrar. Su rostro perturbado arrojaba lágrimas a los vientos enfurecidos; una y otra vez, chocaba contra los cuerpos de los demás viajeros, hasta que alguien lo sujetó por detrás. Reaccionó, intentó soltarse, pero más brazos lo agarraron de manos y pies.

—¡Soltadme! —gritó, con la voz quebrada—. ¡Quiero quedarme aquí! ¡Soltadme!

El Bríaro fue difuminándose. De nuevo, volvió a él la sensación de humedad. Le penetraba los huesos, causándole un dolor que competía contra el de su pecho. La cefalea también regresó aunque muy leve. Una sombra de la Bestia que constantemente lo acosaba.

—Llevadlo a su habitación —dijo una voz que a Robert le resultó familiar.

—¡Quiero volver! —gimió—. ¡El Bríaro es nuestro hogar! ¡Hemos nacido para estar allí!

La lluvia golpeaba su cuerpo. Intentó zafarse de nuevo, pero las fuerzas lo habían abandonado. Notó que lo levantaban del suelo y lo transportaban. Escuchó el ruido de una puerta. El golpeteo de la lluvia contra los baldosines fue alejándose hasta que desapareció. Intentó abrir los ojos, pero estaba demasiado cansado así que no lo logró.

—Soltadme —repitió, antes de perder el conocimiento.

Silencio y oscuridad. Sueños deformados y caóticos. Un sonido grave. Un beso en una fiesta. Líquido blanco. La mirada melancólica de su padre y dolor, dolor... mucho dolor.

El dolor de la cefalea que ya regresaba para despertarlo...

—Padre.

Nada.

—Padre —llamó de nuevo.

La cefalea trepó desde su nuca, se encaramó a la base de su cabeza y descendió hasta su barbilla. La secreción nasal le produjo un hormigueo en la mejilla izquierda.

—Padre.

—Daniel... márchate.

Robert abrió los ojos. Lo primero que vio fue la mesita de su habitación. Sobre ella descansaba una nueva dosis de praemortis. Ya no estaba húmedo. Alguien se había preocupado en desnudarlo, vestirlo con el pijama y acostarlo en su habitación.

—Sólo quería saber cómo te encuentras —respondió Daniel.

Robert dedujo que su hijo se encontraba a los pies de la cama, aunque no hizo el esfuerzo de mirar hacia allí. Al fin, Raquildis cumplía su promesa. La visita de Daniel simbolizaba el trato por el traspaso del mando de la Corporación.

—Mal, Daniel. Me encuentr... —su voz se quebró.

Recuperó el aliento y se esforzó por terminar la frase:

—Estoy muy enfermo, ¿sabes? Creo que moriré pronto.

—¡Tú no morirás! —dijo Daniel.

Corrió hacia el lado derecho de la cama y se colocó frente a Robert. Le cogió de la mano y la apretó con fuerza.

—¡No te mueras tú también, padre! No puedo quedarme solo.

Robert abrió los ojos y con una mirada vidriosa contempló a su hijo durante unos segundos. Tras el chico, sin embargo, el praemortis volvió a llamar su atención. ¿Quién lo había dejado en la mesita? Raquildis, sin duda. Probablemente el consejero lo había rescatado del mirador, se había ocupado de mantenerlo seco y conducirlo a su habitación. Sí, quería que los demás observaran cómo cuidaba de su superior por el cariño que sentía hacia él. Pero Robert conocía la verdad. Era una farsa; nada más que el intento de crearse una imagen carismática para obtener el apoyo de los nobles cuando fuera líder. Mientras Raquildis se mostraba a todos como una persona solidaria, se había preocupado en dejar una nueva dosis de praemortis en la mesilla. No quería que Robert permaneciera mucho tiempo en Pináculo, así que era preferible mantenerlo en la Vorágine lo más posible. Así él podría prepararse para gobernar; arreglarlo todo para la ceremonia de traspaso de poder y conseguir al fin el control de la Corporación.

En su desesperación, Robert se lo había regalado todo. Todo su poder, la Corporación entera a cambio de unos momentos con Daniel. Ocurrió durante un instante de desesperación, cuando el dolor lo atacaba sin conmiseración, y porque presentía que Raquildis tenía algo que ver con el aumento en la frecuencia e intensidad de sus ataques. Desde luego. Estaba claro que sí... ¿Cómo no iba a tener relación? No lo engañaban nuevas visiones paranoicas, se trataba de una evidencia palpable. El consejero lo tenía todo planeado. Él y Erik. Con seguridad toda la familia Gallagher se confabulaba contra él. Y sus planes habrían arrastrado a otros nobles; y también a ejecutivos, soldados de la Guardia y confesores. La Corporación al completo. Incluso Angélica estaba de su parte, ella también deseaba un pedazo del pastel cuando el poder se repartiera, pues nunca se tiene suficiente si no existe la sensación de estar en la cumbre.

Pero todos ellos desconocían un secreto que Robert guardaba como un inesperado giro de acontecimientos capaz de otorgarle la victoria. Pero no se trataba de una victoria material, donde el premio fuera más poder o dinero sino de una victoria personal. El triunfo absoluto de su intelecto frente a cuantos conspiraban para hundirlo. Y es que Leandra, Raquildis, Erik y todos los fanáticos de la Orden sabían que el Néctar no tenía ningún efecto. Creían y aguardaban con felicidad ser conducidos por el Bríaro a su destino en el mar de vidas, donde gracias a su devoción al Haiyim conseguirían controlar su tormento, su dolor, y transformarlo en placer. Volverse torturadores, en lugar de torturados, y regodearse en el deleite eterno del sufrimiento ajeno.

Incrédulos.

Robert conocía la verdad. Nadie como él sabía del horror que se experimentaba al caer en el mar de vidas. Un dolor imposible de asimilar, por muy arraigadas que estuvieran las ideas de la secta. Sí, Robert lo conocía bien, pero no se lo diría a nadie, guardaría su secreto hasta el momento de morir. Pronto demostraría cuán engañados estaban todos. Se les reiría en la cara a quienes confiaban en el Néctar, contemplándolos sufrir aquel destino del que creían haber escapado; y de los otros también se reiría, de quienes esperaban estar regresando al hogar, a su auténtica existencia.

Reírse en su cara por toda la eternidad. Era su venganza contra quienes envidiaban su posición de liderazgo. Incluso, tal vez mediante la venganza fuera capaz de expiar su propio tormento.

—¿Quién desea cambiar de torbellino? —murmuró.

Una sonrisa afloró en sus labios.

—¿Qué? —dijo Daniel.

Robert concentró de nuevo la mirada en su hijo. Él era la única persona que continuaba siéndole fiel, el digno heredero del imperio que había construido.

—¿Cómo fue el funeral? —preguntó a Daniel.

—No me dejaron asistir.

—¿No te dejaron ir al Cómburus?

—No. Leandra dijo que aún era demasiado pequeño para ver esas cosas. Me quedé en mi habitación hasta que supe que Raquildis te había encontrado. ¿Tú tampoco fuiste?

—Tampoco fui —dijo Robert.

Luego hizo un esfuerzo para acercarse a su hijo y le susurró:

—Pero yo sí he visto a tu madre.

Daniel torció el gesto.

—¿Quieres verla?

—¿Cómo?

—Alcánzame esa jeringuilla que hay sobre la mesita. Contiene praemortis, ¿sabes?

—¡Praemortis! Mamá y el profesor me hablaron de él. Es el líquido maravilloso que descubrió el abuelo, ¿verdad?

—Así es. El praemortis te llevará con mamá. ¿Quieres que te lleve con ella?

—¡Claro! —dijo el niño, lleno de entusiasmo.

Robert se hizo a un lado.

—Entonces ven. Acuéstate aquí y alcánzame la jeringuilla. El praemortis duele un poco al principio, pero cuando pase el dolor verás cosas que jamás olvidarás.

Un cansancio terrible se apoderó de todos sus músculos, pero reunió las suficientes fuerzas como para continuar despierto. Notó cómo Daniel posaba la jeringuilla en su mano, y ya con los ojos cerrados buscó a tientas el lugar donde había de clavársela. Una bruma nubló entonces su conciencia, pero recobró la razón con los espasmos de su hijo y los gritos ahogados que profería. Después volvió a dormirse, pero sus sueños consistieron en una serie de recuerdos distorsionados de infancia. Palabras de su padre bajo el eco de un bramido ensordecedor; el rostro sin nariz del Golem y sus ojos oscuros y; por último, la risa inocente de Daniel, correteando por su despacho cuando sólo contaba tres años de edad. La misma risa creció en intensidad hasta que la percibió muy cerca de él. Abrió los ojos y vio que su hijo se había levantado de la cama. Estaba de pie, junto al cabecero, riendo de pura felicidad.

—¡Padre, ha sido increíble! —dijo, dirigiéndose a él.

Robert se encontraba desorientado. No sabía si continuaba dormido, si estaba despierto o si había muerto de nuevo.

—¿Daniel? —balbuceó.

—¡Soy yo, padre! Vine a ver cómo te encontrabas, ¿no lo recuerdas?

—S... sí.

—Me inyectaste el praemortis.

—Sí, eso lo recuerdo. ¿Ya has regresado?

—¡Sí! He despertado hace un momento. El praemortis me hizo mucho daño al principio, como dijiste; y luego viajé a un lugar horrible... pero después, ¡después todo cambió!

—¿Todo cambió? —repitió Robert. En su interior ya presentía lo que Daniel estaba a punto de relatarle.

—Esta es la mejor parte. Un tornado me llevó a un lugar maravilloso.

—¿Cómo era ese lugar? —dijo Robert, con voz quebrada.

—No... no sé describirlo. Era muy grande. No llovía, y el sol lucía tan brillante que casi no podía abrir los ojos. No sentía ni frío ni calor, y aunque estuviera solo me encontraba bien.

—¿Bien? —dijo Robert. Una lágrima resbaló por su mejilla izquierda mientras la derecha se mantenía seca. Su nariz comenzó a destilar un líquido transparente que alcanzó la comisura de sus labios. Poco a poco, el párpado izquierdo comenzó a cerrársele. Ladeó la cabeza mientas contemplaba la ilusión en el rostro de su hijo. Sus facciones, por el contrario, se tornaron melancólicas.

—¿Te sentías bien? —repitió.

—Padre, ¿te sucede algo? —preguntó Daniel, entre preocupado y confuso.

—Y a tu madre, ¿la viste?

—No —dijo Daniel, consciente de que se había olvidado de ella por completo—. No la vi.

—Hijo, me gustaría que continuaras hablándome de ese lugar, ¿podrías ir a mi despacho y esperarme allí?

—Por supuesto... —respondió Daniel, algo dubitativo.

Dio media vuelta y Robert lo siguió con la mirada hasta que dejó la habitación. Acto seguido, sus manos volaron hasta las sienes y se las presionó con todas sus fuerzas. La bestia de la cefalea atacaba con una fuerza renovada a la vez que cruzaba su mente una avalancha de pensamientos contrapuestos.

—¿Te burlas de mí? —dijo entre dientes, lleno de ira y luchando por soportar su dolor—. ¿Quieres jugar conmigo, Golem?

El silencio de la habitación fue toda su respuesta. Se colocó de rodillas sobre la cama y buscó en los rincones y en los espacios oscuros.

—¿Por qué lo has enviado allí?

Nadie respondió.

—¡Por qué lo has enviado allí! —gritó.

El Golem no aparecía. La oscuridad de los rincones continuaba inalterada. Robert comenzó a temblar de rabia. Su mente enloquecida vibró con el grito multitudinario de los condenados al Bríaro. Se levantó de un salto, despeinado y sin asear. Su mirada perturbada quedó fija en la pared más cercana y cargó hacia ella con todas sus fuerzas. Estrelló la frente contra el muro, produciendo un temblor que descolgó el único cuadro que lo decoraba. Cuando retiró la cabeza tenía una fea brecha en la base de su cráneo. Comenzó a sangrar pero su cefalea no se marchó. Volvió a estrellar su cabeza con la misma fiereza una y otra vez, sin descanso, al tiempo que la sangre empapaba su rostro. Cuando cesó, jadeante, sus ojos contemplaron la jeringuilla vacía de praemortis que había inyectado a Daniel.

—Te burlas de todos nosotros, ¿verdad? —farfulló, con la voz rota por la ira—. Todos somos parte de tu pantomima. Tú eres quien nos creaste para reírte de nuestra agonía. Tú me has enloquecido. Me mostraste una orilla de la Vorágine para lanzarme luego a la otra, criatura caprichosa y perversa. Allí es a donde más te divierte arrojarnos, ¿verdad? Así sea entonces, Golem.

Desde el abismo de sus pensamientos tomó forma una resolución demencial que al momento agitó sus músculos. Daniel no era distinto de quienes deseaban destruirle. Él, a pesar de su aparente inocencia, también había urdido una traición, arrebatándole su sueño, hallando el camino, la forma de escapar del Bríaro.

—Tú... tú también te has vuelto contra mí, Daniel —dijo con los dientes apretados—. Deseas abandonarme, huir de tu destino a mi lado. Aprovechaste el amor que sentía hacia ti para robar la esperanza que he perseguido desde siempre. Tú has viajado a la tierra que yo descubrí. ¡Tú...! ¡Mi propio hijo! ¡Has corrompido mi confianza con la ponzoña de tu infidelidad! Jamás. Jamás permitiré que vuelvas. ¡Debo ser yo!

Tomó la jeringuilla del suelo y se lanzó al pasillo poseído por una furia inhumana. Cubrió a grandes zancadas la distancia que separaba su habitación del despacho y con una patada abrió las puertas de este. Encontró a Daniel contemplando la lluvia que golpeaba con fuerza contra los ventanales. La tormenta no había amainado desde que Robert abandonó el mirador. El muchacho se volvió para contemplar la mueca retorcida que era el rostro de su padre, de pie en el umbral de la puerta. Su pelo, grasiento y rojizo, le caía sobre un rostro en el que la sangre se confundía con el lagrimeo de la cefalea; sus ojos enrojecidos lo observaban con una fijeza vesánica. Alzó la mano, y Daniel descubrió la aguja que empuñaba.

—¡Padre! —le gritó, como si dudara de tener un familiar frente a él.

Retrocedió hasta que su espalda chocó contra los ventanales. Robert se aproximó hasta que, de repente, detuvo sus pasos a mitad de la habitación. De reojo se había percatado del bajorrelieve que adornaba la pared tras su escritorio. Sobre aquel líquido esculpido, decenas de figuras se retorcían con un realismo estremecedor. Robert, sin embargo, las vio gritar, revolverse buscando escapar del ojo de la Vorágine, nadar contracorriente para salvar una vida que nunca les perteneció.

—Somos del Golem y vamos al Golem. Vamos al Golem... —farfulló Robert, con la mirada perdida.

—¡Padre! —repitió su hijo tan aterrado que apenas conseguía mantenerse en pie.

Con sus palabras, logró que Robert volviera a fijar en él su atención. La cefalea lo sacudió entonces con un ataque que recorrió cada nervio de su cuerpo. Cuanto le rodeaba desapareció, a excepción de su hijo. Su pequeña figura se grabó en la retina de sus ojos llorosos. Dejó escapar un grito furibundo y se lanzó sobre él. Este, paralizado por el terror, ni siquiera alcanzó a moverse un ápice, de forma que ambos cuerpos chocaron y salieron despedidos en dirección al ventanal.

Un millar de pequeños cristales se mezclaron con la densidad de la lluvia a la vez que dos cuerpos, unidos en un abrazo paternal, descendieron a toda velocidad las ciento treinta y seis plantas que los separaban del suelo.

En aquellos instantes, durante los breves segundos que duró la caída, Robert percibió el tacto del cálido abrazo, y gracias a él recuperó cierta lucidez. Observó la ciudad con abatimiento, agrandándose por momentos ante sus ojos, y sabedor de que ya no había forma de salvarse, suplicó a Daniel el perdón de todos los errores de su vida, una y otra vez, buscando que su voz se escuchara por encima del alarido espantoso que profería su hijo.

Arriba, la lluvia entraba por el hueco hecho en el ventanal; el viento se coló con un tétrico aullido y avanzó hasta acariciar con su gélido tacto el cuerpo enjuto de Raquildis, cuya figura se recortaba en el umbral del despacho. Caminó hasta el agujero, siguiendo un rastro de gotas de sangre, y una vez en el borde observó la distancia que lo separaba del suelo. Apenas pudo distinguir una aglomeración de gente cerca de la entrada, donde debían haber aterrizado Robert y Daniel.

—¿Se ha terminado? —dijo una voz a su espalda.

Se volvió para encarar al general de la Guardia, Ed Wallace.

—No ha resultado como esperaba —murmuró Raquildis.

Las esperanzas de organizar una ceremonia pública para el traspaso de poder se habían desvanecido.

—Ya podemos olvidarnos de la discreción...

—¿Qué hacemos? —insistió Ed.

El consejero se volvió a su interlocutor.

—Reúne a la Guardia y dobla los efectivos en el edificio.

Wallace respondió con un fuerte taconeo, se volvió sobre sus talones y salió de la habitación sin demora.

Cuando se quedó solo, Raquildis volvió a examinar la calle, justo bajo el edificio.

—Esto no ha hecho más que empezar.

XI

N. del E.: La letra en esta entrada es apretada, pequeña y apresurada hasta el punto que hay caracteres no escritos en buena cantidad de palabras:

Escribo ahora, sin darme tiempo para descansar, porque quiero registrar en el papel todo lo que me ha sucedido antes de que olvide algún detalle. Pese a todo, el lector comprobará que lo que estoy a punto de relatar no se olvida con facilidad.

Hacia finales del mes pasado perdí por completo la esperanza de hallar un remedio abortivo para la cefalea de Robert. Todos mis intentos habían dado un resultado negativo. Como último recurso, pues no confiaba en su efectividad, comencé a indagar en la genética de los hongos psicoactivos, particularmente en el amanita muscaria, que pude hallar en los invernaderos de la ciudad. Fui aumentando las dosis progresivamente, a medida que comprobaba si existía algún peligro, aunque lo cierto es que, dado que yo mismo me drogaba con el hongo

—como reconozco en entradas anteriores—, apenas era consciente de cuánta cantidad administraba a Robert.

El amanita se mostró insuficiente desde el principio. Provocó en Robert procesos de sinestesia («ver» los sonidos, «escuchar» los objetos, etc.) que, combinado con la fotofobia y fonofobia que ya padecía resultaron verdaderamente perjudiciales. El dolor, ahora distribuido por todo su cuerpo y en dimensiones difíciles de describir, hizo necesaria la inmediata inducción del coma y la posterior administración de antisicóticos.

Sin embargo, lejos de abandonar mi investigación con los hongos, continué realizando variaciones en la fórmula. Agregué al amanita las propiedades psicoactivas de la bisnoriangonina procedente de otro hongo, el gymnopylus spectabilis. Lo mezclé con melatonina para potenciar sus efectos (probé la melatonina con Robert hará unos cuatro meses, aunque reconozco que no apunté mis avances porque no hubo ninguno, y porque necesitaba escribir sobre el intento de suicidio de mi hijo). Sé que fue una imprudencia por mi parte introducir más elementos en el compuesto, pero la desesperación y los efectos de las drogas no me dejaban pensar con lucidez; por otro lado, la idea de matar a mi hijo comenzó a tentarme más allá de la simple insinuación. Así, consciente o inconscientemente, añadí a la mezcla:

[el nombre de los tres elementos aquí descritos ha sido tachado de tal forma que se hace imposible de trasladar].

Apenas hube terminado de combinar los ingredientes, escuché los gritos de Robert. Me llamaba desde su habitación. A estas alturas le había inyectado tantos químicos que su persona no era más que la grotesca efigie de un adolescente. Había adelgazado hasta los cuarenta kilos, le escaseaba el pelo y tenía ojeras permanentes. Un rastro de vómito reseco adornaba constantemente la camisa de su pijama porque, como yo, él también abandonó su higiene. Alucinaba aun sin administrarle las drogas, experimentaba accesos de paranoia y había desarrollado una fotofobia que lo obligaba a vivir en penumbras. Cuando acudí a su llamada, extendió el brazo sin necesidad de que se lo pidiera, con abandonada resignación, como si ya aguardara el fracaso y a la vez el químico que le destrozaría un poco más el cuerpo.

Los primeros dos minutos tras la inyección transcurrieron sin registrar efecto alguno, pero de pronto Robert sufrió una serie de violentas convulsiones que me obligaron a emplear toda mi fuerza para sujetarlo. Como la habitación se hallaba casi a oscuras, no pude comprobar con exactitud el estado en que se encontraba, pero lo primero que pensé fue que me había propasado con las cantidades de amanita invertidas en la fórmula; que lo había matado.

En efecto, mis peores suposiciones cobraron fuerza cuando Robert detuvo de un golpe las convulsiones. Tanteé apresuradamente su muñeca, y al comprobar que su pulso había cesado corrí a encender la luz. Mi hijo yacía pálido e inerte; un rastro de espuma amarillento le resbalaba por ambos carrillos, acompañado por abundante destilación nasal a causa de la cefalea. Sin perder ni un segundo, salí de la habitación en dirección al laboratorio, donde recordaba haber guardado un carro de paradas veinte años atrás. Pese a lo crítico de la situación no me olvidé de comprobar y anotar mentalmente la hora mientras buscaba el desfibrilador. El corazón de Robert se detuvo hacia las 23:30 del 1 de noviembre; inicié la resucitación cardiopulmonar a las 23:41.

Todos mis intentos fueron en vano. El cuerpo de Robert se agitaba con cada nuevo contacto de las palas en su pecho, pero de nuevo volvía a caer sin vida sobre el colchón. Insistí en la resucitación hasta la medianoche. Finalmente, rendido, anoté la hora de su muerte con todo el pesar de mi corazón. Recogí el desfibrilador y me senté sobre la alfombra de la habitación a meditar, a decidir si el fallecimiento de mi hijo obedecía a un accidente, a un mero despiste o, por el contrario, a la inconsciente maquinación que tanto temía. Confieso que no llegué a ninguna resolución, pues sólo deseaba terminar también con mi vida y abandonar de una vez este mundo. Con estos pensamientos, me quedé dormido.

Desperté sobresaltado por el estrépito que produce el cristal al chocar contra el suelo. Había sonado muy cerca de mí, a unos dos metros de distancia como mucho. Sabía que estaba solo en la casa, pues despedí a todos los criados cuando el dinero comenzó a escasear, así que pensé que algún ladrón estaría intentando entrar con la esperanza de encontrar algo valioso. Todavía mis pupilas no se habían acomodado a la luz de la estancia cuando escuché una voz que me heló la sangre. «¡Padre!» me llamó, con tan familiar solicitud que me quedé petrificado por el terror y la sorpresa. «¡Padre!», dijo de nuevo, «¡¿Dónde estás?!» Me levanté a toda prisa, incrédulo, y sobre la cama contemplé a mi hijo Robert. Había despertado. Sus ojos me buscaban nerviosos; agitaba las manos, tanteando todo a su alrededor (su mano derecha había chocado contra una pequeña mesita donde descansaba un vial con la fórmula y que me despertó al estrellarse contra el suelo).

Cuando me vio aparecer, se incorporó y quiso abrazarme como quien lleva largo tiempo sin ver a un ser querido, pero yo me aparté, atemorizado, confuso, creyendo que alucinaba. Recordé haber consumido una buena dosis de amanita y sabía que sus efectos alucinógenos podían estar pasándome factura. Robert volvió a llamarme, pero lo ignoré; corrí a mi laboratorio en el piso de arriba y busqué por todas partes algún antisicótico. Encontré algunas dosis de haloperidol y me las administré. Recuerdo que me senté en la silla frente al banco de trabajo, cerré los ojos y aguardé los efectos del fármaco con toda la paciencia que me fue posible reunir. Logré controlar la respiración y reducir el ritmo cardíaco hasta unos niveles aceptables. No obstante, cuando abrí los ojos me encontré de nuevo con mi hijo. Se había levantado de la cama y me había seguido hasta el laboratorio desde la planta baja. Ahora aguardaba mi reacción, de pie en la entrada.

«Padre, estoy vivo», afirmó con absoluta tranquilidad.

Un temblor me recorría todo el cuerpo, pero aun así logré levantarme y me acerqué a él. Presentía que Robert necesitaba el cariño de un padre, pero lo insólito de la situación fue que antes de mi condición de padre, emergió mi personalidad científica. Le tomé el pulso, palpé su pecho, comprobé el estado de sus pupilas y la respiración. Todo normal... inusualmente normal. Quiso explicármelo, pero antes de que articulara palabra se lo prohibí, le tomé de la mano y bajamos a su habitación. Allí pude comprobar con mayor exactitud los tiempos que desde el momento que Robert sufrió la parada cardiorespiratoria hasta que dejé de aplicarle las palas habían transcurrido once minutos, pero luego me había quedado dormido. ¿Por cuánto tiempo? El reloj de su habitación marcaba las 02:16 de la madrugada. Partiendo de una estimación, había dormido durante dos horas antes de despertar sobresaltado. Dos horas llevaba Robert clínicamente muerto, sin recibir ningún tipo de asistencia, y había despertado solo como quien despierta de un sueño.

Tras mi cálculo, me volví hacia mi hijo y lo observé de arriba abajo con renovada incredulidad.

«No es posible» dije, buscando reafirmarme en lo científicamente verosímil. «Estabas muerto».

«He muerto, padre», afirmó Robert, ahora que por fin le permití hablar. «Llevo muerto todo este tiempo, pero he regresado».

No supe qué contestar. Medité la posibilidad científica de haber hallado una fórmula capaz de resucitar a un paciente tras la muerte, exenta de métodos tan violentos como el desfibrilador. Curiosamente, lo único que pude concluir a primera vista fue que su ataque de cefalea había desaparecido. Pronto, sin embargo, me sobrevino una nueva incógnita, basada en las palabras que mi hijo acababa de pronunciar.

«Has regresado… ¿de dónde?»

La expresión de Robert se ensombreció en el acto, sus ojos se tornaron vidriosos, y cuando habló, un leve hilo de voz temblorosa deshizo el silencio.

«No lo sé, papá. Era otro mundo, otro lugar».

Nos sentamos en la cama y Robert comenzó a relatarme un viaje fantástico a través de una dimensión desconocida. Otro mundo, en efecto, que se revelaba como la última frontera a cruzar por el hombre. Cuando terminó, pensé por un momento que quizás él también hubiera alucinado con los efectos del amanita, pero la evidencia de su muerte durante más de dos horas resultaba tan aplastante que echaba por tierra cualquier otra teoría fundamentada en la razón. No. Su experiencia traspasaba todo límite científico. Se trataba de un descubrimiento hallado por mero fruto del azar.

Así, y pese a que Robert me ha descrito con detalle ese otro mundo al que ha viajado, me siento en la obligación de cruzar yo mismo los límites de la realidad que conocemos y ver con mis propios ojos el nuevo universo que nos aguarda más allá de la muerte. He preparado otra dosis del compuesto al que ya he bautizado como praemortis y estoy listo para inyectármelo en la noche de hoy. A pesar de sus insistencias, he suplicado a Robert que no me aplique ningún método de resucitación, pues confío en que el praemortis me traerá de vuelta como lo trajo a él. Sé que es arriesgado, y tal vez sean estas las últimas líneas que escriba. De ser así, Robert, Aadil y Leandra, deseo que sepáis lo mucho que os quiero, y cuánto lamento haber malgastado nuestra riqueza en tantos y tantos fracasos.

Diario del Dr. Frederick Veldecker
Año 2268

Iván escuchó que llamaban a su puerta con insistencia. Antes había prestado atención al excesivo correteo que pasillo arriba y pasillo abajo cruzaba su planta. Algo estaba sucediendo en el Pináculo y, por lo que dedujo, debía ser grave. Volvieron a llamar con mayor fuerza, de modo que se apresuró a abrir.

—¡Lügner! —dijo, sorprendido por la visita.

La sorpresa, sin embargo, no tardó en enturbiarse cuando observó que junto a su compañero esperaban tres soldados de la Guardia.

—Lo siento, Iván —respondió él.

—Venga, hagámoslo rápido —dijo uno de los soldados a sus compañeros.

Al momento, los tres pasaron al interior de la habitación y sujetaron a Iván de los brazos.

—¿Qué pasa? ¿Qué ocurre?

Hizo algún esfuerzo por soltarse, pero Lügner puso orden enseguida.

—¡Sin forzar! —ordenó con voz firme a sus hombres—. Iván, te llevan fuera del edificio. Tú... la Corporación ya no necesita de tus servicios.

Iván no dijo nada. Se limitó a observar la mirada inquieta en los soldados y, por el contrario, apesadumbrada en los ojos de su antiguo compañero.

—Lügner, ¿qué tienes que ver tú en todo esto? Llevo semanas sin saber nada de ti y de pronto te presentas en mi habitación, así sin más.

—Lamento que las cosas tengan que suceder de este modo. Tengo... Verás. La familia Ike no anda demasiado bien económicamente. Mi cotización de Néctar no es tan buena como aparenta ser. Mi padre ha enfermado y Laesan no está en condiciones de prestarme ninguna ayuda. Pero si hago esto, los Wallace van... van a ascenderme a sargento, Iván. Espero que lo comprendas.

—¿Comprender qué? ¿Qué te han ordenado que hagas? —inquirió Iván con el miedo adueñado de su voz.

Uno de los soldados se llevó los dedos al pequeño auricular en su oído derecho y pidió silencio.

—Sí... en seguida... a sus órdenes... en cuatro minutos —luego, se volvió a sus compañeros—. Necesitan refuerzos arriba. La familia de los Dagman se ha revelado. Han logrado el apoyo de algunas familias menores y se han hecho fuertes en la planta ciento dos. Nos han ordenado que acudamos antes de que cunda el pánico.

—Lügner —susurró Iván mientras los soldados hablaban—. ¿Qué está sucediendo?

—Robert Veldecker ha muerto.

—¡Robert!

—Ha caído con su hijo desde la ventana de su despacho. El edificio está patas arriba. Se teme una rebelión.

—Vamos, no hay tiempo de llevarlo abajo —ordenó uno de los soldados—. Lo haremos aquí mismo.

—¿Hacer qué? ¡Por el Apsus! ¿Qué pensáis a hacer?

—Iván, no me lo pongas más difícil —respondió Lügner mientras cerraba la puerta de la habitación—. Está bien, chicos. ¡Adelante!

Los tres soldados que aferraban a Iván lo empujaron y este cayó sobre la pequeña mesita que había en mitad de la habitación, haciéndola pedazos. Al momento, desenfundaron sus pistolas y las amartillaron. Lügner se giró para no ver la escena.

—Venga. No tardéis.

—¡Lügner! ¡No!

Una ráfaga de disparos llenó la atmósfera con el humo de la pólvora, pero Lügner se volvió aterrorizado. Los disparos no procedían de sus soldados.

—¡Al suelo! —dijo uno de ellos.

Dos de sus compañeros habían obedecido la orden de antemano; el tercero yacía boca arriba, vomitando sangre, con cuatro impactos en el torso. A su derecha, la frágil pared de la habitación lucía siete agujeros en arco, a la altura de la cintura de un hombre.

—¡Buscad cobertura! —ordenó Lügner, y se volvió para alcanzar la puerta.

Antes de que les diera tiempo a reaccionar, otra salva de disparos llenó la pared de agujeros nuevos. Un segundo soldado, que se había levantado con la intención de cubrirse tras el respaldo del sofá, fue alcanzado a la altura de la corva derecha. Cayó al suelo dejando escapar un alarido de dolor. Su compañero, cuerpo a tierra, comenzó a disparar indiscriminadamente contra la pared al tiempo que se retiraba en dirección al pequeño cuarto de baño.

—¡No te muevas! —le gritó a Iván, a quien descubrió con la vista fija en la pistola del primer soldado caído.

Lügner abrió la puerta de la habitación con cuidado y observó el pasillo. No había nadie, pero a unos dos metros logró distinguir la puerta que daba a la habitación contigua. Con la pistola apuntando hacia allí caminó muy despacio, pegado a la pared de su izquierda, hasta que llegó a la puerta.

—¡Me desangro! —oyó que se quejaba el compañero a quien habían alcanzado en una pierna—. ¡No quiero ir al Bríaro! ¡Sacadme de aquí, por favor!

Agarró el pomo con la mano libre, contó hasta tres y abrió con velocidad. El interior estaba oscuro. Apuntó y disparó dos veces, pero entonces escuchó una descarga que en un instante le iluminó la cara. Disparó otra vez de forma instintiva, pero de repente notó que las fuerzas lo abandonaban. Abrió fuego una tercera vez, aterrorizado. El disparo dio contra la pared del pasillo, pues apenas logró sostener la pistola en su mano. Se tambaleaba. Sus piernas flaquearon y cayó al suelo. En aquel instante descubrió una figura que se asomaba por la puerta. Estaba acuclillada, por eso no la había alcanzado, mientras que ella lo había disparado a bocajarro en el estómago, donde ya notaba el escozor mordiente del proyectil. La sangre comenzó a resbalar por su cadera hasta manchar el piso.

—¿Lügner? —escuchó que lo llamaban desde la habitación.

La figura salió de las sombras. Llevaba un vestido-túnica en verde, de manga larga, faja con motivos de fauna marina y zapatos de tacón bajo. Se acercó con cuidado hasta la habitación de Iván y levantó su pistola.

—Lügner, responde —llamaron de nuevo.

La mujer se asomó por la puerta empuñando el arma. Hizo dos disparos y, por unos segundos, permaneció quieta, observando el interior. Entró. En ese momento, Lügner comprobó que la vista comenzaba a nublársele y, poco a poco, notó que las pocas fuerzas que le quedaban también desaparecían. Alzó la mano como pudo, presionó el intercomunicador en su oreja, y entre los estertores logró articular una petición de auxilio.

—¡Iván! —llamó Leandra.

Ahora, la mujer apuntaba al único soldado que quedaba con vida. Se retorcía de dolor en el suelo, sujetándose la rodilla de su pierna derecha con ambas manos. Un pequeño rastro de sangre indicaba cuánto había avanzado desde que Leandra lo desjarretó. Del baño asomaban la cabeza y los hombros de su último objetivo.

—¡Sal, el camino está despejado! —dijo, al comprobar que no había peligro.

Iván salió de su escondrijo. Había conseguido parapetarse a un lado de la cama, tras hacerse con la pistola del primer guardia caído.

—Vamos —indicó ella—. Habrán escuchado los disparos y no tardarán en enviar refuerzos. El edificio está plagado de soldados.

—¿Qué está sucediendo?

—Mi hermano ha muerto.

—Lo sé. Me lo dijo Lügner antes de que sus hombres decidieran acabar conmigo. Pero, ¿qué tengo yo que ver en todo esto?

—Nada. La decisión de matarte viene desde otro lugar y por otras razones. Ha sido Raquildis.

—¡El consejero!

—Él... —Leandra se trabó—. Ha decidido que habría que matarte una vez dejaras de ser útil. Por si alguna vez se te ocurría contar tu particular versión de la historia.

Abrió la boca como si quisiera añadir algo más, pero rectificó a tiempo.

—¿Por dónde escaparemos? —preguntó el soldado.

—El Pináculo se asienta sobre una construcción anterior, un edificio de piedra que aún conserva intactas las escaleras y cuya entrada apunta hacia el norte. Da a un helipuerto abandonado. Es utilizado por los confesores a modo de pasadizos secretos, para acceder rápidamente desde sus celdas a cualquier punto del edificio.

—¿Los confesores?

—Tranquilo. Los han movilizado a todos. Están fuera porque se rumorea que algunos nobles se han aliado con los Cuervos, y pretenden aprovechar el caos para organizar una toma del edificio. Si conseguimos alcanzar la fachada de la construcción antigua, estaremos a salvo.

—¿Hay una entrada cerca?

—Sí, por suerte. En la planta treinta y uno. ¡Sígueme!

Se pusieron en marcha con Leandra a la cabeza. En el pasillo, Iván descubrió el cadáver de Lügner. Yacía boca abajo, inmóvil, bajo un charco de sangre; más allá, el ascensor que siempre había estado vigilando. Sin embargo, echaron a correr en dirección contraria, hasta doblar la primera esquina. Luego, Leandra guardó la pistola e instó a Iván para que hiciera lo propio. Lo mejor era pasar desapercibidos al personal del edificio. Sólo combatirían en caso de verse acorralados. Llegaron hasta otro ascensor, ubicado en el lado opuesto. No había nadie vigilando. Leandra pulsó el botón para llamarlo y una lucecita roja le indicó que se encontraba de camino.

—¿Por qué lo has hecho? ¿Por qué me has salvado? —dijo él, mientras esperaban—. Arriesgas mucho haciendo esto.

Observó que Leandra no se había preocupado por ocultar las marcas de su cuello. Ella lo miró fijamente.

—Te vi cuando estabas inconsciente en el sanatorio.

—¿Me viste en el sanatorio? Lügner me dijo que nadie me había visitado.

—Hay cosas que no sabes de mí.

Iván se mostró desconcertado. Estudió la mirada de Leandra y descubrió en ella una melancolía que no esperaba encontrar. De repente, lo comprendió todo; el secreto de Leandra, imposible de confesar mediante la palabra. Como en otras ocasiones, vio en ella aquel rostro agresivo a la par que sensual. Dos personalidades, ocultas entre la curvatura de las mismas facciones. Leandra Veldecker se hallaba en constante lucha con un ser interior mucho más aterrador, cruel e inhumano de lo que Iván hubiera logrado imaginar por sus propios medios. Ya lo había visto emerger durante sus primeros encuentros, poseyendo el frágil cuerpo de la mujer y transformándolo en un torrente de ira. Leandra desaparecía entonces para que tomara posesión esa otra personalidad que tanto se esforzaba por ocultar con un pañuelo.

Ella era el confesor celoso que lo visitó durante su agonía en el sanatorio. La cuchilla siempre ensangrentada. La Zarpa.

—¡Marcus...!

—Por favor —cortó ella—. No lo digas. No menciones ese nombre. Tú no.

—Me inyectaste el Néctar.

—Sí.

—Pero no lo merecía. Intentaste salvarme. Aunque sabías que la solución de Praemortis no funcionaba, lo intentaste... para salvarme.

—Sí.

—Leandra...

Vio con claridad a la mujer que lo observaba de forma esquiva. De ella había desaparecido cualquier rastro violento, cualquier defensa impuesta sobre su personalidad; de forma que, dubitativa a causa de la inexperiencia, dejaba verse tímidamente a través de una mirada esquiva, casi infantil. Comprendió por qué Leandra estaba allí, salvándole la vida; tal y como creyó haber hecho en el sanatorio. Iván simbolizaba para ella la huida de un mundo lleno de secretos difíciles de revelar, hirientes hasta la locura.

Él representaba su particular versión de Néctar.

De pronto, las puertas del ascensor se abrieron después de un suave tintineo. Del otro lado, cinco soltados apuntaron con fusiles de asalto en cuanto reconocieron sus objetivos. Tanto Leandra como Iván levantaron sus armas para hacerles frente, pero el enemigo abrió fuego antes. Varias ráfagas cruzaron los escasos dos metros que separaban un grupo del otro. Leandra fue alcanzada por un impacto en el brazo y soltó la pistola. Iván se tambaleó por la fuerza del disparo que le atravesó el muslo derecho y cayó de rodillas. Los cinco soldados aprovecharon la desorientación de sus objetivos. De un salto los rodearon. Tres de ellos sujetaron a Leandra mientras los otros dos encañonaron a Iván. En el fondo del ascensor aguardaba tranquilamente la figura de Raquildis.

—Predecible. Muy predecible —dijo, mientras caminaba en dirección a la mujer.

—¡No! —gritó ella.

La furia despertó en su interior, a pesar incluso del balazo recibido. Raquildis llegó frente a ella y se tomó un tiempo en disfrutar observando cómo ponía todo su empeño por escapar. La herida de su brazo manchaba la manga del vestido. Iván, mientras tanto, notaba que no tenía fuerzas suficientes para ponerse en pie. Uno de los soldados le hizo una señal con el cañón de su fusil y tuvo que arrojar su arma a un lado.

—Me has traicionado cuando más necesitaba de tu confianza. Tu hermano ya no está entre nosotros, y cuando soñaba con que juntos gobernaríamos Praemortis, descubro tu debilidad.

Lanzó luego una mirada asqueada en dirección a Iván.

—¡Deja que se marche, no dirá nada! —dijo ella.

Con un movimiento de revés, Raquildis asestó a Leandra una brutal bofetada.

—¡No! ¡Sucia! ¡Infiel! —gritó, con tanta fuerza que se le inflamaron las venas del cuello—. ¡No lo comprendes! No hay otro destino en tu vida sino estar a mi lado. Yo te crié desde que naciste, me ocupé de ti cuando a tu padre no le quedaban fuerzas, ¿y así me lo pagas?

Leandra sangraba por el labio. Raquildis se relajó, como si se hubiera arrepentido de haberla golpeado.

—¿No me escuchas? ¡Te amo, Leandra! Necesito de tu calor, de tu compañía. Y no puedo soportar... —miró a Iván de reojo— no puedo soportar que me engañes así. Has enloquecido por culpa de tu infidelidad; y por culpa de esa locura todo cuanto crees, lo que siempre has defendido, se derrumba a tu alrededor.

—Todo es mentira —escupió ella—. Iván ha viajado en el otro torbellino. El destino para la humanidad que tú predicas es falso. El Golem dice la verdad.

—Te equivocas, mi niña preciosa. Cuanto te he enseñado es verdad, y te lo voy a demostrar.

Se abrió la chaqueta y de un bolsillo interior extrajo una jeringuilla cargada hasta la mitad de praemortis. Se acercó aún más a Leandra, de forma que notó la respiración agitada de la mujer, y acercó la aguja a su cuello, justo donde se encontraban todas las marcas.

—Comprobemos adónde te ha conducido tu nueva fe en el Golem.

Leandra se estremeció al notar un leve pero familiar pinchazo en el cuello. En ese momento, Iván, que había esperado hasta que Raquildis quedara junto a él, alargó el brazo velozmente, alcanzó su pistola, que no había arrojado demasiado lejos, y levantándose se colocó tras el consejero, usándolo de escudo. Los guardias que lo apuntaban apenas tuvieron tiempo para reaccionar.

—¡Un movimiento y lo mato! —les advirtió al tiempo que apuntaba con la pistola a la sien de su rehén.

Leandra aprovechó para zafarse de la presa, arrebató uno de los fusiles a los soldados y sin dejar de apuntarlos fue aproximándose al ascensor. Apretó de nuevo el botón de llamada. Las puertas se abrieron al instante. Iván, caminando a duras penas marcha atrás, llegó hasta allí y se metió dentro de la cabina con Raquildis todavía sirviéndole de escudo. Justo cuando sonó el tintineo que anunciaba el cierre, lo empujó con fuerza en dirección a los soldados.

El ascensor comenzó a descender velozmente. Leandra se palpó la herida del brazo. Podría resistir. Luego miró la de Iván. La sangre resbalaba desde su pierna hasta el suelo.

—No podré ir muy lejos así —dijo él.

—Sí, si alcanzas la estructura antigua. Esas escaleras no las conoce la Guardia.

—¿Y Raquildis?

—Él sí las conoce.

Iván no dijo nada. Leandra apretó los labios y, resuelta, dijo:

—Saldremos de aquí. Te lo prometo.

—¿Y después?

—Buscaremos un transporte que nos saque de la ciudad. Quizás los rebeldes tengan uno; o tal vez los habitantes del Refugio. Escaparemos de Pináculo.

El sonido de una alarma los sobresaltó. Sonaba fuera, en cada planta que sobrepasaban.

—La Guardia nos busca —dijo él.

Amartilló su pistola.

—Iván, deseo que sepas que siempre te creí. Siempre he sabido que viajaste al otro torbellino.

—El Golem es real.

—Lo sé.

Quiso aproximarse a él, pero se detuvo como si los separara una pared invisible. Iván, sin embargo, alargó el brazo y acarició su rostro. Bordeó sus facciones con la yema de los dedos y descendió por el cuello, notando el suave relieve de tantos pinchazos. Entonces se detuvo al notar algo húmedo. Cuando miró, reconoció con un estremecimiento el rastro de una sustancia lechosa en sus dedos.

—¡No...!

—No importa, Iván.

—¡Por la Tormenta! ¡He reaccionado demasiado tarde! Leandra, escucha. Tienes que aguantar hasta que salgamos.

—No hay nada que hacer.

—No, no, Leandra. No te rindas. Debes luchar.

—Es imposible. Ya lo noto... Me... me arde la sangre.

Las puertas se abrieron. Leandra e Iván se encontraron en la planta treinta y uno. Frente a ellos había una rotonda con tres puertas, flanqueadas por columnas corintias y, en medio, la majestuosa estatua en bronce de un confesor. Leandra conocía bien el lugar, frente a ellos, la puerta más alejada daba paso a la construcción antigua; la salida del Pináculo. Pero apenas tuvieron tiempo de reaccionar antes de que las otras dos puertas frente a ellos se abrieran de golpe. Quince soldados abrieron fuego desde el otro lado. Las balas silbaron por todas partes, arrancaron pedazos de las columnas y produjeron chispas al estrellarse contra el bronce de la estatua. Iván y Leandra corrieron a parapetarse tras sus pies, y desde allí abrieron fuego. Leandra señaló la tercera puerta, la única que continuaba cerrada.

—¡Debes ir por allí!

Las balas pasaban muy cerca. Iván dejó que el cañón de su pistola asomara desde su escondite y descargó una ráfaga. Miró a Leandra. Jadeaba.

—Iré detrás de ti —dijo ella, reuniendo fuerzas—. Descuida, ¡te cubriré!

Él asintió. Esperaron el momento oportuno y los dos se levantaron al mismo tiempo, descargando sus armas contra el enemigo. Haces de luz comenzaron a pasarles por todas partes, acompañados de pequeños zumbidos. Iván dio media vuelta y corrió en dirección a las puertas mientras las balas se estrellaban contra el suelo. Leandra lo siguió, mirando de frente a los soldados, sin soltar el dedo del gatillo, sin importarle si acertaba o erraba el blanco. Hasta que, de repente, notó una punzada en el pecho. Un escalofrío recorrió todos sus miembros y una debilidad la obligó a doblar las piernas. Emitió un leve quejido, pero Iván ya había alcanzado las puertas y movía la manija para abrir.

Justo entonces, las puertas se abrieron sin que él las empujara. Del otro lado, agazapados, esperando la orden adecuada, aguardaba otra media docena de soldados. En cuanto vieron a Iván descargaron sus fusiles contra él. Zarandeado con la fuerza de docenas de impactos a bocajarro. Cayó al suelo como un plomo. Leandra, tambaleándose por el ataque al corazón, encontró las fuerzas para emitir un desgarrador grito de ira. Levantó el fusil y comenzó a disparar a cuantos la rodeaban mientras el paro cardíaco le producía un dolor insoportable. Su enemigo, sin embargo, no respondió esta vez. Se quedó aguardando tras la cobertura, a la espera. Leandra, con los dientes apretados por el dolor, caminó en dirección al cuerpo de Iván. Pero un nuevo dolor paralizó todos sus miembros e hizo desaparecer las pocas fuerzas que le restaban. Cayó al suelo bocabajo, respirando con fuerza; el fusil escapó de sus manos. Arrastrándose, comenzó a notar que decenas de botas militares la rodeaban, hasta que poco a poco la vista fue nublándosele. Le sobrevino un momento de calma, un silencio repentino, en el que enmudeció todo sonido. Y de este modo, antes que el último golpe al corazón la arrojara a la Vorágine, consiguió escuchar cómo Iván la llamaba.

XII

Interesado lector: Pido disculpas anticipadas por no haber escrito justo después de mi resurrección, pero el viaje con el praemortis ha resultado mucho más duro de lo que esperaba; soportable para un corazón joven y sano, pero dañino si el que viaja se encuentra ya en edad avanzada, como es mi caso. Precisamente porque temo que mi salud no vuelva a restablecerse es que he hecho acopio de todas mis fuerzas para escribir ésta, la que temo sea mi última anotación, y reconocer ante el mundo, no sin cierta vergüenza, que mi enajenación transitoria me abrió las puertas de un reino pavoroso, donde la muerte domina todo cuanto subsiste, y a donde el hombre dirige irremediablemente sus pasos. Este nuevo mundo echa por tierra los axiomas sobre la finitud de la vida de los que estábamos tan convencidos, pues seguimos viviendo, de alguna manera que no alcanzo a comprender, tras la muerte.

Lo primero que comprobé es que no llegamos a ese otro lugar acompañados por nuestro cuerpo, sino por una representación de nosotros mismos. Conciencia y pensamientos siguen con el viajante, pero éste abandona todo sentido de percepción propia, pues carece de una representación física de sí mismo. Esa fue mi experiencia; sin embargo, advierto que llegar a ella es un proceso altamente doloroso, como si la conciencia debiera rasgar la carne para abrirse camino. Se trata del primer estado que provoca el praemortis en el sujeto: un dolor insufrible que yo no noté en Robert por encontrarse padeciendo su cefalea. El dolor convulsionó mi cuerpo antes que un último embate me arrancara literalmente la vida mediante un paro cardíaco. Entonces la oscuridad y el silencio se apoderaron de todo durante unos instantes, hasta que súbitamente me halle en ese otro lugar... en la Vorágine.

La Vorágine es un remolino de dimensiones que calificaría como inauditas, formado por una sustancia que no he logrado identificar, en medio de una inmensa nada, oscura y silenciosa; no obstante, el interior de la Vorágine está lleno de ruido: gritos de pánico y desesperación, pues todos van —vamos— a parar a la Vorágine y somos arrastrados por ella hacia su centro, hacia el ojo; las fauces de una bestia inmisericorde que traga a cuantos alcanza. Por ello todos los que allí se encuentran sólo procuran nadar tan rápido como se lo permiten sus fuerzas (o su conciencia, según se prefiera, pues no hay en realidad músculos que nos impulsen), para alcanzar los extremos. Eso hice yo al caer, imitando a la masa asustada y confusa que me rodeaba. Nadé. Nadé cuanto pude sin lograr alejarme, pues la fuerza de la Vorágine era mucho mayor que todo nuestro empeño por escapar.

Pero entonces, justo cuando el negro ojo central estaba a punto de engullirme, sonó un estruendo, una nota musical sublime, poderosa, emitida desde un cuerno o algún instrumento semejante; y a su sonido, como si de una orden se tratara, la Vorágine se dividió en dos torbellinos. En uno quedé yo, junto a la mayoría de los desafortunados que allí se encontraban. A este lo he bautizado Bríaro. El otro desapareció de mi vista, pues pronto nos alejamos de él.

Viajamos durante un tiempo y a una velocidad que no puedo precisar, hasta que de lejos divisé una mancha pardusca. El Bríaro nos condujo allí con celeridad y se posó encima. Sólo entonces descubrí que se trataba de un mar agitado, tormentoso, compuesto por miles de infortunados a quienes el Bríaro había vomitado quién sabe desde qué tiempo remoto. Un sinnúmero de vidas atormentadas buscaban con desesperación la superficie de aquel mar compuesto por ellas mismas; trepaban unas sobre otras, sedientas por hallar la cumbre, sólo para ver que, cuando al fin lograban salvarse de la asfixia y disfrutar de un hálito de libertad, alguien volvía a superponerse buscando lo mismo que ellas habían buscado, y de este modo las arrastraba de nuevo a las profundidades del mar. Y así, aquel espantoso proceso se repetía una y otra vez por toda la eternidad.

Allí nos echó el Bríaro, al mar del tormento. Pero justo en ese instante, cuando ya miles de manos se alzaban desde el mar para recibirme, noté el recuerdo de un dolor que agitaba mi cuerpo, un latido, un bombeo, sangre que se calentaba por segundos, el pecho inflamado por la respiración agitada y el irresistible deseo de gritar.

Así volví a la vida, como si despertara de una pesadilla, gritando, gimiendo de dolor y temor, aún con los miembros de mi cuerpo fríos y rígidos. El praemortis había funcionado. Me trajo de regreso dos horas y tres minutos tras fallecer por su causa, mostrándome el cruel reino que nos recibirá al morir.

He buscado sin éxito una causa que justifique la existencia de ese otro lugar. Me he preguntado por qué hay dos torbellinos y adónde conducirá la otra mitad de la Vorágine. Sin embargo, ya es tarde. Como he dicho al principio, los efectos del praemortis son altamente perjudiciales para el cuerpo de un paciente en edad avanzada. Obviamente, morir durante tanto tiempo causa daños irreversibles (aún no me explico por qué no hay daños en el cerebro) que no todo el mundo está en condiciones de soportar. Sólo un viajero joven puede someterse sin riesgo al «reinicio» al que es sometido. Eso es, precisamente, lo que pienso que le sucedió a Robert: el praemortis le curó la cefalea porque todo su sistema se reinició por completo. Es una pena que deba destruir la fórmula.

Sí, lector. Debo destruir el praemortis. Temo que he descubierto algo tremendamente peligroso. Si el mundo adquiriera conciencia sobre ese otro lugar, si se supiera que muchos nos dirigimos al Bríaro sin poder hacer nada por evitarlo, que todo nuestro empeño es inútil contra los designios de la Vorágine; si eso llegara a conocerse, cundiría el caos en este mundo como vive en aquél. La humanidad perdería el juicio.

Los efectos del praemortis no deben conocerse, ni se conocerán. Ya se lo he advertido a Robert, y ha accedido, aunque lo noté algo reticente al principio, pues cree que, en efecto, he hallado el remedio para su cefalea. He destruido todas mis notas, experimentos previos y componentes. He desmontado el laboratorio por completo. Sólo queda este diario.

Diario del Dr. Frederick Veldecker
Año 2268

Aún llovía en Pináculo, y a pesar de haber transcurrido nueve horas desde el suicidio de Robert Veldecker, el amanecer se resistía a iluminar la ciudad. Eran las siete en punto, pero la oscuridad prevalecía como si pesara sobre ella la maldición de una medianoche perpetua. En la cumbre del edificio de Praemortis, sobre el mirador, Raquildis esperaba en la puerta a que alguien le acercara un paraguas antes de caminar hacia el centro, donde se erigía la gigantesca aguja ennegrecida. Un ejecutivo apareció tras él, abrió el esperado paraguas y lo colocó sobre la cabeza del consejero.

Mojándose bajo la tormenta, montaban guardia hasta diez soldados a las órdenes de Ed Wallace en persona, además de un confesor. Todos permanecían con la vista fija en Leandra, que estaba encadenada a la base de la aguja. Con las manos a la espalda, la mujer permanecía sentada. La lluvia había calado por completo sus ropas. El peinado al estilo *garçon* se había desecho, de modo que los cabellos le caían sobre el rostro. Un pequeño hilo de sangre corría de su brazo izquierdo y, arrastrado por la lluvia, se perdía entre las grietas de los baldosines.

—¿Por qué no está mirando al norte? —preguntó Raquildis a Wallace, cuando llegó a su altura—. Ordené que no dejara de mirar al Apsus.

El general negó con la cabeza.

—Lo hemos intentado, pero no tiene fuerzas ni para mantener la cabeza erguida.

Bajo la cobertura del paraguas, Raquildis contempló el aspecto de la mujer. Su piel había empalidecido. Las uñas estaban moradas. Respiraba pausadamente. El consejero apretó los labios, miró nervioso a uno y otro lado, y señaló al soldado que le pareció más distraído.

—Eh, tú.

—¿Señor?

—Levántale la cabeza y sostenla. No quiero que deje de mirar al Apsus.

—Sí, señor.

El soldado se adelantó, tomó a Leandra por la barbilla y la levantó con cuidado. Su rostro estaba completamente demacrado. Los ojos, entreabiertos, parecían haberse hundido en las cuencas. Las facciones que caracterizaban la impresión que Leandra daba de una persona enérgica se habían suavizado, y en su lugar se marcaban más los pómulos, como producto de una languidez repentina.

—¿Cuánto tiempo va a mantenerla aquí? —preguntó Wallace—. Mis hombres no pueden aguantar eternamente bajo la lluvia.

—Son soldados. Haga relevos —indicó Raquildis.

Luego volvió a centrarse en Leandra. Se acercó más a ella y se inclinó para mirarla de frente.

—Ya no puedo confiar en ti. Creí que me serías siempre fiel, que nunca te apartarías de mi lado. Pero ahora pienso que deseas mi muerte. Acabarías con mi vida en cuanto me distrajera, y eso no lo puedo permitir. Tengo una ciudad que gobernar, Leandra. Deseaba que lo hubiéramos hecho juntos.

Ella no dijo nada.

Raquildis prosiguió.

—Y ahora, ¿qué te queda? Mira tu estado. Te encumbré al máximo estatus de poder en la ciudad, en todo el mundo civilizado; pero has decidido hundirte, nadar hacia el ojo de la Vorágine. ¿Y por qué? Por un deseo. Un amor furtivo que ni siquiera has llegado a consumar. Y aquí estás, con tu vida arruinada por completo. Todo cuanto poseías ha desaparecido, incluso tu vago anhelo de salvación. Dime, Leandra, ¿no sientes aún el azote de los vientos del Bríaro?

Ella continuó en silencio. La cefalea atacaba en medio de su debilidad con un dolor que enmudecía todos los sonidos externos. Leandra observaba la distancia, hacia el norte, donde la habían ordenado mirar, pero sólo conseguía percibir las gotas de lluvia cruzando el cielo con pequeños y raudos destellos.

—Morirá por congelación si no la trasladamos a un lugar seco —indicó Ed Wallace.

—En cuanto sea posible la conduciremos al complejo penitenciario de Wael —aclaró Raquildis—. He ordenado que preparen una celda especial para ella. Necesita toda la seguridad que podamos habilitar.

—¿Seguridad? —dijo Wallace, extrañado—. Señor, es Leandra Veldecker. Ni siquiera creo que pueda escapar de una celda normal, y menos en el estado en que se encuentra.

Raquildis dejó entrever un rictus de complacencia. Luego se volvió hacia el confesor. Su imponente figura, bajo la capa azul, estaba vuelta hacia Leandra, de forma que la mujer se reflejaba sobre las placas de la armadura como un borrón pálido.

—Confesor —llamó Raquildis—. No la pierdas de vista. Estás vigilando al mismísimo Marcus Haggar.

El confesor no reaccionó, pero sí todos los demás. Un murmullo nervioso se extendió por encima del repiqueteo de la lluvia. El mismo general Ed Wallace se permitió vacilar.

—¿La Zarpa?

—Vigílela bien, general. Leandra ha decidido olvidar lo que le enseñaron en su adoctrinamiento y creer en las promesas vacías del Golem. Es muy peligrosa.

—Como ordene.

Wallace tragó saliva.

Raquildis dio media vuelta, y acompañado por el encargado de sujetarle el paraguas, desapareció tras la puerta que conducía al interior del edificio. Allí se permitió una leve carcajada. Estaba convencido de que Leandra, pese a luchar por mantenerse consciente, lo había escuchado revelar su gran secreto. No pensaba acabar con su vida, pero sí torturarla lo suficiente hasta que asumiera dónde se encontraba su puesto. Sin embargo, jamás volvería a fiarse de ella. Tendría que vigilarla siempre, hasta asegurar la completa sumisión de la mujer. Si Leandra llegaba a escapar...

Se quitó la idea de la cabeza y bajó hasta el despacho de Robert. El ajetreo de las últimas horas le había impedido ordenar que alguien reparara el cristal y limpiara el rastro de sangre.

—Ordena que alguien de mantenimiento suba al despacho para arreglar el cristal —dijo a su acompañante, que se entretenía en cerrar el paraguas—. Busca a Erik Gallagher y dile que me informe sobre cómo está siendo recibida la noticia en el exterior.

—Me pondré a ello enseguida, señor.

Raquildis creyó escuchar un tono familiar en la voz del ejecutivo que lo acompañaba. Volvió su cabeza para estudiarlo con mayor detenimiento. Era de una delgadez enfermiza, blanco, con la cara perlada de pequeños lunares. Su pelo lacio y castaño le caía mojado sobre una frente despejada. Al descender un poco más, el consejero se encontró con que su nuez sobresalía de forma repulsiva.

—¿No eres tú uno de los Ike?

—Sí, señor. Me llamo Rowan.

—¿Se puede saber qué haces trabajando como ejecutivo de la Corporación?

Rowan tragó saliva. Su nuez se movió arriba y abajo como si poseyera vida propia.

—Verá, señor. Laesan ha ordenado que algunos nobles trabajen para... para...

¡De modo que de eso se trataba! La situación económica entre los Ike no parecía marchar muy bien, posiblemente a causa de la congelación en el comercio exterior que abastecía a la ciudad de Pináculo de bebidas alcohólicas que los Ike compraban para sus locales de fiesta. Aquello significaba una buena noticia para Raquildis. La fidelidad de Laesan podría comprarse ahora a un precio barato.

—¿Qué sabemos sobre el estado dentro del edificio? ¿Siguen dándonos problemas los Dagman?

—Continúan atrincherados entre las plantas ciento dos y ciento siete —informó Rowan.

—¿Es que no se han rendido aún?

—Se rumorea que los Cuervos les prestan apoyo desde el exterior. Se ha registrado un ataque a la estación central de monorraíl. Están muy cerca de este edificio.

—Necios ávidos de poder... —susurró Raquildis, con menosprecio.

Con aquel fútil intento de acaparar el gobierno de la Corporación, la familia Dagman acababa de perder su derecho de pertenecer al grupo de nobles dirigentes que esperaba controlarla tras la muerte de Robert.

—Que la Guardia disuelva el alzamiento rebelde. Y sin miramientos. En cuanto a los Dagman, ordena que algunos confesores suban a las plantas donde se han hecho fuertes pero que no actúen. Sólo asegúrate que Baldomer y su familia los vean. Ve tú también. No tardarán en negociar una rendición en cuanto derrotemos a los Cuervos.

—Así lo haré

—¿Algún otro incidente?

—Ninguno, si no contamos lo acontecido con Marc... con Leandra Veldecker.

Raquildis observó a su interlocutor de soslayo.

—Bien. El traspaso de poder va mejor de lo que esperaba. En breve lo anunciaremos por radio. ¡Aparta el paraguas!

Rowan obedeció con rapidez. Sin darse cuenta estaba mojando los zapatos del consejero.

—¡Disculpe! —dijo, asustado.

—¡Está bien! ¡Haz lo que te he ordenado!

El ayudante dio media vuelta y desapareció tras la puerta. Cuando la cerró, una ráfaga de viento helado recorrió la habitación.

—Tengo que arreglar el cristal cuanto antes —dijo Raquildis para sí, al tiempo que se daba calor frotándose los brazos.

Caminó hacia el escritorio. Siempre había sentido curiosidad por comprobar si el sillón de Robert era tan cómodo como aparentaba; pero de pronto, algo inusual lo paralizó, algo que no había visto al entrar. Junto a las figuras del bajorrelieve había otra más, alta e imponente, cuyos perfiles se dibujaban gracias a la luz ámbar que entraba desde el exterior.

—¿Quién es? —preguntó Raquildis, suspicaz.

Ante sus ojos se mostró entonces una visión que lo hizo palidecer. A la luz vio emerger la figura de un confesor que creía olvidada. La capa gris ondeó por la fuerza de una nueva ráfaga de viento.

—¡Es... imposible! —musitó.

—¿Qué? —dijo una voz a su espalda—. ¿Qué es imposible?

Raquildis se giró con brusquedad. Erik Gallagher se le acercó desde la puerta con paso tranquilo. Su brazo derecho permanecía sujeto por un cabestrillo.

—No crees lo que ven tus ojos, ¿verdad? Claro, y no te falta razón. Tuve que pagar un soborno muy alto al segundo grupo de rescate para que trajera la armadura de confesor de mi hijo y te ocultara la información. Esperaba darte una sorpresa con ella. Veo que lo he logrado.

El confesor permanecía inmóvil. El líder de los Gallagher, por contra, avanzó hasta el consejero a paso tranquilo.

—Erik... ¿qué pretendes?

—Pero, ¿sabes qué es lo que más me costó aparentar? —continuó Erik, alzando la voz—. Contemplar a mi hijo asesinado por los rebeldes y esforzarme por mantener una postura impasible ante ti, como si ignorase la realidad.

—Erik, te advierto que estás cometiendo una equivoc...

—¡No he terminado!

Raquildis quedó petrificado. A su espalda notó que la figura de aquel confesor resucitado se le aproximaba.

—¿Crees que no lo sabía? ¿Piensas que ignoraba la orden que te dio Robert? Te pidió que me mataras, ¡y a mi hijo conmigo! Es curioso —dijo, mirándose el brazo herido—, tengo que agradecer al pobre Peter el continuar con vida. Elegisteis al aliado menos cualificado para guardar un secreto.

—Por favor —Raquildis buscaba el tono más amable posible—, necesito que comprendas que debía obedecer a Robert. Su demencia crecía por momentos, y de no haber obtenido su plena confianza jamás habríamos podido lograr nuestro plan. Erik, no cometas una estupidez.

—¿Una estupidez?

—Si me matas cundirá el caos. Los nobles que ahora tenemos de nuestra parte reaccionarán con una rebelión si comprueban que el nuevo organismo dirigente es inestable. Y de igual forma responderá la población. No rompas la débil estabilidad de que disfrutamos en esta transición.

Erik se echó a reír.

—¿Organismo dirigente? ¿Qué organismo, Raquildis? Peter ha muerto, Baldomer está encerrado en su planta, alimentando un golpe de estado, y tú mismo has arrestado a Leandra por traición. No quedan miembros para tal organismo.

—¡Si acabas conmigo no tardarás en ser el próximo que viaje al Bríaro!

—¡Zarrio! —gritó Gallagher, de repente.

El confesor avanzó de un salto hasta Raquildis, lo sujetó por el cuello, y apretando con fuerza lo elevó a varios centímetros del suelo. Después caminó hasta el ventanal roto y lo acercó al vacío.

—¡Erik...! —Raquildis, apenas sin aliento, se aferraba al brazo de su atacante.

—¿Recuerdas a Ipser Zarrio? Te lo presenté en aquella reunión que organizamos en el hotel. Lo conocí gracias a los rebeldes, los mismos a quienes armaste para que acabaran con mi hijo. Ahora ellos son mis aliados; y también Zarrio. Es un hombre de pocas palabras, pero te sorprendería escuchar lo que opina sobre el otro mundo y el mar de vidas.

El rostro del anciano consejero se deformaba por la asfixia. Frente a él, las placas en el casco del confesor reflejaban su agonía. Sus piernas pataleaban en el vacío. Desde la ciudad llegaron los disparos de algún combate.

—Es curioso cómo, él solo, sin necesidad alguna de religión ni doctrinas, ha llegado a las mismas conclusiones que defiende la Orden. Cree que todos debemos volver al mar de vidas, nuestro verdadero hogar. Su ideología resulta todavía algo abstracta, rudimentaria; pero no tardará en pulirla. Sólo tengo que inculcarle algunas lecciones sobre nuestros dogmas y hacerle ver que no todo será sufrimiento eterno si nos sometemos al Haiyim. La resolución que lo impulsa me fascinó desde nuestro primer encuentro, por lo que decidí vestirle con la armadura de mi hijo.

—¡Erik! No... no lo h... hagas... t... te arrepentirás.

—¿Arrepentirme?

El confesor apretó la tenaza. Un hilillo de sangre resbaló por las fosas nasales de Raquildis y se mezcló con las gotas de lluvia que resbalaban desde su cabeza.

—Pobre ignorante. Tú mismo has ido desprotegiéndote, eliminando a quienes podían ampararte en una situación de peligro. Asesinaste a Robert, decidiste terminar con la vida de Angélica y ahora apresas a Leandra. Dime, Raquildis, ¿no te has dado cuenta de que pertenecías a los Veldecker? Sin el apoyo de una familia noble no eres más que un estorbo.

Raquildis tosió. Sus brazos dejaron de aferrarse a Zarrio y cayeron inertes.

—Acaba con él —sentenció Erik.

En la luz que entraba desde el pasillo se dibujó una sombra. Erik apenas tuvo tiempo de mirar quién era. Se escuchó un silbido. Un arpón cruzó a toda velocidad el despacho y se clavó en la espalda del confesor. La fuerza del impacto lo lanzó hacia el vacío. En el aire soltó a Raquildis, quien logró aferrarse al borde del ventanal.

—¡Tú...! —gritó Erik, y corrió en dirección al borde. Tomó a Raquildis por ambos brazos y volvió la vista hacia su atacante.

—¡Si disparas, lo soltaré!

De reojo miró al exterior. Zarrio había aterrizado sobre una cornisa, unos cincuenta pisos más abajo. No se movía.

Su atacante cargaba el fusil con otro arpón. Raquildis comenzó emitir una débil sonrisa.

—Aadil —musitó.

—¡Lo soltaré! Aadil, sabes que lo haré —amenazó Erik.

—Lo sé —dijo el aludido.

Extendió el brazo y apuntó. Erik, desencajado por el terror, soltó a Raquildis, pero el arpón voló más rápido. Atravesó el antebrazo del consejero y se clavó en el suelo hasta la mitad. Raquildis lanzó un alarido. Había quedado colgado, suspendido en el aire, sujeto por el arpón. Erik se volvió a su atacante e intentó incorporarse para escapar, pero éste lo alcanzó cuando aún estaba agachado y le propinó una patada en la barbilla. El noble perdió el equilibrio, emitió un quejido sordo y calló al vacío.

Raquildis gemía de dolor. La carne de su antebrazo se desgarraba en dirección a los huesos de la muñeca.

—¡Aadil! —llamó desesperado.

El hombre se agachó y le agarró de la camisa. Un ave de alas negras llegó volando desde el exterior y aterrizó sobre la mesa del despacho.

—Misión cumplida —respondió el Cormorán.

La estación central del monorraíl se estremecía con una tormenta de fuego. Los disparos surcaban el aire en todas direcciones. A un lado, tras una barricada hecha con las filas de asientos de la sala de espera, los Cuervos se cubrían de los embates de la Guardia. Los soldados de la Corporación atacaban desde la fachada por puertas y ventanas. También desde los andenes, peleando casi en el cuerpo a cuerpo contra los rebeldes que defendían el acceso a las terminales. Tras el mostrador de recepción, Stark coordinaba a sus hombres por radio para que mantuvieran a salvo todos los flancos.

—¡Aguantad! —les gritaba, mientras un puro a medio terminar se agitaba en sus labios—. Los refuerzos no tardarán en llegar. Debemos resistir.

La voz al otro lado se quebraba por la desesperación. El eco de los disparos apenas la hacía audible.

—¡Imposible! Este flanco va a caer —era la voz ronca de Reynald, que defendía los andenes—. ¡La Guardia se nos echa encima!

Stark sabía que no mentía. Miró a ambos lados. El mostrador de recepción albergaba a unos doce hombres bien armados. De vez en cuando asomaban el cañón de su fusil y disparaban una ráfaga en arco, frustrando así cualquier intento de acercamiento, pero lo cierto era que la Guardia los estaba arrinconando y no tardaría en reducirlos a base de granadas. El espacio tras el mostrador también servía como improvisada enfermería; hasta allí se habían transportado algunos heridos, cuyos quejidos ensordecían los disparos. Las balas se incrustaban en la pared volando por encima de sus cabezas. Apenas era posible asomarse para ver el avance enemigo.

—¡Traen un blindado! —anunció uno de los soldados. Se había asomado lo suficiente como para espiar lo que planeaba la Guardia.

—¡Los Gallagher y los Dagman nos han traicionado! —gruñó Geri.

Sus ojos negros brillaban con un torrente de exaltada cólera, propia de quien ve cómo se aproxima la muerte. Tenía la cara tiznada de negro y sangre reseca, los cabellos grasientos por el sudor le caían despeinados por delante del rostro.

—¡Stark! —quiso llamar la atención de su jefe, que se había atrevido a mirar cómo se acercaba el blindado.

Se trataba de una tanqueta. Llevaba una ametralladora montada cerca de la escotilla superior y un ariete en lugar del cañón.

—¡Stark! —insistió Geri—. Salgamos de aquí. Si la Guardia domina el flanco de Reynald nos habrán acorralado. Perderemos nuestra vía de escape.

—Deberíamos esperar. Los Dagman prometieron ayudarnos.

Una nueva andanada de disparos les obligó a esconder la cabeza. El mostrador se desmenuzaba poco a poco, aunque todavía les proporcionaba refugio.

Nada más iniciarse la revuelta en Pináculo, tanto los Gallagher como los Dagman se pusieron en contacto con Stark. Ambos le aseguraron que tomarían el control del edificio. Los Cuervos sólo tenían que distraer a la Guardia el tiempo suficiente y sembrar el caos hasta que ellos convencieran a los Wallace. Luego, todos se encontrarían dentro del mismo bando. Sin embargo, instantes después de iniciarse la revuelta, Deuz Gallagher le comunicó la retirada de la familia a causa de un accidente inesperado. Al parecer se desconocía el paradero de Erik, el miembro más destacado.

Los Gallagher se habían echado atrás, pero los Dagman aún no se habían pronunciado.

—No nos ayudarán —intervino Alfred Jabari. El profesor esperaba agazapado, cerca de los heridos.

—Es cierto, Stark —terció otro de los rebeldes.

Stark vaciló. Miró a su espalda. Allí, sentado contra la pared del mostrador se encontró con la mirada del sargento Hiro. Él era el intermediario que Baldomer les había prometido.

—Tu familia te abandona a tu suerte, o nos has metido en una trampa.

Hiro le devolvió un gesto de incredulidad. Stark estudió sus facciones durante unos instantes, hasta que lo sorprendió el vozarrón de Reynald bramando desde la radio.

—¡Stark, sácanos de aquí o iremos todos de excursión al Bríaro!

—¡Muy bien! —dijo Stark, alzando la voz para que todos le oyeran—. Nos marchamos. Hiro, ve delante. Irás abriendo camino hasta el andén del monorraíl.

—¿Me envías a la muerte? Abrirán fuego sobre mí en cuanto asome la cabeza.

—O te disparan ellos o te disparamos nosotros —Stark apuntó con su fusil al hijo de los Dagman—. Tú decides.

Hiro hizo una mueca. Se puso en cuclillas, avanzó hacia el extremo oriental del mostrador y se asomó por uno de los lados. Justo en ese momento la tanqueta destrozaba las puertas principales con su ariete.

—¡Ahora! —gritó Stark.

Los Cuervos salieron de su escondite y comenzaron a disparar sin blanco fijo. Hiro salió del mostrador y se encaminó al pasillo que conducía a los andenes. El rebelde que lo seguía cayó abatido por una andanada de disparos. Desde el mostrador, los Cuervos descargaban sus armas mientras corrían. Frente a ellos se escuchó un grito unánime. La Guardia, protegida tras la tanqueta, abandonaba la cobertura para perseguirlos. El espacio que separaba ambos bandos pronto se llenó con una lluvia de proyectiles que volaban en ambas direcciones. Hiro alcanzó el pasillo. De él nacían dos tramos de escaleras mecánicas que descendían a los andenes de embarque. Abajo, el grupo de Reynald disparaba hacia el exterior sin más cobertura que los compañeros caídos.

—¡Están sobre nosotros! —escuchó que gritaba el ballenero.

Stark consiguió alcanzar el pasillo, se quedó tras la esquina, con las escaleras de bajada a los andenes tras él y ofreció cobertura a los rezagados. Un proyectil alcanzó a Geri en el cuello cuando se encontraba a mitad de camino. La mujer cayó como un plomo.

—¡Geri! —llamó Stark.

Más disparos pasaron zumbando, esta vez desde su espalda. Los soldados de la Guardia disparaban sobre los hombres de Reynald, que huían escaleras arriba.

—¡Estamos rodeados! —advirtió Hiro.

Stark estudió los dos frentes. Apretó los dientes de rabia al comprobar que sus posibilidades de escapatoria eran considerablemente reducidas. De repente, Geri volvió a llamar su atención. La lugarteniente aún se movía.

—¡Reagrupaos! Espalda contra espalda. Cubrid los dos flancos y entretenedlos —ordenó, con el puro bailoteando en sus labios.

—¡Es un suicidio!

Alfred, que también había alcanzado el pasillo, adivinaba lo que pasaba por la cabeza de su jefe.

—Acabarás cosido a balazos.

—En este mundo o en el otro no pienso separarme de ella.

—No podemos esperarte.

Stark hizo una mueca.

—Está bien. No lo hagáis. Reagrupaos con Reynald y descended en cuña a los andenes. El monorraíl es la única salida que nos queda.

Alfred apretó los labios, afirmó con la cabeza y despidió a Stark con una palmada en el hombro. Los Cuervos concentraron su ataque en los soldados que subían desde los andenes. Al otro lado, viendo el enemigo que no lo atosigaban con nuevos disparos, abandonó la cobertura para avanzar. Stark aprovechó el momento. Salió a toda velocidad, descargando su fusil de forma indiscriminada y profiriendo un grito de ira. Alcanzó a la lugarteniente y se acuclilló junto a ella.

—¡Geri!

La mujer emitió un gorgoteo sordo. La bala había destrozado su garganta; se estaba ahogando con su propia sangre. Miró a Stark con los ojos fuera de las órbitas, como si ya presenciara las aguas de la Vorágine. Una miríada de haces luminosos sobrevolaron el cielo. La Guardia contraatacaba. Stark se echó el fusil al hombro, tomó a Geri por las axilas y fue arrastrándola en dirección al pasillo. Varios proyectiles pasaron silbando a su lado hasta que uno lo alcanzó en el muslo derecho. La pierna le flojeó, pero recuperó el equilibrio y logró alcanzar la esquina. A su espalda no había nadie. De los andenes llegaba el eco del combate que debían estar librando los hombres de Reynald y Alfred. Aprovechó la cobertura para tomar a Geri y echársela sobre los hombros. La mujer había adquirido una apariencia cadavérica. Su piel palideció en extremo, pero aún se esforzaba por respirar.

—Vamos, aguanta cariño —susurró.

Echó a correr escaleras abajo. El enemigo no tardó en alcanzar la esquina y abrir fuego sobre él. Otra bala le impactó en la espalda, a la altura del antebrazo izquierdo. Dejó escapar un quejido de dolor, pero la cercanía de la salida logró renovar sus fuerzas. De un salto alcanzó el final de las escaleras. A sus pies halló los cuerpos de algunos Cuervos que habían defendido posiciones en el grupo de Reynald. Unos metros el frente, el pasillo se abría dando paso a los andenes de embarque: una enorme estructura de techo acristalado con cuatro plataformas rectangulares, cada una de doscientos metros de longitud, separadas por los raíles. Al otro lado se dejaba ver la ciudad, pues el raíl descendía bajo el suelo para marchar por la cara opuesta de la ciudad-plataforma. A su derecha uno de los trenes se ponía en funcionamiento cargado con sus compañeros. Reynald, a través de las ventanillas agujereadas, miró con desesperación a su jefe y gritó algo que Stark no alcanzó a escuchar. Frente al líder de los Cuervos, sobre el andén y llegando desde el exterior, se acercaba al menos medio centenar de soldados de la Guardia, que ya lo apuntaban con sus armas. Stark, herido y cansado, sólo pudo devolverles una mirada indignada, propia de quien contempla una evidente derrota.

Justo en ese momento, todo quedó a oscuras.

No fue una oscuridad como la de la noche que cubría la ciudad sino mucho más intensa y profunda. Lo llenó todo con una densidad sobrenatural, como si la realidad hubiera desaparecido en un instante. Incluso las luces artificiales, como las que despedían las farolas dispuestas a lo largo de los andenes, fue absorbida por aquella repentina negrura. Y junto a ella, un silencio aterrador. El combate se detuvo como si hubiera dejado de existir. El monorraíl tampoco se movía.

Entonces, surgió la primera luz. El fusil de Stark expulsaba una lengua de fuego por la bocacha en dirección al desorientado enemigo. A ratos intermitentes se entreveía la figura del líder rebelde: aguantaba el cuerpo de Geri sobre un hombro mientras sostenía el fusil. Se abría paso a disparos, aprovechando la ocultación que proporcionaba la repentina oscuridad. La corriente eléctrica volvió cuando le quedaban un par de metros para alcanzar el monorraíl.

—¡Cubridle! —ordenó Reynald desde el interior.

Los Cuervos destrozaron las ventanillas con el fuego de cobertura. Al regreso de la luz de las farolas ambos contendientes volvían a verse, pero Stark había logrado entrar en el monorraíl. Sus compañeros lo ayudaron a descargar a la lugarteniente.

—¡Nos vamos! —dijo el ballenero.

El monorraíl se puso en marcha. Los rebeldes se alejaron entre el fuego enemigo hasta descender a la cara opuesta de la plataforma. El vagón quedó repentinamente en silencio. Cuantos lo habitaban se dejaron caer sobre los asientos. Alfred, haciendo las veces de médico improvisado, practicaba una traqueotomía a Geri.

—Vivirá —informó a Stark—, aunque me temo que no volverá a hablar.

—Jefe —llamó Reynald, que miraba el exterior desde una ventanilla que aún conservaba el cristal—. ¿Qué ha sucedido? Afuera no puede verse absolutamente nada. Si no supiera que está ahí, diría que hasta el Apsus ha desaparecido.

—No sé qué puede haber ocurrido —Stark desvió la mirada al exterior, pensativo—. Pero sea lo que sea, me ha salvado la vida.

—Néstor, hijo mío.

Me llama, con los ojos entreabiertos y extendiendo el brazo; al poco, sin embargo, logra reconocerme por quien soy en realidad.

—Zarrio... me has salvado.

Asiento.

Erik Gallagher respira con dificultad. Calculo que debe tener varias costillas hundidas. Presionan sus pulmones, lo que le produce un terrible dolor al inhalar. Sus piernas, rotas por varios sitios, se encuentran grotescamente retorcidas. El brazo derecho debe haberse partido porque le cae inerte fuera del cabestrillo. Lo he llevado a mi piso, en donde viví con mi esposa y Leam en el pasado. Ahora se encuentra desierto.

—¿Por qué lo has hecho?

—Me prometió a Haggar.

Erik hace un esfuerzo por reír, pero en su lugar emerge de su garganta una tos sibilante y bronca.

—Eres un maldito loco.

He escuchado esa afirmación de sus labios con anterioridad.

Stark fue muy preciso en las indicaciones sobre el día y el lugar donde debía estar si quería hablar con los Gallagher. Los nobles se habían puesto en contacto con los rebeldes primero, buscando, junto a los Dagman, aliados que los apoyaran en un alzamiento contra la Corporación. Erik Gallagher, sin embargo, quiso utilizar sus contactos con los Cuervos para algo más. Solicitó alguien capaz de ejecutar un peligroso plan de venganza. Alguien sin remordimientos, sin miedo. Desde el principio, Stark se negó a destinar uno de sus hombres para una misión que a todas luces parecía un suicidio, hasta que aparecí yo. Así, en definitiva, logré encontrarme con Erik Gallagher. El noble me esperaba una mañana en la que el sol quiso mostrar su faz a través de la Tormenta. Caía una lluvia furtiva, que aparecía y desaparecía con velocidad, pero el ambiente era anormalmente cálido. En la Plaza de los Descubridores las gaviotas remoloneaban cerca de los bancos de los ancianos y picoteaban las flores de plástico. Gallagher esperaba junto a la estatua de Frederick Veldecker, allí donde días atrás habían intentado matarlo. Imagino que por aquella razón aguardaban a unos metros media docena de guardaespaldas. Cuando aparecí, el noble me estudió de arriba abajo.

—Pareces un mendigo.

—No soy un mendigo.

—Pues lo pareces. El trabajo requiere de un especialista. No me vale cualquier yonqui de Nitrodín. Lárgate y dile a Stark que me mande un mercenario en condiciones.

Estaba ciego, como todos los hombres. Ignorantes de la realidad que se muestra ante ellos, se contentan en verla sólo con los ojos. No se preocupan en mirar más allá, rebuscar entre aquello que pueda revelarles el resto de sus sentidos. Erik era como los demás. Si tan sólo tomara su tiempo en observarme de verdad, comprendería quién era yo y mi destino. Tuve que abrirle los ojos. El cañón de mi escopeta salió velozmente de mi gabardina. Antes que sus guardaespaldas tuvieran tiempo de reaccionar ya apuntaba a su cabeza.

—¿Qué crees que haces? —me advirtió.

Su voz ya no poseía la serenidad inicial.

—Debe escucharme.

—Si me disparas no saldrás de aquí con vida. Ni siquiera tendrás tiempo de recargar antes de que mis hombres te maten.

—Deseo la muerte.

Erik me miró de soslayo, sorprendido por mi rotundidad.

—¿Te ha dado Stark una dosis de Néctar?

—No quiero ningún Néctar. Deseo marchar al mar de vidas. Toda mi familia me aguarda allí. Es el destino de todos los hombres.

En los ojos del noble afloró de repente un brillo anormal. Era una mezcla de sorpresa y admiración que le hizo clavar su mirada en la mía.

—¿Dónde has escuchado eso?

—Lo he vivido en la desesperación de mi hijo y en la de mi propia esposa, cuando yo mismo la envié al Bríaro. Somos del mar de vidas. Intentar escapar de nuestro destino es un error que debemos corregir mediante la muerte.

Erik me escuchaba con incredulidad. Cuando terminé, sus labios se curvaron en una sonrisa tras la cual se escondía una siniestra resolución.

—¿Mataste a tu esposa?

—Estaba enferma. La envié a nuestro hogar en el otro mundo. Allí encontrará la paz en el tormento.

—Eres un maldito loco —sentenció.

Desde entonces me lo repitió en muchas ocasiones, en cada uno de nuestros siguientes encuentros. Aunque debo reconocer que parecía sentir cierto agrado con mi supuesta demencia. Comenzamos a vernos en privado. Erik escuchaba fascinado cuando le explicaba mi visión del mundo y de los hombres. El destino que todos debíamos correr. Lo aceptaba sin dudas, como quien encuentra el sentido de su vida llenando cada poro de su piel. Paralelo a mis conversaciones, él comenzó a darme indicaciones sobre mi misión, dirigida contra la mismísima cabeza de Praemortis.

Una noche quiso saber qué deseaba a cambio de mis servicios.

—Quiero matar a Marcus Haggar. Después yo mismo me enviaré al Bríaro.

—¿A la Zarpa? Apuntas muy alto, Zarrio. Sólo es vulnerable si no lleva su armadura, y nadie sabe quién es en realidad.

—Lo conseguiré. Es mi destino.

—¿Por qué a Haggar?

—Marcus es la representación máxima del falso anhelo que tienen, en su ignorancia, cada persona extraviada del mundo. Posee el Néctar, que nos conducirá a un camino errado, al otro torbellino, para que continuemos vagando, lejos de nuestro verdadero hogar.

Erik se detuvo a meditar unos instantes, y finalmente dijo:

—Debo mostrarte algo, pero hoy no.

Se levantó y dio por concluida nuestra reunión. Días después, volvió a concertar otro encuentro. Esta vez me llevó a un lugar distinto; un hotel, donde me pidió como único requisito que acudiera vistiendo ropas negras y que guardara silencio excepto cuando se me preguntara. Cuando llegué, descubrí que Erik me esperaba junto a un grupo de una docena de personas, más o menos. Allí celebraron una reunión clandestina en la que noté una atmósfera especial. Los presentes parecían dominar todos los aspectos de la vida ciudadana con un atractivo poder que me sedujo al instante. Lo que más se sorprendió, sin embargo, es que un confesor montaba guardia en aquella reunión. El confesor no era otro que el mismísimo Haggar.

Al principio no lo reconocí, porque se encontraba oculto en las sombras de un rincón, pero al descubrir las cuchillas de su zarpa una tensión azotó todo mi sistema nervioso. Desvié la mirada hacia Erik, agradecido por concederme al fin la oportunidad de vengarme, al tiempo que maquinaba la forma de acabar allí mismo con mi enemigo. No obstante, Gallagher me devolvió un gesto que despedía calma, tranquilidad. Pese a que no dijo ni una sola palabra, supe qué buscaba transmitirme. Aún no era el momento de terminar con la vida del confesor. Erik quería introducirme en aquel grupo hasta que todos, incluido el mismo Haggar, me vieran como un aliado. Si atacaba ahora no tendría posibilidades de cumplir mi objetivo; pero si aguardaba hasta que la Zarpa se confiara, podría asestarle un golpe que no vendría llegar y que terminaría con su vida. Así pues, me propuse desde aquel momento introducirme en aquel círculo secreto.

Una segunda reunión me llenó con una satisfacción que apenas puedo describir. Los miembros de aquella alianza parecían comulgar con mis ideales. Erik no tardó en confesarme, en privado, que tanto él como los demás no eran sino acólitos de la Orden, aquella secta que Robert creyó haber erradicado, aunque todavía no podían mostrarse claramente pues había otro acólito entre ellos, llamado Peter Durriken. No deseaban asustar al joven, de modo que, por el momento, preferían mantenerse con otro nombre: la Alianza.

Los dogmas de la Orden parecían impresos en mi nueva conciencia antes que me los enseñaran. Cuando Erik me los detalló los acepté todos, especialmente la verdad reveladora sobre la inutilidad del Néctar.

Un día, el noble me citó en su despacho personal. Cuando entré sostenía una capa de confesor color gris.

—Mi hijo, Néstor, recibió el entrenamiento para confesor con ocho años —comenzó—. Pronto se convirtió en uno de los mejores. Cuando un confesor destaca por sus habilidades recibe el privilegio de vestir una capa que varíe respecto al color reglamentario.

—¿Qué le sucedió?

Erik recorrió los bordes de la capa con la yema de su dedo índice.

—Ningún hombre puede vencer a Haggar, Zarrio.

—Yo lo haré.

—Sí lo harás, porque voy a hacerte superior a un hombre.

Entonces me mostró la armadura de su hijo. Aún no podía usarse, pues tenía dañadas las placas que se ajustaban a la cadera donde quedaba ubicado el contenedor para las dosis de Néctar. Sin embargo, días después, Erik en persona me entregó la armadura reparada y me la probé. Las placas se ajustaban a las dimensiones de mi cuerpo como si fueran una segunda piel. Dentro de aquel traje sentí una descarga de poder que invadió cada fibra de mis músculos. Vistiendo la armadura de Néstor me sentí dueño de una fuerza y agilidad sobrehumanas. Mis sentidos también se agudizaron gracias a los sensores en el interior del casco. Me había transformado, a todas luces, en una criatura superior a cualquier hombre.

A partir de entonces, Erik en persona se ocupó de mi adoctrinamiento. Nos reuníamos en los muelles privados de la zona norte de la ciudad. Estaban desiertos por culpa del corte en las comunicaciones, así que no había posibilidad de que nos molestaran. Allí fui acostumbrándome a llevar la armadura. Una mañana nublada, mientras permanecía sentado de piernas cruzadas, concentrado en el oleaje del Apsus, el noble me dijo:

—El confesor es la herramienta definitiva de nuestra religión. Su vida está dedicada a servir con celo los intereses de Praemortis. La armadura lo convierte en un ser invulnerable y temido. Es más fuerte, más ágil y más rápido que cualquier hombre. Sus sentidos se multiplican, confiriéndole una vista y oído muy por encima del espectro normal. Pero, además, el confesor causa pánico por su forma de atacar.

—¿Cómo atacaré?

—Con esto —afirmó, dejando ver el fusil lanza-arpones de Néstor—. Este es el arma sagrada del confesor, ligada al mar que contemplas. Ha sido mejorado para abrirse camino a través de cualquier obstáculo. En manos de un confesor, es mejor que el fusil de combate más preciso.

Me tendió el arma y la sopesé. Tras los primeros disparos pude comprobar que apuntar con ella resultaba muy sencillo. El fusil, gracias a los beneficios de la armadura, adquiría una precisión milimétrica sobre cualquier blanco.

—Confía en el fusil lanza-arpones sobre cualquier otro medio de ataque a distancia. Su efectividad depende de tu vínculo con él, pues él está ligado al Apsus, forjado mediante los ritos de la Orden. Cuando logres una comunión con tu fusil, no habrá arma de fuego capaz de superarlo. Pero no olvides esto: el mejor arma para un confesor es el silencio pues, aparentemente, protege el Néctar y cuida de administrarlo a quien lo merece. Él, sin embargo, sabe que el Néctar no es el medio salvador. Conoce las doctrinas de la Orden desde niño y sabe que es un elegido del Haiyim. Lo que protege el confesor, Zarrio, es la verdad.

—¿Por qué ha de protegerla? La humanidad debe aceptar su destino.

—No están preparados. Míralos, contempla sus rostros cuando te cruces con ellos. El recuerdo del Bríaro les causa un temor que apenas los deja respirar. No soportan la idea de un final lleno de tormento para sus vidas, de modo que se contentan con la idea de escapar de él. Se arrojarán sin pensarlo al otro torbellino aun sin saber a qué lugar les conducirá. No son capaces de vivir con el dolor.

—El confesor los protege de ellos mismos.

—Exacto. Representa el equilibrio entre ambos mundos. Sin él, el praemortis conduciría a la humanidad a una orgía de caos y locura.

Nuestras visitas al muelle norte ocurrían cada vez con mayor frecuencia. Cada día, Erik me confesaba un nuevo secreto para aprovechar al máximo las ventajas de mi armadura.

—Te enseñaré lo que sé. Yo ayudé en la fabricación de estas armaduras y sé sacarles el mayor partido a sus posibilidades, pero no puedo ir más allá. No puedo introducirte en ciertos detalles de tu entrenamiento como confesor sin que se descubran mis planes. Tú mismo tendrás que descubrirlos, al igual que descubriste la ideología de la Orden.

Acepté convencido de que lo lograría. Desde entonces me convertí en el centinela de Erik. El noble esperaba un atentado contra su vida, de modo que lo vigilaba día y noche. Así, me desprendía de la armadura sólo para lo absolutamente necesario, pues sin ella me sentía desnudo y débil; era incapaz de comer o conciliar el sueño, pues un ansia difícil de soportar me instigaba en todo momento para que volviera a cubrirme con las placas. Además, me atosigaba la idea de que, en mi enfrentamiento contra Haggar, y a pesar de que nuestras armaduras eran idénticas, él lograra superarme en maestría. Necesitaba asegurarme de ser mejor para así derrotarlo cuando llegara el momento de nuestro encuentro.

La primera vez que pude comprobar mis habilidades fue el día en que Gallagher estuvo a punto de ser asesinado por el Cormorán. Aquel cazarrecompensas, pese a no vestir ninguna armadura, disfrutaba de unos sentidos extremadamente afinados.

—Ten cuidado —me advirtió mi maestro cuando supo que el cazarrecompensas lo andaba buscando—. Dicen que en el pasado fue un confesor, y, por lo visto, de los mejores. De ser así, conocerá a la perfección los puntos débiles en tu armadura.

—Creí que no existían puntos débiles.

—Los hay. Es difícil que te hieran, pero un golpe fuerte podría dejarte sin sentido durante unos momentos. El Cormorán aprovechará eso. Sé prudente.

En mi enfrentamiento contra el cazarrecompensas pude comprobar que Erik no se equivocaba. Logré frustrar su primer atentado, en la Plaza de los Descubridores. No obstante, a punto estuve de fallar cuando el Cormorán lo lanzó por el ventanal de Pináculo. Todo estaba dispuesto para asesinar a Raquildis. Salí de mi escondite cuando Gallagher me lo ordenó y sujeté al consejero del cuello, manteniéndolo en vilo. La misión resultaba tan sencilla vistiendo aquella armadura que me confié y no vi dónde se ocultaba el cazarrecompensas. Me disparó con mi propio fusil, perdido en el primer intento de atentar contra Erik y caí hasta la cornisa. Nuevamente, el Cormorán aprovechaba la debilidad de mi armadura pues el golpe me hizo perder el sentido.

Desperté sobresaltado por una fuerte ráfaga de viento y un zumbido. El cuerpo de Erik acababa de pasar a mi lado a una velocidad pasmosa. Al momento reaccioné y me lancé en su busca desde la cornisa, convencido de que la armadura volvería a protegerme de una nueva caída. Lo alcancé cuando tan sólo veinte plantas nos separaban del suelo, me aferré a su cintura y giré en el aire para que mi espalda impactara contra el pavimento de la

Plaza de los Descubridores. Me estrellé contra los adoquines de la plaza con un estruendo ensordecedor. Tal y como había previsto, mi armadura estaba hecha para proteger a su portador de grandes caídas, de forma que me salvó de toda lesión. Erik, por desgracia, no corrió la misma suerte. Pese a que yo logré amortiguar buena parte del golpe, el noble sufrió múltiples roturas por todo su cuerpo. Mis brazos, que lo sujetaban por el pecho, le hundieron accidentalmente varias costillas. Necesitaba mantenerlo con vida, así que lo llevé a mi casa, abandonada meses atrás.

Erik tose sangre. Supongo que alguna de las costillas le ha perforado un pulmón.

—Zarrio —me llama, con voz ahogada.

—Lo curaré.

He levantado las placas que me tapan el rostro. Hablar con ellas cubriéndome resulta incómodo.

—¡Raquildis!... asqueroso traidor... —escupe el noble.

—Le he fallado. No he logrado protegerlo.

Erik dobla sus facciones intentando sonreír. Un hilo de sangre resbala de su boca.

—Todavía no está todo perdido. Detén la hemorragia.

—¿Cómo?

—Regresa a Pináculo... corre... Busca una dosis de praemortis. Debes inyectármela antes de que muera por causas naturales.

Descubro al instante lo que pretende. Si le inyecto el praemortis antes de fallecer, su cuerpo permanecerá inactivo durante al menos dos horas. Independientemente de sus heridas, el praemortis lo resucitará. Para entonces quizás haya encontrado tiempo suficiente para encontrar ayuda; la forma de detener la muerte natural que lo amenaza. Corro hacia el balcón y salto al vacío. En el exterior descubro una oscuridad inusual. La ciudad al completo parece haberse apagado. No me importa, no puedo detenerme. No quiero detenerme.

La realidad pasaba frente a los ojos de Leandra como si no existiera. Cada percepción del mundo que la rodeaba aparecía y desaparecía a ratos; entre dichos intervalos sólo existía una oscuridad silenciosa, duraba unos breves instantes, pero en realidad transcurrían minutos, e incluso horas... tal vez días. Era difícil asegurarlo.

De notar la lluvia calándole y las palabras de Raquildis revelando su identidad como confesor, Leandra pasó a percibir que la conducían a rastras fuera del edificio de Pináculo. Notó que la introducían en un vehículo, tal vez una limusina corporativa; luego todo su cuerpo fue poseído por un extraño vaivén, como si navegara por el Apsus, o por debajo de él. Tras esto, todo se oscureció durante un lapso de tiempo algo más largo.

Despertó sobresaltada. Estaba seca y no sentía ningún dolor. Su primera reacción fue la de llevarse la mano al hombro, justo donde la habían disparado. No había herida, ni siquiera una cicatriz.

A su alrededor había un fulgor blanco; cegador al principio, pero luego fue perdiendo intensidad hasta descubrir el paisaje en el que se hallaba: se trataba de una porción de arena suave y dorada. A su derecha, la tierra daba paso a una zona a rebosar de vegetación natural; a la izquierda se abría una gigantesca extensión azulada. Un mar, muy distinto al oscuro Apsus. Estaba en calma y brillaba reflejando el sol del atardecer.

Leandra miró a su espalda, a unos cincuenta metros observó que se aproximaba una figura. Era grande y corpulenta y caminaba con la decisión de un confesor; sin embargo, a medida que se aproximaba, la mujer fue capaz de ver que no vestía ninguna armadura. Su piel, libre de cualquier prenda, mostraba los relieves de la roca.

—¡Tú...! —dijo, cuando reconoció que se encontraba frente al Golem.

—Bienvenida, Leandra.

La voz de aquella criatura resonó profunda como si procediera de todas partes.

—¿Estoy soñando? —preguntó la mujer.

—Sí.

—¿Qué lugar es este?

—Es lo que tú quieres que sea. Todo lo que siempre has anhelado se encuentra aquí.

—¿Es...?

—Sí —se adelantó el Golem—. Es el lugar al que conduce el otro lado del torbellino. Aquí es a donde siempre has deseado venir, pero aún es necesario que caigas por abismos insondables, que veas desgarrarse tu espíritu y fundas tus dos naturalezas en una nueva, capaz de enfrentarse a todos los enemigos que te aguardan, a la misma configuración del mundo que habitas y devolverlo a su antiguo estado.

—¿De qué estás hablando?

—A su debido tiempo, cuando lo vivas, lo comprenderás. Pero antes debía mostrarte este lugar para darte ánimos, para que comprendieras que el Bríaro nunca ha sido vuestro auténtico destino.

—Pero he vuelto a viajar a él. Cuando Raquildis me inyectó el praemortis, viajé de nuevo al Bríaro.

—Lo hiciste, porque todavía no estás lista para cambiar de torbellino, pero lo estarás, si confías en mí. Lo estarás si crees en este lugar.

Observando el paisaje, Leandra comprendió que, en efecto, estaba dotado de una perfección idílica; no obstante, su interior se agitaba con una mezcla de ira y desesperación. La pérdida de Iván todavía punzaba sus entrañas.

—¿Por qué te lo llevaste? —preguntó al Golem, con los ojos empañados en lágrimas.

—Era necesario. Eso y todas las cosas lo son.

—¿Por qué?

—Porque tú eres diferente de tu hermano, porque deseas, desde niña, pisar esta tierra. Eres la elegida.

La última afirmación llenó a Leandra de cólera. Apretó los puños y con todas sus fuerzas gritó al Golem:

—¡No! ¡Estoy harta de ser la elegida! ¡Sólo quiero que me dejéis en paz! ¡Todos! ¡Yo no soy la elegida de nadie! ¡Yo no quiero ser la elegida de nadie ¿Me oyes?

Entonces, el paisaje a su alrededor comenzó a difuminarse; primero por efecto de las lágrimas, pero luego como si estuviera diluyéndose en una sustancia invisible. El Golem, inalterado ante las exigencias de Leandra, dijo:

—Es necesario que lo seas. En ti reside la última esperanza para los hombres, su última oportunidad de redención. Todo es necesario, Leandra.

—¡No! —chilló ella—. ¡Tráemelo! ¡Quiero que traigas de vuelta a Iván, sé que puedes hacerlo!

—Prepárate. Debes volver.

La realidad comenzó a desaparecer, de nuevo engullida por aquella negrura que indicaba la salida del sueño.

—¡Tráemelo! ¡Por favor! ¡Por favor...!

Volvió el silencio, incluso su voz enmudeció. Abrió los ojos, pero sólo pudo distinguir una luz roja sobre una pared de metal. Era la luz que iluminaba la litera donde la habían echado, en el submarino que la trasladaba lentamente a la prisión de Wael.

5

El despacho de Robert Veldecker se encontraba completamente a oscuras, a excepción de una delgada línea argéntea que llegaba desde la Luna. Raquildis, sentado sobre el sillón que había pertenecido al líder de Praemortis, estudiaba su propia sangre manchando la cabeza serrada del arpón. La herida, aún abierta en su antebrazo, le provocaba un sudor frío a causa del intenso dolor. El médico le había asegurado que, de no operar en seguida, la infección pasaría a la sangre y moriría. Además, era necesario reconstruir el tejido dañado. Sin embargo, Raquildis rechazó el procedimiento. Necesitaba mantenerse en su sitio en un momento tan delicado como aquel que se estaba viviendo. Pidió que le inyectaran un calmante y se encerró en el despacho a la espera de las primeras noticias.

—Jamás he experimentado nada tan doloroso como ver mi propia carne desgarrada —dijo.

La punta del arpón era tan afilada como el extremo de un alfiler. Allí la sangre ya había oscurecido.

—¿Y tú? ¿Alguna vez has tenido una vivencia tan dolorosa?

Levantó la vista. En la oscuridad, fuera de la iluminación pálida de la Luna, Rowan Ike aguardaba completamente erguido. Su figura apenas era perceptible en mitad de la oscuridad.

—No, señor. Salvo por el ataque cardíaco producido por el praemortis, claro.

—Claro. Todos hemos sufrido ese golpe en el pecho; cada vez más acusado, hasta que el último embate nos lanza directos a la Vorágine. ¿Tienes pagado el Néctar, chico?

—Todavía me falta un poco. Es por eso que estoy en este trabajo.

—No importa. Te han colocado en un puesto que te resultará muy beneficioso. Los Ike nunca han manejado demasiado poder, pero si me eres fiel, yo me encargaré de ascenderos. Eso es lo más importante; subir posiciones. No el Néctar. Con el tiempo comprenderás que no es tan importante como creías.

Rowan no fue capaz de comprender tal afirmación. Raquildis resopló para ahogar un nuevo aguijonazo en la herida. No aguantaría demasiado antes de perder el sentido, pero se jugaba tanto poder que necesitaba dejarlo todo bien atado antes de mostrar cualquier signo de debilidad.

—¿Qué ha sucedido con el ataque de los Cuervos a la estación?

—Está controlado. La Guardia los arrinconó, aunque lograron escapar por culpa de esta... oscuridad.

Raquildis se volvió a los ventanales. Pináculo continuaba envuelta en una noche más densa que cualquier otra. De no ser por la Luna, la negrura lo invadiría todo. Las luces artificiales también habían fallado, aunque pronto volvieron a iluminar los edificios. En el despacho, sin embargo, la lamparita sobre la mesa de Robert hacía tiempo que se había fundido.

—¿Y los Dagman? ¿Actuaron tal y como predije?

—Sí. Al ver a los confesores decidieron dejar las armas.

—¿Qué ha sucedido con los Gallagher?

—Aguardan la transición con absoluta sumisión.

—¿Dónde está Erik...?

Rowan tragó saliva.

—Sigue... sin aparecer.

Raquildis saltó enfurecido, agarró el arpón con fuerza y lo clavó en la mesa.

—¡Cómo es posible! ¡Ordené que se rastrearan los alrededores del edificio! Debe estar ahí fuera.

—Así lo ordené, señor. Pero nadie lo ha encontrado. No hay rastro del noble, ni tampoco del confesor de capa gris que, según usted, debería acompañarlo.

—¡No puede ser! No puede continuar con vida.

Raquildis escrutaba los rastros de sangre en el arpón como si necesitara cerciorarse que su encuentro con Erik había ocurrido realmente.

—Nadie puede sobrevivir a esa caída. ¡Nadie!

Rowan se puso tenso como si una aguja le hubiera penetrado la espalda.

—Está bien —dijo al fin el consejero—. Entonces, debo suponer que los Gallagher no están dispuestos a pelear por el liderazgo de la Corporación.

—Así lo ha declarado Deuz. Se encuentran más ocupados en la búsqueda de su líder.

Raquildis se relajó. Los Gallagher no actuarían sin Erik. Deuz no disfrutaba ni mucho menos del mismo carisma que su primo.

—¿Qué opinan los Ike?

—Nuestra matriarca, Laesan, aguarda sus órdenes, al igual que los Wallace. Las familias de nobles menores estamos a su completa disposición.

—¡Entonces es cierto...!

El consejero hizo un esfuerzo por aplacar su euforia; sin embargo, resultaba difícil contenerse. El giro de los acontecimientos lo había beneficiado más de lo que supuso al principio. Los nobles, afectados por distintos avatares, habían quedado fuera de la carrera por el control de la Corporación: con Leandra encerrada por traición, Baldomer rendido, Erik fuera de juego y Peter muerto, sólo quedaba él como único miembro activo del organismo dirigente que se haría cargo tras la desaparición de Robert.

Él, Wilhelm Raquildis, era el nuevo líder de Praemortis.

Asimilarlo le provocó a risa; primero tímida y entrecortada; luego más fuerte, hasta que se transformó en una carcajada expresada sin ningún pudor. Se levantó de la silla y se volvió, mirando de frente el bajorrelieve. Sin parar de reír, recorrió los rostros de las figuras humanas, desencajadas por el terror; y sus cuerpos, retorcidos, a merced de las aguas de la Vorágine.

—¿Ordena algo más? —preguntó Ike, incómodo por la situación.

Raquildis lo ignoró. Todo, cada detalle que componía el mundo conocido, se hallaba bajo su dominio. Cada ser humano temeroso del Bríaro se había transformado en su servidor. ¿Y los desdichados de la Vorágine? Aquellos también, pues Raquildis era el fundador de la Orden, y sabría invocar al Haiyim para pedirle que los torturara más o que los dejara disfrutar de breves momentos de paz, allá, en el mar de vidas.

A partir de ahora sometería a toda la humanidad a un férreo control; los sobornaría con la promesa del Néctar para que obedecieran todas sus órdenes; incluso obligándolos al suicidio, si así lo disponía su caprichosa imaginación. Invocaría al Haiyim y multiplicaría los sacrificios para que la criatura dejara de contemplarlo como un igual. Y así, cada alma consciente, viva o muerta, lo reverenciaría bajo el yugo de un reinado de terror.

Raquildis se había convertido, a todas luces, en una criatura sobrehumana.

Un dios.

FIN DE LA PRIMERA PARTE

Acerca del autor

Miguel Ángel Moreno es licenciado en Filología Hispánica por la Universidad Complutense de Madrid. Comenzó en el mundo literario a los veinticuatro años, fecha en la que fue premiado en diversos certámenes literarios y teatrales. En la actualidad imparte clases sobre técnicas literarias e introducción a la literatura creativa para seminarios, asociaciones de escritores y empresas. Vive en Madrid.